文庫

市場の倫理 統治の倫理

ジェイン・ジェイコブズ
香西 泰 訳

筑摩書房

イラスト　長崎訓子

目次

市場の倫理　統治の倫理

モンロー・アベニュー一七一二番地
ハドソン・ストリート五五五番地
そして
オールバニー・アベニュー六九番地に

昔の神託は言う
「すべての物には把手が二つついている
間違った方の把手には気をつけろ」
——ラルフ・ウォルドー・エマソン

Ralph Waldo Emerson の演説 The American Scholar（1837）より
The Harvard Classics 5（New York: P. F. Collier, 1909）
（邦訳、『エマソン論文集』酒本雅之訳、上、岩波文庫、一一六頁）

日本の読者へのメッセージ

この本の執筆のための下調べをしている際に、日本の商業、統治のあり方に触れて、それが私自身の属している欧米文化の商業と統治の慣行や行為に間接的な光を投げかけていることが多いのに気づき、大いに興味を感じました。そのいくつかの例は本書に取り上げています。

日本の読者がご存知のように、私自身の文化と皆さんの文化とは重要な点で異なっており、それぞれが明確な特質とアイデンティティーを有しています。にもかかわらず二つの文化は、仕事のやり方について同じ道徳的問題を数多く共有しているのです。

私が日本の例を興味深く感じたように、日本の読者は欧米の例に興味を持っていただけるものと思います。私がこの書物を執筆したのは、経済生活が秩序ある繁栄を遂げるのに必要な、文化の差を越えて共通する基本的道徳を理解するためです。私たちは同じ過ちを犯すことでしょう。でも幸運であれば、相似た方法を見いだしてそれを避けることもできると思います。

トロントにて、一九九七年一二月一一日

ジェイン・ジェイコブズ

日経ビジネス人文庫版訳者まえがき

日本経済新聞社から一九九八年に出版されたジェイン・ジェイコブズ『市場の倫理　統治の倫理』が日経ビジネス人文庫に加えられることになった。訳者として大いなる光栄であり、喜びである。

本書が取り上げた企業活動における倫理の確立は、最近になってもその重要性が衰えるどころか、ますます深刻な課題として意識されるようになっている。日本では食肉、原子力などの産業で、由緒ある伝統を誇る名門企業、財界で指導的立場にある超優良大企業にも問題が波及した。

日本だけではない。資本主義の総本山であり、日本のスキャンダルに対して優越的立場に立って道徳的お説教を垂れてきた米国でも、エンロンの水増し決算にトップ・クラスの会計事務所、コンサルティング・ファームも深く関与していたことが明るみに出た。

日本でも米国でも、企業倫理問題のゆえに会社破綻、株価下落、資本市場不信、さらにはエネルギー供給への懸念等が浮上し、長引く不況の中で経済危機の発生源にすらなりかねないありさまだ。情勢は原訳書出版当時と変わっていない。

こうした状況の中で、コンプライアンスなどという言葉もいまではかなりの程度なじみになっている。これに関連する宣言やノウハウ物が書店で目に付く。

ジェイン・ジェイコブズの思想についての私の個人的思いは、原訳書のあとがきに、今見ると気恥ずかしいまでに気負いと衒《てら》いに満ちた文章を載せている。その後も私なりの文献漫読は続いているが、その中で特に感銘が深かったものとして次の三冊をあげたい。一つは第二次大戦直後に公刊された青山秀夫教授（一九一〇―九二年）の「ビジネスの擁護」で、名著のうわさは予《かね》て耳にしていたが、私は始めてこれを創文社刊行の著作集4『近代国民経済の構造』で読み、深い感動を覚えた。また米国五〇―七〇年代の思想家エリック・ホッファー（一九〇二―八三年）は、最近その伝記が話題を呼んで関心復活の兆しがあるが、私はたまたま彼のエッセー集*In Our Time*（原著一九七六年）を教科書向きに編集した南雲堂のContemporary Library版（一九七九年、注解は野中涼、伊藤悟氏）と出会い、A Job to Do, Traderその他の論考に膝をたたくこと頻《しき》りであった。こうした機会ごとに私の思いはジェイコブズの本書に回帰するのであった。

桂木隆夫氏『自由とはなんだろう』（朝日新聞社、二〇〇二年）は、ジェイコブズを引用しコメントしてくださっている。だから言うわけではないが、私にはこの本は私たち日本人の社会観の一番自然で論理的なまとめであるように思われた。

個人的感慨は別として、本書が文庫本の形でさらに多くの読者にアクセスされることを願っている。

文庫本化は、もっぱら日本経済新聞出版局のイニシアティブで進められた。訳者としてはこのことに対して、前回の出版を担当いただいた田口恒雄氏（現在出版局編集部長）、今回の文庫本出版を担当いただいた西林啓二氏（同日経ビジネス人文庫編集長）、坂本憲一氏（出版局編集部）、その他関係者の方々にお礼を申し上げたい。

このような形での文庫本化は、この訳書に一つのイノベーションをもたらした。新機軸は小見出しをつけたこと、主要登場人物の紹介イラストを入れたことである。本書のように対話形式が採用されている場合、読者はいろいろな議論が絡み合い、挑みあう面白さを味わうことが出来る。その反面、議論が込み合うために全体の流れを見失いがちかもしれない。小見出しの追加によって、個々の論点を楽しみながら本書の論旨全体への展望がつけやすくなれば、本書がさらに読者に近づきやすくなる。実行してみれば分かりきったことだが、これも編集の経験豊かな方々ならではの簡単には思いつけない工夫で、「コロンブスの卵」の一種だと感服した。

小見出し等をつけることは原著出版社を通じて著者にも知らせ、その了解をえた。著者のジェイン・ジェイコブズ女史は一九一六年生まれ、もうご高齢であるが〔二〇〇六年没〕、二〇〇一年にはModern Library Classics所収のCharles Dickensの小説*Hard Times*に解題を書いておられる。短い文章であるが、知的探究心はなお盛んで、めでたい。

文庫本化に当たっての校正その他について、原訳書の場合と同様、日本経済研究センタ

―企画担当部長植木直子氏の全面的なご協力を得た。心から感謝する。

香西　泰

二〇〇三年五月

〈市場の倫理 統治の倫理〉15カ条

市場の倫理

暴力を締め出せ
自発的に合意せよ
正直たれ
他人や外国人とも気やすく協力せよ
競争せよ
契約尊重
創意工夫の発揮
新奇・発明を取り入れよ
効率を高めよ
快適と便利さの向上
目的のために異説を唱えよ
生産的目的に投資せよ
勤勉なれ
節倹たれ
楽観せよ

統治の倫理

取引を避けよ
勇敢であれ
規律遵守
伝統堅持
位階尊重
忠実たれ
復讐せよ
目的のためには欺け
余暇を豊かに使え
見栄を張れ
気前よく施せ
排他的であれ
剛毅たれ
運命甘受
名誉を尊べ

主要登場人物

ケート

三〇歳になったばかりの動物行動学者。
動物の記憶を扱った著書
『本能か記憶か』をかつて出版。

ベン

最新刊『地球の残り僅かな日々』が
ベストセラーになった
環境保護論者。四三歳。

ホーテンス

アームブラスターの姪で、ベンと同じく四三歳。
きびきびした風貌で、離婚や育児、
家族扶養などの訴訟を専門とする弁護士。

アームブラスター

ケイトリン書房の元・名編集者。
会合の主宰者。企業犯罪、不祥事の問題から、
仕事上の道徳的行動には
どんなシステムがあるのかと問いかける。

ジャスパー

犯罪小説を得意とする作家。
五〇歳を迎えて、
回想録を執筆中。

第一章 アームブラスターからの呼び出し——蔓延する道徳的混乱を憂う

第一回会合

招かれた五人

ケートはコーヒー。ホーテンスはビール。ジャスパーとクインシーはブランデー。ベンはセーターのポケットに手を突っ込んでミネラルウォーターに香り付けするための金柑を探していた。

アームブラスターは、主客ともに好みの違うことだけが共通しているのかと思いながら、スコッチを入れた。彼は、ケイトリン書房を引退して一年目の記念日に「正直の徳が崩壊した理由を探求する」ために招待状を送ったのだった。彼はかつてなく真面目だったのだが、うっかり会合日を四月一日にセットしたために、お客の二人はエイプリル・フールの愉快な催しの夕べだと思ってやって来た。客同士は誰も知り合いではなかった。ただジャスパー、ケート、ベンの三人はアームブラスターの小さな出版社から著書を出版したことがあり、アームブラスターは彼らと仕事の上で親しい付き合いがあった。

ジャスパーはアームブラスターが本を出した中では一番成功している作家で、その得意な様子は赤褐色のカシミヤの上着を着込んだところにも表れていた。彼はこの二〇年というもの、毎年犯罪小説を出版したが、絶版になったのは二冊だけだった。五〇歳を迎えて狼狽し、回想録執筆にやむなくとりかかっていた彼は、この夕べの会合をネタに愉快な一節をものしようと考えていた。彼はまた、アームブラスターの暮らしぶりを見てみたかった。アームブラスターのアパートはマンハッタンのグラマーシー広場から入ったところの古い立派なビルにあるが、思ったより質素だった。

ケートは三〇歳になったばかりで、お客の中では最年少だった。動物の記憶を扱った彼女の快活な本、『本能か記憶か』は世間的にはそこそこ成功したが、職業生活の上では障害になった。ロング・アイランドの大学の同僚たちは、その本とそれを書いた彼女を軽んじた。彼女は兎の神経生物学に関連する学部間プロジェクトの窒息しそうな官僚的ポストにうまうまと押し込められ、やりたいと思っていたリスの行動の研究をする時間が持てなくなった。彼女はピンクのウールのドレスを着て、疲れてしわくちゃになっている風情だったが、内心では予算の奪い合い、研究費の申請、中傷合戦を楽しんでやろうと決めていた。

ベンの一番新しい本、『地球の残り僅かな日々』は予想外のベストセラーとなってアームブラスターの気を腐らせたが、ベン自身は気をよくしていた。リサイクリング論者として彼は自分の衣服をガレージセールや庭先の不要品バザーで買っていたので、彼のズボンは短く、ふくらんで垂れていた。彼は自分の環境保護論への賛同者を探し求めていたので、招待されればどんな会合へも出かけた。

クインシーはニューヨークの大銀行の重要ポストに出世していたが、貸付係当時ケイトリン書房と取引があった。クインシーとアームブラスターの商売上の関係は遥か昔のことになっていたが、二人は友人となり、ときどき昼食をともにして会話を楽しむ仲が続いていた。クインシーはこの訪問を早く切り上げようと思っていた。彼は日に一〇時間働いており、オフィスから直行して来たのだが、役員会を取り仕切る人らしい服装でもなく、そんな様子も見せていなかった。

ホーテンスはアームブラスターの姪だった。きびきびした態度の弁護士で四三歳、ベンと同年齢で、離婚、別居、育児、家族扶養訴訟を専門に取り扱い、それに虐待された妻や少年犯の法律扶助に携わっていた。アームブラスターは彼女の有能さを尊敬していたが、今日彼女をこの席に招いたのは親切心からだった。四年前交通事故で夫を亡くし、双子の息子はそれぞれカリフォルニアとオレゴンの大学に進学して、休暇にもニューヨークに帰省しようとしない。アームブラスターとしては彼女はきっと寂しいだろうと思っていた。しかし読書家のホーテンスは自由時間の訪れを楽しみにしていて、彼女としては、どちらかといえばこの宵もロバート・カロのリンドン・ジョンソン伝の最新刊を手に過ごしたかったのだ。彼女が招待に応じたのは、アームブラスターが退職後ぶらぶらしていて何らかの励ましを必要としていると考えてのことで、こちらも親切心からだった。

信頼は地に墜ちたか

ざわざわと紹介がひとわたり済んで落ち着いたところで、アームブラスターは手にした飲み物の氷をわざとかちかちならして座の注意を集め、切り出した。「私はこの頃仕事の場での不正直が気になる。後で思うと、それが気になりだしたのは退職直後幸せいっぱいの気分でハノーバーにいたときだった。私は、ドイツ系アメリカ人家族のお偉い先代家長の公認の伝記に関し国際的に込み入った権利関係の整理について相談を受ける短期の仕事でそこに行き、その骨休めにスイスで休暇を取ろうと思っていた。私は相談料を現地の銀行に持っていき、ニューヨークの私の口座に振り込んだ。よくある取引だ。しかしこのとき、日常茶飯事が突如として異常に思えてきた。私はほとんど知り合いがなく、知っているのは全くの世間知らずのごく少数というあの街で、何も知らない銀行の全く見ず知らずのアカの他人に相談料を全部渡してしまったことに気がついた。それと引き換えにもらったのは薄っぺらな紙切れ一枚で、何が書いてあるのか読めもしない。チューリヒ行き列車に乗ろうと急ぎながら考えたことは、それでも心配せずに立ち去れるのは正直な商売に張り巡らされた信頼の網の大きさのおかげだということだった。商売上当然とされることの如何に多くが細い蜘蛛の糸でつながっているか、恐ろしく感じたのだよ」

ベンは空になったグラスの金柑をもてあそんでいたが、口を挟んだ。「アームブラスター、君の驚きは独りよがりで世間に通用しないよ。消費文化とそれに奉仕する営業活動は、正直であれ不正直であれ、この地球を急速に破壊しつつあるのであって、――」

「まあ、話を続けさせてくれないか。私はベンの言う通り独りよがりかもしれない。でも、ビジネスを支えている信頼の網の目の話は別だ。それはこれまでよく機能してきた。しかしいまは嘆かわしい状態になっている。似たようなごまかしや欲張りの話は新聞でよくお目にかかる。でも知識のある人が自分が得をするとなると、きまって不正直な振る舞いをたくらむということが骨身にしみて分かったのは自分で経験したからだ。中西部のある有名大学での二日間のシンポジウムに出たときのことだった。どこの大学だったかは名指しはしない。そこで起きたことは残念ながらそこだけのことではないんだからね。どこでもよくあることなんだ。シンポジウムは生物学科の主催だった。私はケートも来ていないかと探したよ。テーマは、科学に対する一般国民の不信といかに戦うかだった。初日の午前、ちょっとした騒ぎが起こった。ひそひそ話やざわめきが広がり、メモが回覧され、席を立つ人が増えた。そこで休憩になった。私はぶらぶら歩き回って詮索することにした。学科事務室では教授や大学院生や事務職員がひしめき合って捜し物をしていた。彼らがきれいに片づけていたのは海賊版ソフトウエアのしまい場所だった。経済学科の誰かが環境学科の友人に電話し——環境学科だよ、ベン——そいつがさらに生化学の友人に電話して、盗用ソフトウエアに警察の捜査が入ったと知らせたらしい。

その日、後になって分かったところでは、警察が嗅ぎつけたのは計算工学科の学生グループが著作権つきのソフトウエアを再生し、盗品としか言えない値段で大学中売り歩くという流行の違法行為をやらかしたことだった。次の日、騒ぎが鎮まって、盗用ソフトウエアはまたコンピューターにインストールされた。すべてが平常に戻った。盗用だと知りながらこれを売買する、それが平常なんだ！ 見当違いもはなはだしい。

「そんなソフトウエア騒動なんて、おとなしいものよ」とホーテンスは言った。「コカイン・スキャンダルの話でも聞かされるのかと思ったわ」

「大事な話だよ」とアームブラスターは言った。「誰でもこういう盗みを考えるようになっている。警察が臭いを嗅ぎつけたのは、大学が心配して通報したからではないのだ。警察は外部のソフトウエア開発会社二社からの苦情に基づいて動いたのだ」

「どんな証拠があるんだい」とジャスパーが訊いた。

「例によって、警察は覆面でディスクを購入し、逮捕したというわけさ」

「アームブラスター、ちょっと区別をして頂戴」とケートが言った。「海賊版で儲けた二、三人の学生を別とすれば、欲に駆られて行動した人はいないんじゃない？　教授や学生には必要な器具を買うお金が与えられるべきなのよ。それがそうではなかったのじゃない？　だから海賊版が許されているのだと思う。私も物書きだから、著作権の保護に関しては無縁の第三者ではないわ。でもあなた方も同じよ。仕事を通じて神聖な著作権のおかげをこうむってる。それがあなた方の既得権益よ」

「正直を支持して何が悪いのかね」とアームブラスターは言った。「誰でも他の人が正直であることに既得権益を持っているものだ」

「問題を逮捕された学生の立場からみてみたら」とホーテンスが言った。「みんな罠にはめられたと思ってるでしょうね。警察が囮を使うのは正直とはいえない。私の担当している少年犯が覆面捜査で挙げられて恨んでる気持ちはそんなところよ」

「おっしゃる通り、私たちが取り上げた問題は複雑だ、ホーテンス。それはよく分かっている。でも、日頃の仕事ぶりにおける道徳的規範は私たちにとって大事なことだ。どんな理由にもせよ道徳規範がなくなれば、何をたよりにすればいい？」

　アームブラスターは飲み物を注いで話を続けた。「帰国してから図書館に行き、新聞の縮刷版で心配の種を増やしてきた」彼はメモを取り出して見せた。「金銭詐取、不当広告、不適正表示、不正会計、談合、法人税過少申告、買い手をだまし、支払い額を増やすための作業時間の水増し、インチキ賃金協定締結と労働組合幹部への見返りのリベート、インチキ修理店、インサイダー取引その他の不正株式操作、ブローカーによる顧客所有債券の無断担保流用（これは破産手続き中に表沙汰になった）、特許の大規模不正使用（これは使用者が敗訴した）、監督官へ贈賄して工場安全規制を達成したように見せかけた事件、有毒廃棄物処理について工場と廃棄物処理業者の虚偽の報告、化学工場と原子力発電所の危険な事故を経営者がごまかした話、廃棄処分された肉や汚染された魚の密売、お金を受け取って商品を発送しない通信販売会社、評価を水増しする保険詐欺。

雇い主のお金をくすねるケースもあるが、それ以外はこれらの犯罪はすべて企業所有者、経営者によるものだ。彼らは他人の会社、自分の会社の労働者、顧客、仕入先、そして一般公衆に損害を及ぼしている。

「当然のことさ」とベンが陽気に口を挟んだ。「できるだけ儲けるのが企業というものだ」

「いや違う」とアームブラスターは言った。「不正直は真剣に受けとめなければならない。企業犯罪の捜査、訴追、特許侵害訴訟が必要なわけは君だって分かるだろう、ベン。この種の犯罪が抑制されなければ商売は続けられないよ」

「一つ話がある」とジャスパーが言った。「この話は一度小説のタネに使った。でも今度は潤色しないでお話しするよ。これは実話だが、犯罪が抑えられなくなってニューヨークの下町の被服産業がほとんどつぶれかけたことがある。数グループの盗賊団が関係していたが、そのうち最大のものはマフィアの一家がやっており、そいつはまさにこの地域のど真ん中に立派な製造工場を持っていて、衣服を倉庫から全国の小売商に出荷していた。製造工場といったけれど、そいつが製造に一番近い仕事をしたのは、盗品に自分のラベルを縫いつけることだった。車の盗賊団が盗難車にナンバープレートをつけかえて蔵出しするのと同じような具合だ。服装品店、毛皮店の中には盗品を受け取っているかもしれないと考えた者もいただろう。しかし、大抵の小売り商はバーゲン品を受け取っていると思っていたようだ。

それでこうなった。もちろん日中は街路や高層ビルが何千という労働者で埋まる。夜になると、暗闇の小路で抱き合ってるカップル以外にこの地域から人影は消える。抱き合ってるのはカモフラージュだ。やつらは見張りで、警察が来ると携帯用無線電話器でビル内部に警報を出す」

「会社は夜警を雇わなかったの?」とケートが訊いた。「せめて盗難警報装置を付ければいいのに」

「ごもっとも。でも泥棒は警報装置を切ってしまうし、夜警を脅すなり買収するなりで手を出せなくする。夜警その他のビル職員がグルになって、いつ、どの工場が在庫をたくさん手元に置いていて、盗むのにちょうどいいか知らせていた。何年もこういう状態が続いた。初めは泥棒も遠慮していた。在庫が沢山あってもちょっぴり盗むだけだったので、損害はあまり気に留められなかった。しかし、成功するうちに悪者は大胆になり強欲になった。ついには規模があまり大きくなって支え切れなくなった。会社は赤字で店を閉めた。そうなりたくない会社はこの町から出ていった。アームブラスターが言う通り、商売のできない町に急速になっていった。とうとう市警察は秘密裏に慎重に作戦を練り、大急襲に打って出た。これが成功した。逮捕され、有罪となり、刑務所に送られた何十人もの犯人の中にマフィア一家の長と盗賊団から給与をもらっていた警察捜査幹部が含まれていた」

「どうしてその警察官は今度は泥棒を逃がしてやらなかったんだい」とベンが尋ねた。

「そいつには知らせてなかったのさ。上司がそいつのことをやっとおかしいと思うようになっていた。そいつが指揮したり加わった過去の捜査が失敗したことがあったのでね」

「情報局がモグラが入り込んでいると心配しているスパイ小説そっくりね」とホーテンスが言った。

「その通り」とジャスパーも同意した。「商売が続けられるかどうかについてのアームブラスターの論点に戻ると、ニューヨーク近郊で被服産業地区ほど重要でない地区にあっても、全く無法状態になっていて、そこでの商売——合法的な商売は倒産するか逃げ出すかしかないところがある」

「普通は失業と貧困が犯罪の主因だと言われている」とホーテンスが言った。「確かにそういう面がある。私の扱う少年犯罪や家庭破綻でもそういう因果関係が認められるもの。

でも、ジャスパーが言うのは逆も真なりってことね。犯罪が失業と貧困の原因になることもある」

「そうだ」とアームブラスターは言った。「ここでも悪循環が見えてくるだろう」彼はメモを見た。

「ある公共政策研究グループは一九八九年に、ニューヨークの小企業は全国平均の三分の一の割合でしか新規雇用を生み出していないと報告している。主因は小企業にとって犯罪の直接コストが高いこと、くわえて安全のための間接費用も高いことだという。

しかし、これは暴力犯罪についてだ。さっき読み上げたホワイトカラー犯罪のリストには乱闘などはあまり含まれていない。ホワイトカラー犯罪は暴力犯罪同様、いや多分それ以上に商売の妨げになる。保険詐欺が多いと保険料は支払えないほど高くなる。資格のない者に多額の保険をかけるのも同じだ。支払い能力がないのに、あるかのように粉飾決算されると無実の仕入先の損失や倒産を連鎖的に引き起こす。ちょっとした溶接の不注意が検査でも見落とされ、誤って性能証明書が交付されると、設備破損が起きて何百万ドルものコストがかかることもある。商売が続けられるかどうかは道徳と信頼の細い糸でできた網の目にかかっていると私が言うのは、比喩ではなくて事実だよ」

「でも、利潤追求はいつだって手に負えなくなるものだ」とベンが言った。「伐採、鉱山、単一作物栽培の工場式農場の資源搾取ぶりを見ろよ。長期の公益や環境は二の次にされるか一顧だにされないかだ。技術が進歩すると被害はさらに悪化し、その規模と範囲が増大する。昔の捕鯨も悪かった。だが近代の捕鯨はきわめて破壊的になった、しかも急速にね。近代技術が昨今の大惨事の原因だ。スリーマイル・アイランド、ボホール、水俣、チェルノブイリ、バルデス、――」

「そういうショッキングな事件に共通しているのは何だと思う?」アームブラスターがさえぎった。

「信頼の驚くべき失墜だよ。惨事のずっと以前にはもっともらしい信頼の網が張られていた。破壊が起きた後で公約違反、嘘、ごまかしが露見する羽目になる」

必要なら帳簿をごまかす

「不運もあったよ」とクインシーが初めて口を開いた。

「不運は道徳的に弁護できない手抜きやのるかそるかの冒険から起きる」とアームブラスターが応じた。「ベンは政府がもっときびしい政策を採るべきだという。しかし、どんな政策も正直の裏打ちがなければ失敗する」

「怠惰も災害の一因よ」とケートが言った。「訓練が行き届いていないこともね。正直は重要。でも、それが全部ではないと思うわ」

クインシーは頷いた。「アームブラスターの診断は大なた過ぎるよ。後になってみなければ分からない正直な判断ミスもあるはずだ。いまの金融破綻の主因はそこにある。金融破綻のコストに比べたらベンがいま挙げた例など合計しても足元にも及ばない。ぼくは内情を知り過ぎているがね。第三世界の貧困国の破産の話を覚えているだろう。ぼくらの銀行だって大きな被害を受けた。大銀行は全部そうだった。通常の協調融資協定に参加した小銀行も同様だ。ぼくらはこの貸し出しを善意で正直な取引として実施した。不注意や不正直な行為があったとしても、それは結果を左右するほどのものじゃない。それでも借り手が大量に破産した結果生じた失敗は、金融システムそのものを脅かすほどだった。破局はありとあらゆる跳ね返りをもたらす。手続き的に言って、金融破綻救出作戦を成功させるには不正規な会計処理をせざるをえないのだ。だが、そういう不正規処理だって責任をもって行われている。要するに、正直な判断ミス以外の違反が犯されていたなら、私が関係できるわけがない」

「よく分からないんだけれど」とケートが言った。「不正規な会計処理ってどういうこと？」

クインシーはアームブラスターからケートに向き直った。彼の口調はついつい権威ぶった言い方から、辛抱強く丁寧な言い回しに変わっていた。「普通だったら、銀行の借り手が破産して利子が払えなくなったときには、銀行はその帳簿から貸付額を償却してしまいます。いいですか?」ケートは頷いた。クインシーは語をついだ。「元金が返却されないことがはっきりしたら貸付債権は貸し倒れとして償却されるのです。いいですね?——差し押さえた担保から回収できる額や強気の不良債権投機家に割引売却した額は差し引きますがね。減額記帳や償却が正直な会計処理のやり方なのです」

「そうするのは当然だよ」とアームブラスターが割って入った。「ちゃんと記録しておかなければ、ある朝起きてみたらバブルが知らない間に生じ、知らない間に破裂していたということになりかねないよ」

「そうです。おっしゃる通りです。でも今度の破産はあまりにも大規模で、通常の方法では処理できないのです。銀行の支払い能力さえ問われかねないことは別としても、減額記帳や償却は急激に、しかも危険なまでに資産を目減りさせるので、銀行は産業界からの継続的資金需要に応じられなくなってしまうのです。こういう危機に際しては、緊急措置をとることが合意され、政府、銀行監督当局とも十分に協力して、破産国に彼らが他で調達できない利子支払いの資金を貸し付けることになります」

「私の理解では」とアームブラスターが言った。「利子支払いのための貸し付けは借り手の手には渡らない。実際には、君ら銀行家が自分で自分に金を貸し出すのだ。金を貸すが、それは自分のものだといって取り戻す。紙上の取引にすぎん」

「どうしてそんなことをなさるの?」とケートが訊いた。「良貨を悪貨にかえるなんて」

「帳簿の上で利子が払われ続けたことにするためです。手続き上は貸し付けは貸し倒れになっていない……」

「では、利払い額を自分自身に貸し続けられなくなるのは、何で?」とベンが尋ねた。

「新規貸し付けが破産した人の負債をさらに増加させ、したがって支払い不能の利子をさらに増大させることは明らかです。こういうピラミッドづくりは無限には継続できません。有り体に言えば、帳簿をごまかしているわけです。実際、あるドイツ人の銀行家はドイツだったらそんなことをすれば刑務所入りだと言ってのけたほどです。しかし、これはあくまで緊急措置でしかありません。石油が洩れてしまってから、広がるのを防ぐために杭を立てるようなものです。不良債権から抜け出るために、もっと秩序正しい措置をとることができるようになるまでの間のつなぎです」

「どういう意味?」とケートが訊いた。

「次第に、何年もかかって、状況に応じて通常の債権の償却や減額ができるようになります。現にそうしています」クインシーは、ほっとため息をついた。それからアームブラスターに向かって言った。

「申し訳ないが、中座しなければいけないのだ。この頃は友だち付き合いに時間をとれなくてねえ。悪いが――」

「お願い」とホーテンスが言った。「騒ぎ立てるつもりではないけれど、あなたの言うように事が運ぶんだったら、どうしてまだ心配をなさってるの？　心配そうに見えてよ。会計をごまかしてるからなの？」

クインシーはやっとのことで寂しげな微笑を浮かべた。そして椅子に深く身を沈めた。

「いくぶんは、ですね。私は、それが難局打開の疑似合法的な先例になるのがいやなのです。これでどんなことになるのやら」彼はまたため息をついた。「でも、違います。もっと切羽詰まった心配は、外国の破産がまだ損を生んでいることです。繰り延べ償却に利潤を取られているものだから、不動産貸し付けや企業買収資金貸し付けの失敗などその後に起きた巨額の損失、それに通常の不況による損失を処理することがとても難しくなっているのです」

樹木を切り倒した製材会社の話

「システム全体が腐り切っているんだ」とベンが言った。「正直で廉直であろうとしても、それができないのだ。できない以上、なるがままさ。ぼくは法律が要求しなくても正直は大切だと思う。しかし、そのぼくですらみんなと同じように曲がったことをしなければならない。去年の夏――いや、この話はしても仕方がない」

「社会がわれわれに不正直を強制すると言いたいのなら、是非ともその話をしたまえよ、ベン」とアームブラスターは言った。「それとも何か困ることでもあるのかい？」

「あるとも。でも、一種誇りにも思うんだ。道徳的に混乱しているのかなあ。よし、話そう。去年の夏、ぼくは二週間ほどカナダの小グループの政府林道建設計画反対・山林保存運動に協力した。州が山林所有者で、伐採権を売却している。アメリカ政府が西部で連邦所有地の牧草権、材木権を売却して回ったのと同じやり方さ。

　ぼくが助力した抗議グループは自分たちのことを、天然分水嶺保存保護、Preserve and Protect Our Wilderness Watershed の頭文字をとってＰＰＯＷＷと名乗っていた。可愛いだろう。しかし政治力など、薬にしたくもなかったね。初めは請願と陳情をやってみた。効果ゼロ。それで募金して専門家に環境アセスメント調査を委託した。ぼくも読んでみた。結構なしっかりした作業だったよ。その結論は、分水嶺はもろくて壊れやすく土砂崩れが起きる可能性があるというものだった。許容可能な伐採量はごくわずかで、林道建設にコストをかけるのは引き合わないというわけさ。しかし政府はＰＰＯＷＷの研究をやっつけるために、自分で調査して別の結論を引き出した」

「そのグループってどんな人たちなの？」とホーテンスが質問した。

「たいていは下の渓谷の小農場主だ。野菜園を持っている人も何人かいたし、果樹所有者も二、三人はいた。地元の看護士さんの家族とか、ガレージで営業する何でも屋の修理工の連中とか。学校の先生は全員ＰＰＯＷＷ側だった。それに職人が三人、漫画家が一人、ソフトウエア・デザイナーが二人という具合だ。村に一軒だけある喫茶店のオーナーはPOWW反対派だった。皮肉屋で何でも反対屋だからだそうだ。それに伐採人が来れば商売が繁盛すると思っていたのだろう。他にも伐採が始まると仕事にありつけると思っていた者も二、三いた。しかし、ほとんど全員が子供も含めて会合に出席し、請願に署名した。本当に活動的な一五人くらいのメンバーが仕事や資金集めの大半をこなしていたが、彼らは死にものぐるいだった。というのは、渓谷は上の日陰の斜面から水を得ていたからだ。雨はあまり降らないが、冬には雪が深く積もり、それがその場で融けた。その余りは夏の間ゆっくりと流れ出た。また夏には朝霧が葉にたまり、しずくになり、夏の小雨のように降った。斜面が伐採されると霧を集められない。

ぼくは外の様子を見に出かけた。エゾマツ、シダ、それに黒熊や鷲などあらゆる種類の野生生物が生存していた。この場所が大好きになってしまったね。農場や果樹園の向こうには現地の人たちが水箱と呼ぶものがおかれていた。これは溜まった滲出水をパイプにつないでつくる貯水槽のことだ。家庭用水、それに必要になれば灌漑もこれに頼っていた。水の量は当然限られており、水箱利用権のない土地は農地としても住宅地としてさえもほとんど価値がなかった。この斜面が伐採されてしまったら、夏の滲出水は頼りにできなくなる。土砂崩れが起きて家も農場も呑み込まれ、死人が出る心配もある。その上、土地の人々は森に愛着が強く、ぼくはそのことを非難できない。道路ができ、大型機械が入ってこの辺がめちゃくちゃになることを人々は恐れていたのだ」

「他の人たちはこの運動に参加しないの？」とホーテンスが訊いた。「鳥類研究家、登山家、野生地愛好家だっているでしょうに。カナダにはこういう人たちやその組織は存在しないの？」

「たくさんあるよ。でも、それぞれ自分の闘争で手一杯でね。どれだけ自然保護団体が多いか、分からないだろうね。彼らは大抵ほとんどすべてがボランティアだよ。だから、その限度でしか拡張できない。ＰＰＯＷＷについてはハンディが三つあった。

まず、この渓谷に人が住み着く以前に、山頂に続く尾根と傾斜面の何カ所かで高樹齢の大木が斧と馬を使って伐採されていた。原生林ではないわけだ。何千年間もの人跡未踏という壮大さと古代的神秘はない。それがあれば大規模な大衆行動を引き起こせるんだがなあ。

第二に、製材会社の広報活動だ。これが現地にいる人以外のたいていの人を説き伏せてしまった。土壌条件と破壊の危険に配慮し、どの分水嶺をとっても伐採は一五パーセントまたはそれ以下に止めると言い、「地域の貴重な木材資源を浪費することは絶対しない」というのが宣伝文句でね。使える破片は後に残さないし、すぐ再植林するともいう。伐採は、高樹齢木よりも炭酸ガスの吸収のよい新しい若木の成長を可能にするから、地球温暖化対策になるとさえいう。木はどうせ倒れるか山火事で燃えてしまうのを、その前に伐採するだけだという。「維持可能」だの「再生可能」だの「有機的」だの美辞麗句をどんどん借用する。政府は伐採と製材と木材輸出が必要だと強調して、これを応援するというわけさ」

「でも、ひどく間違ってるわけではないわね」とケートが言った。「伐採が適正に行われれば森林は再生するものよ。この森林は明らかに以前一度回復している」

「おいおい、君はぼくの味方かい、敵なのかい?」とベンが反問した。「全部聞いてからにしてくれないか。この地域全体が過疎地でね。それが三つ目のハンディで、これが重いんだ。この渓谷に住む人々は昔の山岳民みたいに孤立しているわけではない。家族もあれば地域外の友人、都市に住むお得意様などもある。それでも同じだ。事態の進行を目の当たりにし、脅威を肌で感じているのは彼らだけなんだから」

「その点はその通りよ」とホーテンスは言った。「都市でも身近に脅威を受けている地区の人は脅威を受けていない地区の人に、ハイウェイその他の開発計画のよくないことをなかなか分かってもらえない」

「ぼくは、PPOWWの人たちと最近伐採が行われた他の森を見に行った」とベンは続けた。「われわれは、この会社がどんなことをやったか、その跡をしっかり見ようとしたわけだ。それには一日、明け方から夜までかかったね。一カ所は実に注意深い仕事ぶりで、奴らがやる気になればちゃんと仕事ができることを示していた」

「展示用ね」とホーテンス。

「そうだ。そこ以外では全部どこかで手間を省いていた。一五パーセントは、冗談ではない。そう言われれば誰でも八五パーセントはそっくり無傷で残ると思うだろう。しかし会社の解釈は年に一五パーセントなんだ！　この基準でいけば一〇年間に一五〇パーセント伐採できる。馬鹿げた話じゃないか。会社は思うがままの量を思う通りの速さで伐採し、苦情を言い抜けする。「当社は伐採を九パーセントにとどめることにより、この分水嶺について保存基準を自発的に超過達成しました」なんて言いながら、過去三年で四〇パーセントも伐採したことには一言も触れないんだ。分水嶺の定義についてもごまかしをする。会社が自分たちの見せかけの解釈に照らしても速すぎる勢いで分水嶺を丸坊主にしてしまったときには、ああ、これはもう一つ別の大分水嶺の一部にすぎない、と言うんだ。廃棄物についての約束もあったね。政府は伐採権の代価としての切り株料を低く設定したので、まるでタダみたいになった。会社は樹木を大事にしようというインセンティブを全く感じていない。奴らは当然一番儲かる木から伐採し、残りを運搬のじゃまもの扱いして駄目にしていく。行ってみたら倒され滅茶苦茶に傷つけられた材木その他の破片が山積みされている。大きな将棋崩しみたいだ。これでは、ちゃんと再植林するという話もお笑い草だ。再植林したというためにそのフリをしてみせるだけさ。こういうこと全部がＰＰＯＷＷの人たちをぞっとさせている。

請願も陳情も調査も役立たないなら、公共資源に不法な損害を与えたとして裁判に訴えることも考えた」

「可能だと思うわ。市民訴訟ね」とホーテンス。

「でも、怖じ気づいて止めにした。ＰＰＯＷＷの人たちが弁護士から得た助言では、裁判は長くかかり、費用はかさむし、勝訴はおぼつかない。それに、もし敗訴したら一生かかっても調達できないようなコストを課せられるだろうというんだ。そうなったら家も農場も手放さなければならなくなる。それで次の手を思いあぐねているところへ、ぼくが参加したというわけだ。ぼくの本を読んだ人が中にいて、手紙を寄こした。それでぼくはカリフォルニア旅行で西海岸へ行くついでに、会いにいくことにしたわけだ」

腐敗が生む腐敗

「さてぼくは、巡回の後で落ち着いて考えて、会社による野蛮で残酷な破壊の爪痕と、まだ破壊されていないＰＰＯＷＷの所有林とがどんなに違うか、一般市民に目で見てもらう必要があると結論した。これはテレビにピッタリお誂え向きの題材だ。ただ何しろ遠隔地でのことだから、報道してもらうには事件がいる。

翌日、ぼくはこの案を活動的なメンバーの何人かと検討した。そして伐採で荒廃した跡地にボランティアが侵入して植林することにした。一種のシナリオを練り上げたわけだ。そこでメンバーは仕事にかかった。ボランティアを募り、その人たちを現地に連れていく手配をし、苗木を用意した。ぼくはメンバー三人と――農夫が二人と頭の回転の速い女性の陶工だったが――一緒に街に戻り、ちょっとした計り事をめぐらした」

「要するにテレビ局に売り込んだわけね?」とホーテンスが言った。ベンは頷いた。「でも、うまくいくのかしら。誰でも自分か身近にテレビに出たがっている人がいるわ。そう簡単ではないでしょうに」

ベンは困った様子だった。「うーん、そこで正直を捨てたわけ。嘘をつかなければならなかった。まあ、巧みに説明したのさ。こんな話、聞きたい?」

「是非ともね」とアームブラスターが言った。

「抗議者側でやれる一番ひどいことは木に鉄製のスパイクを打ち込むことだ。大きな、長い、太い釘みたいなものだが、頭は小さくできている。深く打ち込むと、樹皮がすぐ成長してかぶさるので木は何でもないように見える。前にやったことがあるとかで、疑いがあれば製材会社は発見に金属探知器を使うのだそうだ。それが本当かどうかは知らない。でも、スパイク打ちは大抵は話だけだ。テロリスト活動みたいなものだからね。スパイクを打ち込まれた材木が製材所へ運ばれてソーイングマシーンとぶつかったら、大惨事だ。のこぎりの破片と木の塊が恐ろしい勢いで飛び散る。機械が駄目になるだけでなく、製材工の命に関わるかもしれない。だから、ＰＰＯＷＷの人たちもそんなことはやろうとしていない。しかし、テレビ関係者にはそんなことは分からない。そこで、植樹に侵入するのは自暴自棄で無茶苦茶になってスパイクの打ち込みに侵入するのだと思わせるように仕向けた。メディアがどんな調子か、ご存じだろう」

「テレビ関係者に嘘をついたということだね」とジャスパーが言った。

「意図的に彼らが間違った結論に飛びつくようにした。嘘をついたのと同じだ。一晩中ドライブして街についたのは翌朝だったが、ぼくと一緒に来た三人が建設資材店へ行ってスパイクを一〇ダース買った。ぼくはテレビ関係者がランチタイムに出入りするバー・レストランへ行った。そこで彼らと一緒になったが、中にぼくのことを著書のトークショウで見知っていた人もいた。ぼくが記者と少し話し込んでいるときに、ちょうど仲間がやってきた。重い段ボール箱を二つも抱えてふうふうやってるんだからすぐ目につく。ぼくは仲間を記者に引き合わせて紹介し、みんなで腰を下ろした。仲間たちはうまく演技した。二人は神経質に人目を忍び、もう一人の農夫はがむしゃらで無遠慮の振りをした。そして、箱の中に入っているものをテーブルの下に落とした。彼らは急いだ方がいいと言い、ぼくにも一緒に行かないかと言った。ぼくは「いや、後でまた」と言った」

「記者は食いついてきたかい？」とジャスパーが尋ねた。

「食いついた。あの人たちがどんなに必死で——それは本当にそうだが——いろいろ計画しているかをうまく話した。だが、どの計画を実行するか保証はしなかった。そうして記者とカメラマンと録音係を何が起こるか分からない現場に案内することにぼくの方が渋々同意させられたようにもっていった」

「製材会社はこのことを感づかなかったのかい?」とジャスパーが尋ねた。「テレビ局側が洩らすことはないとどうして言える?」

「洩れたら、それもオーケーだ」とベンは言った。「会社にも知ってもらいたかったよ。それが筋書きだった。現に会社が知っていることを確認した。テレビ中継車と同行する話が決まったとき、ぼくは渓谷に電話した。スパイクを持ったメンバーが帰り着くとすぐ、メッセージが伝えられ、彼らの買い物の話が喫茶店主や伐採作業への就業希望者の耳に確実に入るように手が打たれた。もちろんそのことは会社にすぐ通報されたが、念には念を入れるため、メンバーの一人が名を名乗らないで会社に電話し、恐ろしい情報を味方ぶって教えてやった。誰もが侵入時刻について正しい情報を持っていた。しかし、侵入場所が違っていた。もう一つ嘘があったわけだ。

植樹係すら現場に到着するまでどこへ行くのか知らなかった。軍事作戦のように事を運んだのだ。秘密、服従、規律だ。命令を下す者と受ける者がおり、質問は許されない。ただ命令の実行あるのみ。ぼくはずっとどこかでボロが出ないか心配だった。なんとクレイジーな賭けをしたんだろう。

万事は時計のように進行した。時間が大事だった。その日、テレビ関係者とぼくは朝早く、夜明け前に出発した。昼下がりに撮影のために選んでおいた伐採跡の荒れ地に到着した。それは最悪の跡地ではなかったが、最悪の跡地はPPOWWの森林から遠すぎたし、ここでも十分荒廃していた。そこには植樹ボランティアがいて、伐採後の惨状のただ中で作業を続けていた。カメラマンはそこにいる間中撮影を続けた。記者は失望したが、ぼくはまだこれから見るべきことも起ころうと励ました。

テレビ中継車が現場から数マイルの地点を通過するとき、道路に沿って配置されていた見張りが渓谷に電話し、それを受けて仲間が二、三人、会社の監督と四人の職員が立入禁止網を張り、なぜスパイク打ちが現れないか不審に思っている別の場所に行った。われわれの仲間は歩き回って日中の時間を過ごし、どこで実際の行動が起きているかを何げなく洩らして教えた。場所をだまされていたことにかんかんになって、一人の職員を立入禁止網に残して監督と三人の職員は小型トラックに飛び乗った。ちょうど彼らに来てほしいときに」

「餌つきの罠だ」とジャスパーがささやいた。

「その通り。思い描いてみてごらんよ。こっちには公共心に燃えた少数ボランティアの勇敢な一団がいて平和に善良な仕事をしている。それをカメラが追っている。そこへ突然、あっちから怒り猛ったヘルメット姿の男たちが襲いかかってくる。それを全部撮影しているんだ。植樹していた人は恐怖に怯え、苗木や鍬を取り落とし、車に逃げ帰る。製材業者がそれを追いかける。カメラマンは、この絵になる情景や叫び声にもう大喜びだ。それからぼくはカメラマン、記者、録音係をごく近くだからとPPOWWの森に一緒に連れて行き、一体全体なぜこんな騒ぎになるのか、とくとご覧いただいた。

森林は、早朝か午後遅く斜光が差すときが一番写真写りがいい。そこで、撮影用に午後の光が差す渓谷の東側の美しい場所を選んでおいた。いままでの荒れ果てた風景との対照にカメラマンはショックを受けた。鷲が飛んでいるところまで撮影したんだ。これはわれわれが仕組んだわけじゃないよ。それからカメラマンはまた蛮行のあった場所に戻り、夕日が倒された樹を照らす哀しい風景を撮影した。

テレビで見れば、そのコントラストには息を呑むしかなかった。われわれの期待通りさ。それが二〇〇〇マイル彼方のトロントの重役室で、会社の役員がいつもの偽善をまくしたてているのと一緒に映し出されたから迫力倍増だ。だって、映像がその役員の話は嘘だってことを映し出してるんだからね。それから、無知で独善的な過激派を州の大臣が非難する一コマが放映された。ぼくは一、二の質問にコメントする局外中立の専門家という例のマスコミ人間役で登場した。ぼくの答えは乱闘を環境問題に位置づけ、分水嶺破壊の危険を述べたものだが、事件や自然の情景に音声をだぶらせるナレーションに使われた。すばらしい編集だ。放送は翌日夕方のニュースのたった四分だけだったが、センセーションを呼び、視聴者の憤激を買った。おかげでＰＰＯＷＷはやっと効果的な援助を手にすることができた。有力環境団体が林道建設差し止め訴訟を起こしたんだ」

「スパイクはどうなったね？」とジャスパーが尋ねた。

「はっ。知るものか。知らないと否定するまでもない。消えてしまったんだ。でも、全部すっかりというわけじゃないかもしれん。古い言い伝えか記号みたいに、謎のまま空中に浮遊している」

「どこに隠したとか、どう処分したとか、何とか説明しろよ」とジャスパーが喰い下がった。

「いや、知らないね。知ってるのは一人だけだ。それが誰だかヒントは差し上げたが、お忘れのようだね。それ以上は言わないよ。少なくとも当分、政府も製材会社もＰＰＯＷＷの森からは手を引くことにしたらしい。手を出せば蜂の巣をつついたようなことになることが分かったんだ。それだけの成果はあった。でも、本当には何も変わってはいない。全体が道徳的混乱に陥ってる。そして、そういえば、ぼくやＰＰＯＷＷの人たちも例外ではない。ぼくたちはテレビ局に嘘をつき――」

「誤った結論に飛びつかせた」とジャスパーが引き取った。「でも、それは嘘をつくのと完全には同じことではない。これは外交官がよく使う手でね。でもそうしたからといって、外交官を悪いとは誰も思わない」

「でも、嘘は嘘だ」とベンは言った。「外交官みたいに逃げ口上を使って、嘘をついたという事実を調子よく言いつくろおうとは思わない。それに、われわれはわざと製材会社員がおとなしい植樹家に殴りかかったという印象をつくり出した。それを遺憾だとは言うまい。もしPPOWWの森が救われるなら。でも、救われないかもしれないのだ。いや、言いたいことはこうだ。システム全体が腐っているときには、正直でいようと思ったって、そんなことはできないのだよ」

「システムの腐敗を言うなら」とクインシーが言った。「旧共産主義国でシステムが何をもたらしたか考えてみたらどうかね。彼らの環境の誤算はわれわれのそれ以上だよ」

「それがわれわれを元気づけるってわけ？」とベンが切り返した。

「こんなやっつけ合いをしても始まらない」とアームブラスターは言った。

「それは私への批判かい？」とクインシーは言った。彼は立ち上がり外套を着た。「ソフトウエアが盗まれたこと、ベンが早々とまたいい加減に真実と戯れたこと以外、違法行為がどこであったのか、ちっともはっきりしない。大問題だ。お話は面白かったよ、ベン。破産ジャングルにいるよりは森の方が気分爽快になる」クインシーはブリーフケースを指差した。「家で片づけなければならない仕事があるんでね」

クインシーが出ていってドアが閉まると、アームブラスターが肩をすくめた。「実務家をまた一人仲間から失った」

「また一人って？」とホーテンスが尋ねた。「もう一人は誰？」

「今日来られなかったのが一人いる。ストーバーというんだが、この二、三日名前をよく見るだろう。彼が仕えていた下院議員が利益相反事件に巻き込まれ、ストーバーはもみ消しを企てたというので巻き添えを食ってる。可哀想に。もみ消しの方が隠そうとする事件そのものより不名誉みたいだ」

「そういうことが多いのよ」とホーテンスが澄まして言った。

道徳調査委員会発足

「私はホワイトカラー犯罪やその他の不正直だけを問題にしているのではない」とアームブラスターが言った。「もっともそれが問題を考え始めるきっかけではあったがね。私は政府企業がムダと無益のかたまりなのが気がかりだ。共産主義国だけでなくどこでもそうなっている。私は人種戦争とテロリズムの増大が心配だ。どうして弁護士ともあろう者が職業倫理を守らないのか、ホーテンス？　弁護士があの合併だの乗っ取りだのを差配して恐竜企業を作り出しているが、あれは進歩だろうかそれとも破壊だろうか？　どうして政治指導者の言うことが全然信じられないのか？　地球上の全生命を何回も殺せるだけの貯蔵神経ガスの処分に気が遠くなるような費用と危険がかかることが分かってきた。一度に全部を処理すればよいだけだと思ってきたのに。この世は魔法使いの弟子が運営しているのかい？　あらゆることが制御できなくなってしまったのか？」

ホーテンスはアームブラスターを心配そうに見やって慰め顔で言った。「あなたは非常に難しい実務上の問題にぶつかって気が立ってるのよ。あなたの主題だった道徳の話に戻りましょうよ」

「でもこの二つ、道徳と実際の問題は同じ一つの問題だ」とアームブラスターは答えた。「そう言えるくらい絡み合っている。いままでの話が全部そのことを示している。見知らぬ人に小切手の振り込みを任せられるか。著作権保護ができるか。被服産業地区で営業を継続できるか。近郊無法地帯ではできないか。ベンの森の人たちに水の供給を維持できるか。製材会社は木材採取の実際的手段・方法をどう心得ているか。外国貸し出しは実行できるか。必要なら不正経理に訴えるのか。こういう実際問題は道徳的配慮と切り離せない。ホーテンスの言うように、私は気が立っている。だが、私の感じでは実際問題が解決されず、それがどうしようもない混乱に陥っている事態を理解する鍵は、道徳問題ではないかと思うのだ」

「鍵を求める。それもあらゆる困難を理解する鍵を。狂気の沙汰だ」とジャスパーが言った。「狂気と言う代わりに、イデオロギーの虜になると言ってもよい。これ以上そんなものが必要かい？」

「新しいイデオロギーを編み出すことだけはしたくないね」とアームブラスターは言った。「世界の混乱は誰かの陰謀のせいだという説も採らない。陰謀説も狂気の別名だ。事態が私の思うように行きさえすればどんなにいいかを探求したいわけではない。私は事態がどうなっているかについて考えたいだけだ。間違っているかもしれないが、道徳が混沌（カオス）の別名でないと仮定して、道徳がとっかかりをつけてくれるのではないかと思っている」

「混沌（カオス）にもパターンはあるわ」とケートが考え込みながら言った。「少なくとも自然界ではそうらしい。数学者や物理学者がそのことを認めたのはごく最近になってからだけど」

「私は結論を出した」とアームブラスターが続けた。「われわれは実際の仕事にかかわる生活での道徳についてきちんと考えるようにしなければいけないのだ。それで、みなさんにここへ来てもらったわけだ。言い出しっぺだから調査委員会の議長は私がやろう。そしてみなさんで委員会をつくる。決まりはただ一つ、人々が仕事に際してとる行動、とると思われる行動に、くっついて離れないことだ。厳密に個人的な行動にまで迷い込まないで仕事の上での行動に限っても、問題はいっぱいある」

「ここへ集まったのは委員会で働くためなのかい？」とジャスパーが詰問した。「そうと知っていたら来るんじゃなかった。何がねらいか知らないが、アームブラスター、馬鹿げているよ」彼は他の人たちを見回した。「初対面同士が五人、顔つき合わせて君の言う社会の大問題を解くのかい？　何を自分が言っているのかも分からない教師風おしゃべりが五人集まってさ。ぼくがそんな筋の小説を書くと言ったら、君はぼくを馬鹿にするだろうし、それが当然だ」

「これは小説じゃない」とアームブラスターは言った。「小説より古い伝統なんだ。対話――教師風おしゃべりと言ってもいいよ――はプラトンまでさかのぼる。いつのことにせよ、正邪についての意識が目覚めた時点まで多分さかのぼる。不一致、推量、再考、質問、答弁、修正答弁というその形式が、テーマの問題性に合っている。それを試してみよう。それに何か不都合があるかい？」

「われわれは適任じゃない」とジャスパーが言った。「どうしてわれわれがやるんだい？」

「どうしてわれわれじゃいけないんだ？」とアームブラスターは言った。「もっと適任の人たちが取り組むというなら、彼らにもっと権限を与えていい。でも、われわれにはそれが誰か分からないじゃないか。私が思い詰めていると思ってるんだろう。結構だ。ここは、私にわがままを通させてくれ。私も巧言令色は嫌いだ。ちょっと私の賭けに加わるわけにはいかないかな」

「時間つぶしの方法なら他にいくらもある」とベンが言った。「君の言う賭けに何か益があるのかい?」

「ないかもしれない。しかし、少なくとも世界の動きについて多分より明確に理解できるようになる。それは多少は価値があることだ」

「なるほど」とジャスパーが皮肉っぽく言った。「君が委員を指名する。そして、われわれが君のために報告するというわけだ。ごめんだね」

「私が考えているのは」とアームブラスターは言った。「各々が一つレポートをする。それを討議する。そう怖い顔をするなよ。君たちは著作家だから、いくらでも執筆を延期したり避けたりできるだろう。レポートを書いて出せとは言わないよ。お好み次第でメモを見ながら口頭で報告してもいいし、メモなしで話してもよい。報告であれ討論であれ、発言はテープにとる。実はもっと前に言うべきだったが、もう録音機は回っているのだ。みんな、かまわないだろう」彼は後ろの本棚に手を伸ばして大型のテープレコーダーを取りだし、テーブルに置いた。

「少し考えた結果」と彼は続けた。「提案したいのだが、最初のレポートは仕事に関する道徳的行動についてわれわれの信条体系、システムまたは諸システムはどんなものであるかを明確にすることだけを目的にする。お金を安全に送ることができるのはどんなルールが存在するためか? 正直な会計処理がその一つだが、それは脆いものだと知れている。何か他にもあるか? 警察はホーテンスの言うように囮を使ってよいのか? もしそうなら、誰でも同じことをしてよいことにならないのはなぜか？　何も風変わりな、神秘的な調査をする必要はない。部族民が槍を大熊座に捧げるのを真似ることはない。ただ、われわれが頼りにしていると称する日常茶飯の規範について、少し考えてみてくれればいい。誰か志願者は？」

しばらくの沈黙の後で、ケートがおずおずと口を開いた。「アームブラスター、あなたがシステムと言ったので興味が湧いたわ。私はシステムを明らかにするのが好きよ。仕事で一番楽しかったのはそのこと。いま割り当てられている仕事ではそれができなくて残念に思っていたところよ。でも、レポートが準備できるかどうか――」

「アームブラスター、君は鋭いよ」とベンが言った。「君はシステムの餌をぶら下げた。ケートがそれに飛びついた。ぼくもシステムを相手にしている。でも、それは多分君が狙っているものの手がかりとはならない。君は問題の設定を間違えている。盗品のソフトウエアを持っていた人たちは悪いことをしているという自覚があった。だからこそパニクったのだ。われわれは大気、土壌、水質を汚染しては善くないことを知っている。問題は、何が悪かを知ることではない。善いことをすること、するように強制することだ。正は正、不正は不正だ。そして――」

「おー、とんでもないわ」とホーテンスが叫んだ。「正邪は状況によるものよ。弁護士の仕事をしているといつもそのことが分かる。そして、正邪は私たち自身が属している社会についてだけ当てはまるのよ。下位文化が違えばどんな行動を許容するかの基準も違う。そのことはみんなが分かっているわ。正邪は初めから最後まで「——次第」よ。可能性は無限にあるの」

「そら言った」とアームブラスターはホーテンスに向かって微笑んだ。「ホーテンス、君は道徳的相対論者だ。そしてベン、君は道徳的絶対論者だ。論理的には君たちはどちらも間違っているかもしれない。しかし、君たちの両方が正しいとは考えられない。基本問題について興味深い意見不一致が見つかったのだから、君たちは少なくとも次回の会合に顔を出し、ケートが用意してきた話を何はともあれ聞くことにしないか。その後で心ゆくまでにけなそうが、やめてしまおうが、好きにすればいい。トライしてみようよ。一日、話を聞き、自分も話すだけだ。それ以上何の約束もいらない。ケートは準備にどのくらいかかる?」

「私には初めてのテーマよ。二、三カ月というのはどう? 準備ができたら電話するわ」

「二、三カ月だって」とアームブラスターは不平そうに言った。「一番短くてどのくらいだい、ケート? 誰も完成品を期待してはいないよ」

ケートは自分でコーヒーをもう一杯注ぎ、「いい?」と断ってキッチンへ行ってアームブラスターの電子レンジでそれを温めた。そこから部屋に戻りながら彼女はコーヒーをゆっくりと啜った。「さて」と、彼女はやっと晴れやかになって言った。「実はこのところいまの仕事にうんざりしていて、休暇を取る予定だったの。それを繰り上げて取るわ。ちょうどいい気分転換よ。休暇中の手はずを頼むのに一、二日かかるわ。それからずっと巣ごもりして頑張れば──三、四週間かしら？　でも、本当に私のレポートは失敗かもね、アームブラスター」

「決まり」とアームブラスターは言った。「日曜日から四週間後にしよう。午前一〇時開始でいいかい？　弁当は各自持参、飲み物は当方で用意しよう」

「ところで」とベンが言った。皆は外套を身につけようとしていた。「部族民についての話だが、ミクマック族は大熊座のことを猟場の番人と呼んでいるのを知ってるかい。そしてすべての動植物は注意深く神聖に用いられるべき聖なる贈り物だと信じている。この道徳的模範を強制すれば他のことはほとんどうまく収まる。これはそんなに入り組んだことではないように思うが」

「殊勝な空念仏ですこと」とホーテンスが怒りっぽく言った。「女性はみんなそんなことは分かっています。生け贄を台に乗せたら、良心に安んじて食ってしまう方がいいのよ」

第二章　第二回会合

二組の矛盾する道徳律――市場の道徳と統治の道徳

二つのタイプの道徳律

約束の日の朝、四人全員が揃っているのを見て安心したアームブラスターは、新しく買った自動温度調節のコーヒーメーカーをみんなに見せた。そしてテープレコーダーのスイッチを入れた。ケートはタイプで打ったメモを配った。

「この参考用メモを机の上に出しておいて下さい」と彼女は言った。「これを型と呼ぶわけは後で説明します」みんなが次のリストに目を走らせている間、彼女は一息入れていた。

A型道徳

暴力を締め出せ

自発的に合意せよ

正直たれ
他人や外国人とも気やすく協力せよ
競争せよ
契約尊重
創意工夫の発揮
新奇・発明を取り入れよ
効率を高めよ
快適と便利さの向上
目的のために異説を唱えよ
生産的目的に投資せよ
勤勉なれ
節倹たれ
楽観せよ

B型道徳
取引を避けよ
勇敢であれ

規律遵守
伝統堅持
位階尊重
忠実たれ
復讐せよ
目的のためには欺け
余暇を豊かに使え
見栄を張れ
気前よく施せ
排他的であれ
剛毅たれ
運命甘受
名誉を尊べ

口火を切ったのはジャスパーだった。「わけが分からないよ。なぜ二組の道徳を並べてみせるんだい？　しかも相互に矛盾が一杯だ。君は何を意図してるんだ？　無意味だよ」「このリストを見ただけではわけが分からないでしょう」とケートは言った。「でも説明させて。私の意図は——」

言い終わらないうちにベンが叫んだ。「忠告か何か知らないが、これは道徳でなくて不道徳だ。「快適と便利さの向上」ってどういう意味だい？　そういう行動で人類は地球をすでに破壊してきているというのに！」彼はメモに指を走らせた。「「見栄を張れ」だって！」彼は顔を上げた。「われわれは多消費賛美のためにこの場に引きずり込まれたのかい？」

「話を全部聞いて」とケートは言った。「誓って言うけど、このメモは軽薄なものではないわ。アームブラスターの言う通りよ。この二つのリストで沢山のことの説明がつくの。あなたは政府企業の運営は乱脈だと言ったでしょう。このリストにその鍵があるのよ。他にも驚くことが多いわ。芸術はどこから生まれるのかとか、農業はあれだけ沢山の補助金を貰っていながらどうして万年危機から抜け出せないのかとか、いつ勤勉が悪徳に変わるのかとか。このメモの道徳律を私以上に深く掘り下げれば、多くのことが説明できるわ」

ベンは聞く耳も持たずに、また不平を言った。「それに、このメモだか何だかにはどうして責任という項目が出てこないのか——」

「よく気がついてくれたわ」とケートが答えた。「協力、勇気、節度、慈悲、常識、先見、判断、能力、根気、信念、精力、忍耐、知恵が出てこない？　これらの徳は、どこでも、どんな仕事においても尊重されているので、リストには入れなかったのよ。仕事や公共の生活についてだけでなく、個人生活の処理においてもこれに関する限りは同じよ」

「私は勇気についてのC・S・ルイスの言葉が好きだ」とジャスパーが口を出した。「勇気は他のあらゆる徳の実践を可能にするゆえに、最上の徳だと彼は言う」

「そうかもしれない」とケートは言った。「でも、私には協力が多分あらゆる普遍的な徳の中で一番重要ではないかという気がする。人間は社会的動物だから私たちの存在も所有物も協力にかかっている。私が作成した二つのリストは普遍的な徳——協力、勇気、忍耐、その他を除外した残りでできているのよ。この残りの道徳律で注意すべき第一点はそれが矛盾しているってこと。とても両立できない」

ケートの探究と分類の方法

「どこでこのリストを見つけたんだい？」とアームブラスターが尋ねた。

「自分で集めたの」とケートは答えた。「そう簡単ではなかったわ。このリストを一目見ただけで怒鳴りつけなかったことにお礼を言うわ、ベン。私も馬鹿者に寛大な気分ではないの」

「お互い我慢強くなろう」とアームブラスターが言った。「忍耐はすべての仕事、特に探求に当てはまる普遍的徳目だから」

「どのようにしてこのリストを作成したか、お話しした方がいいわね」とケートは言った。「最初に、図書館に開館から閉館まで入り浸り、読みに読み、ノートを取ったのよ」

「何を読んだの?」とホーテンスが訊く。

「初めは手当たり次第。やっていくうちに焦点が合ってきた。伝記。企業史。醜聞。社会学、これは思ったほど役に立たなかったけれど、でもヨーロッパの人の書いた何冊かの本は有益だった。歴史にも打ち込んだし、部族民の槍にかまうなというアームブラスターのご意見［第一章五五頁］は無視して文化人類学もかじってみたわ。夜は新聞の切り抜きをした。

依拠した資料は三種類あるわ。賞賛すべき行為に出合うたびに、それを道徳律の形に表現してみたの。握手するだけで契約したにも等しい信頼関係をつくることで褒められているビジネスマンの話に出合うと、それを「契約尊重」と言い直したわ。別のビジネスマンが専門家や銀行の月並みの忠告や反対に抗して商売上のアイデアを固く守り、実行に移して成功した場合、たとえばポラロイドカメラを発明し生産したエドウィン・ランドについては、「新奇・発明を取り入れよ」「創意工夫の発揮」「目的のために異説を唱えよ」と表現した。でも言っておくけれど、この道徳律はどれ一つとしてユニークだとか、稀な例だという理由でここに採録されたわけじゃない。どれも繰り返しいろいろな状況で表れたものばかりよ。兵士が敗走寸前の連隊を盛り返させてその名誉を救ったことで賞賛されたら、私はそれを「名誉を尊べ」と表した、という具合にね。

職場訓練マニュアルや私が有益と思う社会学の本などを第二の資料源として、期待され適切とされている行動が出てくれば同じように道徳律とした。こうして集めたのはA型では「勤勉なれ」「正直たれ」「効率を高めよ」「他人や外国人とも気やすく協力せよ」など。またB型では「規律遵守」「位階尊重」「忠実たれ」などのような格言または指針よ。期待され適切とされるものの多くは普遍的な徳にも沢山あるわ。

私の第三番目の種類の資料は、スキャンダラスな、不名誉な、あるいは犯罪的と思われる行為よ。私は、それが何（たとえば正直）が侵犯されたためにスキャンダルになったかを突き止めようとした。たとえば強奪が罪とされるので、そのことを「暴力を締め出せ」や「自発的に合意せよ」の形に定式化した。利益相反がスキャンダルの核心になっているのを見て、それを「取引を避けよ」と言い表した。それぞれの道徳律についてどんな仕事や地位が結びついているかをノートに取ったのよ」

「利益相反についての道徳律をつくるなら、どうして「賄賂を受け取るな」としなかったのかい?」とベンが尋ねた。

「一度はその道徳律を入れていたわ」とケートは言った。「でも、収賄には当たらないのに同じ基礎的道徳原則が当てはまるケースに何回も出合ったので、「取引を避けよ」という、もっと包括的な道徳律にまとめることにしたのよ。ずっと私についてきてくれたら、なぜか分かるわ。ある種類の資料から得た道徳律は別の種類の資料のどちらかに、あるいは両方にも表れることが結構多いのよ。それで道徳律の選択に自信が増したわ。

A型、B型とも道徳律が一五項目ずつあるのは偶然だと思うわ。ベンは私が選んだ道徳律はどれもこれも瑣末で感心できないものばかりだと思ってるようね。でも、私は自分の先入観はさておいて、いろいろな資料で繰り返し同じ道徳律に出合ったときにそれを選ぶことにしたのよ。これは動物行動学者の習性なの。ベンも私の習性は分かってね。特定の動物種がなぜ特定の特徴を示すのか分からない場合でも、動物行動学者としてはその特徴を注意深く観察するものよ。急いでやったので、ひょっとしたら重要な道徳律を見落としているかもしれない。でも、そうでもないと思うの。というのは、資料を読んでもここに出てこない新しい道徳律のタネにはもうお目にかからなくなっていて、繰り返し出てくるものをどうまとめるかという段階に達したのよ。

そこで、私は図書館通いをやめて家にこもりノートを理解しようとした。最初に、普遍的な徳目を別にした。そのことは前に言ったわね。その残りは矛盾だらけのように見えた。正直と欺瞞との両方が入っている。どうすればいいの？　斬新と伝統？　剛毅と快適？　誇示と節倹？　異見と服従？　等々ですもの！」

「どんな行為が受け入れられるかどうかは状況次第よ」とホーテンスが言った。

「どんな行為でも受け入れられるとは、とても思えない」とケートが言った。「本をいろいろ読んでみると、立派な行動がどれだけ人々に尊敬されるかよく分かったわ。偽善ですら、そのことを教えているわ。私のやってることが無意味とは思いたくない。人間のあらゆる欠点、失敗、悲劇にかかわらず、人類は種としてみれば大成功している。うまくやっている種の行動に意味がないとは思えない。そこで、私は広く尊敬されている堅忍不抜の信念を頼りに、広く嘆かれている絶望への誘惑を抑え、ノートを組み替え、それを昼に眺め夜は夢見ることにしたわ。

項目間に秩序があると最初にひらめいたのは、特定の道徳律が別の道徳律と繰り返し結びつくことに気づいたときだったわ。たとえば忠誠と服従と階層秩序の尊重とか、勤勉と節倹と効率とか。あーそう。道徳律は繋がり合った塊になっているのよ。気をつけてみると職業も塊をなしており、それがさらに他の塊と重なり合っている。こうした重なり合いを繋いでいって、塊を二組の道徳律リストに組分けしたわけ。

この二組のリストの道徳律は各々の組の中では相互矛盾がない。そのことを発見したときは興奮したわ。正直と欺瞞、誇示と節倹、等々は混じり合っていない。だから、一つのリストからみれば、どんな行動をしてもかまわないということにはならないのよ」

「これは、少なくとも相当の発見だよ」と、ベンは勝ち誇ってホーテンスに言った。

「まだ矛盾はそのまま残っているけれど、でも、それは二つの体系に整理された。体系間には矛盾があるけれども、各々の体系内にはそれぞれまとまりがある。次に、私は各リストに対応する職業を選んでみた。ここでは若干の不都合があったわ。職業によっては一方のリストでなく、両方のリストに関係が深いものがあるの」

「どんな職業かしら」とホーテンスが訊いた。

「法律家についてはホーテンスが知りたいところね。法律の制定や執行はB型リストだけと関係する。しかし、弁護士は両方の型の道徳律を実践している。農業もそうだわ。でも、その話は後回しにしたいわね」

アームブラスターはノートを取った。ケートはいぶかしげに彼を見た。アームブラスターは言った。

「問題が出てくる都度、走り書きで切れ切れにノートを取るのは私の編集作業中の癖なんだ。君もぼくの癖を我慢してくれなくっちゃ。話を続けてくれないか」

「A型は簡単よ。これに関係する職業は圧倒的に商業と商業のための財・サービスの生産よ。それに、たいていの科学研究もこれね。アームブラスターがハノーバーの銀行で見知らぬ行員に小切手を託したとき、あなたが求めていたのはこのA型道徳よ。だから、私は

A型道徳を市場の道徳と呼ぼうと思うの。あるいは、ブルジョア型と言えるかもしれない。大体において、これは古典的ブルジョアの価値であり徳目なのよ」

「ということは、これらの格言なり価値なり規範なりは要するに西欧的価値なんだ」とベンが言った。

「西欧中心主義は人類のごく一部にしか当てはまらない」

「いまの話は、正と不正は状況が変わっても変わらないと信じている人の意見としてはおかしいわ」とケートが言った。「あなたは、考える代わりに言葉の連想遊びをしている。ブルジョアって言葉を聞いた。そしたら、西欧的価値って言葉が自動的に浮かぶってわけ。それはやめて、ベン。私は形而上学や抽象概念の話をしているのじゃないのよ。ここでの議論のテーマは具体的な、厳しい商売の暮らしについてよ。正しい秤を使い、お客を見つけ、同業者と競争してうまくやっていくという話なの。東洋だろうと西洋だろうと、商売で暮らしていこうと思ったら、この道徳律が当てはまる。イスラムの旅籠の主人だろうと、仏教徒の更紗づくりだろうと、ヒンドゥーの金属職人だろうと、神道のブレーキ製造業者だろうと、キリスト教、ユダヤ教、あるいは無神論の自動車工だろうと、ベンのPPOW渓谷の陶工だろうと、同じだわ。

だから、これらの道徳律は「シンドローム」だといえると思うの。シンドロームという言葉は「一緒に動くもの」という意味のギリシャ語に由来するものよ。現在では、それはある状況を特徴づける徴候群を意味するものとして使われている。いまの場合、上に述べた徴候で特徴づけられるのは活発な商業生活の実践よ」

統治の道徳

「B型はもっとむずかしい。これと関連する職業は、軍隊と警察、貴族、地主、政府各省と官僚、独占企業（はじめは独占企業が入るのはおかしいと思ったけれど、おかしくないことが後で分かった）、法廷、立法府、宗教、特に国家宗教などだけれど、これに共通するものは何かしら？　このリストが同じ型を表しているとすれば、そうさせている条件は何かしら？

そう疑問に思い続けていて、やっと気がついたの。これらはみな、領土に対する責任に関係している、ということよ。共通の条件は、領土・縄張りを保護し、獲得し、利用し、管理し、支配する仕事だということなの。

PPOWW闘争におけるあなたの行動を考えてみて、ベン。あなたは目的のために人を欺いたわ。規律、服従そして上下関係の尊重を利用した。誰かが命令し、他の人はそれを受け入れる。問うな、実行せよ、というわけ。見せびらかし――それこそあなたのやってのけたことよ。忠誠心も利用したわ。スパイクを打ち込むフリをした。実際には使わなかったにしても、暗黙裡に蛮勇や暴力に訴えたことになるわ。その脅かしが、昔の言い伝えのようにそこはかとなく漂っているのを喜んでいたみたいね。復讐心にも燃えていたようだし。B型道徳の項目が見事に揃っているわ。あなたとPPOWWの人たちは、一片の領土の保全を大義名分として闘争した。抽象的な領土でなく具体的な地域のね。もう一度言うけれど、ここで議論しているのは抽象的な領域のことではなく、実際の具体的な領土のことなの。この道徳を領土型道徳と呼んでもいいわ。全体として、それは古典的、英雄的な徳と価値を指しているのよ」

「だから、ベンが自分たちのグループが成し遂げたことを誇りに思ったからといって、道徳的に混乱していたわけではないのよね」とホーテンスが言った。みんなはベンに向かって微笑んだ。

「でも、この型を英雄型とは言いたくないわ」とケートが続けた。「それに関係する職業すべてが英雄に関連しているわけではないのよ。多くが単調な政府役人の仕事だわ。政府型、支配者型と呼ぶことも考えられるけれど狭すぎる。たとえば、ベンの仲間の闘士は政府に反対し支配者と戦っている。政府の仕事でも、天気予報みたいなサービスはこれでは特徴づけられない。天気予報の仕事は他の本来の科学と同様に市場の道徳律に従っているわ」

「思考が厳密でないから言葉で混乱するのだ」とジャスパーが言った。「君の作業は巧妙だが、私は納得できないな。対をつくるのは陳腐なやり方だ。陰と陽、黒と白、老と若、男と女、善と悪、右と左、温と冷、病気と健康、静かと騒がしい。安易でもっともらしい組分けだ。私の経験では、諸君も同様だと思うが、ちょっと考えてみれば、現実は濃淡、程度、混合、灰色の陰影を持っている。現実は、整然たる対の集まりに分けられない。君は混乱したノートを何とか急いで整理しようと焦るあまり、現実生活の複雑さを避け、安易拙速な方法をとってしまったのではないかね」

「待った」アームブラスターが言った。アームブラスターは席を離れ、後ろの本棚を探っていた。

「ケートの対句集を捨て去る前に、陳腐でもなければ、いい加減でもない思想家が彼女の味方についていることを思い出していただこう。プラトンが何と言っているか、聞いてくれないか、ジャスパー。ここだよ。プラトンが書いた『国家』の最初のところで、商売に成功しているケファルスに、その富はどんな道徳的生活と結びついているのか、ソクラテスが尋ねるところがある。ケファルスは、好んで嘘をついたり人をだましたりしてこなかったことはもちろん、やむをえないようなときでもそうしなかったことのおかげ、すなわち徳と結びついていると言う。ソクラテスはこの言葉をとらえ、「正義や正しいこととは、真実を語り、負債は約束通り払い戻すということだね」と決めつける。ケファルスはそうだと答える。

すると、ソクラテスは直ちに疑問を呈し始める。これと同じ行為が、時によっては悪となることはないか、というのだ。なぜなら、もう一度引用するが、「正気のときに君に武器を預けた友人が、正気を失ってその返却を要求したならば、その要求に応じてはいけないということに誰でも賛成するのは確実だ」ソクラテスはまた「そのような状況にある人にすべての真実を話す」ことは正しくないとも示唆している」

「それは型の違いを飛び越えているわ」とケートが叫んだ。「ケファルスの答えは市場の道徳律から来ている。二番目のは商業とは無関係よ。警察の取り締まりの話よね」

「その少し後で」と、アームブラスターはページを繰りながら続けた。「他の逆説に並べてソクラテスは、良き戦士は敵の秘密を盗むという例を持ち出す。この線に沿って推論を延長して、ソクラテスは、正義とは泥棒の術だという驚くべき命題に到達している。「もちろん、それは味方を利し、敵を損なうため」だと限定してはいるがね」

「B型道徳そのものよ」とケートは叫んだ。「ほら、「目的のためには欺け」ってあるでしょ。初めに市場の道徳に沿った答えを引き出しておき、その後で治安維持や戦争遂行に適さないという理由でそれが間違いだなんて言うのは許せないわ。わざと悪戯で話をこんがらがらせているのよ」

「プラトンの言いたいのもまさにその点だ」とアームブラスターが言った。「プラトン、あるいはプラトン描くところのソクラテスは、これに続いて、職業と職業目的とを二大グループに区分し、その徳がお互いに反していることを明らかにしようとしている。二大グループというところが重要だよ、ジャスパー。プラトン（あるいはソクラテス）は両方とも必要だと言っている。商人は各人の物的必要を満たし、統治者を賄う税金を稼ぎ出すのに必要なのだよ」

「統治者ですって?」とケートが訊いた。

「君の言うB型道徳の人だよ、ケート。警察、軍人、政府の政策当局者、支配者さ。ソクラテスは、彼らは内なる腐敗、外なる敵から国家を監視し防衛するために必要だと言っている。ケートへの提案だが、A型は君の案の通り市場の道徳と呼ぶことにし、B型はプラトンに敬意を表して統治の道徳と呼ぶのはどうだろう。プラトンの言う国家の守護者では意味が少し狭すぎるがね」

「プラトンは、たとえ話をしていたのではなかったかしら」とホーテンスが言った。「彼は『国家』で、徳のある個人は如何に生きるべきかのたとえに都市国家を使ったのよ。彼の国家は抽象概念よ。それは不敬、怠慢、貪欲、快楽、傲慢、嫉妬、卑怯、その他の現世的名誉の追求など諸々の欠点から守られなければならない人間の魂を表している。プラトンは、国家の行いの弱点や悪を個人がそれらから自分自身を守るべき例として使っている。そう私は記憶しているわ」

アームブラスターは驚いてホーテンスを見た。「その通りだよ」とアームブラスターは言った。

「そして、プラトンは逆のこともしている。個人の悪徳を商業や政治における悪に類似したものとしている。プラトンは道徳全体、つまり個人道徳と公共道徳の両方を包含する統一理論を創り出そうとしていたように思える。これは、われわれのプロジェクトに比べてはるかに野心的だ。私がここで言いたいのは、ケートの発見にはこの輝かしい先行者がいたということだけだよ」

アームブラスターは賞賛の意を込めてケートに微笑んだが、ケートはそれに応えなかった。「困ったわ」と彼女はつぶやいた。「ごめんなさい。古代の哲学者から始めればよかったのに。でも、学校で習ったときは、頭に入らなかった。退屈したわ。何も覚えていない。さあ」と彼女はため息をついた。「もう一度はじめからやり直さなければ……」

「そんなこと全然ないさ」とアームブラスターは快活に言った。「君の編纂した道徳律に比べると、プラトンは特に商業については通り一遍の触れ方しかしていない。それに、B型道徳に誇示や気前のよさを含めた点では君はプラトンに完全に反対だ。余暇のところは彼と同意見だがね。私がプラトンの話をしたのは、君をがっかりさせるためじゃなくて励ますためだよ。そして、ジャスパーにも考え直してもらおうと思ってね」

しかし、ジャスパーは自分のいま考えていることに気を取られていた。「ねえ、アームブラスター」彼は訊いた。「ソクラテスは正義は泥棒の術だと言っただけかい。もっと意味のある定義はしていないのかい？」

「プラトンはいろいろ議論して、ついには正義と不正の両方を定義するにいたる」アームブラスターは、語を止めて『国家』の中ほどのある頁を探り当てた。「もっと意味のある定義になったというか、まあ、謎めいているが。プラトンはきっぱりと、正義とは、ここからは引用だが、「自らの課題を遂行し、他人の課題に介入しないこと」だと言う。そうすれば正義論の大団円にいたるまでに取り上げた知恵、勇気、節度などの他の徳の実践が可能になると言いたいらしい。

不正な行為の一例に、プラトンは靴職人が道具を取り替えて指物師になる、あるいは靴職人と指物師を同一人が兼職する場合を引いている。そこからプラトンは一般論に移り、統治者でも支配者と警察官や補助兵のようにランクが違えば相互に仕事を取り替えてはいけないし、商人と仕事を取り替えるのはなおさらいけないと言う。また、二つの仕事を混ぜ合わせてもいけないと言う。そのような行為は「最大の悪」であり、社会に「最大の害悪」を及ぼすもので、最大の不正であり、その反対の行動こそが正義だと言うのだ。これは逆説を弄んでいるのでも、ショックを与えようとしているのでもない。本気でそう言っているのだよ」

「馬鹿げてるわ！」とホーテンスが言った。「靴職人が指物師に変わったって大したことないじゃない。両方の仕事をしたら、それでどうしたというの。昔の器用な入植者なら何でもやったわ。それが不正？　除隊になった兵隊さんが棚作りをやったらだめだと言うの？　アームブラスター、これはたとえの話で、文字通りに理解すべきことではないのよ。もっとも、たとえとしても意味がよく分からないけれどね」

「個人的なこだわりがあったのかもしれないな」とジャスパーが言った。「靴職人が彼に合わない靴を作って、おかげで――」

「学者の注釈書を見たことがあるが」アームブラスターは言った。「君の解釈は学者連の難解深遠な推理よりももっともらしいよ、ジャスパー。注釈者はこの一節について解釈に秘技の限りを尽くした後で、プラトンの議論は論拠薄弱と結論している。しかし、この議論が薄弱だということ自体、不思議ではないかね。プラトンは、正義は他にまさって重要だと考えている。これは疑えない。そして、プラトンは自分の意見を強力に主張する論客だ。そのあたりのことはもっと議論していけば分かるかもしれないし、分からないかもしれない。ケートが発見した型についての議論をもっと続けてみよう。ケートにはもっと話したいことがあるだろう？」

「ええ、そうよ。議論はまだ始めたばかりよ。なぜ道徳に二つの型があるか、その理由を考察しなければ」

「理由は分かったと思うわ」とホーテンスが言った。「一方は日常の必要に応える。他方は腐敗や外敵と闘う」

「その限りでは、その通りよ」とケートは言った。言っているうちに、また熱心さが戻ってきた。

「基本的に、あるいはスケッチ風に言えば、その通りよ。でも、それだけでは道徳律をまとめようとしている間に私が手に入れた「なぜ、どうして」という問題には触れるところがあまりに少ないわ。私は、できるところまでその問題に入っていきたいと思うの」

（注）読者の便宜のために、一七頁に二つの道徳の型をまとめてある。

第三章

ケート、市場の道徳を論ず——市場倫理の歴史的起源

暴力と不正を排除する

「これらの道徳律は重要な順に並べてあるわけではないの」とケートが始めた。「ただ、私が説明しやすいように、またあなた方が聴いて理解しやすいように、単純なものから複雑なものへと進めるわ。どの道徳律も重要で、相互に関連している。

最初の道徳律は「暴力を締め出せ」よ。原則は単純だけれど、いつでも簡単に達成できるとは限らない。だって商業の富はモノの中にあるからよ。それは顧客、供給者、公衆の手に入れやすい形で存在している。それは一般的な搬送手段で運搬される。だから、盗賊や略奪軍やハイジャッカーやコソ泥たちの気をそそりがちだし、これまでも常にそうだったと思うわ。ここでの最初の夜、ジャスパーは保護のない状態では、この危険がいかに破滅的かを話してくれたわよね。中世には海賊がイングランド沖に多数待ち伏せしていたの

で、ロンドンの商人は奮発して艦隊の費用を賄い、これを国王に献じた。これが、イギリス海軍の起源だと言われている」

「なぜ国王に献上したのだろう」とジャスパーが訊いた。

「「暴力を締め出せ」にはもう一つの意味があるわ。つまり、商人は自分で暴力を使ってはいけないのよ」

「商人が暴力を使うとなると、お互いを恐れなければならなくなるからだ」とベンが言った。

「もちろん。そうなるのが当然よ。この道徳律の第二の意味が、第二項の「自発的に合意せよ」に内容を与える。「取引しよう」という意味は子供でも分かるわ。暴力や脅迫が取引に入ってきたら、それはもはや取引（trade）ではなく、力による取り上げ（taking）になってしまう。

次の「正直たれ」が自発的合意の中身よ。確かにアームブラスターがあまたあるホワイトカラー犯罪のリストを引いて指摘したように、商業組織には不正直を実践するものもあるし、それなしでやっているのもある。商業略奪者でも暴力を使わない者もいるようにね。けれども、商売がおよそ続けて行われるには、定義により不正直が商売可能な水準に抑制されていなければならないわ。私は、商業上の不正、詐欺の最も古い形態は度量衡に関するものだったと思うわ。私が図書館で出合った奇妙な資料の一つに、神々に宛てられた推薦状の翻訳があるの。古代エジプト人は自分の墓のためにこうした推薦状を自分で準備するなり、人に頼んで用意させたのよ。よく見られる標準的な一節はこんな具合に書かれていたわ。「私は小麦の秤を増やしも減らしもしなかった。私は手のひらを短くして長さをごまかしたりはしなかった」――手のひらというのはそれが長さの単位で、それで布などを測ったことからここに出てくるの。――「私は畑の長さをごまかさなかった。私は秤の竿に圧力を加えなかった。私は天秤をごまかさなかった」このような証拠をみても、また政府が標準化を強制する初めが度量衡に関してであったことをみても、古代人は現代人以上ではないまでも現代人と同様に商業上の不正直を真剣に受けとめていたんだわ」

「われわれがここにいることになっているのは今日一日なんだから、正直は最良の政策だという驚くべきニュースよりは、もう少し自明でない何かを目指すわけにはいかないだろうか」とジャスパーが言った。

「ソフトウエア盗用事件に照らしてみれば、この話は君が思うほど自明ではないよ」とアームブラスターが言った。「しかし、ジャスパーの言うことにももっともな点がある。君は自明のことを少々詳しく説明しすぎるよ」

「ごめんなさい。もっとてきぱきとやるわ。でも、先へ進む前に言っておきたいの。ほら、これまでの話で、商人たちがなぜ統治者と共生し、その援助を必要とするのか基本的な理由が明らかになったでしょ。それは暴力的な商業略奪者と戦うためであり、それとともに正直を命じ、その命令を実効あらしめるよう商業生活における不正直を探し出し、それを尋問し、暴露し、辱め、告発し、罰する。つまり、不正直を完全になくす理想は残念ながら実現できないとしても、それを我慢できる水準まで抑制するためなのよ」

コスモポリタニズムのルーツは商業

「次の道徳律の「他人や外国人とも気やすく協力せよ」は正直と密接に結びついているわ。ギリシャがオスマン・トルコからの解放を求め、ギリシャとトルコが激しく戦争しているときに小アジアから帰国した旅行者の見聞録があるの。トルコのある僻村の長がこんな話をしているわ。「トルコ人には土地があり、果樹がある。でも資本がなく、果実を売り捌けない。春になればギリシャ商人が村に来てわれわれと一緒に収穫の見積もりをする。ギリシャ商人はわれわれに果実の集荷代その他必要経費を賄うためのお金を貸してくれる。秋になると、われわれは果実をスミルナかパンデルマに発送する。金を貸してくれた当の商人以外の商人に果実を売る者は、トルコ人の中には一人もいない。そして、その商人がわれわれの果実販売代金の残金を送り返してこないなどということは絶対に起こらない。われわれがこんな風にお互いに信頼できるのなら、どうして指導者もお互いに信頼できないのか？　この馬鹿げた戦争のおかげで、われわれは滅ぼされてしまうぞ」

村の市場——それも、うんと孤立した村の市場より多少でも複雑な商業生活にあっては」とケートは続けた。「商人たちは売買相手として見知らぬ人、ほとんど見知らぬ人と取引しなければならない。外国人が相手のこともしばしば起こるわ。これには大変な信頼が必要よ。アームブラスターがハノーバーの銀行の見知らぬ人に託したほどの信頼が。でも信頼できるのは、正直が普通であるところでだけよ。

商人たちは見知らぬ者同士の間で信頼を容易にする工夫をこらす。ずっとそうしてきたのよ。受領証は、多分最古のビジネス・ドキュメントね。昔、受領証や決済手形は、それが書面上に記載されている有価物自体であるかのように取引された。あるいは、貨幣であるかのように交換された。こういうことが可能だったのも、正直が当然のことになっていて、見知らぬ人や外国人から詐取するのは、友人を欺くのと同様に恥ずべきことだという前提で商業生活が営まれているからこそだわ。

この前提がコスモポリタニズムの基礎よ。コスモポリタンの原語はギリシャ語のコスモスとポリス、その意味は「世界人」よね。他人同士が一緒にビジネスする主な場所は大商業都市。こういう大都市でコスモポリタニズムが栄えるのは偶然ではないわ。これも、機能的必要性が文化的特徴になった一例だわ。他人や外国人相手に俗世の日常の商売をやっていくには、その人たちがお得意さまだという理由だけからでも、自分とは出身が違い、個人的好みが違っている人々を寛容に受け入れなければならないし、また、しばしば尊敬しさえしなければならない。コスモポリタニズムは芸術など他の領域にも広がっていく。でも、そのルーツは商業よ」彼女は、そこで一呼吸おいてノートをめくった。「ほら、ノートのここにマリアム・スレイターからの抜き書きがある。スレイターは人類学者で、一九六〇年当時のナイロビについてこう書いているわ。「各人種グループはほとんど他のグループを交えず家庭、クラブ、あるいは神殿の彼らだけの集会場所で会合する。そこでは、イスラム教徒がバルチ教徒やヒンドゥー教徒の隣人と市場以外の場所では口をきかない雰囲気があるので、よそ者はすぐ口をつぐむことを覚える」」

「それをコスモポリタン精神と呼ぶのはどうかしら」とホーテンスは言った。

「その通り。コスモポリタンとは言えないわ。でも私が言いたいのは、ナイロビにいやしくも人種間協力が存在するとすれば、それは特に市場においてだけだったということよ。これはジャスパーの気に入りそうなことだけどね」とケートは続けた。「コスモポリタニズムと島国根性とは対照をなしている。けれども、整然と区別できる組み合わせじゃない。むしろ両極で、一極から他極へ移る間にはありとあらゆる推移、程度、混合が存在するのよ。

こうした推移と程度は、大体は関係が恒久的かそうでないかを反映している。この興味深い微妙な論点をドイツの偉大な社会学者ノルベルト・エリアスがこう説明しているわ。彼は、封建フランスの宮廷を深く研究した。彼は、フランス革命によって一掃されるまで存在した終身にわたる宮廷関係と、その頃にフランス・ブルジョアが到達しつつあったその都度ごとの一時的関係とを対比した。彼は、廷臣たちは「概してその社会のすべてのメンバーと終身にわたる付き合いがあり……友人、敵、あるいは相対的に中立的な党派としてお互いに逃れられない依存関係を結んでいた。だから、廷臣たちはお互いに出会う度に細心の注意を払わなければならなかった。慎重ないし控え目でいることが断然大勢だった。……この社会ではどんな関係も必ず終身ついて回ったから、不慮の一言が永久にたたることもありえた」これは島国根性の極みよ。同じことは貧しい島の社会にも当てはまる。そういう社会では、家族間の遺恨と争いが執拗に続き、時には何世代にも受け継がれたり、貧民地区に生まれたことが、その人の人生のアイデンティティーにとって最も重要な要素になることだってあるのよ。

エリアスは、この宮廷生活をそれより気ままでくつろいだブルジョア生活と比較する。「ブルジョアジー同士の付き合いはもっと短期の特定目的についてのものだ。……関係はお互いの提供する物質的機会が有利と思われなくなると直ちに終わる。……恒久的関係は私生活に限られる」これが、コスモポリタンの極みなの。現実に、商業都市で大抵の現代人が持つのは、この両極端の中間のどこかにある関係よね。他人や外国人への信頼が大商業都市では崩壊するとしても、島国根性がその穴を埋めるわけにはいかないわ。そんなところからは逃げ出したいと思う人が多いでしょう。深刻ね。これこそ、他人や外国人の間での信頼が不可欠な商業文明というものの失敗に他ならないもの。

先へ進んで「競争せよ」という道徳律に移りましょう。それと一番直接に繋がっているのは、自発的合意よ。だって、自発的合意は選択が前提になっている。選択ができるのは競争があるからよ。合意当事者の一方が独占を保持してるなら選択の余地はないし、自発的合意は名ばかりになる。A型に含まれる道徳律は同じA型の他のいくつかの道徳律と直接に繋がっており、間接にはA型全部の道徳律と繋がっている。このことは分かっていただけたわね、ジャスパー。前に言った「繋がり合った塊」［第二章六六頁］とは、このことよ。繰り返し言うけれど、このリストは、ルールや価値をただずらりと並べたものではないのよ。一つずつとれば、ここに出てくる道徳律は陳腐そのものよ。でも、一つを否定するとA型道徳全体が壊れてしまう。

競争は、正直や暴力廃絶にも繋がるわ。そのことは、不正直や暴力のコストをちょっと考えてみるだけで分かるわ。私の近所のスーパーマーケットの入り口の掲示に「万引きでみんなが被害」ってある。これは真実よ。万引きのコストは価格に織り込まれなければならないんだもの。でも、その話はこれくらいにしましょう。この前の晩の議論で十分触れたわ」

「でも、そうだとしたら全体として犯罪率、不正直度の高い国は国際通商競争で損をするわね」と、ホーテンスが考え深げに言った。

「その通りよ」とケートは言った。「もっとも、犯罪率や不正直度が一番重要な競争要因とは限らないわ。多分一番重要ではないけれど、でも影響はする。競争には後でもう一度戻ってくるつもりよ」。アームブラスターはノートに書き入れた。

個人の権利に結びついた契約法の世界

「『契約尊重』は自発的合意に実体を与える。そのことは分かり切っている。私は、法律はにわか勉強しただけで、もう一つよく分からないけれど、契約と契約法が個人の権利をつくり出したと言えそうね」

「その点を明確にするお手伝いをさせて」とホーテンスが言った。

「お願い。私はこのあたりが限界よ」

「商業活動を行うには契約が必要になるわ。書面によるかどうかはともかく」とホーテンスは言った。

「必要な場合法廷が契約の履行を強制すること、それも公正にそうすることが保障されていなければならない。この場合も正直を守らせるには統治者の助力が必要なの。『公正に』というのは契約文言に従ってという意味よ」

「例外もあるだろう」とジャスパーが言った。「誰かを殺してもらう契約、建物に放火してもらう契約、こういう契約をしても法廷はその履行を強制できはしない。それどころか——」

「もちろんよ」とホーテンスは言った。「公序良俗に反する行為は、契約によっても法廷によっても守られない。それがシェイクスピアの「ヴェニスの商人」のテーマね。私たち法律家にとってシャイロックとアントニオの契約で一番奇妙な点は、破産した人の肉片を切るという罰金の取り立て契約をそもそも法廷なんかに持ち出そうとする人がいることね。

話を完全に合法的な契約の履行に戻しましょう。特に「公正に」というのは、その人の地位や身分がいくら高くても、気まぐれに賃貸を打ち切ったり、支払うべき負債を免れたり、引き渡す約束を果たさないで雲隠れしたり、約束の賃金を払わなかったり、等々することは許されないという意味なの。契約というからには、それに関する限り当事者の社会的地位は関係ないの」

「考えてみて」と彼女は力を込めて続けた。「商業が契約をますます必要としているのに、法律がそのことに配慮しない社会があるとする。商事契約法が欠けているわけ。中世初期のヨーロッパがそうだった。裁判所はあったけれども、それは封建法によって作られた統治者の裁判所で、封建法は身分のルールであり、階層社会の法だった。そこで長い間、何世紀もの間、商人たちは法律的に自己流を通していた。彼らは必要な種類の契約を考案した。彼らは強制力のある裁定裁判所を設立した。彼らはギャップを埋めるために自分たち自身の統治者をつくり出していたわけよ。彼らは先例を積み上げた。こうした工夫はまとめて「商慣行」という名で知られるようになった。

海事法の起源も同じよ。もともとは、それは海難積み荷権、貨物保険、損失債務などを処理するために船乗りや船主や商人が考えた規則や判例だった。海事法は面白いわ。潮風や荒波を感じるもの。潮の干満だの暗礁に沿って進む船の航海可能性だのが判決に出てくる。海事法専門家はたくさん旅行し、遠くの港を直接に知っている。それが私の専門だったらよかったのに。だけど、女性は歓迎されないわよね。

海事法と契約法は、とうとう支配者の成文法体系に吸収された。領事館の歴史も同じ。それを最初に設立したのは商人で、世界的な商業都市に、故郷を離れた故郷としての必要な援助を与えるためだった。これはユダヤ人の発明で、他の人種の外国商人グループがそのアイデアを受け継いだといまでは考えられている。結局は、国家がこれを引き継いだわけ」

「国家は商人ほど新しいことを発明しないのね」とケートが言った。「でも、ローマには商法があったのじゃない?」

「そう。ギリシャにもあった。ただ、言っておくけど、古代の権利概念は地位と結びついている。権利は義務の副産物だと思われていて、その義務は身分に付属するものだった。たとえば、ギリシャ・ローマの家長は、その身分によって義務を負っていた。だから、彼は家族の他のメンバー、あるいは家長でない男性にはない権利を保持していた。身分の他の面についても、軍隊での階級、宗教上の権威、奴隷所有、市民、その他何によらず、同様だった。そこで、古代ギリシャ・ローマ人には生物、個体、自然人としての権利はなかったのよ。封建ヨーロッパの考え方もそうだった。儒教の考え方もそうだったわ。あなたの言ったローマ商法は、その義務がそれを必要とした人たちだけに適用されたのよ、ケート。ついでだけど、それはローマ人が使っているときにも外国人法と呼ばれていた。そこには、商法以外の法律に付きもののくだらない手続きや祭礼についての多くの規定は省かれていた。個人の権利の現代的観念は、われわれが中世から受け継いだ商法の伝統に沿うものだけれど、ローマ商法は、現代的意味における個人の権利を導入するものではなかったのよ」

「個人の権利は自然権だとぼくは思っていたよ」とベンが言った。

「それは神話というべき作り話ね」とホーテンスが言った。「象徴としては有益だわ。けれども、実際問題としては権利を与えるのも奪うのも社会よ。中世ヨーロッパの商慣行が個人の権利という魔神を瓶の中から飛び出させちゃったのよ。あるいは、個人の権利という考え方を嘆かわしく思う人たちが言うように、害悪の詰まったパンドラの箱を開けちゃったのよ。

中世の商人から受け継いだ契約法には革命的な概念が含まれていた。契約法は職業、社会的地位に関係なくすべての個人に適用される。けれども、それだけではない。それが個人に適用されるのは、契約をするのは個人だというそれだけの理由からなの。この二つ目の考え方は契約法にすっかり浸透しているわ。そこで、会社も人であるかのように擬制して法人とする。これにより会社は、民法の保護下に個人と同じように契約をし、商業生活を営むことができる。商慣行がどれだけ革命的だったかを知るには、契約法の適用範囲の拡大に関する闘争を考えてみればいいわ。

たとえば、奴隷には個人としての権利がない。アメリカでの奴隷解放後、憲法修正第一四条は理論的には契約法に与えられているあらゆる個人の権利を彼らにも与えた。しかし習慣によって階層法、身分の支配が残り、解放民とその子孫は契約法の利益を享受できなかった。黒人の住宅所有者が合法的に購入した白人居住地区の家屋から追い出されるときにはいつでも、彼は社会的地位の区別に根ざす身分法がなお残存するかのように取り扱われた。黒人所有の企業に対して、黒人有資格者の雇用に対して、実際に妨害が加えられたとき——そういうことは実はしばしば起きたことだけれど——あるいは彼らが労働組合への加入や組合支配下の徒弟組合への加入を拒まれたとき、契約法はあたかもアフリカ系アメリカ国民には存在していないかのようだったわ。パンの一切れを買うのも契約よ。レストランで食事するのも同じこと。バス乗車券も契約。けれども、人種のせいで座席に座る代わりに立たなければいけないのだとしたら、それは身分支配であって契約じゃないわ。

だから、私たちが市民権と言っているものは、実際には平等な市民として契約を結ぶ権利である場合が多いのよ」

「一世代前」と、ホーテンスは怒りを込めて続けた。「大勢のアメリカ人女性が自分でビジネスを始めた。けれども、女性自身の責任では商業リースの利用や商業資金の借り入れができないことが分かって、驚きかつ怒った人が多かった。銀行も家主も、夫あるいは父親など男性の連署を要求した。習慣により、性差別が女性を契約法の下の個人権を享受することを不可能にしていたのよ。性差別のもう一つの例を挙げれば、同性愛者に契約法の利便を受けさせないことがあるわ。これらの闘争は現在も継続中よ。

個人の権利を発明したのは、支配者でも哲学者でもない。自然でもない。ルソーでもトーマス・ペインでもトーマス・ジェファソンでもない。ましてや、自分たちの階層の権利を主張してジョン王からマグナ・カルタをゆすりとった貴族たちでもない。身分に関係なく、個人は個人として権利を持つというこの奇妙な考え方は、中世の農奴が「都市の空気は自由にする」という言葉で表していたものよ。都市にたどり着き、そこでの風変わりな慣行に従う約束をすることで、農奴は身分法の支配を脱し、契約法の世界に入ることができたのよ。個人の権利を恐れる政府は、まだたくさん存在するわ。少数の金権家の力を恐れる政府も多い。個人の権利という考え方が政府の外で、しかも別の実際上の目的を達成するための副産物として台頭しなければならなかったのも不思議ではないわ」

「君の選んだ道徳型のリストが古臭いものだとまだ考え悩んでいるなら、ケート、安心したまえ」とアームブラスターが言った。「プラトンには契約法も個人の権利も、絶対に出てこないよ」

競争を刺激する道徳律

ケートはノートから新しいページを取り上げた。「契約法は普通の人に「創意工夫の発揮」をさせる。実際問題として、それを可能にする。商業生活では創意と工夫は当然、大いに尊重されるのよ。商業が長期にわたって繁栄している場合にはいつでも、新しい製品、新しいサービスがつぎつぎに登場する。新規の生産、流通、通信の方法も同様よ。これらすべてに創意と工夫が必要なの。

道徳律の次の大きな一群、「新奇・発明を取り入れよ」「効率を高めよ」「快適と便利さの向上」「目的のために異説を唱えよ」に移りましょう。

これらの道徳律は、すべて直接かつ緊密に「競争」と関連しているわ。立ち戻って競争を論じたいと前に言ったわよね。商業生活では競争の仕方はたくさんある。効率的な生産方法によって商業上の成功を勝ち取る企業もある。その企業は全く新しいものを開発して供給したり、古いものを著しく改良したりする。消費者を目指しての競争は、その消費者が他の企業であれ最終の消費者であれ、快適と便利さを高めることになる場合が多いわ。さっき話に出てきた宮廷生活の社会学者エリアスによれば、革命以前のフランスの都市では、一家を構える大小の商人や職人の住居は見たところ地味だった。けれども、貴族の広壮豪華なお館に比べても、それ以上に快適さや便利さがたっぷり取り入れられていた。自分自身のために、そしてまた、お得意さまのために快適と便宜に気を配るのは典型的なブルジョア好みなの。この気構えが多分商業生活を支えているんでしょうね。それこそ、私がたとえば私の身代わりに仕事する洗濯機を使い、お湯の出るシャワーを楽しむ理由なんだわ。

禁欲家のベンでも、どれだけ多くの快適品・便宜品がいまでは必需品になっているか、認めざるをえないでしょう。冷蔵庫、手術室の麻酔、電話、コピー機、コンピューター、ファックス、モデム……。昔の希少で高価な原稿は印刷された書籍に変わり、砂時計・日時計は置き時計・腕時計に変わり、暖い手袋をはめるようになってしもやけはできなくなり、――」「まやかしだよ」ベンが割り込んだ。「冷静な観察者を装って、君は特定の主張を弁護している。スプレー式缶はどうした？　暴力場面を満載したくだらない漫画本の紙のために切り倒される森林はどうなんだ？　気候が最高によくても窓を閉め、エネルギーを浪費するエアコンをつけなければならないのはどうしてだ？　ガソリン食いの自動車はどうだ？　タバコはどうした？　これ見よがしの過剰包装はどうなんだ？」

「参ったわね」とケートは言った。「何年も何年も快適・便利に専念したおかげで、雨の中で濡れネズミになって鍬を持って這い回らないですみ、洗濯物を岩で叩いていなくてすんでることに、つい夢中になっていたのね。

道徳律のこのグループには「目的のために異説を唱えよ」が入っている。私たちには異説というと、政治や哲学のことを考える癖がついている。けれども、生産でも流通でも、ちょっとした改善だってこれまでのやり方に異議を唱えることが必要よ。生産で新素材を使おうとしても同じ。革新的製品を出そうとしても同じだわ。革新的製品の中には嘆かわしいものもあるけれどね。実際の異説の唱え方は千差万別だわ。個人に権利を認めるのと同じで、異説を唱えることは革命的なことなの。現状を打破することになるのよ」

「さらに」とケートは続けた。「商業の上では異説が当たるかどうか、大抵すぐはっきりする。純粋に知的、精神的、思想的異説の場合は大抵そうはいかないわ。その影響は出てくるとしても、同時代にでなく次世代になる。商業上の異説も、思想上の異説も間違うことがあるのは同じよ。ただ商業上の異説と違い、知的・思想的異説が現実離れしている場合には、そのことが分かるのに何世代にもわたる混乱、困難、闘争が避けられないことがあるのよ。

次のグループは「生産的目的に投資せよ」「勤勉なれ」「節倹たれ」ね。これらは異説と緊密にリンクしている。商売のやり方の変更、新しい製品、新しいサービスの導入には生産的投資が必要よ。道具が摩滅する以上、伝統的なやり方を続けるためにだって多少の投資は要る。でも、単なる更新にかかる費用は実験に投じられる時間、リスク、努力、あるいは生産・流通・通信設備の変革に要する費用には比べものにならないわ。生産的投資には、現在の消費を超える剰余、いいかえると節倹を必要とする。剰余を生み出すには勤勉が必要よ。

身体が丈夫なのに、のらくら居候をしていては商業生活では尊敬されっこない。可哀想に、って思われるかもしれないけれど、道徳的尊敬はとても無理よ。でも、ブルジョアが怠け者に対して厳しい態度をとるのは勤勉と節倹、投資との関係だけからくるのではないと思うわ。交易や生産は人々が気分次第でやったりやめたりするのでなく、絶えず自ら努力する場合にのみ発展可能だという事実に、それは深く根差しているんだと思うわ」

「どんなことでも成功するには努力が要るんじゃないかい？」とアームブラスターが尋ねた。

「いいえ、それがそうではないの」とケートは言った。「統治の道徳の話になれば、そのことは分かるわ」アームブラスターはそのことをノートに記した。

「勤勉、節倹、生産的投資。この三つの道徳律の組み合わせは有名よ。マルクスは、これを労働者の搾取、不当な利得、生産手段の不正所有と呼んでいる。マックス・ウェーバーは、これをプロテスタント労働倫理と呼んだ。もっとも彼も認めているように、これは偏狭だし、誤解を招きやすい不適切な呼び名だけれどね」

「もう昼飯時だ」とアームブラスターは言った。「残っている道徳律は「楽観せよ」だけだ。これはあまり複雑な道徳律じゃないだろうね」

「複雑ではないけれど、一見逆説的なの。楽観の奨めは一般に、暴力への恐怖と安全欠如への不安と結びついている。ビジネスの人々はつまらない驚きから身を守ろうとしている。そこで、予測し、展望し、ニュースを貪欲に手に入れて未来を見通そうとする。新聞には経済欄があるわね。その始まりは、ドイツの金融家であり商人だったフッガー家が身内や顧客の情報用に作ったニューズレターだったらしいわ。ちなみに、この一家の金融業の基礎を築いたのは一五世紀初めの織物職人で、彼は織物生産から商業へ、ついで商業から金融へと業務を拡張していった。

商業に従事する人は保険をかけ、抵当を取り、顧客から信用状、業者からは積み荷手形を入れさせるなどして、そのときどきに安全確保の手段を講じる。全部が書類作りよ。粘土板に書かれた最初の文字は、ワイン何樽、オイル何瓶が在庫としてあるか、それが誰から来たか、誰が何を持っているかを示す記号やしるしだったらしい。そこで、普通の人が日常生活で字を書くことは商業会計から始まったのよ。

ちょっと考えると、安全への気遣いは悲観主義、引っ込み思案、未来への恐れ、おそらく未来についての絶えざる深刻な疑念に結びつきそうに思える。快活な楽観主義に結びつきそうもないわ。けれども、こう考えてみるといいわ。不意打ちや不運を避ける手段を実際に講じる人は、定義によって、楽観主義者に属する。そういう人は不運をあきらめない。運命論に陥らない。さらに、用心すれば実際うまくいくことが多い。そこで、商業に従事する人々は、間違いや予防不可能な災害のあとで第二、第三のチャンスがあると考えるようになる。いつでもそうだというわけじゃない。商業生活には失敗は付きものだわ。けれども、保険金が手に入ったり法廷が現状是正を命じたりするとか、第二のチャンスがうまくいくことも多いから、書類への信頼が維持されることになるのよ」

「まったくいい気なものだ」とベンが言った。「その間に地球は――」

「環境問題についていい気になってはよくないのはその通りよ」とケートはベンをさえぎった。「でも、商売をするときの楽観主義、それが生み出す勇気が広く尊敬されているのは事実よ。そのことは環境保護の戦略にも影響があるのよ。一般的に言って、商業精神の持ち主は、人類が後戻りのきかない環境破滅に否応なしに向かっているとは信じることができないわ。解決策がないなんて思えないわけよ。商業的精神に富んだ人を情緒的にも実践的にもとらえるのは破滅防止の斬新な方法よ。最近の経済紙が盛んに報道するのは、中古タイヤのリサイクルにゴムで道路を舗装するとか、パルプ資源節約のために新聞紙からインキを抜くとか、インキ抜きさえ必要としない誰かの新発明とか、太陽熱を貯蔵して暗夜にでも発電するとか、木の実の生産を強化し、これを薬学的・医学的研究に用いて熱帯林を保存するとか、そういう種類の話よ。創意が資源を保存し、過去の誤りを修復する方途だとすれば、そこには商業生活とその強力な楽観主義が作用しているわ。運命を嘆くだけでは何も解決できない。創意が単に高望みにとどまらないためには、率先、発明、異説、勤勉、節倹、生産的投資、そして競争の刺激——要するにA型道徳全体が必要になるのよ」

「昼食をとりながら議論しよう」とアームブラスターが言った。「私にもすぐ尋ねたいことがある。ちょっと待って」

アームブラスターはコーヒーメーカーを再作動させ、お皿とサイダーの水差しを出してきた。ベンは芽キャベツとナツメヤシの実の包みをはがし、ホーテンスは持ってきたヨーグルトにスプーンを入れ、ケートはマニラ封筒に入っているニュースの切り抜きの中からピーナツバター・サンドイッチ二切れを取り出し、そしてジャスパーはお寿司の入った優美な塗り物の箱と日本酒の小瓶を開いたが、それには皆が感嘆の声を上げた。

科学の道徳律

「さっきの話では」と、アームブラスターはリンゴと厚切りのゴーダチーズを手にして言った。「科学は、この商業型道徳に属するということだった。けれども技術にちょっと言及したただけで、科学のことはこれまで出てこなかった。科学が商業型道徳に属すると言ったとき、何を考えていたのかね?」

「私たちはいつも「芸術と科学」と言う。少なくとも大学では、双子みたいにね。けれども、芸術と科学は出自が違うし、その他いろいろな点で違う。たとえば、芸術はほとんど語るに足るほどの商業を持たない文化や下位文化にあっても見事に花開くわ。これはしばしば起きたことよ。これに反して科学は、通商と生産が力強く発展するまでは微々たる発展しか遂げない。私は、科学が非商業社会には存在しないとか、科学への衝動が古代にはなかったとか、普遍的でないとか、少なくとも好奇心と同じ程度には普遍的ではないとか言っているのではないのよ。それでもやっぱり、商業生活の繁栄に続いて科学研究が広がり科学知識が伸びていくのよ」

「では、日本人がそのうち科学でもリーダーになるわけ?」とホーテンスが訊いた。

「そう」とケートが言った。「多分、それに韓国人もね」

「でも、商業と科学にはどんな関係があるのかね?」と、アームブラスターが喰い下がった。

「部分的には状況のせいよ。通商、生産、そして、そのための技術。これらはすべて科学的好奇心を刺激する。同時に、創意に富む商業生活は科学的好奇心を追求する道具をいろいろ提供するわ。

でも、より重要なのは、科学は商業と同じ価値と道徳律を必要としているということよ。正直は科学の基本だわ。研究についての道徳的規則は、嘘をつくな、いかなる場合もインチキをするな、理由があって推測をしている場合には、そのことを隠さず言い、その推測の理由を述べよ、などね。

科学者の間でものを言う合意は自発的な合意よ。発見や結論に無理矢理に合意を取り付けるのは有害無益よ。科学は、目的のための異説があってこそ成功する。どんな説も、科学では暫定的に真とされるだけ。理論の証明は不可能。ただ、反証が可能なだけ。受け入れられている理論とは、まだ誤りと証明されていない理論のことに過ぎない——それが誤りである可能性は常に存在するのよ。

T・H・ハクスレーはダーウィンの進化論を大いに弁護した人だけれど、その彼がこう言っているわ。「科学とその方法は、権威や伝統から独立した拠り所を私に与えてくれた」。服従、伝統への帰依、権威への従属は、科学においては道徳的に尊敬されない。その代り、科学は新奇なことを受け入れる。科学は発明的ね。科学には創意と冒険が必要よ。科学は絶え間ない勤勉さを要求する仕事だわ。科学者は現在の消費を犠牲にして情報生産に投資すべきだと、おそらく過分に信じている。

節倹については——面白いのは、科学の信条が「説明の節約」にあることね。余計なことを全部そぎ落として一番単純な説明、データを説明できるものの中で一番けちん坊の説明が、派手で詳しい複雑な説明よりいいとされる。それは文字通りの吝嗇《りんしょく》ではないけれども、手段の節約を尊ぶ心構えが示されている。この心構えは技術をも支配しているわ。

科学は、他人や外国人との気やすい協力を必要とし評価する。それによって科学者は学んだことをプールし、お互いの作業の上に成果を築く。通商の場合と同様に、この協力は領域の制約を無視して三段跳びする。近代になる前の日本では、科学に興味を持ち、外国の地理学者や航海家でたまたま国内に入ってきた者と進んで交際した者、あるいは外国の科学思想や科学的発見を読んだり研究しただけの者が、社会的非難に遭った。時には自殺に追い込まれたり、あるいは当局に弾圧された。アメリカでは冷戦中タカ派が、共産党員と付き合っているとの嫌疑をかけて科学者を迫害した。ソ連では政府が排除と秘密をもっと重視したけれど、かえってそれはソ連の科学には有害だったわ。

統治者の価値とルールは、全体として、科学の価値とルールに全く反している。政府の研究費補助に伴って統治者の考え方が忍び込んでくるのは気がかりだわ。政府の研究補助金はずば抜けていて、科学研究の最大の源泉になっている。研究者は、どんな主題や方法が統治者の気に入るかを嗅ぎつけ、自分の興味をそれに合わせる。さらに悪いことには、研究中に予期しないパズルに出合っても深入りは適切でないと思えば、それを無視してしまう。予想されなかった副次的な問題の究明が重大な結果を生むことが多いだけに、こうした傾向はゆゆしいことよ。ペニシリンにバクテリアを殺す力があるという発見が予想外だったのは有名な例ね。また、統治者の補助金配賦担当者が序列を重視するために、それが研究作業の現場にも上下関係を持ち込む。補助金を取ってくる者が王者になるわけよ。時には統治者の価値があからさまに突出していて、ぎょっとさせられることがあるわ」ケートは切り抜きを揃えた。「一九九〇年、連邦保健省の一部局から補助金を受けていたスタンフォード大学が、補助金交付の付属条項で連邦補助金担当者の事前許可なしに研究の予備的成果を発表することが禁じられていること、連邦担当者の決定には異議申し立ては許されず必ず従うとされていることに噛みついたことがあるわ。連邦側は、研究成果は誤っているかもしれず「連邦機関に好ましからざる効果」をもたらすかもしれないから、こうした規定を設けるのは正当だと主張した。スタンフォードの研究者がこれに服さなかったので六日後補助金は引き揚げられ、話の分かりがよかったセント・ルイス大学医学センターの研究者に交付されたのよ。

スタンフォードは、付属条項の要求は憲法違反だとして当の連邦部局を訴えた。合衆国ワシントン地方裁判所の判事は、この意見に同意した。判事はその意見として問題の規定は「許しがたく曖昧」であるとし、連邦機関への好ましからざる効果とは何を指すのか、「スタンフォードが得た結論が誤りであるか否かを判断するのは誰か、科学者でない契約担当官か?」と名調子で反問した。この規定を残せば、「公的資金のいくところではどこでも、政府による検閲が行われやすくなろう」とも述べたわ」

「それで問題は片づいたろう」とアームブラスターが言った。

「それが、そうでもないのよ」とケートは言った。「連邦側は支配と服従を強く求めて、この件を上告しようとしている。それに「許しがたく曖昧」にも面倒な抜け穴がある。今度契約に曖昧さをなくすような細かい点が書き込まれたらどうなる？　あるいは、もっとありそうなことだけれど、おとなしく「馴れ合え」ば補助金がもらいやすいと考える研究者が増えたらどうなる？　この場合の基本的な問題は、統治者の立場の研究費管理者が商業型道徳が科学を律していることを悟っていないか、悟っているとしても、ちょっと遺憾の意を表する程度でその道徳の体系を破壊してよいとしていることよ。科学の道徳は市場の道徳で、官僚が依拠している統治の道徳ではない。統治の道徳が認める服従、上下階層、忠誠、排除の価値は、科学の道徳と矛盾する。目的のための偽りも、保健省の場合については、省の政治上、広報上、その他の利益を含んでいるとみられる。政府がすでに解決ずみと考える問題の研究に補助金を与え、政府が正しいとする解答の証明をその研究に求める。こうして得られた解答などに興味がある？　科学の役割はそんなものだと大勢の人が考えているのよ」

宗教と市場の道徳律との関係

「質問！」とジャスパーが言った。「宗教は市場の道徳にどう関係するのかね？　プロテスタント労働倫理の話があったが」

「ケートは、プロテスタントというのは無意味な標語だという意見だったよね」とベンが言った。

「いいえ、全然無意味ではないわ」とケートが言った。「実際に起きたことは、ホーテンスが話した中世の商慣行が成文法の外側で根を下ろして開花し、その後で裁判所により民法に取り入れられた過程と同じだったのではないかしら。商慣行はゆきつくところ宗教にも取り入れられ、同化した。まず、中世ヨーロッパでは、キリスト教教会は利息を禁じていた。それは罪だったのよ」

「高利貸しは詐欺だ」とベンが言った。「禁止を続けていればよかったのに」

「高利貸しといっても、現代の意味のそれではないわ。中世のキリスト教教会は金利の高低は問わず、利子を取ってお金を貸すことを禁止していた。でも、次第にいくつかの抜け道が大目に見られるようになった。主なものを挙げれば、貸し出しが大きなリスクを伴う場合、たとえば難破や海賊の危険にさらされている遠洋貿易のような冒険的事業に資金融通するような場合、損失リスクの補償として利子を取ってもよいとされたのよ。他の宗教でも、金利を取っての貸し出しは禁止されていたことがあるわ。今日に至るまで、イスラム教ではそれが残っている。もっともいまでは、主として貸し金を企業の「買い入れ」とみなし、金利を利潤の分け前とみなす形で、広い抜け道が存在するけれどもね。

一六世紀のヨーロッパでは、宗教改革の支持者たちの中に、特にカルバンの追随者がそうだったけれども、他の多くの点同様、利子禁止についても、カトリック教会の見解に異説を唱える人々が現れた。カルバン主義――オランダ改革教会、長老教会と組合教会派など、その分派、清教徒がアメリカにもたらした長老教会諸派は、金利を取って金を貸すことは道徳的にも正しいばかりでなく、神の目にも嘉《よ》みすべきものであると信じた。

さらに彼らは、富は信心深い勤勉、節倹、生産的投資の結果だと考えた。それ以前の神学の説明では、富の所有は神からの贈り物で、その目的は計り知れないとされるか、あるいは悪魔の行為とされていた。

何千というカルバン派の説教や論文が鳴り物入りで、これらの改革思想をプロテスタント信者に伝え、収益の一部が教会の仕事を支えるために慈善として寄付され、それによって強欲の罪が避けられるならば、生産的投資、節倹、勤労から生ずる富はよいものだと説いているわ。たとえば、バクスターという牧師は、私には興ざめ説教師の代表としか思えないけれども、その公刊説教集は広く出回ったわ。彼は、義《ただ》しい者は「時間を尊べ。金銀を失わないように注意する以上に、時間を失うことがないよう日々注意すべし。娯楽、衣装、宴会、雑談、無益な社交、睡眠が時間を奪おうと誘惑するときにはさらに警戒の念を強めよ」と説いているわ。

カルバン派の聖職者は、もっと優しいお告げも下された。虚栄、贅沢、不品行に富を浪費することが咎められる一方で、それを快適のために用いることは是認されている。上品な家庭的快適は賞賛されているわ。でも、すべてのプロテスタントが勤勉について正気を逸するほど極端な意見を持っていたわけではないのよ。カルバン主義の分派でも、オランダ改革教会やフランス・ユグノー諸派の最高組織は、過度の労働は神への奉仕の時間とエネルギーを奪うと非難している。時には、利子が望ましいという意見を撤回することもあった。すべてのプロテスタント運動がカルバン主義のように過激だったわけではないわ。ルターとその追随者は、金利を取って金を貸すことを大目に見ようとはしなかったわ」

「ウェーバーに辿り着くのにずいぶん時間をかけたようだね」とジャスパーが言った。

「ウェーバーは、北西ヨーロッパ商工業の著しい成功を説明しようとしたのよ。彼はプロテスタント労働倫理の功績を唱えた。けれども私たちはここで、どちらが原因でどちらが結果かという厄介な問題に出合うのよ。ウェーバーを批判する向きがすぐに指摘したことだけれど、長老教会が国家宗教として君臨し、他のどの国民よりもお説教を聴くのを喜んだスコットランドくらい熱烈なカルバン派はいなかったのに、スコットランドは貧しくその商工業の大半は後進的だった。批判者が指摘するところによれば、カルバンが活動拠点としたジュネーブは、彼の時代以前からヨーロッパで多分一番ブルジョア的な都市だった。カルバン主義がいち早くしっかりと根づいたオランダの諸都市は、カルバン派到来以前に実際の商慣習でその教えを先取りしていた。批判派によれば、ウェーバーは要するに時計を逆に回している。商売のやり方がカルバン主義を形成したのであって、その逆ではない、というわけ。ウェーバー自身も因果の断定を避けているけれども、それは、彼が反対意見を尊重する科学精神を持ち、また彼自身が正直な人間であったことを示しているわ。

実際に起きたことは、宗教改革者が現存する商業道徳に追いつき、それを正当化したということだと思うわ。でも、だからといってプロテスタンティズムが商業行動に何の影響もなかった(スコットランドは別として)というわけじゃないの。市場道徳律と商慣習が強かったところでは、宗教によるその承認がさらにそれを強化したに違いないわ。

さらに、宗教は商業的貪欲の暴走防止に努力を傾注した。強欲の罪が説明され非難された。また、カルバン派が商業活動を神の秩序の一面としてきっぱり受け入れたことで、このことが現世的労働と事業についての世俗の観念に影響を与えた。たとえば——」とケートはメモを探した。「エマソンがこう言っている。「人は自らを労働に刻印し、その日、その強さ、その思い、その情をその力の目に見える徴しとなる産物に転化する」。この「人自らを刻印す」という文句のコマーシャル調に注意して。それに並んで、「天職」と献身という精神主義的トーンが出てくるわ。ブルジョアの価値は卑俗で、ビジネスすなわち詐欺だ、というのと全く違うのよ」

「ぼくも引用するよ」とベンが言った。

ゴルフ場が工場に近く
ほとんど毎日
プレイを見ては
働かされる子供たち

「こういう児童労働は、ケートの驚くべく高邁な描写にどうピッタリくるのかね？　あるいは組立ラインで同じ五つのボルトネジを生涯繰り返し繰り返し差し込む運命に呪われた奴は？」

「一つには、児童労働も単調労働も、経済先進国社会では廃れてしまったわね」とケートは言った。

「でも、ベンの質問は興味深い逆説を突いているわ。それは、生産的投資、節倹、効率、快適、便宜、伝統的方法への異議に注意を払う商業生活における勤勉そのものが苦役をなくしているということよ。商業生活は、苦役を避ける新しい進歩的な方法を生み出す。組立ラインや工場においてだけではなく、家庭や農場においてもね」

「ケート、君は、この道徳律が配られたときに予想したよりもずっと深く問題を考えているね」とジャスパーが言った。「でも、二組の道徳型になぜ固執するのか私にはまだ分からない。恣意的すぎる。ここに独立した二組の道徳律があるとして、では、どうしてそれが三組ではいけないのか? さらにいうならば四組では? また七組では?」

第四章
なぜ二組の道徳律か？――分類の根拠を問う

取ることと取引すること

「ケートの話だと、まずこれらの道徳律が見つかり、それらは見つかると必然的であるかのように二グループに分かれたということだったね」とジャスパーが言った。「これはケートの創作でなく、もっと高い権威――この場合は人生の事実から啓発されたものだというう。しかし、独断家というものは大抵、自分に合うように材料を選択し案配しておいて、何らかのより高い権威を見いだしたと信じるものだ。整然たる二組の道徳律リストを見渡して、なぜ二組であってそれ以外でないか気にならなかったかい」

ケートはにっこりした。「質問されなければ、こちらから話そうと思っていたわ。一番いい私の思いつきだもの。私の意見では、私たちの暮らしの立て方が二通りに分かれているから、道徳の型も二通りに分かれるの。それ以上でも、それ以下でもなく」

「暮らし方はいく通りもあると思うけれどね」とホーテンスが言った。「たった二つって、どういうわけ？」

「たった二つなんて言わないで。二通りの生活があるなんて、贅沢で特例で驚異的であって前例がないのよ。二通りの生活方法があるのは人間だけよ。他のあらゆる動物には一通りしか生活の方法がないのよ。説明するわ。

まず、われわれ人間は、欲する物を取ることができる。もちろん取ることができればの話だけど、単純に取る。これが、他の動物のすべてがしていることよ。アブラムシを捕まえて乳牛のように飼う高度に社会的発達をとげたアリや、木を取ってきてダムや泊まり小屋をつくるビーバーや、つまらないものを蒐集・保蔵するウッドラットや、港から港へ航海するノルウェーのネズミなどでもみな同じよ。

人類の場合、最初は、荒野の狩猟民や採取民の集団が手に入る物を求めて自分の領域内で働くというのが、この生活方法の代表的な例でしょうね。

けれども、それに加えて人類には、取引する、つまり、自分の財やサービスを他人の財やサービスと交換するという方法があるわ。もちろん、それは手に入るものがあっての話であり、しかも、この場合は取るというよりは交換のために利用できる物があっての話だけれど。その交換というのも、実は自発的合意によっての交換のことで、これこそ取引の本質ね。原型は野外の小さな市場で、そこでは商品が略奪されることはないものとして並べられ、お客と値切り交渉や物々交換が行われる。

もちろん、みんながそれで生活を立てなければならないわけではないわ。贈り物、お恵み、遺産などで暮らしていける人もいる。でも、そのためには誰か他の人が稼がなければいけない。どうやって稼ぐか。そこで、また二つの暮らしの立て方に戻る――取るか取引するか？」

「他の方法は探したのかい」とジャスパーは訊いた。

「ない知恵絞ってね。何か思いついたら教えて」ケートは黙って反応を待った。それから、これ見よがしに指でとんとんと叩いた。アームブラスターが言った。

「他の生き方を思いつかない。みんなもそうらしい。でも、そう得意そうにしなさんな」

「他にも生活を立てるやり方があれば、愉快で面白くて有益でしょうよ」とケートは言った。「けれど、どんなものか見当もつかないわ。生きていく方法が二つしかないことは、人間にとってはあらかじめ定められた、変えることのできない条件なの。たくさんある固有の制約の一つよ。もっと多くの生きていく方法がほしいというのは、頭の後ろにも目がほしいというようなものだわ。でも、それはできない。それだけのことよ」

「そら、わかった」とジャスパーは言った。「知恵を軽視してはいけない。鏡があれば後ろに目があるのと同じだ」

「それができるのは、自然のくれた目を使って工夫して何とかやりくりするからよ。確かに、取るにしても取引するにしても知恵の出し方に際限はないわ。けれども、暮らしを立てるには取るか取引するしかないという事実には変わりがない。市場の倫理と統治の倫理という二つの道徳律は、一方は取引することの、他方は取ることとの長い経験を通じてつくり出されてきた、生きていくための仕組みだと私は考えるようになったのよ」

「もしそうだとしたら」とアームブラスターが言った。「ケートは、われわれが慣習上道徳と受けとめているものの基礎にある行動の地層を体系的に分類しているわけだ。ケートの挙げる道徳律には、明らかに正邪についての法律的・倫理的見解と対応するものもあるが、そうでないものもある。それを君は一緒にして組分けした。それが、私たちの呑み込みにくいところなんだ。少なくとも私には引っかかるよ、ケート」

「多分、これらの型は実存的道徳なのよ、アームブラスター」とケートは言った。「それでこそ、生きていくためのシステムというものよ。地層という比喩は気に入ったわ」

第三の道徳体系はあるか

「どんな名前で呼ぼうとかまわないが、道徳か、やれやれ」とベンが我慢できずに叫んだ。

「それにしても、ケートの道徳型は恐ろしい。一方の型には貪欲、吝嗇、俗物根性、消費賛美が含まれ、それに共通利益を犯罪的なまでに省みていない。他方の型は残酷で、残忍で、不正直で、権力狂いときている。どちらの型にもよい徳目が含まれてはいるが、悪い徳目も含まれているおかげで台無しになっている。それで自分は正しいなどと言えるのかね？」

「お昼ご飯前に理論は証明不可能なものだって説明したわ。ただ、反証可能なだけ。仮説や合理的推量についても同じよ。私の話したことはみな合理的推量に含まれる。私の仮説は、私たち人間には暮らしを立てていくのに相対立する二つの方法があるというものよ。それゆえに道徳にも二つの型があるの。それぞれの型は、それぞれの暮らしの立て方やその派生物に適応する。この話のあら探しをして反証して頂戴」

「簡単なことさ」とベンは言った。「第三の方法が無視されている。支配にも、共倒れ的競争にも依存しない方法がある。それは共通利益に基づく。ぼくが考えているのは、まとめれば次の原則に帰着するようなシステムだ。「各人から能力に応じ、各人へ必要に応じて！」」

「ご立派な原則だね」とアームブラスターが言った。「でも、実行してみれば大失敗さ。ソ連、ユーゴスラビア、中国、キューバ、アルバニア、ポーランド、東ドイツ、ブルガリア、ルーマニア、チェコスロヴァキア、タンザニア、ニカ――」

「それは指導者が悪かったり、運が悪かったり、計画がでたらめだったり、資本主義諸国の報復的禁輸に遭ったりしたためだったかも」とベンがさえぎった。

「実行してみると全然駄目だったさ、アームブラスター」とジャスパーが言った。「いま挙げられた国々は共産主義実験をやる前だって、実行において期待を裏切ることが多かった」

「しかも、この第三の道徳は実行可能だ」とベンが話を続けた。「たとえば、イスラエルのキブツを見たまえ。キブツの全財産は、その地域集団メンバーの共有になっている。各人は能力に応じて貢献し、必要に応じて受け取り、貧富の差はなく、権力者もいないという原則をキブツの人々は固く守っている。これで、君の醜悪な二組の道徳律の反証にならないかね」

「ならないわ」とケートは言った。「事実は、キブツも市場の道徳を遵守している事例に当たるということよ。キブツ共同体が成功するには、抜きん出て勤勉と節倹でなければならない。仕事に資本を注ぎ込む。顧客に、正直に効率的に便宜を与えて奉仕することに万全の注意を払う。顧客や仕入先との自発的合意を頼みにし、他の企業と公正に、かつ厳しく競争する。契約を尊重する。発明を好み、新しい仕事を受け入れる。全部のキブツがそうだとは言わないけれど、成功しているキブツはそうなの。革新に配慮しなかったキブツは、いまは失敗するか負債に苦しんでいるわ。キブツが他の種類の商業的企業と違うのは、市場の道徳を軽んじることではないわ。キブツ共同体は威信、財、権力についての競争を除去しているけれど、それはあくまで自分自身のメンバー間についてだけの話なの。キブツは団結心の強い大家族が自らビジネスを営んでいるようなもので、メンバーはそのビジネスで家族全員の福祉のために協力し相互に世話をする。しかし、メンバーのために生活を立てていくやり方に関しては市場の道徳を深く重んじ、それに従って生きているのよ」

「そういう組織は昔にまでさかのぼるわ」とホーテンスが言った。「僧院や修道院には多分に同じ性格を持ったものがあったし、アメリカのシェイカー教徒やロシアのドゥクオボル派のような自活宗教団体もそうよ。一九世紀アメリカで興って一時栄えた社会的、急進的生産共同体や、一九六〇年代に設立された理想主義的生産コミューンの中にもそうした組織があったわ。もっとも、大抵は長続きしなかったけれどね」

「国家の中に巣を作る、どれもこれもそうだった」とケートが言った。「でも、国家としてはもちろん、およそ地方自治体としての責任や機能さえ持っていなかった。それが統治の道徳の代わりになるという推論は、それが市場の道徳の代わりになり、それで生活を立てられるようになるという想定と同様に全く通用しないわ」

「それじゃ、スウェーデンはどうだ?」とベンが尋ねた。「スウェーデンは国家の中の巣なんかじゃない。国家そのものだ」

「スウェーデンは福祉国家よ」とケートは言った。「スウェーデンの社会サービス提供と所得再分配は特に豊かで完璧だけれど、福祉国家は珍しいものではないわ。これは政府の気前よさのおかげよ、ベン。気前のよさは統治の道徳の一項目になっている。政府はその資力を直接・間接にその国の商業生活の成功から得ている。そして、商業生活の成功は市場道徳律の遵守にかかっている。実際、スウェーデンの経済界は市場の道徳を見事に遵守しているわ。スウェーデンの大企業の中には、その生産の八〇パーセント、あるいはそれ以上を国外に移してコストを低下させ、企業を存続させているものもある。国家の気前よさを支えるためのきわめて高率の法人税がトラブルの要因で、労働の移動率が高いこと、欠勤が慢性化していること、も同様よ。海外進出企業では、そう言っているわ」ケートは切り抜きを探した。「気前よさを論ずるときまでこの問題を取り上げるつもりはなかったけれど、悲観的報道がこう言っている。「高コスト・スウェーデンが財を生産したり新規企業を設立したりする場所としての魅力を欠いているという物的、事実的証拠は争う余地のないものだ。そこが不安を引き起こしていることも議論の余地がない」

スウェーデン政府の官僚の中には、命令と統制だけで商業を支配できたらと考える人もいることでしょうね。でも、彼らにそれはできないのよ。森林を例にとるわ。森林は、主として個人所有で製材会社のものではない。大抵のスウェーデンの森林所有者は森林の伐採に抵抗する。仮に伐採が行われるとしても、よほど注意深く行われるのでない限りはね。彼らは森林を美的、保養的、環境的、生態的理由によって高く評価している。ＰＰＯＷＷの人々と同じね、ベン。けれども、山林地主が良いと考える領域経営は、政府のそれと一致しない。政府の方では伐採を促進し、木材輸出・雇用・税収の増加を図りたいと考えている。そして、反抗的な地主に懲罰的重税を課すとか、政府案に従う者に租税特例措置――気前よさ――を提供するとか、自らの欲するものを手に入れるにはどうすればよいか、知恵を練っている。領域経営をめぐる闘争はどこかで見聞きしたように思えるわねえ、ベン？

でも、国家行動の問題は統治の道徳を吟味するときまでとっておかなくっちゃあね。ここで白状すると、統治の道徳律と、それに一体どんな理由があるのかを分析する前に時間がなくなってしまったの。二、三の項目についてはかなり進んだけれど、ほんの二、三の項目だけ。私の側から言わせていただくと、どなたか私と一緒に仕事していただけると有り難いわ。私はすでに取りかかった二、三の項目を仕上げ、残りの項目については誰でもやっていただける方に、私のノートや私の予備的な考え方をお伝えしたい。ホーテンス、やっていただけないかしら？」

「ぼくでは駄目かい？」とジャスパーが尋ねた。

「あなたがですか、ジャスパー」とケートは叫んだ。「あなたには、すべてがナンセンスに思われていたのではないの？　現実は整然たる二組に分かれるのではなく灰色の陰影を持つ。その現実に足が着いていないって」

「その点についての判断はいまのところ保留にしておくよ」とジャスパーは言った。「けれども、ケートの使ったテクニックには興味が出てきたよ。ちょうど探偵の仕事みたいだ。

自分でやってみるのも面白かろう。それに」ジャスパーは悪戯っぽく付け加えた。「もしぼくの立場に適うしっかりした論拠を見つけたら、自分でそれを掘り下げてみよう。言っておくけれど、ぼくと共同作業すれば君の仮説をつぶしてしまうかもしれないよ」

「いいわよ」とケートが言った。

ベンは呻いた。「ケートは、アームブラスターのシステム構築の餌に引っかかってしまった。今度は、ケートの探偵ごっこの餌にジャスパーが引っかかった」

「レポートの順番はお好み次第さ」とアームブラスターは言った。「結構、別々でも一緒でもいいから、次回はジャスパーとケートがレポートするということにしよう。今日から四週間後でいいかな？　同じ手順でいく？　お昼のランチは私が用意しよう」

その後のメンバーの立ち去り際の雑談が、アームブラスターが切り忘れたテープレコーダーに録音されていた。その中には、環境問題に関する法律的助言について話し合うためベンがホーテンスにデートを申し込んでいる場面もあった。

第五章 ジャスパーとケート、統治の道徳を論ず――統治倫理の歴史的起源

第三回会合

取引は蔑視されるべきものか

その次の会合で、ジャスパーは書類を扇状にきれいに広げ、活発な口調で発言を求めた。「「取引を避けよ」から始めよう」と彼は口火を切った。「これが最初の道徳律だが、さっそく謎でもある。謎を解く鍵を歴史をさかのぼって集めなければならなかった。

騎士道の時代には、父系であれ母系であれ、父母、祖父母、曾祖父母に、商人または職人、いゆわる職業についた者がある場合は、騎士にふさわしくないとされた。商工業は恥ずべき、卑賤な、汚染の源というわけだ。だが、なぜか。商工業に身を落とすくらいなら死んだ方がましと考える人々が従事している高貴な活動といえば、戦争、略奪、搾取、迫害、処刑、監察、身代金目当ての捕虜拘束、農奴・借金農・奴隷を犠牲にしての土地独占などだ。これらに比べれば、商工の業を営むことは遥かに罪深くないのに。

これは、中世騎士道の古風な過去の幻想ではない。いまも広く見られる態度で、しっかり根づいている。一九世紀ポーランドにおいても、貴族たる者は職業に手を出すなら、その身分と身分に伴う土地所有その他の特権を失うとされていた。同じ規則、同じ罰が同じ時期の日本でもみられた。ポーランドとは無関係にそうなっていたのだよ。というのは、日本は当時外国の思想には国を閉ざしていたし、古代に中国と朝鮮から文化を継承した以外はずっとそうしていた」

「主義として商売から遠ざかることは、現存する諸王室では標準的なことだし、伝統を重んじる豪族、貴族にあっても珍しくないことだ」彼は青い書類袋を開け、ニュースの切り抜きを見せた。「この記事では、フランスのある侯爵が居城を結婚式や会議に賃貸した稼ぎで生活し、また、それで城を補修、改修している。侯爵夫人はお料理を出している。しかし、ビジネスに従事しているとは認めていない。そうではなくて、文化的イベントを催していると称している。その上、フランス政府はこの区別を重視している。事業が文化的であれば、商業的ビジネスでは得られない租税減免措置が適用されるんだ」

「ベンは、非営利活動は営利商業企業より道徳的に優れていると信じてるのだろう?」ジャスパーはベンがひょっとして否定するのでは、としばらく間をおいたが、ベンは何も言わなかった。「社会階層によっては、新しいお金を劣ったものとみなし、これと世代、時代の推移で商売の痕跡を洗い流した古いお金とをわざわざ区別している」

「俗物ねえ」とホーテンスが叫んだ。「全くさもしい俗物根性だわ。それは、現代ものも含めて沢山のイギリスの小説に描かれているわ」

「アメリカの小説にも出てくるさ」とアームブラスターが言った。「フォークナーを見てごらんよ。傾いているが名望ある旧家と、軽蔑すべき商業成金が登場する」

「上流階級の振る舞いには、それと分かるしるしがあるさ、ホーテンス」とジャスパーは答えた。

「それにしても、そういう特徴ある行動を人々がとるのはなぜか？　この問いこそ謎の核心に迫るものだ。社会の俗物根性以上のものがここには関連している。卑しい、恥ずかしい、ふさわしくない、堕落している、こういう判断は道徳的な重みを持っている」

「やっぱり偽善的よ」ホーテンスは譲らなかった。「イギリスで今日一番のお金持ちはウエストミンスター侯爵だそうだけれど、それはロンドン中心部に父祖伝来の侯爵領があって、それを商売に使っている借地人からたっぷり地代が入ってくるからなのよ。昔から、いつだって偽善的だった。ジャスパーさんご尊敬の貴族紳士のお偉方だって、売ったり買ったり雇ったりしてきた。領地から採れる穀物、羊毛、家畜、それに領地の地下から採れる石炭を売った。村々町々から地代を取った。領地内の川でサケを釣る権利や、雑木林でライチョウを射つ権利を定期賃貸に出すことさえもあえてした。これを、いまでも子孫がやっている家もある。さらに彼らは上得意でもあるわ。石工、絵描き、鎧師、猟場番、鷹匠その他あらゆる種類の召使を雇い、舶来の贅沢品に大金を投じた。なのに「取引しない」ってどういうこと？ それは空念仏もいいところで、現実を記述するものではないわ」

「ああ、距離をおけ！ ということだよ」とジャスパーが言った。「重要な点は、彼ら、または彼らの家族が自ら売買に従事しなかったことだ。代理や執事や小作人がその代わりを務め、泥もかぶってきた。その上、恩に着せるという抜け道もある。サービスの見返りに有給聖職、聖職禄、謝礼、年金、下賜品を与えること、受けることは道徳的にも賞賛される。これらは気前よさとみなされ、取引とはみなされない。

そう言いたければ、これはごまかしであり、偽善だよ、ホーテンス。でも、こんなごまかしや偽善は一体なぜ必要なのだろう。どうしてありのままに、まっすぐ直接に取引することが不名誉とされるのか。こいつは簡単には解明できない。歴史家や社会評論家は取引を不名誉とする態度については多くを語るが、それはなぜかについては口をつぐんできた。それを所与のこととして受け取ってきた。あまりにも自然なことなので、あえて説明するまでもないというわけだ。腹立たしいことだ」

「歴史家や評論家は、統治者的心情の持ち主なのかも」とホーテンスが言った。

「それとも、答えが分からなかったのかもしれない」とケートが言った。「リンゴの実がふんわり飛ぶのでなく落ちるのを見ても、ニュートンみたいに「これはなぜか？」と自問する人は滅多にいない。たいていの人は、価値ある問題が存在していることを認めるより先に、正誤はともかく答えを出してしまうものなのよ」

「多分、だから子供の質問に答えられないときには、そういう質問は退屈で馬鹿げているとする親が多いのね」とホーテンスが言った。「「馬鹿な質問するんじゃありません！」ってわけ」

なぜ取引をタブー視するのか

「それはともかく」とジャスパーが言った。「ぼくはやっと一つの推理に行き当たった。それは、取引禁忌は攻撃、制裁に対する安全保障の一形態ではないかというものだ。昔の貴族にとっては、外部の仕入先やお得意様への依存を深めるよりも、自給可能な荘園や領土を持つ方が軍事的にみて大切だったというわけさ。政治家が軍事的理由に基づいて経済的自給自足政策をとることは、よくあることだ。ただ、取引禁忌が軍事的自給策に基づくという考えには、それなりに理由がつけられるが、その他の点ではあまりにも多くの手がかりに合致しないから、役に立たない」

「どんなことに合わない？」とアームブラスターが尋ねた。

「たとえば、取引禁忌は土地持ち貴族の家系に当てはまるだけではない。領地を持たない騎士や海賊などにも厳格に適用される。この禁忌が深い道徳的な力を持つのは、なぜかうまく説明できない。このタブーがどうして個々人の自尊心、名誉心の核心に触れるのか、分からない。せいぜいのところ、取引が無分別だと主張できるだけだ。忌まわしいものだ、とまでは結論できない。取引には分別と良識が必要だと論ずることは容易だ。事実、しばしばそうなんだから。それに、距離を置くことと恩に着せることとには抜け道がある。多くの時代遅れの自給的な荘園は貧困化し弱体化しているんだよ」

「君はもっと適切な推理を思いついたのだろう」とアームブラスターが言った。「さあ、発表したまえ」

「ぼくは、この禁忌は、上で述べたのとは別のタイプの軍事的安全のために生じたのではないかと言いたい。それは、裏切りを防ぐためのタブーだ。その線で考えてみよう。城に通じる隠れたトンネル、次の攻撃プラン、奇襲戦術についての情報、人質の隠し場所、敵が感づけばうまくかき立てようとする味方内部の不満のタネ、敵の会議に潜入しているスパイ、つまりモグラの身元、等々。戦士は貴重な軍事情報を持っている。昔も今も、いつでも。伍長でも、いや今日なら電信係でも、貴重な秘密を知っている。軍隊での階級が高くなればなるほど、彼が商売のタネにする気になればそうすることのできる秘密は、味方にとってより大きな危害をもたらすものになる。

だから、ここがぼくの言いたい第一のポイントだ。秘密を敵と取引することは、どんな取引とも基本的には同じだ。そこで、両当事者は相互利益のために自発的に契約を結ぶ」

「賄賂のことを言っているのだね」とベンが言った。

「そう、まさにその通り。賄賂のことは誰でも知っている。それが卑劣で、恥ずべきこと、腐ったことで、汚いことだということはみんな知っての通りだ。

そこで、第二のポイントだ。こういう危険があるので、生涯軍人となるべき子供たちを道徳的に躾けるに際しては、取引するのは人格的な不名誉だといくら早くから徹底的に教え込んでも、早すぎることも徹底しすぎることもない。これくらい用心が役に立つことはないだろう。もちろん、これは私だけの仮説にすぎない。ケート流にいえばね。しかし、ここにぼくの言いたい第三の論点がある。この昔からの軍事における禁忌の実践的、道徳的意義は、今日でも統治者の仕事における道徳的意義に合致するところがあるのだ。そこには、偽善的なものは何もない」

「現代の軍隊についても合うかしら?」とホーテンスが言った。

「そう、そうだよ。だが、たとえ戦争がなくなり戦争準備が不要になっても、取引を避けよという道徳律は、統治者の徳としての確固たる地位を失いはしない。軍事と無関係な例として、市役所の建築検査を例にとってみよう。検査官が不正建築業者に売り物として差し出せるのは、たとえば値の張るセメントを少ししか使わず、安価な砂を大量に混入するのを見逃してやることだ。もし検査官がお金に目がくらんだら、それは収賄であり義務違反だ。しかし、この二人の犯罪者の関係に関する限り、相互利益のための自発的合意が存在する。腐敗した取引ではあるがね」

「人を統治する者自身が、彼らを統治する者を必要とするわけね」とケートが口を挟んだ。「政府内部に監督者や監察官が必要なのはもちろんだけれど、市民やマスコミが気をつけていなくては。政府の監督官、監察官自身が腐敗するかもしれないし、無能だってこともあるわ」

「悪事を見て見ぬフリをするのは、どんな警察官でも金のためにやろうと思えばやれる」とジャスパーは続けた。「判事でも、税関吏でも、環境保護部局でもできる。ホーテンスの職業だってやれる。民間の弁護士はどんな顧客を引き受けてもいいし、助言、知識、法廷技術を報酬と取引する。お上品な商取引だ。しかし、弁護士が規制官庁のポストに就くと、あるいは選挙に勝って議会に選出されると、以前の顧客に対して従来と同じように行動していても、収賄罪になりうる。

取引を避けよという道徳律は、統治者のあらゆる仕事に当てはまる。これを唯一守れる防壁は、この道徳律が広く尊重されていることだけだ。アームブラスターの言う「細い蜘蛛の糸」だ［第一章二五頁］。注意深い汚職官吏なら、支払いを借用証書で受け取ることにして、逮捕される危険をかいくぐってやっていく。その借用証書は、公務辞任後に楽な金回りのいい仕事をあてがうという約束でもいい。この種の賄賂、この種の取引は摘発しにくい」

「現代においては、旧貴族の一歩距離をおくやり方の現代版がある」とジャスパーは続けた。「公務員によっては、公務辞任後一～二年経過するまでは自分が規制していた業種に就職すること、かつての政府同僚にロビー活動する仕事に就くことは禁じられている。もう一つの隔離方策は、重要な裁量権を持つ公務員について、株式、債券、不動産をそっくり信託管理のもとにおかせることだ。収賄の機会は、議員の活動においてはいくらでもありうる。ときどき収賄事件がスキャンダルとして表沙汰になるから、われわれでも分かるのだが。アームブラスターの友人ストーバーが引っかかったのもそれで、彼は汚職議員の事件のもみ消しを図って失敗したのだ。

悪者どもを探し出し、その名誉を奪い、投獄すれば、統治者が金に釣られるのをコントロールするのに役立つ。しかしさっき言ったように、真に頼りになるのに不可欠なのは、「取引を避けよ」という道徳律が尊重されること、誘惑を退けるに十分な程度に尊重されることだ。これが統治機構全体に欠けているとすれば、どんな法律を作ってもその補いをつけることはできない。

昔のキリスト教聖職者は、教会その他の宗教組織への寄進との見返りに免罪符を発行したものだ。これは、悪事を見て見ぬフリの宗教版だ。寄進は聖職者個人の利益のためになされたわけではない。あるいは、そうではないと想定されてきた。それにもかかわらず、この富める罪人との精神的取引は間に仲介者を入れて距離をとることになっていたけれども、それでも大スキャンダルに発展し、教会の道徳的権威を切り崩した。ローマ・カトリック教会がプロテスタント宗教革命に対抗した宗教反革命の時期に、教会自身がこの慣行を破砕したのだった」

「君の議論をちゃんと理解しているかどうかだが」とアームブラスターが言った。「君の話では、取引を慎めという道徳律は最初は軍隊生活で起こったものらしい。そして、それは裏切りを絶滅するためだった——もちろん、実際には裏切りはなくならないがね。戦争する社会的階層と支配する社会階層は同じ階層だから、「取引を避けよ」という道徳律が支配の一般的な作用の中に取り込まれ、その他諸々の収賄に対する道徳的予防手段として存続することになった。こう言いたいのだろう」

ジャスパーは頷いた。「いろいろなヒントから私なりにまとめるとそういうことになる。付け加えたいのは、取引禁忌が有益だという機能的存在理由は、道徳的、機能的内容を持たない社会的偏見でおおわれてしまった。しかし俗物性その他の愚かさの底には、もともとの道徳的な核心はやっぱり存在し続け、いまも統治の仕事に従事する徳の高い人たちのために存在している、ということだ」

「そのタブーのもう一つの存在理由は、政府財産の保護だったのかもしれない」とホーテンスが言った。「思い出したのだけれど、四〇〇〇年前のハムラビ法典は、バビロンの王の役人がその役職のゆえに保有する財産と私的に保有する財産とを区別しているわ。役職に伴う財産は売り買いしたり、その所有権を家族の誰かに譲渡したりしてはいけないことになっていた。一方、自己の財産については取引してよいことが明確に認められていた。それには禁忌も、穢れもつきまとってはいなかったようだわね」

「いまの時代でいえば、将校が自宅を売ろうが娘に与えようが、かまわないけれども」とケートが示唆した。「軍事基地内の住居はそうしてはいけない、と言うようなものね。艦長が自分のためにヨットを売り買いしてもいいけれど、自分の指揮する軍艦を売買できないというのも同じことよ」

「祭司は教区教会を売ってはいけない。警察署長は警察署を売ってはいけないし、代金を退職後に備えて自動車販売業に投資してはいけない」とホーテンスが言った。「こういう法律の面白いところは、それが必要だということだわ。私たちには自明に見える区別も、いつか昔にきちんと区分けされたに違いないわ」

「その区別を無視したら、どんな刑罰がバビロニア時代には科せられたのだい?」とジャスパーが訊いた。「憶えている?」

「憶えているわ。そう悪いものではないわよ。違反した役人は不法に得た金銭を没収されることになっていた。太守や行政長官が部下の財産を取り上げたり、部下をよそに出稼ぎに行かせてその稼ぎをピンハネしたときには、もっと厳しい刑罰、処刑が科せられた」

命令への服従と良心的拒否

「もう一つの誘惑は」とジャスパーが言った。「統治者が部下の服従心を悪用することだ。いまでもこれはよくあることだ」彼は言葉を止めてベンを見た。「君が政府に勤めていないのは不思議だよ、ベン。政府に勤めたとか、勤めようと考えたことはないのかい?」

「ぼくが環境保護庁勤務なら幸せだったろうと言いたいのだね。でも、それは間違いだ。確かにぼくはお金に釣られたりはしないさ。でも、その場しのぎの措置、時間を無駄にするお役所仕事、口先でごまかす新聞発表、行動を遅らせる意図で調査にお金をかけること、どれも嫌だね。ぼくが政府に心惹かれるのは、真実の権力が仕事に伴っている場合、われわれが必要とする迅速かつ徹底的な改善のために実際の権力が使われる場合だけだ。ところが現状では、感動的な進歩は政府のおかげで生じているわけじゃない。それは、流れに抗して政府を暴露し圧迫する骨の折れる仕事の結果だよ」

「君は次の道徳律、「勇敢であれ」を先取りしているよ」とジャスパーが言った。「それは力を持ち、その力を有効に用いることを意味する。ついでながら、勇敢は騎士道四徳の一つだ」

「他にはどんな徳がある?」とアームブラスターが訊いた。

「名誉、忠実、寛大の三つだ。礼儀、つまり宮廷での振る舞い方を心得ていることが五番目の徳に挙げられることもある。勇敢については、さらに言うべきことがある。騎士にとっては、それは戦闘行為で勇気があり熟練を積んでいることだ。軍隊でも同じ意味で使われる。この恐ろしい二〇世紀には軍隊用語の意味での勇敢がどれだけ猛威をふるったことか。

国内問題については、うまくやっている支配者とその体制は、自分たちの意を通すのに説得と慣行に頼るところが大きい。だが、気をつけよう。説得が失敗すれば、実力ある政府は必ず物理的暴力に訴える。税金を払わないでいてみろ。罰金を科せられる。罰金を払わないでいると刑務所行きだ。上訴裁判所は確かに威厳があり、平和的だよ、ホーテンス。でも暴れたり、ちょっとでも騒いでみろ。三度目には裁判所守衛の強制力、勇敢さが発揮されることになる。混じりけなしの物理的暴力支配に裏打ちされた執行は、統治者の仕事としては賞賛されるべきものだ。政府は実効性がなければ良い政府ではありえない。これは、ベンが論じたポイントだ。悪い政府の過度の暴力依存に気を取られると、良い政府も暴力に訴える必要があるという事実を忘れてしまう。

次の二、三の道徳律はケートが報告する。

「「勇敢」は直接「服従」と「規律」に繋がる」とケートは言った。「いま話しているのは道徳の型であり、一緒に表れる徴候群であることを忘れないでね。仮にベンが実際に公職に就いて、さんざん議論をし、精一杯努力を尽くして工場からの汚染を止めるための法律、実効ある政策、および必要な要員を備えるに至ったとするわ。けれどもそこで、あなたの監督官の中に、腐敗のためというよりも、経営者や従業員と知り合いになり、その生活のための闘いに同情して政策の手抜きを図り、追及の手をゆるめる者が出てくるかもしれない。あなたは、大気と水質の汚染という犠牲を払っても、なおかつ部下の個人的な善悪の判断、彼らの慈悲と中庸についての信念を我慢する気になるかしら」

「からかうなよ。我慢なんかするものか。我慢したら政策は実行できない。混乱があるのみだ」

「なるほど、混乱ねえ」とケートは新聞のクリップを探しながら言った。「この報道でも警部が同じ言葉を使っている。避妊クリニックとその従業員や入院者を避妊反対デモから守れ、という任務を拒否した警察官の話よ。その警官は部内審問を受け、不服従で規律違反とされ、警察を免職になった。そしたら彼は控訴権を行使したのだけれど、その公開記録がここに報道されている。彼は避妊には良心的に反対なので、義務を拒む憲法上の権利があると主張した。警察の監察官は規律違反の審決を守る立場から、当人は警察の一員となった日から良心を命令服従に優先させる権利を放棄したと述べ、警察がこの原則を守らないならば国民には警察官に何を期待してよいか分からなくなると付け加えた。警察活動は「無政府状態に、混乱に」陥るというのがその言い分よ」

「服従しなければいけないからといって、人道に対する罪を免除するわけにはいかないわ」とホーテンスが言った。「これがナチスに対する戦争裁判や、後にはアイヒマンのような連中の裁判で重要なところよ。服従には但し書きがついていることは、広く理解されていると思うわ」

「それが、多分この不服従警察官の言い分ね。彼は避妊を人道に対する罪だと考えていたかもしれない」とケートは言った。「それはともかく、服従についての統治者の規則においては、人道に関するこの例外規定が統治者によって実際に受け入れられることはほとんどない。ベンの意見では地盤の弱い分水嶺を丸裸にしてしまうことは人道と後世代への罪になる。この意見には私も賛成よ。さらに言えば、警察官の中にも賛成の人もいるでしょうよ。でも、だからといって政府の認可した林道建設を妨害しているデモ隊を警察が命令に背いて逮捕しないだろうと思うのは非現実的だわ。抗議デモ隊が期待できるのは、せいぜいのところ、警察が同情的なら実力行使に際してあまり手荒な扱いはしないだろうというのが関の山ね」

伝統は統治に良心をもたらす

「ここで「伝統に従え」という道徳律について、一つのことだけを言っておきたいの。この道徳律の他の点には後で触れるわ。伝統は統治の仕事においては良心の代わりを務める。

これが、伝統の一番重要な道徳的意味かもしれない。普通は、伝統は行為に制限を課す。伝統に従っていれば、命令に服従する以外に選択の余地のない命令受領者の不平や疑惑を鎮めることになる。統治者の命令が伝統をあざけるものであるような場合は、その命令は通常以上に疑いの目で見られ、通常以上の正当化が要求される。特に平和時にはそうよ。戦争の時なら伝統などかまっちゃおられず、勝利のためにはどんなことでも受け入れられがちだけれど。権力奪取後、革命政府があんなに早くまたやすやすと残酷になる一つの理由は、伝統というブレーキをなくすからじゃないかしら。伝統を倒せ、そしたら歯止めも利かなくなると言うわけよ」

「それこそ、先例が法律には役立つわけよ」とホーテンスが言った。「まさにブレーキだわ。そのおかげで私たちは、裁判官や陪審員の恣意や気まぐれ、個人的性癖から身を守られているのよ」

「伝統は紛糾を永続させる」とベンが口を挟んだ。「伝統はすべてを台無しにする。そこのお二人さんが伝統の栄光をたたえるのを聞くと、こちらはむかつくよ。ブルボン王朝が崩壊したのは彼らが何事も学ばず、何事も忘れなかったからではなかったか？　政府は方向転換しなければならないのにぐずぐずする。方向転換しようと言い出しても、政府が頼りにしているのがなにしろ旧態依然たる官僚的――」

ケートがベンの言葉をさえぎった。「それが活力ある商業生活とは大違いだってことを思い出して下さいね。商業生活の場合は過去のしきたりに背いた人が尊敬され、創意工夫がしばしばたっぷり報酬を受け、柔軟で機敏なのが普通なのよ。前回、私は商業には統治者からの助けが要ると言ったけれど、その逆もまた真よ。それも、交易や生産活動が毎日の生活必需品を供給するとか税金を稼ぎ出すというだけの理由からではない。どんな国でも、進取の気性にあふれた活発な商業生活が欠けていれば駄目になってしまう。あなたは、商業がつくり出すトラブルについて論じ立てる、ベン。そして、政府がすべてを是正することを願っている。でも、商業以外のどこから創意を得て伝統墨守を免れようというのかしら?」返事を待たずに彼女は続けて言った。「伝統、勇敢、服従は、すべて次の道徳律に緊密に繋がっているのよ」彼女の目配せをジャスパーが引き取った。

組織のなかの統治道徳

「「上下関係を尊重せよ」これが統治者の主要組織原則だ」とジャスパーは言った。「軍隊は上下関係組織の原型だ。そこでは、指揮命令の系統が最高司令官に始まり、佐官、尉官の将校を経て、伍長、兵卒に至るまで、きちんと中断なしに続いている。

ここまでくれば話の筋は明らかだ。統治者の道徳と価値は大体は、大体は大体であってすべてではないが、軍事に起源がある。ケートもぼくも、このことに強い印象を受けた。

取引禁忌の源泉は何だろうかと考えたとき、ぼくはこの考えをヒントとした」

「裁判官には上下の階層がある」とジャスパーは続けた。「その頂点には最高裁判所が位置している。政府部局は閣僚に対して責任を持ち、閣僚は政府首席に対して責任を持つ」

「でも、それは企業だって同じよ」とホーテンスが抗議した。「工場の職長は労働者に命令し、自分は上司から命令を受ける。その上司にはまた上司がいて、最後は最高経営者に至る。経営者だってオーナーでなければ会長や取締役会に責任があり、取締役は株主に対して責任を持っていることになっている。どこがそれほど違うのかしら？」

「高度に編成された企業の場合であっても、――」

「編成された、編隊を組んで。軍隊用語だね」とアームブラスターが口を挟んだ。

「軍隊組織同然であっても、企業は軍隊ではない」とジャスパーが言った。「どこが違うかいちいち詰めるのは面倒だが、二、三の例を挙げておこう。野心的な経営幹部や腕の立つ工員は資金の裏付けがあれば、会社を辞めて自分の企業を設立できる」

「大抵の会社はそうやってスタートしているわ」とケートが割り込んだ。「創立者は誰かの会社で経験を積み、それから自分で打って出ている」

「組織の中の統治者は、独立して自分の組織を設立することはできない」とジャスパーは続けた。

「そのようなことが稀に起きることもあるが、それは政府が解体しつつあり、軍閥や地方勢力が競って権力奪取を図っているときだけだ。

もう一つ言えば、企業は取締役会が欲すれば、その事業の一部を他の企業に売却することができる。自分の発意で外国企業と合弁企業をつくることができ、政府組織の介入なしに外国領地へ業務を移転することができる。

だが一番重要なことは、ホーテンス、経済界には上部管轄機構を持たない中小企業がゴマンとあることを考えてみることだ。この特徴や差別は、マルクス主義その他の中央計画経済には当てはまらない。マルクス主義や計画経済は経済生活に上下命令組織を持ち込もうという企てなんだ。

統治者の仕事は、契約法やその副産物である個人の権利でなく、身分、したがって上下関係の法によって規制されていると考えていいんだろう、ホーテンス」

「それは状況次第よ。政府がその気になれば、市民や外国人に法律上平等な立場にある者として公務員を訴える権利を付与することができる。この場合、政府は親切にも契約法に服するように振る舞ってくれるというわけ。統治組織における序列による支配は、個人の保護と調和するように調節される――不服従に対して裁判を受け、控訴する権利、ケートの話の命令を守らなかった警察官が個人として持っていた権利はその例ね。しかし、純粋で単純な上下関係の法がつねに支配的な場合には、全社会を相手にしても高級公務員に肩入れする――」

「失敬だけど、ホーテンス」とアームブラスターは言った。「君の話は貴重だが、あまり法律に深入りされるとついていけない。簡単に言ってくれないか」

「お話ししかけているのは破産が起きたとき、税務署は他の債権者と同じ立場の者として地位と分け前を取るのではなく、真っ先に資産に手をつけるということよ。議員は他でなら名誉毀損で訴えられるような発言をしても、議会開会中なら大丈夫。土地収用権によって政府は、地主に売る意思があるかないかにかかわらず、公共目的のために財産を取り上げることができる。その場合賃借人の権利は取り消されてしまう。土地収用権は政府の中の上下関係の序列を反映している。アメリカの制度の下では、市所有の土地すらも州または連邦によって収用されるのを防げない。そして、州は連邦政府による収用を防げない。これこそ序列による支配よ。戒厳令布告や召集令状についても考えてみてね。死刑が廃止されても、警察官が任務遂行中に殺害されたときは例外とされているところもある。出納係が仕事中に殺されたとしても、犠牲者として警察官、統治者と法の下に平等とは言えないわけ」

「そうすると、要するに」とケートが言った。「上下関係の法は勇敢を強めることになる」

忠誠という徳について

新しいフォルダーを開いてメモ書きを取り出しながら、ジャスパーが言った。「統治者道徳の中で中心的な道徳律をどれか一つ選ぶというなら、「忠実たれ」という命題だ。政府は、反逆を文句なしに最悪の犯罪とみなしている。ちょっと引用してみよう。「この犯罪の憎むべきことは個人的殺人以上だ。……想像しうる限り最悪の行為である」これは一九八五年、海軍の機密をソ連に売っていたスパイ団についての海軍長官のコメントだ。

中国最後の王朝（清朝）時代、反逆罪により、違反者はもちろん、その息子、兄弟、父親、祖父、父方の叔父、甥を含む一五歳以上の男性親族は、住所や犯人との接触の有無を問わず斬首された。他の男性親族で犯人と同居していた者も何親等であろうと斬首された。女性親族は奴隷とされた。ひどい話だ。およそ考案された限りで最も陰惨な刑罰は何かお探しなら、腸裂き、四つ裂き、馬に繋いでの引きずり回し、串刺し、その他何でも、反逆罪の刑罰に注意を集中して調べれば手間が省けるだろう。他方、申し分なく忠誠心の強い統治者については多くの愚行と誤謬もお咎めなしだった」

「政党でも、忠誠は同じように見られているわ」とホーテンスが言った。

「政党は統治者の団体だからね。宗教組織も同様だ。信仰への無条件の忠誠を強調している。分離運動も統治者仲間だ。彼らは自分が逃れたいと思っている支配には反逆するが、それは忠誠を別のものに向けるためなんだ。

マキャベリの有名な君主への忠告は数多くのトピックスをカバーしている。目立つテーマは勇敢だが、主たる論点は実は忠誠で、それが君主の成功には不可欠というわけだ。マキャベリは、あらゆる角度からこのことを論じている。いかにして忠誠に値するか。いかにして忠誠を勝ち取るか。買い取るか。教え込むか。培養するか。人々を恐怖によって忠誠に追い込むにはどうすればよいか。よその君主や国家への忠誠を寝返らせるにはどうするか。どうやって不忠を嗅ぎつけ、どう処理するか。彼の議論は、いつも忠誠に立ち戻る。彼は、忠誠を拒むことも尽くすことも、どちらも意のままにできる者たちの忠誠をどうやって手に入れるかを考えた。彼はそのような忠誠を、皮肉ではなく、この徳の真に賞嘆すべき、かつ稀にしか存在しない形態だとみている。

忠誠は、もちろん服従を強化する。その逆も成り立つ。ぼくが最初にそのことを言い忘れたとしても、ケートが注意してくれたろう。しかし服従は一方通行だが、忠誠は双方通行だ。上司は必要な場合には自分を犠牲にしても、部下の忠誠に報いる道徳的義務を負う。騎兵将校の昔からの言い伝えに、まず馬の、ついで部下の、最後に自分の面倒をみよ、というのがある。さらに忠誠には、服従にはない神秘さがある。不滅の友愛、無条件の同志愛の神秘がね。忠誠の絆は冒険と成功をともにすることで深まるが、それは恐怖と危険に打ち勝ち、失望と悲劇に耐えさせもする。忠誠は強力な慰めであり、個人的幸不幸、能力の高低の差をならしてくれる。忠誠は、どの個人の誇りをも羨望と紛糾の原因とせず、全員の誇りとするからね。

だが、もう一つパズルがここにある。不滅の忠誠心は、生まれつきのものではないようだ。これは商業道徳群における誠実に似ている。忠誠と誠実は、どちらも中核を担う徳だ。だが、そのどちらもそれに頼るには教え込みと監視が必要だ。どこでも子供たちは、自分たちの民族や国家の正しさと価値を、真実を多分に犠牲にして教え込まれる。アメリカでは皆さんもご経験の通り、子供たちは何年間も毎朝学校で国家への忠誠の誓いを唱和させられる。ぼくの学校時代にはこれを二年生で始め、八年生まで続けた。起立してあれを一〇〇〇回以上も唱えたわけだ。選ばれて公職に就くには忠誠を誓わなければならない。軍隊に召集されても同じだ。

そこで問題だ。忠誠がこのように笛や太鼓の鳴り物入りで教え込まなければならないなら、そもそもどうしてそんな徳がいろいろな文化の中に発生したのか。ケートがぼくに必要なヒントをくれた。それを話してくれないか、ケート」

「でも、そのヒントをどう繋いでいいか分からないの」とケートは言った。「ジャスパーが答えを示す前に皆さんが解くかしら。注意すべき第一点は、武装している者は互いにとって危険だということよ。いつも私の祖母は言っていたわ。「男の子が棒を手に持っているときにはその先っぽから脳が流れ出してる」って。互いに傷つけ合わないように、武装している者たちは貪欲、羨望、嫉妬、復讐、退屈、指揮官の無能への軽蔑、その他のどんな同士打ちへの誘惑にも敗れないような、強靭で重要で神秘的な絆を必要とする」

「君の話は男性盟約についてだろう」とアームブラスターが言った。「答えは、いま君が言ったことにある。男の契りは何千年、いや何十万年もの狩猟生活の時代は盛んだった。自然淘汰の結果、それは人間の男性の魂にとって深く根をおろした資質になり、情緒的必要ともなったのだよ」

「男性盟約に基づく活動は」とホーテンスが言った。「女性から逃れる術を与えた。いまもそうよ」

「狩猟仮説は試みとしてはよい」とジャスパーが言った。「でも、うまくはいかない。反対の証拠を無視しているもの。続けてごらん、ケート」

「ちょっと見ると、狩猟の際の危険に出くわして、成功するには協力し合わなければならない男たちが神秘的な忠誠心を発達させるのはもっとものように見えるわ。これこそ猟師の生き残り術だと言ってよさそうね。闘士や警察官の場合も同じだわ。危機に面するや人々が直ちにお互いに団結するのは当然だし、面白いこと、重要なことを一緒に成し遂げるときには団結心で気分が高揚するのも当たり前よ。男でも女でも、子供でも同じ。古代の狩人もそう感じたでしょうね。

でも、忠誠心はもっと広がらなければならない。それは協力の必要が心をそそることがない倦怠期や中間期を持ちこたえなければならない。それは、相互に矛盾する圧力に耐えるだけ強いものでなければならない。狩猟者の男性盟約がボロを出すのはここよ。狩猟者の団結は、仕事を離れると脆くなる。カラハリ砂漠のクン族を例にとってみましょう。数は多くはないけれど、クン族の狩猟採取集団に属する男性が怒りにまかせたり、その他のクン族特有の理由でお互いに殺し合う割合は、アメリカの殺人事件の三倍にもなる。そのアメリカの殺人率は多分世界最高と言ってもいいほどなのよ。カナダのイヌイット族の殺人比率もカナダ全体のそれを大幅に超えている。その際、氷を切り拓いて進むことができなくなれば老人を氷上に放置するほかなくなることは殺人には含めていない。それは、殺人には当たらない。昔、極地で生存するのに体力が必要だったことの結果にすぎない。イヌイット族の殺人はよくアルコールのせいにされる。でも、殺人比率はヨーロッパ人がやってきて初めて彼らと接触したときにはすでに高かった。怒りが正気を失わせるのよ」

「これは、他の狩猟採取社会にも共通するパターンなの」とケートは続けた。「多分一番凄まじいのは、ニューギニアの雨林地帯の小さなゲブシ社会の話よ。そこでの一九四〇～一九八二年にかけての殺人比率はいまのデトロイトの殺人比率の約一〇倍、全米平均の五〇倍だった。成人男女で殺される人は、手を下すのはいつも男だけれど、ゲブシの全死亡者の三分の一に近い。この部族は、致命的な寄生虫や感染症にひどく冒されているのだから、この殺人比率の高さはさらに著しいということになるわ。ゲブシ族の間では、殺人の理由で多いのは呪術信仰なの。五例のうち四例は、犠牲者は呪術を使ったとして殺されている。迷信、あるいは呪術を使ったという非難の裏にある怒りや恐怖は、ゲブシ狩猟民の間の男同士の絆なんかよりずっとずっと強力よ」

「その話はとても信じられないよ」とベンが言った。「サン・クアやイヌイットが平和で協力的で平等主義的だってことはよく知られている。競争や権力におぼれたりはしない。戦争もしない。いわゆる文明国民こそ彼らを模範とすべきだ。どうしてそんなに悪く言うんだい?」

「殺人事件の多いゲブシ族だって同じよ」とケートは言った。「人類学者は彼らを驚くほど温和で、普段はみんなで食料を分かち合い、同胞感と上機嫌を楽しむと言っていた。でも、それは四二年間の殺人件数を人類学者が集計し分析する以前のことだわ。人類学者の観察小旅行では殺人のパターンが分からなかったのよ。ベンは私の話に驚いたけれども、文化人類学の授業を受ける学生は狩猟民の間の殺人頻度を知ってショックを受けるわ。

でも、ベンの言った彼らの賞賛すべき性格、それも本当なの。カラハリ・クン族は無害の人々と呼ばれている。殺人のことには一言も触れず、彼らの温和な性質を強調するテレビ・ドキュメンタリーに何度お目にかかったことか。長編映画『神は狂いたまえり』は極端なまでに彼らを温和な人々として描いている。これらはフィクションで、私に言わせればドキュメンタリーもフィクションだけれども、クン族狩猟民の実態を示すというより、私たち自身の楽園願望を表しているんだわ」

「どうして彼らは温和で無害という評判を得たのか?」ケートは続けた。「もちろん、彼らはわれわれに対しては害をなさなかった。しかしそれよりも大きいのは、彼らはわれわれと違って、組織を作って攻撃的に出ることがなかったからね。私の話に出てきたクン族その他の部族は全く戦争を好まず、上下組織を欠き、規律や服従を大事にする気持ちも持ち合わせていない。この組織の欠如が、人類学者やドキュメンタリー視聴者に魅力を感じさせた彼らの性質の一部よ」

「さあ、ヒントは与えられた」とジャスパーが言った。「そこでどう考えるかね?」

「言いにくいけれど」とホーテンスが言った。「男たちは戦争で殺し合いをしないなら、別の理由を見つけて、とにかく殺し合いをするように生まれついてるのかしら」

「違う、違う、違うよ」とジャスパーは言った。「君が言おうとしているのは、戦争と殺人の間に逆比例の法則が成り立つということだ。でも、そんな関係が成り立つ証拠は私の知る限り存在しない。成り立たないという証拠はたくさんあるけれどね。たとえば、デンマークやスイスは戦争愛好国ではない。そしてそこでの殺人比率はきわめて低い。

もっと悪い推測を片づけておこう。ケートも言った通り、クン族、イヌイット族、ゲブシ族は、長年それで生存してきた狩猟の時は別として、組織を作って戦争を仕掛けることはない。男性盟約と堅固な忠誠心とが狩猟の危機への対応から生まれたとすれば、狩猟民族こそそうした特徴を特に発揮すべきだ。しかし、事実はそうではない。そこで、兵士や一般市民が理解するような忠誠心の起源や性質は狩猟生活以外に求めなければならない。

私見では、道徳の理想としての堅固な忠誠心を生み出したのは、やはり上下関係、服従、規律、権威の集中――クン族などの場合はこれらが目立って見られない――をもたらしたのと同じ組織だったと推測するのが妥当なところだ。

実際的な観点で問題を考えてみよう。戦争が組織的に展開されると、指揮官は、自分の部隊内での殺人や襲撃を抑止しなければならないことにすぐ気がつく。人間が武器を手にしているときには殺人の理由は偶然の個人的動機や迷信だけにとどまらないよ。家族間の血の争いや報復は、いまでも農村社会によってはよく見られることだ。しかし異なった家族、部族、村落から集められた兵士が争いにふけっていては軍隊がうまく機能するわけがない。好むと好まざるとにかかわらず、軍隊は兄弟団にならざるをえない。盟約や忠誠心の尊重はそれが一番起こりにくいところ（寄せ集めの軍隊）で一番必要とされる。だが、またその軍隊でこそ規律は最も厳正で、一方的教化が徹底して行われることになる。

軍隊における忠誠の徳が、その後、領域の征服や保全に結びつく統治事項、ひいては一般に統治活動とされるものの全体に拡大されたのではないか。マキャベリがよく理解していたように、忠誠心がなくてはならないことは支配の仕事やその派生活動のすべてに浸透する。それは軍事・非軍事を問わず、あらゆる統治者の裏切りに対する道徳的な抑制だ。

公務員が憲法なり王室なりに忠誠を誓うのは無意味ではない」

「私たちが取り扱っているのは一群の道徳だということを忘れないでね」とケートは言った。「統治者の道徳律の群れの中のどれか一つが駄目になると忠誠が徳から不徳に変わる。警察が腐敗して賄賂を取ったり、統治者が徒党を組んで憲法を覆そうとしたりすると、その一味の者がアウトサイダーを排斥し、悪者をかばい、誠実な者を妨害する。同じ統治道徳体系内の他の道徳律からの支持がなければ忠誠は腐敗する。それは両刃の剣よ」

復讐は野生の正義である

ジャスパーはケートを再び引き継いだ。「次の道徳律は「復讐せよ」だ。報復への衝動は巨大な情緒力を包み込んでいる。それは忠誠や誠実とは違い、自然に起こる。それを子供に教える必要はない。むしろ暴発しないように躾けなければならない。いつでも爆発しがちだ。個人に対してなされた不正、いや侮辱に対しても、全国民が復讐を叫ぶ。情緒的に同一視される場合には、それが直接には知らない人に対するものであっても同様だ。陰気に考えると人間は報復心に燃える動物だ。陽気に考えるなら、人間は正義を愛する動物だということになる。

私的報復には古くからの伝統がある。前に述べた血の争いを見れば分かる。文化によってはある傷害にはそれに応じた金なり血なりをもって支払う罰が決められているが、その執行は被害を受けた側に任されていることもある。そこで問題は、どうして統治者が復讐を独占したかだ。それがもう一つの謎だ」

「ジャスパーの話は回りくどいわ」とホーテンスが言った。「それが社会契約というものよ。市民は復讐を含め暴力の行使を国内平和と引き換えに放棄するわけね」

「本当かい」とジャスパーは反問した。「いつ、誰によって社会契約は結ばれたのかね」

「私たちには憲法がある。これが社会契約よ」

「憲法は、復讐を含めて暴力を国家が独占することをすでに当然の前提としている」とジャスパーは答えた。「当然の前提としているからこそ国家が暴力独占を乱用しないよう制約しようとしている。

中世の都市には――ケートもこういう例に遭遇したことと思うけれど――市政府が新移住民に暴力の個人的使用の放棄を約束させ、それを地域共同体に委ねさせるものもあった。この契約に応じないかこれに違反したら、その都市から追放された。中世教会にも似たような約束を教区民との間で結び、いわゆる「神の平和」を保とうとするものもあった。もちろん社会契約も存在していて、君が苦労して説明している点をカバーしていた。

これらすべての場合において、政府による暴力の独占はすでに仮定されるか確立されていた。それに従って生きるか、さもなければ追放もしくは破門されると人民は知らされていた。イギリスの歴史家クラークはこの状況を巧みに表現している。彼によれば、社会契約は政府への服従の必要と政府は被治者の同意によって成立するという望ましい条件とを両立させる点で知的には魅力あるアイデアだ。しかし同時に、そのような契約がいやしくも存在するとすれば、それは平等な立場の人々の間に結ばれるものではありえないことを彼は指摘し、社会契約に古代史上の起源を見いだそうとするかつての著作家たちの気の抜けた試みを退けた。気の抜けたというのは、証拠が何もないからだ。彼は社会契約をフィクションと呼んでいる。ホーテンスは自然権も象徴的フィクションだって説明したのだから、社会契約フィクション説にも賛成するだろう」

「社会契約説はすぐれた暗喩だよ」とアームブラスターが割り込んだ。

「暗喩にはかまっていられないね」とジャスパーは威張って言った。「復讐の独占は事実だ。ぼくが求めているのは事実における起源だよ。私は社会契約の起源を掘り出せなかった。ケートも同様だ」

「君たちやクラークという手合いはそういって暗喩を取り上げるだけで、代わりに何にもくれないんだ。がっかりだよ」とアームブラスターが言った。

「間違って答えるより答えを出さない方がましさ」とジャスパーが言った。「混乱を起こさないだけでもね。でも、がっかりすることはないよ。アームブラスターのためには軍隊における忠誠について先に述べた結論からさらに演繹した推論を用意してある。

第一に、復讐を独占するからには正義を行う責任を引き受けることになる。第二に、個人的復讐が禁じられている軍隊内では、仲間の兵士を傷つけた兵隊を個人的復讐に代わる方法で処分する必要がある」

「つまり」とホーテンスが訊いた。「軍事裁判の方が兵隊たちが別の兵隊や士官に復讐を加えるよりも効き目があるというの？　それなのに決闘が行われるのは矛盾じゃない？」

「そうでもない。当局は決闘に強く反対しており、繰り返し禁止してきた。稀に短期間大目に見たことはあるけれども、決闘が許可されたのは士官や紳士に対してだけで、普通は貴族、つまり統治者の特権だった。それにもかかわらず決闘する者もいるにはいたし、報復のためにリンチに加わる人もいた。それもこれも、復讐を独占できるのは鉄の規律、服従、上下関係がある場合だということを示している。

そこでぼくの提案したい仮説は、政府以外の者に勝手に復讐することが禁止されるのは軍隊組織に始まり、やがて紆余曲折を経た後に統治者一般の独占に帰したというものだ。喧嘩好きな配下の者の間に秩序を保つことが狙いだが、同時に支配者の支配権を脅かされないようにするためでもある。

支配権が脅かされた最近の一例を述べよう。ここニューヨークで殺人事件の目撃者が殺人者を見分け、法廷で証言する予定だった。しかし裁判の前に目撃者は射殺され、犯人は不明だった。殺人容疑者は起訴されたが証拠不十分で釈放された。検事局次席の言うことには、その後で他の刑事事件で証言予定の証人がわんさと押しかけてきて、検事局は証人の身の安全をどうやって守ってくれるか教えてくれというわけだ。こうして証言をしてくれなくなった人がどれだけいたか数え切れないほどだ」

「だからFBIは精緻な証人保護システムを作り上げることになったのよ」とホーテンスが口を挟んだ。「組織犯罪の裁判ではそれが特に必要なの」

「ぼくが言いたいのは、それは証人保護のためだけではないということだ」とジャスパーが言った。

「それは、本当は統治者の支配を守るための措置だ。政府の威信がブラック・ユーモアになってしまわないようにしているのさ。この主題についての締めくくりの言葉はフランシス・ベーコンに委ねよう。いわく、「復讐は野生の正義であり、人が生まれつきからしてそれに頼りがちとなるだけ、法律で矯正する必要がある」とさ」

偽りが道徳的である場合

復讐についてのメモのフォルダーを閉じながらジャスパーは別の紙ばさみを探して言った。「次のは実際に狩猟生活から伝来した道徳律だ。「目的のためには欺け」狩猟者は人でも動物でも獲物を欺こうとする。一番原始的な欺き方は隠れて待ち伏せしたり、こっそり忍び寄ったりすることだ。人間はさらに知恵を働かして落とし穴を掘ったり、餌を罠につけたり、囮を使ったり、音を立てて慌てさせたりする。

カナダのアルバータ州の高原に、「ヘッド－スマッシュト－イン・バッファロー・ジャンプ」という名の博物館がある。入館者は建物全体を貫いている自然の岩棚の足元に立ち、崖から跳ぼうとした瞬間に凍りついた大きな体の野牛の群れを頭上に見上げることになる。恐怖にしびれる光景だ。狂いたち、決死で、荘厳で、哀れを呼ぶ姿だ。他の展示は、狡猾で勇敢なネイティブ・アメリカンの野牛狩猟者への畏敬の念を掻き立てる。彼らは岩棚の後ろの平地に野牛の糞や石や茂みで点線を引くような具合に道をつけたものだった。死の衝動を引き起こすべき時がくると、コヨーテの皮をまとった少年たちは散らばって草をはんでいるバッファローの群れの縁でうなり声を上げ、野牛の群れを集め、これを作っておいた道に追い込む。その一方、他の少年たちは野牛の子牛の皮をまとい、道の終点の崖っぷち近くでメーメーと哀れな声で鳴く。惑乱した野牛の群れはこれを救おうと駆けつける。後門と側面の狼のうなり声、前門の子牛の鳴き声に挟まれて、バッファローの群れは死の跳躍を遂げるという始末だ。

コヨーテや子牛の皮は小さい。野牛の視力は弱いが、それでも、これは大人の男用ではなく男の子用の仮装だ。野牛が跳んで頭を砕くこの展示は、子牛の皮をまとった少年が野牛の突進に巻き込まれ踏みにじられたことの記念にもなっている」

「あなたはどっちの立場なの？」とケートが好奇心いっぱいで訊いた。「野牛側？　それとも狩猟者側？」

「そのときは、野牛側だったり狩猟者側だったりした。しかしいま考えると、正直な話、この博物館の設計者、あるいはこの博物館に勤めている狩猟者たちの子孫の立場に立っていたように思う。

狩猟者のトリックは、これもその他のものも、お互い同志をだまそうとするわけじゃあない。共通課題達成のためにだまそうというのだ。戦闘員の場合も同じだ。裸の勇猛を補うために、待ち伏せ、囮、パニック作戦、その他狩猟のときと同じ、あるいは、それ以上のトリックを使う。しかし、それは同志を欺くためではない。警察や狩猟者も同じだ。ハントするつもりがハントされることになった現代のちょっとした例がある。ぼくには気に入っている話だが、善良な市民としては好きになってはいけないのだろうがね。マンハッタンの警戒の行き届いた地区——それもこのアパートからすぐ近くでだよ、アームブラスター、君も被害に遭うところだったかも知れないぜ——泥棒たちが数個の街頭電話ボックスから現金を盗もうとして罠を仕掛けた。利用者が「何か汚いもの」で返却口が詰まっていてお釣りを取り出せないと警察に届け出た。警察はもちろん平服に変装して電話ボックスに張り込み、年端もいかぬ少年のギャングを捕まえた。通貨返却口に卵の白みを塗り付けていたのだ。その一人が警察に言った。「要は、返却口に何が詰まっているか、おいらには分かっているが、利用者には分からないってことよ」」

「次々別の電話ボックスに仕掛ければ見つからなかったのに」とベンが言った。そして、勢い込みすぎたことに気づいてその後ばつの悪そうな様子だった。

「統治者が偽っても道徳的であると認められるための原則は、以下の通りだ」とジャスパーは続けた。

「第一に、それは組織内の他のメンバーを狙って行われるものであってはならない。そんなことをすれば忠節に反する。第二に、それは統治目的遂行のためのものでなければならない。だから電話ボックス詐欺の場合はこれに該当せず、警察が私服で張り込む場合の偽りならば該当する。これら二つの条件が満たされるならば、統治者の偽りは尊敬される。

無許可の盗聴、信書の無許可開封、信頼を培っておいて裏切ること、弱みにつけ込むこと、――これらは日常生活にあっては恥ずべき行為だ。しかし、スパイにとってはこれらは正しい行為であり、英雄的な行為ですらある。巧みに言い抜けることは外交官にとっては不名誉ではない。職業資格だ。一国の元首は国家利益のために見え透いた嘘をついても正当とされるのが普通だ。それがうまくいけば賞賛されるだろう」

「失敗したら、嘘つきだと言って批判されたり嘲笑されたりするわ」とケートが言った。

「警察やスパイや軍事については、君の言うことはもっともだよ」とベンが割り込んだ。

「しかし、官僚についてはどうだね。官僚はごまかしてはいけないのではないか。官僚に悪事はもとより、ただの単純な間違いですら認めさせるのは本当にむずかしい。官僚は事態を隠蔽する。偽りの説明を加える」

「近代民主社会にあっては、大抵の統治目的は偽りを正当化しない」とジャスパーは言った。「官僚の任務は、大抵は国民に公明正大に奉仕することだ。国民を偽ることは忠誠に反する。ベンが話題とした人々は忠誠ではあるが、その忠誠心は狭められて機関、部局、派閥、徒党に対するものとなっており、国家社会への忠誠はその犠牲になっている。

一国の元首が自国民を欺くときにも基本的に同一の問題が起きる。それは、党派、派閥、自己の権益への狭い忠誠を優先させて国民に背くことだ。支配者が自国民に不当な偽りを述べることは、ケートも言うように嘲笑と軽蔑を招く。

統治のための偽りをコントロールするのは、商売で不正直におぼれないようにするのと共通するところが多い。どちらかと言えば、統治のための不当な偽りの方が商売上の不正直よりも抑制しにくくはあるがね。統治のための正当な偽りすら欺くべからざる人を欺くことに、ひいては自己欺瞞に、いとも容易に転化していく。人を欺く任務を託された統治者は、並の統治者よりも厳格な道徳的センスを持ち、普通以上に自らの責任と自分自身についてのわきまえを持つべきだ。しかし、こういう仕事は優れた人材を引き寄せるとは限らない」

芸術は統治生活に由来する

アームブラスターはため息をつき、統治者道徳リストのコピーに目をやった。「結構。今度はもっと明るい話がいいね」

「「余暇を豊かに」これをやらせていただくわ」とケートが言った。「これも狩猟生活にさかのぼる道徳律よ。狩猟は、大抵の商業活動のように切れ目なし、休みなしの仕事ではないわ。それは、散発的ではあるけれども、集中力と精力の激しく強力な爆発を必要とするわ。現代の狩猟採取部族の男たちの余暇は、私たちの標準からすればとてつもなく多い。食料集めする女性も同じよ。たとえばあるクン族についての研究では、成人が狩猟採取に出かけるのは平均して週三日で、子供は全然労働しない。もっとも、子供が少しは働く部族もあるとされているけれどね。

豊かな余暇に狩猟採取民は何をしているのか。ローレンス・ファン・デル・ポストとジエーン・テイラーは何年か前、南アフリカのサン・クアの集団を研究しているときに、この問題と取り組んだ。ファン・デル・ポストは幸いにも、この部族のいくつかを子供のときから知っていた。それに彼とテイラーの研究当時にあっても、この集団はまだ外部の影響にさらされてはいなかった。部族のメンバーはダチョウの卵の殻に複雑な模様をエッチングして彩色し、手の込んだ見事なネックレスを殻で作るのにとてつもない時間を使っていた。彼らは、物語を繰り返し繰り返し語った。ゲームをし、衣装を身につけ、歌を歌った。精妙なリズムに合わせてドラムを叩き、手を叩いた。彼らの祖先は断崖に地方特産の好物の獲物、大カモシカの絵を無数に描いた。断崖のある領域を部族は失ったので、彼らはこのレジャー活動をしなくなっていた。しかし老人の一人は、この岩の芸術を実行するのがいかに難しいことだったかをやってみせることができた。

これらの人々は、プロのデザイナー、職人、芸術家、工芸職人、あるいは俳優がするように、生活の糧を稼ごうとしてこれらの活動に従事したわけではないのよ。彼らには贔屓筋がいたわけでもないわ。お互いに鑑賞し合うこともない。これは、最も純粋な形での芸術のための芸術だったのよ。

でも、芸術のためだけなのかしら。グレン・グレイは著書『戦場の哲学者』の中で、単なる快楽のための殺人者になった兵士について述べているわ。彼の説では、この危険きわまりない殺人衝動は、他の生得の衝動によって普通は打ち消されるだけでなく、戦闘は偶発的にしか起きないという事実によっても薄められる。この点では、戦闘は狩猟生活に似ているの。

ちょっと考えてもみて。先史時代に戻ってある狩猟部族が時たまでなく始終狩猟を行うようになったとしてごらんなさい。彼らが他にすることもないので仕事の喜びに酔い痴れてひっきりなしの狩猟にのめり込んだとする。でも、それは部族の生き残りのためにはまずいことだわ。だって、その部族は何の経済的目的にも役立たないのに食糧供給を根絶やしにしてしまう。うまくやっている狩猟部族は当然ながら資源保存の倫理を保持していて、その狩猟活動を必要の範囲にとどめるものよ」

「素晴らしいじゃないか」とベンが言った。

「このやり方は道理に適ってはいるわ」とケートは続けた。「でも、具合の悪いことがそこに入り込んでいるの。余暇を手にした人間は、堕落して怠慢と倦怠に落ち込む。生き方として楽しくなく、能力や精力を朽ちさせるに決まっている。これを回避するには、手間のかかる非経済的活動を引き受けるのが一案ね。多分、最初の弦楽演奏は狩人が手持ち無沙汰の余り、弓をボワーンとならしたのが起源よ。多分、最初の口承文芸ないし演劇は、昨日の獲物追跡の話を暇に任せて思い出し語りしたことだったのよ。私たちが絵画や装飾とは何か、ゲーム、スポーツ、演技とはどういうものか、荘重な宗教儀式はどうやればよいか知っているのは、遥か昔の祖先のおかげよ」

「これは新説だ」とアームブラスターが言った。「天使が手持ち無沙汰な人になすべき仕事を与えたと言うのかい。言い伝えは逆なのだが」

「人間は退屈に耐えられないらしいという点では、昔からの民族の知恵は正しいのよ」とケートは言った。「怠けていると悪魔につけいられるという言い伝えは、勤勉を尊ぶ商業倫理体系に属する。もちろん、しばしばこの厳しい説が真実なの。ベンジャミン・フランクリンは独立戦争当時の一七七五年に、ペンシルベニア前線で彼の監督の下で陣地構築に従事した仲間についてこう語っているわ。「彼らは仕事しているときに一番満足している。働いた日は気だてがよいけれども、仕事のない日は反抗的で喧嘩早くて、あら探しに熱心で……絶えず不機嫌だ」とね。

これに対して、統治者型の倫理群では陽気に騒ぐのが褒められ、芸術が尊敬される。ヨーロッパ騎士道の最盛期には、芸術とスポーツが騎士や貴族の階層で花開いたわねえ。騎馬試合、色目も鮮やかな陣幕や天蓋、幻想的な紋章誇示、華美な行列、豪壮な伽藍、それがそびえ立つ空間に神聖さを持ち込む壮麗な典礼、系図を朗々と読み上げる声の反響、英雄の叙事詩と物語、貴婦人の手になるタペストリー、衣装、道化、聖俗の歌唱や器楽。これらすべてを味わったのは、商売を蔑んだ人たちだった。

アマチュアがスポーツ、芸術、あるいは一科の学問、これらに損得抜きの純粋な愛をもって自由時間のすべてを捧げて骨身を削る努力を尽くすのには、長い貴族的伝統があるの。王室や貴族は芸術家、音楽家、作家、オペラ、劇場のパトロンになったものだけれど、今日では民主的政府がその役割を引き継ぐことが多い。今日でも、チーム対抗競技や盤面で争われるゲームは、戦士その他の統治者の大きな関心事だった領土争奪戦を様式化して遊びにしているのよ。

中世騎士の騎馬試合の進行係は、現代の審判と同様に、打撃の得点・失点の記録を保持し、参加者の武器を検閲する義務があった。しかしそれだけでなく、進行係は義務として、競技者が十分に身分ある者であること、商業に手を汚していないことを家系記録によって証明しなければならなかった。このようにアマチュアを崇拝し、技能を売り物にするプロの競技者を胡散臭い者と見る習慣が打破されたのはごく最近のことよ。いまだって、アマのチームとプロのチームでは扱いが違うでしょ。同様に、「商業芸術」とか「商業化された芸術」というときには劣っているという意味合いがあって、汚れていない高級芸術や民衆芸術とは区別したり区別しようとしているわ。

ヨーロッパの伝統についてお話ししているけれど、東洋でも同じよ。中国や日本の武人や支配者は、ひたむきに余暇を培い、レクリエーションを楽しみ、芸術を磨くことにおいて、ヨーロッパの仲間にいささかなりとも劣ってはいなかったの」

「少々こじつけがすぎないかね」とアームブラスターが言った。「歴史時代についての話は本当だろうが、芸術が原始時代の狩猟者の資源保存倫理からきているという辺りはちょっと呑み込みにくいね」

「アナロジーをひとつ」とケートは言った。「肉体の進化にはスティーヴン・ジェイ・グールドが言う「付随現象の吸収」がつきものなの。この難しそうな言葉は、多くの肉体器官はその後の進化で派生してきた用途とは初めは違った用いられ方をしていたという意味なのよ。機能シフトは大抵の器官に当てはまるわ。例を挙げると、魚のヒレは爬虫類の脚になり、爬虫類の顎骨は哺乳動物の内耳骨になり、爪はひづめになった。グールドは、翼の始まりは、まだ飛ぶだけの力はなかったが、象の広い耳の現在の機能と同じように体熱調整に有用だったのではないかと言っている。象が飛ぶようになるというのではなくってよ。付随現象が吸収されるには、他の適切な肉体的発育がそれと一緒に起きていなければならないの。飛ぶ鳥には翼と並んで中空の軽い骨、排泄物の重量節約処理が発達したようにね。

潜在的な可能性が驚くべきものであることについて、もう一つ挙げるわ。グールドの指摘では、私たちの脳は発育中に高等数学を行うのに用いられようとはしなかった。しかし、脳にはその能力がその時点ですでに備わっていたんですって。

機能シフトは文化の世界でも見られるわ。たとえば、ラジオはもともと緊急連絡用だったのが娯楽と暇つぶし用になった。壁は避難用だったけれども、外の様子を見るものになった。それはガラスのおかげだったけれども、そのガラスはビー玉や瓶用だったのが窓に用いられるようになった。荷物を動かすための車輪が時計を動かす歯車になった。驚くべき潜在的可能性——文化はそれに満ちているわ。芸術の場合には、ある目的のために用いられた現象はそれ以外の可能性も持っていたと言いたいの。

しかし大切なことは、昔の狩猟民がたまにしか狩猟しないという倫理は、いまでも人類の生存にとって決定的に重要だということよ。カンボジアのポルポト派のような武装集団が、快楽のためかイデオロギーのためか、それとも他にどうしてよいか分からないためかはいざ知らず、とめどない殺人にふける場合を考えてもみて。ナチス・ドイツが死の収容所を設立し、殺人と皆殺しを効率的な勤勉な工場のようなビジネスにする場合を考えて。生命を何度も抹殺できるだけの神経ガスを生産し貯蔵する勤労倫理には驚異と戦慄を禁じえないわ。こういう行動は、本来の統治者の倫理、本来の商業倫理のいずれにも合致しない。こうした行動は、両方の倫理から道徳律をつまみ食いしてつくり出された恐るべき混合道徳の怪物よ。さてその次は——」

「待った!」アームブラスターが叫んだ。「あまり急がないでほしいな、ケート。いま君が言ったことは決定的に重要だと思う。戦争は地獄だ。それはみんな承知の通りさ。君がいま言った言葉に従えば、戦士は、勤勉の徳を商業倫理からつまみ食いすることによって、地獄のさらに奥底をめぐることになる。恐るべき混合道徳の怪物というのは、自分自身の倫理体系を固守しないで、どちらの倫理体系からでもお好みで道徳律を選ぶ、つまり二つの道徳体系を一緒くたに混合する組織のことではないのか?　軍隊以外の組織や制度にも同じことが当てはまるのではないかね?」

「当然ね」とケートは言った。「あれほど矛盾した二つの道徳体系を混ぜ合わそうとすれば、道徳地獄のふたを開け、あらゆる機能的混乱を引き起こすはずよ。さて、技術についてだけど——」

「待った！　待った！」アームブラスターがもう一度叫んだ。「統治者のくせに取引に手を出して利益相反に陥るのも混合道徳だといってよいのではないか。大商人の支配者グループが軍事独裁者を擁立し、彼らの悪口を書く作家や編集者を弾圧し、彼らに抗議行動を起こす者を殺すのも混合道徳だ。他の理由や他の方法で暴力に訴える商人も同様だ。これは、道徳体系の混ぜ合わせがもたらすひどい事態のほんの一例にすぎない。この点を詰めるべきだよ、ケート。そこが決定的に重要なんだ」

オリジナリティーと余暇の効用

「その通りよ」とケートは言った。「詰めなければね。でもお願い。あちこち回らないで。あなたがそう言ったじゃない。体系的に考えるというルールを決めたのはあなた方よ。だからいまは、道徳の混合でなく、技術の混合利用について論じたいの。その区別は重要よ。

商業技術は、たえず芸術に取り込まれている。商業技術の創始以来ずっとね。たとえば芸術家が実用のポットの装飾に取りかかったのがどんなに古いことだったか。芸術が印刷、電子工学、フィルムのような技術の所産をどんなに利用していることか。逆に商業の方では、芸術やアマチュアの趣味の娯楽を通じて技術をわが物にしている。前者には貴金属メッキの例が、後者には太陽熱暖房や有機農業や模型づくりなどの例がある。でもこれは、レストランがドアマンに人目を引く羽飾りのついた制帽をかぶらせたり、政府が官庁に電灯や複写機を備え付けるのと原則において変わりはないわ。羽飾り付き制帽のドアマンがその場所を宣伝し、顧客を面白がらせるために雇われているならそれは商業用よ。彼が好ましくないお客が近づかないように、また来たら追い出すために立っているなら統治用といえる。二つの目的は全く別ね。つまり、技術やその製品を複数目的に利用しても、そのこと自体はその行為が道徳的かどうかの核心には触れないということよ。でも、道徳律を混ぜて使うのはまさにそこに触れるのよ」

「しかし、芸術が統治生活に由来するとしても、芸術的オリジナリティーが文化に取り入れられるのはどこでだろう」とアームブラスターは質問した。「君はオリジナリティーを統治者倫理に含めず、商業倫理という別の伝統に属せしめたではないか」

「私じゃない。そのことを決めたのは私ではなくってよ。私は、ただ何が尊重されているかを記録しただけなの。でもあなたの質問について言えば、高級芸術も民俗芸術も伝統に溶け込んでいる。競争競技もそうよ。オリジナリティーは原則として次第に、一時に少しずつ芸術に拡散していく。偉大なオリジナリティーに恵まれた芸術家でも通常は伝統を母体として、つまり伝統の文脈の中で仕事をするものよ。高貴な例を引くと、たとえばシェイクスピアね。独自性を持った芸術家はよく見慣れた現象の中に新しい可能性が眠っているのを見分けるの。政治が革命を起こしているときでも、芸術は驚くほど伝統を守る。アメリカのイギリスからの独立やフランス大革命を経た後でも、芸術や他の意匠は霊感を求めてなお古典時代に戻っていったのよ。マルクス主義革命は芸術のオリジナリティーを殺してしまった。近代絵画もその発想を伝統芸術、特に外国の原始芸術から得ている。最もラディカルな意味での独自性、すなわち伝統を意図的に拒否し放棄する意味での独自性は稀にしか見られないし、あっても一時的なことが多い。大抵の近代建築がそうであるように、不思議に短命なのよ。

オリジナリティーが伝統を母体として急速に発達するのは、大抵はそれに先だって商業生活が著しく発展したことに関連しているように思うわ。科学についても同じだけれどね。後期ギリシャ彫刻は古典ギリシャ時代の作品と感じが違う。何世紀も経て当時の流行にはもはやとらわれていない現代の鑑定家は、後期の非伝統的な彫刻は古典盛期のそれに比べ劣るとみているわ。

ルネサンスのオランダでは、商業に関連する主題が絵画に登場した。中流市民、快適なブルジョア一家の室内、市場、市街地風景などね。これは、とてもラディカルな変化だった。お金を儲けた商人が芸術のパトロンになった。しかし興味深いのは、こうした急進的な画家が伝統的な宗教的、神話的、古典的主題をも相変わらず手がけていることよ。

でも、私は批評家じゃないわ。いまのは、たまたま得た断片的知識よ。本来の論点に話を戻すと、統治者倫理において余暇が高く評価されることが役に立つということなの。余暇が光栄ある結果を何ももたらさず、警察官の宴会や休暇中の兵士・水兵のどんちゃん騒ぎを起こすだけであっても、それは忠誠心を強化する。もちろん、あらゆる種類の芸術や娯楽——文学、舞踊、音楽、絵画、彫刻、悲劇、喜劇、あちゃらか芝居、休日のお祭りや慣行行事、記念碑的建築、祝典儀式、お祈り、哀悼、勝利、——これらすべてが、地理は大事だけど地理だけでは満たせない人間的・文化的意味を、実体を、自分の守るべき領域への忠誠心に与えるの」

力を誇示するための道徳律

「このことから「見栄を張れ」の話になる」ケートはベンが何か言いそうだとばかりにベンを見やったが、果たせるかな、ベンが発言した。

「とんでもない。行き過ぎだよ。ほら吹きを誰が尊敬するものか。君は尊敬と羨望を取り違えている。羨望が罪だってことはよく知られている」

ケートに答える隙を与えないで、アームブラスターが割って入った。「ここは私にさばかせてもらおう。私にはケートの立てる区別の意味が分かりかけてきた。ベンは個人的な自慢のことを考えている。ケートは個人としてではなく、統治者として行う誇示のことを論じているのだ」

ケートは頷いた。「廉直な統治者の力の誇示は、やたらにお金をばらまく個々の消費者や富裕な商人の見せびらかしのように自堕落ではないのよ。確かに、他の道徳的目的と結びつきがない場合は統治者の力の誇示も単なる愚行になる。マルコス夫人の靴入れ部屋みたいにね。

軍事パレードのような一番露出的な場合は、威風堂々ぶりを誇示して畏敬、恐怖、安心感を引き起こすのが狙いね。しかし多くの場合は、統治者の力の誇示は外観上もっと巧妙に仕掛けられているの。それは、誇り、伝統、連続性、安定を表す。重要な法廷は贅沢な鏡板や高い天井を持ち、そこに至る階段は大理石でできていて――」

「その法廷での裁きの質はひどいかもしれない。とにかく、大理石の階段があるからって必ず正しい裁きが行われているとはいえないよ」とベンが言った。

「確かに、仕掛けは本体ではないわ。でも、そういう仕掛けは法と政府に対する尊敬の念を強める。教会や寺院の外観が精神的伝統や崇拝に尊敬の念を強めさせるのと同じよ。現代の議事堂は昔の王侯の宮殿や伽藍と同様に、上下支配関係のあり方を示しているわ。それは、権威がいかに堅固に確立されているか、いかに尊厳にして不可侵で、いかに服従と忠誠に値するかを物語る。政府はまた、他の政府に感銘を与えるために外観を飾る。たとえば国賓を迎えての華麗な騎馬行進や大使館が催す派手なパーティーのようにね。自ら統治者たらんと欲する人々は、政府の行為を暴露したりそれに抗議するために、あるいは徒党仲間を増やそうとして、ポスター、パレード、その他人目を引く工夫を凝らしてできる限りの見せびらかしに努める。

統治者の力の誇示は、さかのぼって伝統との繋がりを強める。そのことについてはまた立ち返ってお話するわ。力の誇示に用いられる伝統は、過去との連続性をはっきりと目に見えるものにさせる。それは将来との連続性をも示唆しており、それゆえに安定と安全を意味するわけ。統治者は国旗、国歌、記念日などのような伝統的象徴を尊び、それを賛美するわ。そして、領域内全域でこれら象徴への尊敬を培うの。統治者はまた、伝統的手続きを熱愛する。複雑な外交儀礼、昔ながらの宮廷作法、公文書、覚書、聴聞、承認の書式の決まりなどがそれよ。もちろん前にも言ったけれど、手続きは個人的良心の代わりにもなるのよ」

「知恵の代わりにもなると言うべきじゃないか！」とベンが苦々しげに言った。

「商業においても統治においても、知恵の代わりになるものなんて存在しないわ」とケートが言った。

「知恵がなければすべてうまくいかず、駄目になる。でも、知恵は複雑な性質を持ち、常識、予見、判断、自覚、それに道徳的勇気が組み合わさったものよ。これらの徳が一番いい具合に組み合わされることが仮に起こるとしても、それが適切な時に適切な場所で起きるとは限らない。だから、大抵の社会は経験から学んで集団の知恵を編み出すために個人をプールする。長老会議、評議会、委員会、内閣、陪審、控訴審、議会といった具合にね。これは、それ自体賢明な伝統よ。特に統治者にとってはそうなの。自分の知恵だけを頼りにしていると支配者は愚鈍で、凶悪で、時には狂気にさえなるんだから」

施しと投資

「ここで昼食とするのが知恵というものだ」とアームブラスターが言った。「これは一方的命令だ。助言も投票も必要ない」彼がテーブルの真ん中に持ち出し、奇術師みたいに覆いを取ったのは目もまばゆいばかりのお寿司の大皿だった。それに加えるに、日本酒とミネラルウォーター、芽キャベツのサラダ、ヨーグルト・サラダ・ドレッシングの鉢、それにピーナツバター・クッキーの皿が用意されていた。

「全員に気を遣ったのね」とケートはくすくす笑いをして言った。

「食事中も議論を続けようか」とジャスパーが訊いた。「いい具合に「気前よく施せ」の番になっている」

「施しとは、慈善のことを昔風に言ってるのかい」とベンが訊いた。

「そうじゃない」とジャスパーが答えた。「真の慈善は、この素晴らしい昼食と同様に、受け手の幸せだけが目的だ。ここでいう施しとは、よく慈善の仮面を付けて現れるが、慈善と同じではない。

これは、統治者の行う投資だ。特に権力、影響力、支配力への投資だ。昔、キッシンジャーは国務長官だった頃、国連総会においてアメリカの立場に反対票を投ずる国には援助を削減するという政策を打ち出した。彼は削減対象には食糧その他の人道援助も含まれることを明確にした。この場合に彼が、このようにあからさまに情け容赦ない態度をとったのは、施しを引っ込めると脅すだけで政治目的を達成しようと思っていたからだ。

施しを使って効果を上げるには、国民あるいは相手国の誰が、いままさに説得、慰謝、あるいは脅迫を必要としているか計算しなければならない。施しで選挙に勝つことができる。施しの約束だけでも選挙に勝てることもある。

騎士道の時代には、気前よさ（寛大）は騎士四大徳目の一つとされていた。封建時代の将軍や高官は、当時としては巨大な富を自らの手に収めていたが、彼らは商業活動への生産的投資を軽蔑しており、彼らの富にはそれとは全く異なる用途があった。商業への生産的投資は、当時もいまも統治者の気前よさの対象ではない。確かに、施しが生産的投資を装う場合もある。人気取り事業への補助金（いわゆるポーク・バレル）は商業的仮面を付けた施しだ」

「まあ、なんてこと。「気前いいこと」が卑劣で人を操るためのことみたいに聞こえるじゃない」とホーテンスが言った。「結局、福祉というものは――」

「施しは人を操る」とジャスパーが言った。「それが目的なんだ。しかし、だからといっていつも結果が悪いわけではない。また、いつも資本の浪費に終わるわけではない。何が浪費で何が利得か、広い見地からいえばの話だがね。利にさとく用いられる場合には、施しを使って忠誠心を手に入れることができる。マキャベリにはこのことがよく分かっていた。施しはまた、満足と平穏をもたらす方策を手に入れられる。領土を支配する立場からの目的としては、住民の満足や平穏は軽く見てはいけないものだ。生産的投資の商業的評価基準は儲かるかどうかだが、それはたとえば国民が健康であるとか、洪水や地震や失業におそわれたときに救助が得られるとかといった領土の福祉にとってはあまり関係ない。施しで歴史的宝物、自然の奇観の保全など、領土内の住みよさや楽しさを増すためにお金を使うこともできる。こういった伝統的にお上が施しの対象としてきたものを商業ベースに乗せようとしているのに感づけば、憤る人が多い。

完全に権力衝動に駆られて行われる施しは勘定に入れないとしても――もっとも実際には勘定に入ってこざるをえないのだが――施しに一切頼らず、領域をともかく統治できるとは想像できない。それは、善かれ悪しかれ世界を形づくる強力な道具なのだ。統治者の手にあるすべての資金は、最初の目的が商業の発展に役立つことにおかれる場合でも、施しの必要に応じて用いられる。それが、政府の「経済開発」プロジェクトがいとも簡単に政治目的のための人気取り事業に転落する理由だ。世界中どこでもそうだよ。商業保険なら保険料で支えられるか破産するかのどちらかだが、公的保険制度が早晩施しになり、一般租税財源か政府借り入れに頼るようになる理由もこれと同じだ。

といって、もちろん施しは、商業的生産投資とは違って、本来は物質的富を増大させる手段ではない。それは、むしろ分配の手段だ。それは統治者が税、貢ぎ物、略奪で得たもの――わが国の仕組みでは税収を分配するものなのだ」

「施しと聞けば、ロビン・フッドの善行を連想するわ」とホーテンスが言った。

「確かに、もしロビン・フッドとその盗賊仲間がただ盗むだけ盗んでその取り分のいくらかを施しに回さなかったのなら、彼が地元であんなに熱心に長く匿ってもらうことはできなかったろうね。シャーウッドの森とその周辺では、金持ちが不承不承資金を差し出していた。貧乏人は施しを得た。これは人気のある魅力的な仕組みだったから、以後、現代に至る無数の義賊のやり口になった。フィリピンのマルコス政権みたいに金持ちのために貧乏人から搾取する極悪の盗人でも、困っている人には施しをするふりをするのさ」

「ロビン・フッドは実在の人物ではないだろう」とアームブラスターが言った。「学者の中には、ロビン・フッドはキリスト教伝来以前のサクソン族の神話の系統を引いていると言う者もある。その説だと、ロビン・フッド伝説はノルマン人の征服者や協力者に対するアングロサクソン族のゲリラ・レジスタンスを象徴しているというのだが」

「架空の象徴的人物かどうかはともかく」とホーテンスが言った。「多分、私たちにはロビン・フッドが必要なのよ。文化は違っても、それぞれ義賊がいるのよ。日本にもいるという話を読んだことがあるわ。一七世紀の幡随院長兵衛は弱きを助け強きをくじくので有名で、日本の組織犯罪集団の守護神、俠客の起こりだとされている。彼は社会のあぶれ者から仲間を募ったけれど、現代の暴力団はその点自分たちも同じだというわけなのよ」

「既成の権力が分配する施しについて最後に述べておきたいのは」とジャスパーはノートを見ながら言った。「それが従属をつくり出すってことだ。マキャベリもキッシンジャーも、そのことをよく分かっていた。しかし、あるアイルランド史家はイギリスの領主たちの施しの効用についてこう言っている。「従属は、追従と反抗の両方を同時に促した。追従は自存に、反抗は自尊に必要だった」と。この最後の点をキッシンジャーはよく理解していなかったかもしれないな」

「施しと宗教の暴利禁止には関係があるかしら」とホーテンスが尋ねた。

「国家宗教の課題は、その領土を精神的に守ることだ」とジャスパーは答えた。「これは統治者の仕事だ。宗教の伝統的な所得は、お供物とか税とか税に似た課徴金とか、たとえば十分の一税などだ。多くの宗教団体はいまでは利子を生む事業や投資を行うが、それでも伝統も生きている。教会は蠟燭、葉書、パンフレットのような小物類を売っているのではない。そうではなく「喜捨」を求めている。私は一度、ダブリンのある伽藍見物の案内を申し出たアイルランド人の寺男に、案内科はいくら払えばよいか聞き出すのにどえらい難儀をした。彼が謝礼を欲しているのは見え見えだった。寺院には資金が必要だと何度も言っていたからね。だのに、見物案内科をはっきり言わないのさ。ご厚意でご寄付いただければ有り難いと言うだけでね」

「私も、私の結婚式を取り仕切ってくれた長老教会牧師に全く同じ手間をかけさせられたことがあるよ」アームブラスターは昔を思い出して微笑を浮かべながら言った。「私の花嫁は、結婚指輪の調達と牧師への支払いは私の仕事だと言うのだ。それ以外の費用は花嫁側で負担することになっていた。花嫁の家での式が終わって、牧師さんを脇に呼んでいくら払えばよいか尋ねた。そしたら料金はいりません、お志をいただくのが慣例です、と言う。おいくら？　でも、教えてくれようとしない」

「それでどうしたの」とホーテンスが訊いた。

「暗算さ。その当時の私の週給から一日当たりの稼ぎを計算し、一日分は出しすぎで、半日分が適当なところだろうと見当をつけ、でも、豪気に振る舞うことにした。もたついてきまり悪かったので、その問題をさらに探索することはやめにしたので、払いすぎたのか払わなさすぎたのか、いまもって分からないでいる。牧師さんは愛想よかったがね」

「教会の所得は運営費を賄う」とジャスパーが言った。「それで余りが出れば慈善、信仰の誇示・宣伝に使われるのが伝統だ。このことからいえば、余ったからといってそのお金を貸すのは邪道だ。宗教組織は統治者倫理に即して、自分らにとって正しいことはすべての者にとっても正しいことだと考えているのだと思う。驚くのは、カルバン派がこれに反対していることだ。カルバン派の聖職者は彼らなりに統治者倫理を保持している。寄付をお願いし、余ればそれを慈善や控えめな展示、それに信仰を宣べ伝える伝道師団の派遣に充当し、最近まで商業的投資に振り向けることはほとんどしなかった」

「最近商業に手を出しているのも、普通は慈善資金拡充のためだということにされている」とアームブラスターが言った。「それでも、しばしば牧師や教会員を論議に巻き込んでいるがね」

「領土宗教の遥かな昔の起源のことは私たちにはほとんど分かっていない以上」とケートが割って入った。「乱暴な考えだけれど、施しは多分宗教上の慣行であり、恩着せだったんでしょうね。それを他の統治機構が真似たんだわ。施しが徳として高い評価を受けているのはそのためでしょうよ」

「おやまあ、何でも軍事起源説をとる君が、施しは軍隊で発明されたのではないと考えてるなんて驚きだよ」とアームブラスターが言った。

「でも軍隊の指揮官は、特に占領任務に就いている場合、思いのままに施しを振る舞えるのはもちろんだ」とジャスパーが言った。「警察も、情報提供をするように説得し、それに報いる場合には、たっぷり施しをする」

「でも、お金のある商事会社だって施しを美徳だと思っているわ」とホーテンスが言った。

「スポーツ大会、公共テレビ放送番組、基金、芸術のスポンサーになって威張ってるじゃない」

「商業の上での施しと、商業のための広告の境界は鮮明ではないね」とアームブラスターが言った。

「全くその通りだよ」とベンが叫んだ。「悪名高い環境汚染者や石油垂れ流し屋などが環境ドキュメンタリー制作の名誉にあずかっているのを見ると、ぼくは憤死してしまいそうだ。たばこ会社が陸上競技のスポンサーになって、スポンサーが健康であるかのようになるのを見てみろよ。偽善だ！　カモフラージュだ！」

「それは言い過ぎだよ、ベン」とアームブラスターは言った。「でも、商業企業が自らの善行を恥ずかしげもなく宣伝しているのは事実だがね」

「施しを分け与えることは日本の商業文化には無縁だ。日本語にはフィランソロピーに当たる言葉はない」とジャスパーが言った。「日本の企業がアメリカやヨーロッパでフィランソロピーを求められたとき戸惑ったらしいね。最近彼らはそれを取り入れた。ノースカロライナで工場経営を体験した三菱のある経営者は、この慣行を彼がどう理解しているかを日本人に説明している。その解釈にはアメリカやヨーロッパの経営者も異論はあるまい。引用しよう。「フィランソロピー活動は企業アイデンティティーにとって重要であり、長期的観点に立てばそれは企業イメージの向上に繋がる」というのだ。もちろん、統治者が施しをするのは日本でも昔からある話さ」

「そんなことせずに、なぜ価格を引き下げないんだ？」とベンがぶつぶつ言った。「なぜ、お客の手元にもっとお金を残して、お客自身が自分で寄付ができるようにしないのか？納税者の手元にもっとお金を残さないのは、なぜだ？　そうすれば、製材会社との闘争や他の運動の支援がもっとしやすくなるのに」

誰の利益を考えるのか

「それが、次の道徳律「排他的であれ」の話だ。それは、見知らぬ人や外国人とも気やすく協力するという商業倫理の理想と真っ向から矛盾するものだ」とアームブラスターが言った。

「その通り」とジャスパーが言った。「それは、忠誠や目的のためには偽れという道徳律と繋がっている。イラン・コントラ事件の議会審問のテレビ放映に、オリバー・ノースの秘書だったフォーン・ホールが登場したことを憶えているだろう。彼女は記録をシュレッダーにかけたり、あるいは急いでブラジャーにたくし込んだのは「計画」を守ろうとしてのことだと主張した。誰から守ろうというのか。記録を見たがっていたのは連邦警察であって、ソ連秘密警察ではない。アメリカの仲間が見たがっているのであって、相手が見たがっているわけじゃない。審問者の一人がそう訊いた。彼女はまごついて、やっと口を開いた。「みんなからよ」

これは排他性の極限だ。排他性は軍隊で始まったものらしい。

「もっと古い信仰から来ているのかもしれなくてよ、ジャスパー」とケートが言った。「狩猟民の男児成人儀礼みたいな」

「そうかもしれない。でも、軍隊組織は他の者がつけてはいけない制服、独特の徽章、敬礼のような独特の作法、独特の伝統によって兵隊を外の社会からはっきりと区別する。市民の軍隊も、これらを採用する点で職業軍隊と変わらない。ゲリラやテロリストは、毛沢東が言ったように、水中の魚のように社会の中を動き回ろうとしているから、そうしないのはもちろんだけどね。でも、ゲリラやテロリストは自分たちの秘密や組織に誰を受け入れるかについては超排他的だよ。生き残るにはそうでなければならないのだ。

聖職者も、特別の衣服、習慣、ライフスタイルを用いることが多い。それで自分たちだけを別者にしている。現代のカトリックの尼僧は古くからの習慣を放棄したが、それはまさに聖職者でない一般の人々ともっと気やすく自然に協力できるようにするためだった」

ジャスパーは切り抜きを一つ選び出した。「まだ共産党支配の時代のことだが、ポーランド駐在のアメリカ人記者が、統治者たるべく育ちながら統治者グループから排除されているある旧貴族にインタビューした。記者は旧貴族の仲間の見分けがつきますかと尋ねた。

「もちろん」、と彼は答えた。「食事の仕方から始まって、私たちは正確に同じ習慣を持っていますから」」

「まるで、イギリス上流階級の卒業生仲間の繋がりみたいだ」とアームブラスターが言った。「こちらの場合には、「話し方から始まって」という答えだったかもしれないぞ。それがジョージ・バーナード・ショウを苛立たせたんだったよね。『ピグマリオン』で、これを排他性の徴しだと攻撃している」

「騎士時代には」とジャスパーが続けて言った。「排他性は、統治者の徳としてはっきり認められていた。礼儀作法は宮廷内すなわち支配層内での振る舞いぶりを定めたものだが、その知識は騎士その他統治者階級には必須のものとされていた。権力に関しては「われわれ」(支配者)と「彼ら」(被支配者)の区別が大事なことを思えば、礼儀作法によって階層を区別するのも些細なこととは言えない。最高権力者の力の誇示は、しばしば排他性を強調する。そのことはバッキンガム宮殿、クレムリン、紫禁城、あるいはホワイトハウスの施設が示している。

今日、政府は多くの俗世の仕事に取り組んでいる。その職員は漁業者やその問題、失業者や産業委員会の問題にかかずらわっており、官僚の数はきわめて多数に上っている。その最高ポストは普通の家系の出身者にも開かれているので、統治者の排他性は薄れてきたと思いがちだ。ある面ではその通りだ。しかしフォーン・ホールが示しているように、排他性は浮上しつつある。今日ではテロリストや暗殺者への恐れが排他性を強めている。統治者の排他性は現代においては、一時の低下ののち再度高まりつつあるようだ」

「なるほど、国家接見室や大統領用磁器や大統領夫人の地下室の衣服を見物するために、平日の朝ホワイトハウス内を公衆が歩き回ってよかったことなど、いまでは信じられないような気がする」とアームブラスターが言った。「私は子供のとき先生に連れられてホワイトハウスへ行った。休日の物見遊山ってところだ。列に並ぶだけさ。身分や住所を訊かれるでもなし。いまでは大統領が即興のハイキングに市の公園を外交団を引き連れて歩くなんてことも信じられない。でも、セオドア・ルーズベルトはロック・クリーク・パークでまさにそれをやらかしたんだ。遠足のハイライトは、遅れてもたもたしているシークレット・サービス分隊をまいて、その小川で一瞬の隙をつく裸泳ぎをしたことだよ」

「排他性も両刃の剣だ」とジャスパーが言った。「ブルボン王朝の面々は、ベンも言ってたが、あまりにも孤立し、文化的に近親交配しすぎて現実との接触を失ってしまった。伝統を大切にしたことよりも、そのことの方が彼らの問題を引き起こした」

名誉にまつわる三つの徳

「さて、「剛毅たれ」の番だ。不平を漏らさずストイックに困難を受け入れよ」

「ちょっと待って」とホーテンスが言った。「剛毅なのと排他的なのは矛盾しないの？ソ連の統治者のためには贅沢品、娯楽品、それに即席サービスを手に入れられる排他的な店があったわ」

「統治権力のそのような役得は目立たないようにされていた」とジャスパーは言った。「他の人すべてに剛毅さを要求しておきながら、こんな役得を手にするのが具合が悪いのは明白だものね。だからこそ、役職者の比較的裕福で安逸な生活がグラスノスチとともにスキャンダルに発展したのさ。役職者が排他的なのは予想されているし、容認されてもいる。しかし、剛毅の徳を馬鹿にすることは許されないのだ。

剛毅が軍隊生活に根を持っているのは明らかだ。それは警察、また僧職にあっては高く尊敬されている」

「それに、選挙の立候補者についてもね」とホーテンスは言った。「厳しいわ。候補者はすすり泣きもできない。弱みは見せられないの。メイン州出身の大統領候補のこと、憶えてるでしょ。当時は私まだ女の子だった。反対派が奥さんのことを中傷したら、彼ったらみんなの見ているところで泣き出したのよねえ。私はそれで可愛らしいと思ったの。だけれど、それで選挙戦から降りることになってしまった」

「英雄が尊敬されるのは、とりわけ剛毅不抜のためなのよ」とケートは言った。「国民的英雄、神話的英雄、宗教的英雄。彼らは安楽な生活に溺れて英雄の義務を蔑ろにしたりしないの。そういうことがあっても、すぐ改めて身を救うの」

「『運命論者であれ』という道徳律も剛毅に繋がっている」とジャスパーが言った。「戦争や警察行動や選挙への立候補などのような高度に運任せの仕事に従事する人には運命論は有用であり、多分必要だろう。ついでながら、運命論は迷信とつながりやすい。これも、科学が商業文化の中でなければほとんど進歩しないもう一つの理由だろう」

「迷信は愚かとは決まっていない」とベンが言った。「狩猟民は、狩りの前に骨を投げてどの方角で猟をするか決める。これは、前回成功した方角で猟をする狩人よりも幸運に恵まれる。それを比較した人がいるんだ。確率的選択、つまり骨投げによる選択の方が、狩場の特定領域での過剰な狩猟を防ぎ、長期的には良い結果をもたらすのだ」

「スポーツ選手は、おまじないのお札やしぐさや服装にこだわる大の縁起担ぎよ」とホーテンスが言った。「本気で信じているの。私の息子だけど、一人は試合前に触るための馬蹄を持ってるし、もう一人の方はポケットに赤い古靴下を入れているのよ。見かける度に笑ってやるのだけれど、効果がないわ。それで自信がつくものだから」

「骨投げするのとしないのと、どちらの狩猟民がいいか比較した人は誰だか知らないけれど、科学的好奇心と科学的方法を用いていた」とケートが言った。「ホーテンス、あなたのように、まじないと幸運の間には合理的関係はないけれど、まじないと自信の間には合理的関係があると見抜いた心理学者は、科学的だった。科学は迷信にも興味を持つ。しかし、迷信は科学に興味を持たない」

「ジャスパーは「名誉を尊べ」という道徳律を私に残してくれたわ」とケートは続けた。「私は、それを統治者道徳のリストの最後においた。というのは、それが全体を包含する標語だからよ。名誉とはどういう意味か？　正直のことではない。俗によく間違えられるけれどね。「名誉に懸けて」といえば、だいたいあらゆることを神聖なことに仕立て上げられるわ。真実を隠すとか、やむをえず嘘をつく場合を含めてね。子供だって、それを知っている。「盗賊仲間の名誉」というのも形容矛盾ではないのよ。

伝統的に名誉が女性について言われるときは貞潔であることまたは貞潔のふりをすることを意味していた。この場合、外見は事実と少なくとも同様に重要なの。名誉が紳士について言われるときは、とりわけどんな犠牲を払っても賭け事の借金をすぐ決済するという意味だった。さあ、次の名誉やオナーの出てくる言葉に共通点があるとすればそれは何か考えてくださいね。王様の年次叙勲名簿（オナーズ・リスト）、高校の優等生（オナー）コース、名誉ある免除の該当者、謝礼（オノロリア）、名誉学位、コンペにおける佳作賞（オナラブル・メンション）、それに名誉会員、何々家の（オナラブル）ペネロープ様、これは貴族称号を持つ家のお嬢様の呼び方ね、名誉議長、市長閣下（ヒズ・オナー）、エトセトラ。

辞書に書いてあることを読めば明らかだわ。名誉は地位を承認し、その地位に対して然るべき尊敬を払うことなの。中国で言う面子とおおかた同じよ。

名誉にしろ面子にしろ核心はこうだわ。尊敬は与えられるもので、自尊は勝ち取るものなのよ。名誉は道徳的義務で、名誉を保持していれば、地位にふさわしい義務はどんな義務にせよ見事に果たされることが保証されている。

名誉の概念は統治者の生活から起こり、統治者によっていつも真剣に受けとめられてきた。統治者が名誉と責任ある生涯をおくるには、義務を尽くすために絶えず犠牲を払わなければならない。統治者のランクが高いほどそうなる。お金儲けの機会をみすみす逸することを言っているのではなくてよ。それは当然だもの。誰とでも好きな人と付き合う自由、政策と相反するときには自己の意見を公に述べる自由、それにしばしば、単純な真実を話す自由を我慢しなければならない。身を隠すという困難な戦略を取らない限り、気楽でのんきな私的生活も犠牲にしなければならないわ」

ホーテンスはぽかんと口を開けてケートをまじまじと見つめ、早口に叫んだ。「話は逆よ、ケート。そういう犠牲は権力者や全体主義的支配者が、権力なき民衆に課す束縛よ。結社、言論、真実を告げる自由を民衆から奪え！　民衆のプライバシーを侵害せよ！」

「中世の教会が利子を取ってお金を貸すことを禁じてたのと似ているわ」とケートは言った。「他の道徳群があることを忘れているの。権力者や全体主義的支配者は、私が繰り返し言ってきたことを最初から認めていないの。連中は統治者にとって正しいことがすべての人に正しいという前提で行動する。それが大間違いなのよ」

「同様に大間違いなのは」とジャスパーが言った。「商業に従事する人が、政府はビジネスと同じように運営されるべきだと考えることだ。これで、ケートとぼくの共同報告はおしまいだ」ジャスパーとケートは散らかっていたノートを集めた。「レポートがチグハグだったってことはなかったろうね、アームブラスター」

「なかったよ。どうして二人がそんなに息が合ってたのか、不思議だね」

第六章
取引、占取、その混合の怪物——領土・国家をめぐる取引と統治

マフィア

遅い午後の休憩の後、みんなが席に着いたときにアームブラスターは注意を引くためにコップの中の氷をカチャッと鳴らした。「ジャスパー、君の懐疑論はどうなったんだい。君は統治と商業の二組の道徳型を受け入れるのかね。それと君はこの席では犯罪の専門家だが、われわれは君の専門知識のおかげをこうむっていないよ。たとえば、組織犯罪はこの体系に当てはまるのかい？　当てはまらないのかい？」

「まず、後の質問から答えよう。組織犯罪はケートの表現を借りれば、二つの道徳体系から生まれた混合の怪物の一つだ。自分がよく知っているマフィアを例に説明しよう。だが、マフィアの真似だろうとなかろうと、長く続いてうまくいっている組織犯罪集団はマフィアと共通の道徳——あるいは不道徳というべきか——構造を持っている。これらにはコロ

ンビアの麻薬王、ナポリのカモラ党、現在北アメリカのチャイナタウンを食い物にする香港犯罪結社、国際的に活動しているコルシカ・ギャング団などがある。また、シカゴやロサンゼルスの街路・住宅団地専門の強力で確固とした基盤を持つギャング団もそうだ。この二つの都市では生粋のアメリカの若者ギャング団が幅をきかせている。

マフィアの起源は彼らの言い伝えによると、外国の征服者への草の根の防衛組織として、はっきりはしないが、何世紀か前にシチリアで組織化された。自尊心をあおるためのロマンチックなお話かもしれないがね。マフィアは大地主のために軍務につく補助支援部隊として始まったというのがもっともらしい。実際にもそうだった。シチリアの圧制的な地主とよくグルになっていた。第二次世界大戦中はムッソリーニの下で、イタリア警察は断固マフィア壊滅作戦を展開したが、その後マフィアはアメリカ占領軍にうまく取り入り、シチリアで窮地を乗り越え活気を取り戻した。

とにかく、マフィアは統治の道徳律の特徴を身につけている。たとえば勇敢さだ。手段として暴力あるいは脅しをあてにしている。それゆえに、これに逆らうのはとても危険だ。上下関係の尊重についてはどうか。マフィアの「ファミリー」には兵士、頭領あるいは支部長、相談役あるいは顧問、ドンがおり、ファミリー間で同盟を結んでいる場合は、さらにすべてのドンの中の最高のドンがいる。ファミリーは、マキャベリと同じほど忠誠についてよく知っている。忠誠に値するにはどのようにすればいいか、いかにして忠誠を獲得するか、覆すか、人々をどう脅迫して忠誠を誓わせるか、不忠実をどう嗅ぎつけ、罰するか。処刑は裏切りへの刑罰だ。沈黙の掟（omerta）というのは部外者に対してマフィア自身が相互に忠実を守るための絶対的な法だ。マフィアは伝統と儀式を重んじる。排他的で近親的だ。気前よく施す。これは、ドンの中のゴッドファザーの一面だ。事業のためには人をだましてお金を儲ける。剛毅を大変崇拝している。見栄を張る。度を超えた腕力や富を見せびらかし、自分の子分、競争相手、そして打倒相手に印象づける。

マフィアにとっては、骨折り仕事やちゃんとした仕事を勤勉にこなすのは哀れなやつらのすることだ。マフィアの仲間は豪勢にお祭り騒ぎを楽しみ、多くの愉快な集まりに参加する。ぼくは前に一度贅沢なカリブのリゾート地で二つのマフィア・ファミリーの大会を目撃した。一番の見ものは、楽しんでいる最中にどうやってビジネスをするかだ。二人のドンはビーチサイドのテーブルで話し合った後、それぞれ別々に海の中に入って胸までつかった。そこからそれぞれ同時に部下を一人ずつ呼び出し、部下と話を交わした。海の波間では隠しマイクも付けられないだろう。

他の犯罪グループと同じように、マフィアは復讐をあきらめない。仲間の投獄が避けられないときは、暴力による死を受け入れるときと同じように運命論者としてそれを認める。名誉を大変重んじる。仲間が上にいけばいくほど名誉には敏感になる。ドンの名誉を侮辱してはいけない。はるか昔から彼らは自分たちの集団を名誉ある社会と呼んでいた。「男伊達」、すなわち秘密の入会儀礼をすませた仲間は名誉ある男たちだ。

彼らは縄張りの支配と搾取に取りつかれている。競争や内部抗争は縄張りの利権をめぐって起きる。同盟もまたしかり。

マフィアが本物の統治者とよく似ていて他の犯罪グループと違うのは、重要人物が住む都市や郊外近隣が保護されている点だ。統制の厳重なマフィア地区では、部外者による行きあたりばったりの強盗など起こりえない。ひったくりさえない。マフィアによる隣り近所での強奪や暴力沙汰もない。そうした地区では若者に麻薬を売るのを禁じている。違反したら即刻処刑される。逆説的だが、あれこれ詮索しないなら、厳重なマフィア地区は驚くほど安全だ。

だが、これが統治者としてのマフィアのいいところのすべてだ。彼らは自己の権力拡大と自己防衛のためだけに自分たちの統治倫理を使う。ほかには何もない。そうした目的のためには法や人間性からさえ解き放たれ、勇敢に振る舞う。ぼくの友人に写真家がいるが、ここマンハッタンでイタリア人街の生活という作品集の準備をしていた。その頃には安全で家賃が安いのに惹かれて、芸術家たちがその近所に引っ越してきていた。彼が撮影した風景の中に店構え風にしつらえられたマフィアのクラブハウスがあった。ある夜その友人は正体不明の人物から電話を受け、クラブハウスの近くの歩道と所在地が写っているフィルムを捨てるよう言われた。彼は他人の指示は受けないとこれをはねのけた」

「マフィアはクラブハウスの場所を知られたくなかったのかしら」とホーテンスが訊いた。

「それは何の特徴もないみすぼらしい店で、友人はそれがクラブハウスなどとは思わなかった。それを知ったのは後になってからだ。抗議は明らかにカメラに収められているある人々についてだった。電話から察すると、特に二人の男に違いない。マフィアはすべての記録からある組員の写真を取り除こうとしていた。


翌日早朝に友人は電話を受け、その夜にもう一度あったが、段々と脅迫めいてきた。彼は憤慨して応答した。そして一週間ほどたったころ、夜中に電話があった。同じ声だが、今度は写真のことは一言も言わない。代わりに友人の子供三人の毎日の予定を単調に繰返した。末娘がスクールバスを待つのは朝の何時でどのコーナーか。彼女がどの帰宅ルートをとるか。二人の息子がソフトボールをする遊び場はどこで何曜日か。子供たちがキャンディーやチューインガムを買う店はどこかなどについて。長々と詳しく説明した後で電話の声は言った。「わかったな」そして電話は切れた。友人は理解した。彼はネガとプリントを捨てた。彼がその話をしたのは一年後だったが、恐れ震えていたよ」

「なぜ警察に行かなかったのだい？」とベンが訊いた。

「彼には警察が子供たちを守ってくれるという自信が持てなかったのだ。どのぐらいの期間危ないのか？　どんな人為的な「事故」が起こるのか？　警察に駆け込んだことを最初に知るのは自分をつけねらっている人物ではないかという気もした。彼らが警察に潜入していないなんて誰にもわからないよ――たぶん潜入しているよ。マフィアは大胆にも非合法的に賄賂を使ってそうしている。

マフィアは、商業道徳の体系から思うがままにつまみ食いする。しかし、マフィアの基本的な枠組みは統治者倫理の体系だ。マフィアは賄賂を贈るという取引をそこに持ち込み、その他自分のために多くの商業活動に従事する。恐るべき混合道徳だ。

一九世紀のアメリカではマフィアは貧しいシチリア移民であり、ほかの貧しいシチリア移民から無理やり少額の保護料をとって生計を立てていた。そうした保護は、マフィア自身から身を守るためのものだった。払うか、さもなくばパン屋に爆弾が投げ込まれる。手押し車は粉々になり窓は割られる。警察に駆け込めば膝をぶち抜かれ、あるいはそれよりひどく痛めつけられる。まさに略奪だった。あるいは、蛮勇に支えられたマフィア流の企業課税制度だといってもいい。

次はマフィアの商業の話だ。略奪品は他に資金調達手段を持たない人々に貸しつけられた。債務不履行者には暴力により法外な利子が取り立てられ、商売をしている場合は取り上げられた。利潤と押収ビジネスがマフィアをさらに商売へと駆り立てた。多くは、非合法なたかり、ギャンブル、密売、殺人の請け負い、密輸、麻薬の輸入・取引、そして結局はマネーロンダリングといったものだ。合法的な活動も行われた。得意なものは建設業、飲食店、ナイトクラブ、船の荷役作業、野菜の卸売り、トラック輸送、廃棄物処理などだ。

だが、マフィアが合法的な商業活動に進出してくると、可能な場合は地域独占しようとする。そうするために競争者に対して力を見せつける。あるいは同盟を結んでカルテル化したり、腐敗労働組合の労働者搾取と結びつく。被服産業地区の場合で見たように、時には商売が盗賊の巣となる。ガレージが盗難車の偽装や出荷用のかくれ家となったり、倉庫がトラック乗っ取り略奪品の避難所となったり、政治クラブが汚職公務員選出の機関になるという具合だ。マフィアのゴミ処理業者は、最初は控え目に飲食店のゴミ収集の独占化、カルテル化から細々と始まったが、商売の手を厄介な有毒廃棄物にまで広げた。それはれっきとした化学会社、工場、病院から出されたものでマフィアはその廃棄物を無責任に投げ捨てた。大変な儲けだ。

マフィアは企業活動を高く評価する点を除いては、商業倫理に沿って商売することはしない。相互の自発的合意などはマフィアには何の意味もない。マフィアは統治者倫理に合致した商売を行うのだ」

「でも、かつて犯罪組織が融資している事業の噂を聞いたことがあるわ。それは合法的で、公正かつ正直だって」とホーテンスは訊いた。「そういうことってあるのかしら?」

「まれなケースだよ。たいていは犯罪生活を望まないマフィアの子孫が身を立てるためのものだ。マフィアの一族でも、どうしても犯罪を犯すのに抵抗のある者は無理にそうしなくてもいい。ただ、おそらく問題になるだろうがね。マフィアの子孫は、本人が希望するならいい専門教育を受けられる。本人が望むならビジネスマンとしてスタートを切る者もいる。それもとても恵まれたスタートを切るのが普通だ。マフィア以外のビジネスでの就職先を見つける人もいる。マフィアの中にも環境不適応者はいるよ」

ジャスパーは続けた。「組織に属さない横領犯、殺人者、強盗などの個々の犯罪者は、倫理的たるべしという観点からすれば人格的不適応者だ。ぼくにとっては本質的に平凡な題材としか思えない。ただ、特異な性格、地方色、サスペンス、彼らが罰せられるに至る状況こそが興味を惹く。これこそがぼくの小説の題材となる。

だが、状況全体が犯罪的な場合はどうだろう。マフィアは一つの事例だ。収賄がまかり通る差別的で残忍な警察、インチキ修理店、明細をごまかすバルブ製造会社、賄賂で契約を取りつけたり費用をごまかしたりする軍事備品製造業者などもそうだ。あるいはまさにアームブラスター、取り澄ました様子で君をうんざりさせたという海賊版ソフトウエアの顧客たちの気取った集団もだ。

そう、この場合は環境に適応できなくなるのは良心的な人々であり、道徳的な男女なんだ。その方が道徳が確立している状況下での不適応犯罪者よりも、もっと異常で悲劇的だとぼくには思えるのだ。でも、君の気に入る犯罪の話はもうこれくらいでいいだろう」

第三の道徳体系になれなかったマルクス主義

「アームブラスター、君はどうしてぼくが多かれ少なかれ二組の道徳型があるというケートの考えに同意したのかとも訊いたね。それについて答えよう。同時に、これはついでといったところだが、ベンの信念についても論じよう。ベンの信念というのは、各人は能力に応じて社会に貢献し、必要に応じて受け取るという理念を持つ第三の倫理群があるというものだ」

「違った第三の道徳群があるという考えは理性にかなっている」とベンが言った。「その道徳は、富、名声、支配への競争を廃している。これまでその可能性と機会を支配者が賢明に利用しようとしなかったというただそれだけの理由で、この第三の倫理群がうまく作用しえないだろうと考えるのは馬鹿げている」

「そのマルキストの考え方は言葉のあやにひっかかって大失敗してしまった」とジャスパーは言った。

「どうしてかを説明するために、ソビエト連邦でおなじみの二つの道徳体系がどんな運命に陥ったかを見ていこう。統治者倫理から始めよう。

まず、取引を避けよ、だ。これについては、統治者はその地位や権力を利用して個人的利益を得てはいけないという意味ではしっかりと守られていた。実際には、同じ原則が統治者だけでなく商業に従事する人も含めてすべての人に当てはめられてしまった。

しかしながら、取引を避けよというこの道徳律は、別の方法で堂々と破られていた。統治者は商業と生産に責任があった。彼らには設備の公的所有権が任せられていたのだからそうならざるをえない。そこでこそ、まさに混合道徳が生み出された。

大胆にやった結果がどうなるか、詳しく述べる必要はない。無鉄砲さが商業と生産についての国家計画、決定、命令をバックアップした。いつもながらの管轄領域をめぐる権限争いもこれに加わった。

服従、上下関係を尊重せよ。このことが統治者だけでなく、すべての人に当てはめられた。伝統を尊重しすぎたので、国家宗教に代わる国家イデオロギーに疑問を持った個人は反逆者とののしられ、精神障害の烙印を押された。強硬派共産主義者は保守派とされた。それは正確な理解ではあるが、伝統を異にするわれわれには奇妙にみえる。そう、上下関係にも、もう一つ論点がある。ソ連では実際に権利は義務に伴い、義務は地位に伴って与えられた。個人の権利はリップサービスを受けたが、契約法に訴えても実効力はなかった。

復讐の国家独占は、他の体制におけると同様に重視された。目的のためには欺いてよいという道徳律が徹底的に実行されたことは言うまでもない。その行き過ぎがグラスノスチを感動的なものとさせたのだ。

気前のよさは破滅的な浪費になった。所得再分配、食料・住居補助金、従属国への施しなどのほかにも、生産的目的を目指すかのように見せかけた投資が、生産的目的でなく政治目的に振り回された」

「ソビエト連邦は生産的投資を推進するため一生懸命やったよ」とベンが抗議した。「五カ年経済計画がそうだ」

「国は一〇年、二〇年、三〇年と集団農場に資本を投下したんだよ。それは農業のための投資というよりは特定の農業イデオロギーのための投資だった。多大な犠牲の口実とされたご自慢の重工業さえ、純粋な意味での生産的投資が不足したために旧式で脆弱で退歩したものになった。一つには、産業立地が各共和国の中央集権経済機構への依存を極大にするように選ばれたこともある。洗剤などの品物を単一工場の独占に委ねた結果、顧客は巨大な供給者に依存せざるをえなくなり、時にそれは何千マイルも離れていたりする。一カ所で故障すると一つの品物がすべて不足してしまう」

「君はだめな計画ばかり繰り返しあげつらっているよ」とベンが言った。「計画自体が必ずうまくいかないとはいえないよ」

「政治的な観点からいえば、必ずしもそんなに悪いわけではなかったさ」とジャスパーが言った。

「計画は私的財産を抹殺した。計画によらなければ仕事もないところに、計画によって工場が建設された。何でもかんでもお互い同士と中央機構とに頼り切る共和国を作ったのだよ。経済計画を統治者の手に委ねれば統治者優先の計画になるだろう。こうした投資を統括する計画機構は本質的に、発展可能な生産や商業を生み出す役割を果たすのではなく、つぎつぎと自分たちに都合のいい仕事を大量につくり出す政治的事業の渦と化した」

「では、明るい面に移ろう」とジャスパーは続けた。「余暇を豊かに。国はうら寂しい町にさえ文化会館を建て、そうした所に気前よく資金を提供をした。ホッケーからチェスに至るまで、陸上競技や競技試合が花開いた。美術館はとてもよく維持されており、ソビエトの多くの美術館学芸員の学識は一流だ。国は高水準の音楽、舞踏、劇場に力を注いだ。民族や地域の芸術についても同様だ。本の出版はそれが許される範囲内で、ロシアと国際的な古典の廉価版に重点をおきながら急速に発展した。国は文学誌を支援し、国から認められた作家や詩人は名士になった。国は多くの低価格の新聞を支援したが、それらはグラスノスチ以前は退屈で真実性に欠けるものだった。ラジオやテレビについても同じだ。国は実際的・文化的・娯楽目的のために識字率向上に熱心に取り組んだ」

「指示に従わない作家や芸術家を検閲し迫害するのでは、芸術を重んじていることにならないわ」とホーテンスが口を差し挟んだ。

「それこそ忠誠と服従が優先しているからだよ。そして、当然のことながら、芸術家や物書きは独立した商業的支援、私的な後援などの逃げ道を持たなかった。

力の誇示は行き過ぎであり、ゴルバチョフは初期のスピーチの一つで不平を述べている。

彼の言葉を引用しよう。彼はこう言っている。「深刻な欠陥が中央や地方の多くの祝典、これ見よがしの活動やキャンペーンなどで隠蔽されていた。日々の現実の世界と見せかけの幸福とはだんだん離れていった」ゴルバチョフが文句を言わなかった普通の誇示がこれに付け加わるんだよ。畏敬の念を起こさせる公的な建築物、記念碑、軍事パレード、贅を尽くした大使館のパーティーなどが。

排他性は、ソ連共産党の党員の慎重な選抜と党の政治生活の独占、ほとんどすべての市民にあれほど長い間課せられた疎外の形で表れている。

名誉についてもゴルバチョフは不満を表明している。彼は言っている。国民に「真の関心」を寄せる代わりに、「賞や肩書き、褒美が大量に配られた」ゴルバチョフは、気に入らない人々から名誉を剥奪し不名誉を与えることを国が拠り所にしていたことにも言及できただろうに。要するに——」

「剛毅と運命論を忘れているわ」とケートは言った。

「どこでもそうだけれど、剛毅は英雄、軍隊生活、それに模範的労働者に尊ばれた。運命論って、これらすべてを受け入れる精神のことかい？　最初に希望、次に諦めがきて、そして——」

「運命論は確かに防波堤だった」とアームブラスターが言った。「結局、そのイデオロギーによれば、共産主義は科学的にも歴史的にも勝利すると運命づけられている。途中の困難は忍ぶべきだ、ということになる」

共産主義国の倫理的破綻

「統治者倫理はそんなところだ」とジャスパーが再び話し始めた。「統治者が商業の管理・運営に当たる場合、取引を避けよという道徳律が破られる以外は統治者倫理は曲げられていない。でも、これは重大な違反だった。統治者が商業を扱った結果として商業倫理がどうなったか、一つひとつここで見ていこう。

生産的目的への投資が統治者優先のために損なわれたというのはすでにお話しした。ぼくは巨額の軍需生産に触れるつもりはない。軍需が他の生産を細らせたと一般に非難されているが。もし気前のよさが実際に産業、貿易、農業、輸送の生産的投資をもたらしていたならば、ソ連以外の他の多くの体制下でソ連より長期にわたって軍事費が支えられたのと同様に、ソ連ももっと軍事費を支えることができたことだろう」

「私にも、このゲームをやらせて」とホーテンスは言った。「自発的合意は政府の命令、計画に屈服し、競争は国家独占に屈服した。私的財産や私的商業計画がないところでは契約法はあまり役に立たないわ」

「誰かほかには?」とジャスパーが尋ねた。

「競争なくして独立の企業、イノベーション、効率性は花開かなかった」とケートが言った。「商業的異説は政治的異説と同じように断固圧迫された」

「他人、外国人との安易な協力は顧みられない」とアームブラスターは言った。「誰も正直の項目について言っていないね」

「正直でなく不正直が制度上、商業経営者に押し付けられたのさ」とジャスパーが言った。

「多くの工場では粗雑な商品を生産して消費者に不正を働いた。それは、非現実的な生産割当量を満たすためだった。それが経済五カ年計画だったんだよ、ベン。不足は贈賄やブラックマーケットにつながる依怙贔屓交換ネットワークをつくり出した。真実の会計はほとんど重視されず理解さえもされなかったので、上から下まで誰も生産コストを知らなかった。でも、これは大した問題ではない。統治者はコストを考えずに政治的に価格を設定していたのだから。ベン、君の番だよ」

「少なくとも統治者は勤勉で節倹だった。そう言うべきだよ」

「そんなに確信を持つなよ。完全雇用へのイデオロギー的な要求は、非効率ともあいまって人員過剰と怠け者を生み出した。「われわれは働くふりをしており、彼らは払うふりをしている」というジョークがある。ゴルバチョフは初期のころ、やる気のない仕事ぶりが改革を妨げる弱点だと見なした。そう、節倹。それこそ、代金を払うふりをすることだった。でもケートが説明したように、商業倫理の節倹のポイントはそれ自身のために節約することではない。払うに値する商品、サービスがないという理由だけでお金を残すということでもない。「快適と便利さの向上」について考えてほしいな」

「それは将来のためのものだ。基礎的なニーズがまず最優先された後のことだ」とベンはむっつりとして言った。

「あなたは、これが一群の倫理体系だということを忘れているわ」とケートはもどかしげに言った。

「ある部分の失敗や破壊は全体の統一を損なう。快適さと便利さへの関心は抑え切れないわ。それが商業活動を押し進めるエネルギーの源泉、それも主要な源泉だわ」

「こうしたことすべてをじっくりと考えて、アームブラスター、ぼくは次の結論に達した」とジャスパーは言った。「ファンファーレが鳴り響き、社会道徳の新しい形を披露するために幕が上げられた。だが、舞台はからっぽだった。舞台のうしろをこそこそ歩いているのは昔ながらの統治者倫理であり、それに悲惨なまでに痛めつけられた商業倫理だった。それがすべてさ。マルクス自身はブルジョア的な価値や方法を嫌っており、それらを消滅させたかった。そう、ある意味では彼の計画は成功した。

ぼくは、道徳の型が二つだけあって、それ以上はなくそれ以下でもないことをこれまで信じる気がしなかったのだが、これら二組の道徳が頑固に自らの存在を主張するのと、第三の道徳が現れないことにいまは強い印象を受けている。商業倫理がだめになったら、残るは統治者倫理に頼るしかなかったのだ。

ここに、同じように途方もない状態のカストロを見ることができる。彼は一九七〇年に五〇万の熱狂的な群衆に向かい、カリスマ的な大演説ですべてを説明した。テーマはキューバ経済の発展についてだ。それは戦いであり、「与えられた目的に向かい、一致団結して一本の道を行進する人民の意思」によってのみ勝ち取りうると述べている。彼は、すべてを戦闘の言葉で語った。過去に対する、限界に対する、彼が「客観的要因」と呼ぶものに対する戦いだ。すべては上からうまく調整されるはずだと彼は言った。彼が詳しく繰り返し引き合いに出したビジョンは、民衆の大部隊が攻略に向けて順調に進軍する姿だった。だが、一体全体彼は何について話したのか。本人によると、靴の製造、機械の修理、観光客の誘致、建設資材と輸送の動員などの挑戦的課題を規律、忠誠、剛毅、勇敢をもって克服せよ、と説いたのだ」

「彼はエコノミストの教育を受けていたはずだが」とアームブラスターが言った。

「それは問題ではない。彼は若干の適切な心理的事実を学んでいたかもしれないが、適切な倫理的事実は身につけていなかった。彼はその他に役に立つ代わりを見つけることができなかった。彼は統治者の道徳に退行せざるをえなかった。そして取引を避けようという道徳律に大きく違反し、統治者倫理をも台無しにした」

取引の狩猟者起源説

「まったく、あなたはマルクス主義を組織犯罪の巨大なケースのように言うのね」とホーテンスは言った。

「構造上、このマルクス主義と組織犯罪はお互いによく似ているよ。両方の場合とも、強固な統治者倫理の中に、取引を避けようという同じ統治者道徳律の重大な違反が持ち込まれる。統治者倫理は道徳的にも機能的にも生産や取引を行うには適していないので、巻き添えを食って商業は腐敗し、その道徳基盤は崩壊する。これが、マルクス主義と組織犯罪が構造的に似ている点だ。もちろん、この二つには大きな違いもある。動機、商業のタイプ、そして権力基盤の違いだ。今日の組織犯罪集団はまだ国家ではなく、むしろ国家の中での巣窟といったところだ。

二つの道徳体系があり、第三の道徳体系は期待され大いに求められているのに見つからないという論点に戻ろう。ぼくとしては、仕事生活の道徳が、生活方法にはたった二つの型しかないことに根差しているという考えにはもはや疑いの余地がないと思うね」

「たった、だなんて言わないでほしいわ」とケートが言った。

「他の動物には一通りしか生活方法がないというのはわかっているよ。でも、ケート、ぼくにはどうしても君に同意できない点があるんだよ。取引アプローチの原型は、簡素な村の市場だと君は言った――」

「そう、そこで人々は商品を略奪されることはないものとして並べ、相互に自発的合意に至るまで値切り交渉を行う」とケートは言った。

「そのような穏和な小さな村市場の話は本当とは思えない。それが取引の起源だとはね。代わりに想像してごらん。二つの地区の別々の狩猟者グループが二つの地区の狩猟・採取領域の境界で会い、お互いに違う縄張りからの自然の獲物を交換するのを」

「実にいい思いつきだわ」とケートは言った。「私が不用意に考えついた市場より本当らしいわ。あなたが言ったことは、有史前の取引における遠い過去の証拠にもよく当てはまるわ。特定の領域の資源品がその本来のありか以外の場所で見つかっていて、それには琥珀、貝、銅、黒曜石などがある」

「考古学の証明について一つ困ったことは」とアームブラスターが言った。「朽ちないデータにだけ頼っていることだ。古代になればなるほど、ますますそうなんだ。そうしたことは、遠い昔の先祖は果てしなく石を削って果てしなく壺を作っていたのだろうと想像させる。しかし、現代において取引されている多くのものは腐りやすいものだ。おそらくいつの時代もそうだったろう」

「それは、有史時代の狩猟民と採取民との間の領土資源の取引に当てはまるわ」とケートは言った。彼女は使い古した書類フォルダーの封筒を見つけだし、数枚のコピーを取り出した。「ブリティッシュ・コロンビアのギトカサンとウェットスエットのネイティブ・アメリカンについての話を聞いて。これは、彼らの領土権をめぐる州との果てしない争いの際に法廷へ持ち出された訴訟書類に出ている話よ。太古からと、そう書いてあるわ。これらの人々は沿岸と内陸という生態系が明らかに違う隣接領土を保有していた。彼らはすでにこうした二つの領域間で多くの輸出入交易を享受し、また他の領域とも取引を行っていた。それはヨーロッパ人が来るずっと前からよ。

ある取引は耐久財で、それは遠く離れた所から輸入された黒曜石、沿岸地域から遠く広い地域に輸出されたツノガイの殻などだった。でも取引財の多くは、アームブラスターの言ったように腐りやすい品物だった。干した種子、干した海草、干しサーモン、食用の銀鱈の油などは沿岸から内陸に輸出された主要品目だった。カリブーの肉、ヘラジカの皮は内陸から沿岸に輸出された品物よ。この書類のいわゆる取引ルートの網の目は川と陸路の両方を使ってたくさんの、たくさんの共同体をシステムとして組み込んでいた。これら集団が地理的に孤立していたからといって経済的に孤立していたわけではないのよ。ヨーロッパ人がこの地域に行き着いたとき、ネイティブ・アメリカンは、容易かつ速やかに自分たちのすでにあった取引ネットワークの中に彼らを組み込んだ。ハドソン湾会社の取引業者には皮を、鉄道建設工事の作業員には魚と木材を、移住者には農産物のお返しにサケを売ったのよ。

ここに興味深い点があるわ。ヨーロッパ人が彼らに出会った時点では、交易に従事するネイティブ・アメリカンの領域には素朴な食料略奪グループの領域よりも人口が集中していた。これは、交易に従事するネイティブ・アメリカンが農業に従事していたからではないの。彼らはそうしたことは行っていなかった。このことから遥か昔でも、つまり農業の発明前から交易地域は他の地域より生産的で豊かだったといえる——商業経済の今日と同じように」

「多分彼らは単なる狩猟民、採取民より勤勉だったからではないかしら」とホーテンスは言った。

「勤勉だったに違いないわ。川では貨物輸送カヌーを作らなければならなかったし、陸地のあちこちに毛皮や獲物の袋、籠を運ばなければならなかったでしょう。さらに、まず品物を入手して、それを加工したでしょう。大変な仕事だわ」

「ところで、いまのペルーに当たる場所には」とケートが言った。「三五〇〇年ほど前に都市があり、そこで人々は実際に農業に従事していたの。でも食べるためではなく、取引のために農業を行っていたのよ。人々は魚介類、野生植物、土地の動物を常食としており農作物は食べなかった。代わりに彼らが育てていたのは綿花であり、取引をしたのは綿の網、撚糸、綿の衣服だった。彼らは豊かで生産的であり、巨石建造物のみごとな都市を築いた。でも考古学者が考えつく限りでは、彼らは中央集権的政治機構には属していなかったのよ」

「君はぼくの言ったことを否定してはいないけれど」とジャスパーは言った。「でも、ぼくが言ったことから離れていく。とにかく、取引の最初の例に戻ろうじゃないか。狩猟民は自分の縄張りから取れる明るい色の鳥の羽毛と、隣の縄張りの瓢簞製容器に入った野生蜂蜜を交換する」

「だから一方は生きている鳥を殺し、羽毛をとる」とベンが言った。「三〇分後に、彼は自分の略奪した物をハチを盗んだもう一方と交換する。これはすべて略取だよ」

「違う、違う、それは違うよ」とジャスパーは言った。「何か新しいものが加わっている。鳥の男は蜂蜜の男から盗んだわけではないし、逆もまたしかり。これは似てはいるけれど単純な相互分配のケースではない」

「大きな違いは、私が最初に取引と占取について話した時に使った迫力のない言葉にあるわ。「手に入るものがあっての話だけど」［第四章一一一頁］と言ったでしょう」とケートは言った。「あなたの鳥の羽毛とり男の話のほかに、交換のために葦刈りをする話があるわ」

「明るい羽毛と蜂蜜にはうっとりするけれど」とホーテンスが言った。「でも葦？」

「あら、葦は貴重よ」とケートが言った。「器用な手にかかれば屋根、むしろから籠、楽器の笛にいたるまで何でもできるわ。ここに葦刈りをしている人の会話がある。「なあみんな、もっとたくさん葦を集めよう。そうすれば、石貨でもっと蜂蜜がもらえるよ。岸辺では貝殻から目をそらさないように。蜂蜜の人々に彼らが運んでいる大きな音の出る角笛の一つを譲る気にもさせられるからね」これが取引を通じて役に立つものを増やす方法なの。取引業者は取引を続けながら、取引に新しい多くのものを加えていく。取引対象の多様性が増すと、それにつれて取引量も拡大する」

領土の占取と統治、そしてその返還をめぐって

「対照的に、自分たちのためだけに縄張りを持つ狩猟民、採取民は、他の動物もそうだけれど、自分たちの支配地域を拡張するかダメな支配地域を放棄してより良い領域を得ることで手に入るものを増やすのよ。

このアプローチは、遅かれ早かれ襲撃や闘争につながらざるをえなかった。過去に思いを馳せて、取引について何も知らない略奪者がいるとしましょう。彼らは自分の領域で過度に狩猟したり、あるいはそこに雨が降らなかったりして絶望的になっている。すると、彼らは隣接した領域に攻め入り、見つけたものは何でも奪い、じゃま者は誰でも殺す。そしてホームベースへと退却する。食人の可能性は除いているわ。食人風習があったかどうかはとてもあやふやだし、とにかく原理原則は変わらない。狩猟民が他の狩猟民の領域を

いつ襲い始めたか知るすべはない。でも取引がないのであれば、それが手に入るものを増やす唯一の方法だったのよ。

侵略された一団が自己保護能力を持ち合わせているなら、近隣からの次の襲撃を恐れて、報復、防衛のいずれのためにも自分たちの狩猟民を急ごしらえの戦士に仕立てていったでしょうよ。さあ、ただではすまないわ。

次の段階は、論理的に考えると境界での小競り合いということにならざるをえない。つまり、双方でお互いが相手の領土を犠牲にして自分たちの領土防衛のための余地を広げようとした。それはおそらく、世界の多くの地域でともかく始まった。歴史的にもその例は多いわ。一つにはスコットランドとイングランドの果てしない境界襲撃が挙げられる。一七世紀末まで、国境近くの田舎の生活ではこれが普通だった。お互いに相手方を襲い、家畜を連れ出したものよ。

境界の小競り合いはありふれたことだったので、国家間に線として国境が決められた最初のヨーロッパ地図は一七一八年まで存在しなかった。それ以前は、国境は戦争の勝敗に応じ前後に変動するもので、紛争地帯として理解され位置づけられていた。英語でmarchesといわれるのがそれよ。

先史時代の境界小競り合いや襲撃に話を戻しましょう。彼らにとってこうしたことは、領土を取得したり、領域の産物を奪うほんの一時的手段だった。

領土の征服を確実にするのはもっと難しく、複雑よ。征服には単なる襲撃の場合よりももっと規律が求められる。ジャスパーが忠誠、復讐、軍法会議、上下関係、服従、そして裏切りを防ぐための取引禁止について話したときに触れたような、より洗練された種類の軍隊組織が必要よ。ジャスパー、占領地軍隊について何か付け足すことはある？」

「征服を確保し続けるには、先住民を一掃するか、あるいは彼らを取得対象たる資源として扱うことが必要だ——彼らを奴隷にするとか、同棲を強制して同化するとか、貢ぎ物をさせるとかね。領土を征服者の神の精神的保護の下に置くため、在来の神は抹殺されたり矮小化されたかもしれない。征服に引き続いて何が起こるかについては、難なく無限の歴史的事例を考えつくことができる」

「そう、さらに」とケートが言った。「征服を継続させるには軍事力以上のものが求められる。可能な限り領土に内的な平和をもたらすために、そのために準備された物理的心理的な技術が用いられる。外敵から領土を守る十分な保護も欠かせないわ。要するに、まさにプラトンが認めた統治の二大義務を果たさなければならない。そうした義務とともに統治者の存続を確かなものにするために、貢ぎ物をとり、物納いずれは金納の税金を徴収するという規則化された方法が必要よ。

今日までに統治がこのように複雑化したのは、生活を立てるために占取（taking）によるという方法にさかのぼることができる。それは、商業における質的量的な増加が生活を立てるため取引するという方法にさかのぼるのと全く同じよ。占取と取引（trading）はそれぞれ基本的に異なる。そこから得られた派生物もまた基本的に異なっている。その派生物は今日においても、それぞれ独自の道徳的特色を持ち、他の道徳体系との矛盾を抱えている。商業と統治を調和させ、一つの道徳体系に仕上げようと試みるのは無駄なのよ。そんなことを試みても調和は生み出されない。それどころか全く逆効果よ。矛盾は内在的なもので、そこから逃れようはない。

道徳体系を一つにするという意味で調和を得ようとするのは、間違った行き方なのよ。調和させたければ、それぞれの道徳型自身の独自性と統一性を保つようにしなければ。この二つは、お互いに支え合い、補完し合うこともありうるわ。商業には統治者の支援と助けが必要で、統治者には商業の支援と助けが必要な理由を説明したときに、そのことも言ったわよねえ。共生（symbiosis）――これは〝共に（sym）〟〝生きる（bios）〟というギリシャ語からきている。その意味は辞書によると、「二つの異なる有機体が共に生きること。特に結合が相互に有益である場合にいう」ということなの」

「ケート、脇道へ逸れているよ」とジャスパーが言った。「こう言ってよければ、君はちょっとお説教する傾向があるね。さあ、領土の征服と内部平和を保つ統治機能に話を戻そう。征服した場合、その仕事の一つは、占領地にいる人々に征服者の視点で物事を見るようう――征服者のように物事を見るようにさせることだ。これもマキャベリが理解していたことの一つだがね。占領地に征服国の国民が移住するなら、それはもちろん容易にできる。そうでなければ、たいへん難しい。「人々の心と気持ちを勝ち取ろうとした」ベトナム戦争ではアメリカは大して成功しなかった。数世紀経過した後でさえ、おぼろげで、長く失われていた統治権や忠誠心が被征服者の記憶の底深くに残っている」

「改宗では十分に克服できないのかしら」とホーテンスは尋ねた。「新しい言葉を教えたり、新しい法律や習慣を導入したりしても」

「とても難しい」とジャスパーは繰り返した。「改宗はラテン・アメリカのスペイン領における反乱の成功を食い止められなかったし、イデオロギーの共有もソビエト連邦崩壊を防げなかった。アイザイア・バーリンは、征服された民族集団について「われわれはなぜ彼らに従わなければいけないのか」「彼らはどんな権利を持っているのか」「われわれはどうなのか」「なぜできないのか」と、遅かれ早かれ彼らは自問するであろうと述べている。アイザイア・バーリンは被征服民族を曲げられた小枝にたとえている。無理やりきびしく曲げられたので、解放されたら「猛威」をふるい「制し切れない力」ではねかえるというわけさ」

「一歩立ち戻って見てみると」とホーテンスは言った。「新しい独立への要求は大きな歴史的なテーマとなりそうね」

「なりそうだって?」とアームブラスターはさえぎった。「ホーテンス、いまごろそんなことに気付いたのかい？　一九〇四年には、世界にはわずか五〇の独立国しかなかった。一九〇五年にノルウェーがスウェーデンから分離したのを皮切りに、独立国の数は、いまでは三倍以上になっており四倍にならんばかりだ。確かに、これら独立国の多くは帝国の崩壊の結果だ。でも、いまは帝国でなく普通の民族国家の番になっている。

現存する国はほとんど例外なく、征服した領土を――武力で征服された人種集団や旧独立国を――取り込んでいる。悪事を働くと、ついには領土奪回の旋風が吹き荒れる。分離主義熱が分離主義運動を組織し、領土奪回要求を掲げる。

今世紀は大変な世紀だった。バーリンが言うように、来世紀はさらに悪化するかもしれない。巨大なスケールでの血で血を洗う争い。われわれはセルビア人とクロアチア人、セルビア人、クロアチア人とボスニア人、イラク人とクルド人、ユダヤ人とパレスチナ人、アルスターでのカトリック教徒と新教徒、アゼルバイジャン人とアルメニア人、スペイン人とバスク人、パンジャブ・シーク教徒とヒンドゥー教徒などの間での暴力でその前兆を見ているわけだ」

「一方」とアームブラスターは続けた。「今後の分離と離脱は、ノルウェーを独立させたスウェーデンの開明的なやり方、スロヴァキアを独立させたボヘミア、すなわちチェコの例、あるいはマレーシアによるシンガポールの礼儀正しい放逐の例にならうと想定してみよう。そうすれば世界は三〇〇かそこら程度の、適度に安定した、今日現存する多くの国よりもっと国内の忠誠心を楽に手にすることができる独立国から成り立つようになるかもしれない。いや、三〇〇じゃきかないかもしれない。中国やインドのような巨大国家で領土奪回がいくらくらい出てくるか、その数は神のみぞ知るだ」

「君は領土返還の可能性を武力で勝ち取る領土奪回と対照させている」とジャスパーは言った。「統治者が征服した領土を被征服民に返還するなんておよそ聞いたことがないよ。もし、力で奪い取ったものが結局は与えられるか売られるかするということなら、ごく普通に統治者はお互いに与えるか売るかしている。たとえばナポレオン戦争後には、戦勝強国はデンマークからノルウェーを奪い、それをスウェーデンに与えた。これはデンマークへの罰だった。カリブ海のアメリカ・バージン諸島はかつてイギリス領だったが、イギリスはこれを王室結婚の贈り物としてデンマークに譲った。そして、デンマークはこれをアメリカ政府に売却した。イギリス人はこのことに腹を立てた。彼らは贈り物を売り払い利益を得るなどあるまじき行為と考えた。だが、取引そのものは有効とされている」

「思いついたことがあるの」とホーテンスが言った。「クルド友好団体と呼ばれる国際機構があるとしましょう。この組織はイラン、イラク、トルコにあるクルド人の領土を買い占め、クルド人に返還するために寄付をしたり寄付を勧誘したりするとする。それなら、バスク友好団体などもできることでしょう。なぜできないの。戦争、テロ、武器供与よりよほどいいわ。昔は統治者が戦争捕虜の身代金を受け取るのは名誉なことだったとジャスパーは言った。領土買収は巨額な賠償金になるでしょう」

「国民のための賠償金か、なるほど」とジャスパーは言った。「それはいまでも行われている。古い時代には、都市は敵に略奪される代わりに自らのために身代金を払うことがしばしばあった。だが、国に合併済みの長期間征服された領土の身代金？　ホーテンス、それはどうかな」

取引の発生は若者が担った

「そうね、取引の話に戻りましょう」とホーテンスが言った。「あなたとケートに考えてもらいたい不平があるの。「蜂蜜男」「鳥の羽毛男」というように、あなた方は最初に取引した人を男性として思い浮かべているわ。私にはなぜだかわからない。論理的には、女性こそが領土、国境を越えて商品を取引した最初の人ではないかしら。一つには、女性は武装した男性ほどお互いに疑い深くはなかったようね。それに、女性は力で奪い取る代わりに平和的に相互合意を自然に目指したように思えるの。そして、男性も石貨で行われていたことをちょっと見て、それがうまくいっているのを見て取引に加わってきたのだと思うわ」

「さらに」と彼女は続けた。「取引に加えられる新しい種類のものが何か考えてみて。それはほとんど女性の伝統的な仕事で、それが取引されるようになってから男性もその仕事に加わってきた。紡績業、繊維製造業、食品加工、衣服産業、化粧品、医薬、産科、老人医療、病院経営を見てごらんなさい――数世代前までは病院を切り盛りしていたのはすべて看護婦だった――。台所用品、パン焼き、製皮法もある。時間があればもっと考えられる。経済発展の歴史は、男性が女性の仕事を取り上げる歴史と言える。そうでないところでは経済的生活は貧しく、成長は妨げられている。もし石油がなかったとしたときのイスラム教の国々の生活のように」

「男性と女性がそれぞれの伝統的な仕事を移し替えるのは双方向で起きたことだよ」とジャスパーは言った。「ご自分を見てごらん、ホーテンス。法律に従事しているじゃないか。ケートを見てごらん。大学で働いている。軍需工場で働いている女性もいる」

「性別間での分業あるいは協力がどうあれ、初期のころの取得者と取引者は、私たちの基準では両方とも若々しかったようよ」とケートが言った。「青年兵士と青年士官。まだ子供の値切り商売人。今日でも、荒地での人々の平均寿命は短い傾向がある。ほとんどの歴史では、これは真実だった。近代までは生まれが高貴だろうと卑しかろうと、まず幼少を生き延び、さらに幸運が続いて初めて青年期や成人期を迎えることができた。まれな例外でさえなければ、そうなるでしょう。男の先史学者たちがヴィーナスと名付けた古代の女性の小像を知っている？　彼らはそうした小像を豊穣神崇拝の儀式の対象として考えていたようよ。私はそうしたレプリカに手を触れ、他の写真でも調べた。私の女体知識からいって、これらは年老いて肥った女性を正確に表現しているものなの。たれ下がった胸、ぶよぶよしたお腹、ずんぐりしたお尻。コルセットを外すとそれがわかる。それらは、肥っていてお金持ちの長生きした人の彫像のようにみえるわ。なぜ長生きした人を崇拝してはいけないの？　並外れた個人たちを祝い、その人たちの持つマジックが擦っているうちに落ちて自分のものになるように祈ったのよ」

「そうだとしたら、有史時代に長老崇拝の秘密を伝える証拠が何か見つかりそうなものだが」とジャスパーは言った。

「見つかっているわ。多くの社会では高齢者を崇拝している。それも、彼らが年をとっているというだけの理由でね。いずれにしろ私の言いたいポイントに戻ると、仕事をして生活をする上での道徳の基礎の多くの部分が若者によって築かれたというのは驚きだわ」

「この話を聞いてくれないか」とアームブラスターが本棚を調べながら肩越しに言った。「これは、ボストンの小学校の生徒について書いたジョン・ホルトの本だ。「多くの子供にとって一〇歳は英雄的な年齢だ。子供たちは多くの点でホメロスのギリシャ人を連想させる。彼らは喧嘩好きで戦闘的だ。彼らは名誉に対して強く鋭い感覚を持っている。侮辱に対してはことごとくお返ししなければならない、しかも利子をつけてと信じている。彼らは友だちに対して大変忠実である。もっとも友だちをたびたび変えはするが。フェアプレーの精神など持ち合わせておらず、カンニング、ペテンを大いに賞賛する。所有欲がとても強く、また非常に気前がいい。彼らからはどんなわずかなものも取り上げられないかもしれないが、彼らが気に入ったりさえすれば、何でも与えてしまうようだ」

「どうしてホメロスのギリシャ人にまでさかのぼるんだい」とベンが尋ねた。「現代の政府指導者そっくりじゃないか」

「もしジョン・ホルトが、同じ一〇歳の子供たちがガレージセールや近所のバザーで手伝っているのを見ていたなら、彼は違った特性を印象づけられ、ガーナの「女商人」やグアダラハラの露天商を思い起こしたかもしれないわ」とホーテンスは言った。「少年、少女の両方がともにセールスマンシップを持っているのよ。注意深く両替をするのはとても楽しみ。あれこれの商品でごちゃごちゃした山なりに売りに出されているものが何で、すでに誰かに買われてしまってそこにはないものが何だったたか、なんて素晴らしい思い出だわ」

「私たちは大変な間違いをしていると思うわ」とケートが言った。「おじいさんタイプ、あるいはおばあさんタイプの人が道徳体系を組み立てたと想定しているならね、ホーテンス。私自身の言いたいことを繰り返すけれど、機能し始めたものが、やがて原則となるのよ。原則となるものが、ついには年取った厳粛居士の手によって体系化されるんだわ」

「世界中すべての普通の人は」とケートは続けた。「生まれながらにして取引と占取の両方を兼ね備えている。私たちはそうした能力を持って生まれてきたのよ。世界中すべての普通の人が言葉と文法を使えるのと同じように。でも、取引するのと取り上げるのと、そのどちらのやり方をどういう場合に用いるのがよいか、それをうまくやるにはどうするか——こうしたことは、ほとんどが模倣と経験で学びながら文化として身につけるものよ」「さらに、道徳律と法によっても学ばれる」とアームブラスターがノートから目を上げながら言った。「模倣と経験がないと、道徳律と法は弱いし人為的だ。だが、もし模倣と経験が失われたら——何というぞっとするような文化的損失だろう——道徳律と法がそのギャップを埋めなければならない。あるいは、そう努めなければならない」彼はまたノートを細かく調べ始めた。

第七章
型に収まらない場合——医療、法律、農業、芸術

軍医は目的に応じて治療対象を分別する

「話が煮詰まっていなかったところはお二人して大体整理していただいた」とアームブラスターが言った。「しかし、その前にケートによれば型に収まらない例があるということだった。特に農業と法律がそうだということだったが」〔第二章六七頁〕「法律の話は片づいたわ」とホーテンスが言った。「公職に就いている法律家は統治者の倫理に従って仕事する。でも、民間で開業している法律家は商業倫理に従うの」「それほど単純ではなくってよ」とケートが言った。「それだったら型通りじゃない。その点では、法律家の仕事は他の多くの職業と同じよ。たとえば、お医者さんを考えてみて。公衆衛生担当官とか軍医は国家に奉仕中で、統治者に属する。だから、自発的な相互合意には縛られない。必要があれば蛮勇をふるって人々を隔離したり、強制予防注射を受けさ

せたり、汚染された井戸や海岸を閉鎖したりする。

民間で開業しているお医者さんはそうはしない。たとえ国の医療保健システムが代金を払う場合であってもね。医師の顧客である患者の側の自発的同意が優先するのよ。医師は患者の治療とそのありうべき副作用について患者に対して誠実を尽くし、患者の利益を他者の利益に優先させる道徳的義務を負っている。国の利益よりも患者の利益を重んじなければならない。

そこは、たとえば野戦病院の軍医とは違う。野戦病院に配属された軍医なら、負傷兵をできるだけ多く戦闘に復帰させるのが目的だろうから、生存しそうもなかったり、生存しても生涯廃兵となるような人には緊急手当てを見送ることを必要な場合にはあえてしても、この統治者の優先順位を守らなければならない。民間の病院の救急部でのやり方とはまさに逆よ。軍医が考慮しなければならないもう一つのことは、担当の兵士が受けた訓練の価値、つまりその兵士の技能がいまどれくらい必要とされているかということよ。地域社会について著作したスチュアート・ペリーは朝鮮戦争中に陸軍看護隊の訓練兵として「医療救助はまず士官に、ついで志願兵にと教えられた」と言っているわ。また、彼がベトナム戦争に従軍した看護婦から聞いた話では、ヘリコプターのパイロットは「医療救助優先対象」だったそうよ」

「分別処置、応急手当て分類という容赦ない規則は南北戦争にさかのぼる」とアームブラスターが割って入った。「私の家族には、それについての面白い話が伝わっている。私の曾祖父はサーベルで重傷を負い、苦痛と絶望にさいなまれて伏していた。彼はともすれば無視され、傷の浅い者の治療が優先された。夜遅く、助手を連れた監督医が、ベッドが今晩中にいくつ空いて、翌日に予想される多数の負傷兵を収容できそうか、胸算用しながら巡回に来た。その軍医は曾祖父のベッドを指さして助手に言った。「こいつも空きそうだ」二人はそのまま通り過ぎた。

たまたまその医者は、私の曾祖父の父親だった。その冷酷無情さに曾祖父は激怒した。父親の間違いを示すだけのためにも、死んでベッドを明け渡すことだけは絶対にしてやるものかと、決意したわけだ。曾祖父は何とかその晩を持ちこたえ、翌朝看護と治療を受け、やがて戦闘に復帰した」

「その軍医は、指さしたのが自分の息子だと知っていたのかしら」とホーテンスが訊いた。

「私が聞いている話では、その点ははっきりしない。過労でへとへとになっていた軍医には、多分自分の息子も、誰か知らないおんぼろ肉体にしか見えなかったのだろう。あるいは、自分の感情は抑えて統治者の義務に凝り固まっていたのかもしれない。誰にも分かるものか。あるいはまた、その言葉のショックがかえって回復に効き目を及ぼすと知恵を回して判断したのかもしれない。そうあってほしいものだ」

「結構不快な話だね」とジャスパーが言った。

「そうだとも。ケートが言っているのは国家目的に奉仕中の医師と、患者に個人的に奉仕中の医師とでは基本的な違いがあるということだろう」

「そうよ。いまの話は、医師が患者のためのような顔をしながら実際には国のために尽くしているときのような、医療についての商業道徳と統治道徳との恐るべき混合にくらべれば、ジャスパーが言うほど不快ではないわ。犯罪的なナチスの医師たちは、患者に知らせることも同意を求めることもなしに人体実験をやったり、わざと患者を死なせたり、国家が無価値とみなした患者を殺しさえした。ソ連の精神科医は、国家の命令に従い政治的非同調者を監禁し、これに投薬した。スターリンは晩年には医師に対して被害妄想に陥っていたそうだけれど、自分の政策の下で医師が何をしたか分かっていれば被害妄想にもなったでしょうよ。一九五〇年代にさかのぼれば、CIAの息のかかったモントリオールの精神病院では、患者や患者の家族には患者のための治療だと偽って、有害で邪悪な洗脳実験が行われたわ。

医療倫理には微妙な論点がたくさんある。難しい問題もいくつかある。しかし一番基本的な道徳は、統治者倫理と商業倫理を区別することよ。そのことを医師が理解することがきわめて重要なの。法律家が統治者として仕事しながら、それと同時に立法や規制の決定に影響を与えようとする顧客に奉仕することは、道徳的に不可能であると認識するのが大切なのと、それは同じよ」

法廷弁護士と事務弁護士

「民間で法律事務を営む場合には、これとは別の問題が入り込んでくるわ、ホーテンス。これこそ型に収まり切れない場合よ。民間で開業する法律家は、統治倫理と商業倫理の間を行ったり来たりしなければならないことが多いわ。刑法上の犯罪で起訴された人の弁護を頼まれたとする。現代の法制度では刑事訴訟は検事と弁護士との対決という形で進められる。そして、被告側弁護士は偽証にならない範囲でおよそ最善の弁護を行う道徳的義務を負うわけでしょう？　告発されていない限り不利な事実には口を拭っていればよいのじゃない？　機知と狡猾さの勝負よね？　論告の鎧のスキは見逃すな、でしょう？　証拠の弱いところを最大限に利用し誇張せよ、でしょう？」

「テレビの法廷ドラマの見すぎね」とホーテンスは言った。「でも、真実だわ。民間法律業務では統治と商業の両道徳を用いる。それも、刑事事件のときだけではないの。民事法廷での訴訟と弁護や対抗訴訟も反対尋問方式で進められる。民事の場合、倫理的にはすべての関連事実はあらかじめ、いわゆる発見過程の間に開示され、相手側も事実を知らされ、後で不意打ちで新事実が持ち出されることがないようになっているのだけれどね。でも争いは争いよ。そのことは間違いないわ」

「イギリスの法律家はこの事態を回避している」とホーテンスは続けた。「イギリスの法律家は事務弁護士（solicitors）と法廷弁護士（barristers）に分けられている。商業活動と法廷の争いを区別しているの。法廷弁護士は裁判所で争う。事務弁護士は証書、租税事件、契約、法人設立書類、遺言、その他を扱う。日常法律相談にも応じる。依頼人が訴訟を起こしたり法廷での弁護を必要とする場合には、事務弁護士が法廷弁護士に事実関係を説明する」

「単純な分業だね」とアームブラスターが言った。

「いや、それは一つの職業を便宜上二つに分けたというものではないわ」とホーテンスが言った。彼女は少し興奮気味になっていた。「いい？　法廷弁護士にはその仕事が事務弁護士とは起源を異にすることを示す道徳的特徴を身につけているの。事務弁護士は取引を軽蔑しない。よくって。彼ら自身が商売に従事しているだけでなく、いつも商業書類を相手にしている。

もちろん、法廷弁護士も仕事に対して報酬は受け取る。通常、事務弁護士よりも高額の報酬をね。しかし今日でも事務的に受け取るわけではないの。距離をとれ、よ。法廷弁護士は自分ではお金のことを口にしない。書記が依頼人の事務弁護士か法律援助事務所とその話をする。法廷弁護士は報酬を支払ってもらえなくてもそれを訴えることはできない。だから何年も待たされたり、受け取り損なったりすることもある。法廷弁護士の法衣の後ろには、古風な小さな黒い袋が邪魔にならないように縫いつけられている。これは道徳のしるしが退化した痕跡なの。昔は支払いが鋳貨で袋に入れられた。法廷弁護士は、袋が適当な重さになったら座ったものよ。それでも、卑しむべく恥ずべき金銭取引を目で見はしなかったというので法廷弁護士の名誉は無傷に保たれた。これは、サンタ・クロースや、抜けた歯をコインと交換してくれるという「歯の妖精」と同じで見せかけだけよ。今日の午前なら、私はこれ全体が俗物趣味だと言ったでしょうね。でもいまは、悩める人のための戦士として、取引から道徳的に遠ざかって戦っている知的騎士の姿を見る思いよ」

「同じ人が法廷弁護士と事務弁護士の二役をこなすアメリカの制度は、いい考えなのかしら」とケートが訊いた。

「普通ならそうよ。法律家が両方の仕事に向いた能力と適性を持っていればうまくいくし、実際にも多くの法律家は両方の仕事に向いているわ。良い法律家には二つの仕事の区別が分かっている。もちろん、統治の仕事にかかわっている法律家が賄賂やその他の私的便宜――儲かる就職先を将来提供してもらうというような――を受け取ることがあるし、民間開業弁護士が本来は率直な商業取り決めであるべきものに敵対的なトリックや詐術を用いることもある。これが一般の人の法律家不信と憎悪をかき立てるのよ」

統治倫理に歪められた農業

「農業も型に収まり切れないわ」とケートが言った。「でも、これは医術や法律の場合とは全く違う。第一に、農業は統治としても行えるし、商業的に営むこともできる。

統治による農業について見てみましょうか。奴隷、農奴、借金農、あるいは負債を負った分益農や階級に縛られた貧農など、何らかの形で身分支配を受けている小作によって作業が行われている大土地保有制は統治的農業よ。土地所有貴族や先祖代々からの地主の場合は、侯爵、伯爵、郷士などが統治階級に属しており、統治の倫理に則って生活していることは言うまでもない。でも、このことは奴隷所有者にも当てはまる。彼らが、今も昔も世襲の高貴なご身分であったことはなくてもね。

たとえば南北戦争以前のアメリカ南部の奴隷所有農場主は、たたき上げの連中かその子孫で、貴族や世襲的支配者ではなかった。けれどもまず奴隷にするにも、ついで奴隷を保持するにも、暴力が用いられる。奴隷制度の維持には奴隷の無条件服従が必要だわ。奴隷制度には鉄の上下規律も必要よ。トップには農場主とその家族、中間に必要とあれば監督者、底辺に奴隷という具合にね。農場が大きければ奴隷も上下階層に取り込まれる。家庭奴隷がトップ、特別の熟練や訓練を持つ奴隷がその次、農場労働の奴隷が底辺よ。いや、隠れている逃亡奴隷がいれば、それが本当の底辺かもしれない。

農場主の生き方はこれだけの統治者的性格を帯びているのだから、それ以外の統治者らしさが伴うのも当然よ。農場主社会は伝統を尊重した。奴隷制の伝統を正当化するためにすっかり先祖帰りして旧約聖書に耳を傾けるようになった。農場主は裏切り者を自分の手で成敗するか、でなければそれを監督や保安官に委ねた。こいつらは農場主の側のお話に入れ込んでいて、その信条に与している連中だった。農場主の生活スタイルは見せびらかしと贅沢を好むものだった。富めば富むほどそうだった。北部の農民よりはるかに豪壮な生活ぶりだったの。南部農場主は余暇をたっぷり楽しんだ。闘鶏のような競技、宴会や正装の舞踏会、狩猟、気前のいいおもてなしでね。中には学者、作家、それに優れたアマチュア建築家になった人もいた。トーマス・ジェファソンは農場主でまさに学者、作家、建築家を兼ね、しかも政治家で政治研究者だったのよ。

もっとつつましい奴隷所有者の家族の肖像を見るには、『ハックルベリー・フィンの冒険』を読むといいわ。マーク・トゥエインは、ハックをしばらく匿った家族の振る舞いについて統治者倫理を細大洩らさず書き込んでいる。血族間の反目の復讐の話が出てくる。家計を司る夫人は暇に任せて、ぞっとするような絵と刺繡で亡くなった人の追悼に耽る。どこかバイユーのタペストリーを創作したノルマン貴族の夫人たちみたいね。

ともかく、南部の奴隷主の道徳は、食うや食わずやの生活にかろうじてしがみついている零細農場主にも模範となった。彼らは名誉を尊重した。彼らは排他的だった。彼らは仲間への忠誠の徳をあがめ、奴隷は彼らに忠実で感謝に満ちているというセンチメンタルな作り話を勝手に信じ込んでいた。奴隷解放でこの見せかけが剝がされたとき、多くの農場主家族はショックで不信に陥ったものよ。この統治者道徳の世界では、限りない忠誠を装うことが奴隷にとって生き残るための術の一つだっただけなのに。

農場主は、自らの生活信条をはっきり意識していた。ロマンチックに、でも大体は的確に、彼らはそれを騎士道だと思っていた。彼らは北部の卑しく劣った憎むべき商業精神に比べて自らの道徳的優越を誇っていた。

統治者経営農業は、形態は異なってもそこらじゅうに存在している。農地を農民に分配せよとの声が上がるところでは、どこでも統治者タイプの農業が攻撃対象になっているのよ。新しい形態の統治者経営農業はいつでも成立可能なようね。ソ連や東側の集団農業、国営農業は最近の例よ」

「では農業は基本的に統治者活動で、取引でなく略取によって生活を立てるものなの？」

とホーテンスが訊いた。

「いいえ、その反対よ。農業が基本的に商業活動であることは間違いないわ。そう思う理由が三つあるの。最も重要な理由は、農業が商業原則に則って自発的合意、勤倹、生産的投資、効率、革新への開かれた態度を重んじて運営されると、統治者農業よりもはるかに生産性が高まるからよ。農業従業者の立場からいって、その方が人々の生活を良くするの。

統治者風にやると農業の足を引っ張ることになるわ。

第二の理由としては、農業の仕事が商業倫理を、いわば自然に必要とするからよ。農業には本質的に勤倹が必要なの。食事の割り当てを減らすことになってもタネや子牛はちゃんと取っておかなければならない。農業は勤勉を必要とする。来る日も来る日も来る日も、休みなしの根気仕事よ。特に機械で労働が軽減されるまではね。先史学者が考えているように農業が採取生活のなかから発展してきたなんて、とても信じられないわ。単純な採取と農業の間には要求される道徳に大きな違いがある。その点は別としても、生存ぎりぎりの農業は未開地での狩猟や採取に比べて労働は遥かに厳しく、収穫はより貧弱で、しかもより当てにならないのよ。

理由の第三は、取引や交換が大体、常に農業や牧畜に結びついていることよ。どこの農家でもできれば何かを市場に持ち出したいと努力している。このことは家族の者が紡いだり織ったり、あるいはその他の手仕事をしている場合でも当てはまる。家族が購買も交換もしないで衣食その他すべての必需品を自給するというのは現実には行えないことであり、だから実際にあまり見られない。自給自足は非実際的だから、やれば必ず貧困に陥るに決まっている。農業と牧畜の仕事がそれ以前の商業とその商業が生んだ道徳に誘引されて生じたものかどうかをわれわれに教えるには、農業と牧畜の古代の理想時代についての資料がない。しかし、古い証拠は商業と農業の結びつきを示唆している。古代エジプトの『死者の書』は、私が前に述べた神々への自己推薦の書なのだけれども、これによると農産物は言わずもがな、農地自体が商品だったらしいわ。『死者の書』では、主要な徳としての誠実を土地と穀物の取引と関連づけている。ラテン語では貨幣（peculas）という語自体が家畜を意味する語から由来している。料金（fee）という言葉も、家畜を意味する古代チュウトン語から来たものよ。畜産物が古代の商業で取引されていたことの何よりの証拠じゃあなくって？

それでも、統治者農業という変則的な型が存在している。なぜなら、農民や畜産家は主要原材料として土地を必要としているからよ。農業は土地を主要原材料として必要とする。これは、作家は原材料として原稿用紙を必要とし、製紙業者は製紙業者でパピルス、羊皮紙、ぼろきれ、あるいはパルプを必要とするのと基本的には変わらない。農業が領土に関連する仕事だというのは、それが原材料として必要だという意味でだけのことなのよ。しかし、そのことだけでも統治者は農業の魅力に抗しきれなくなる。侯爵、伯爵、征服者といったところで、土地を所有していなければ何様になるだろう。土地所有は統治者の地位の本質に属している。統治者の地位は領土を取得し保有していることに由来するのだから。農業と田園趣味が存在する以上、土地所有を活かすには耕作と牧畜に手をつけないわけにはいかない。シカ狩り、ライチョウ狩り、イノシシ狩りのような、実力でものを取り上げるやり方から直接、明らかに派生した楽しみに加えてね。

言い換えれば、機能的・道徳的にいって商業的な経済活動である農業は、歴史によって統治者地主の反商業的価値と倫理に適合するようねじ曲げられてきたのよ。この変則的状況は農業従事者、農業の繁栄、そして、しばしば農地やその肥沃度にとって歴史の久しい時間にわたって、また世界の多くの地域で有害だった」

「でも、奴隷制、農奴制、封建領土制が過去のものとなっても」とホーテンスが言った。「政府はいまなお農業に介入し続けているわね」

「その通りだ」とアームブラスターが言った。「政府は、靴委員会を支援しようとかガラス瓶製造へ補助金を支出せよという主張には反対する。靴や瓶だって必需品なのだがね。その一方、政府は卵委員会、小麦委員会は維持し続け、ワイン、コメ、サトウキビ、バター、等々の生産者には補助金を支出している」

「農民ブロックからの圧力だ」と、それまでの議論には退屈していたように見えたベンが言った。

「こうして奴らは有毒性がさらに強い殺虫剤、除草剤、人工肥料をさらに購入し、地球汚染に拍車をかけるというわけだ」

「本当にそれは農民ブロックの圧力によるのだろうか」とジャスパーが言った。「農業補助金の増大は驚くべきものだ。しかし、その一方で農民票は絶対的にも割合で見てもきわめて少数になっているんだよ」

「政府介入の口実は時間とともに変化しつつある」とアームブラスターが言った。「政府が農業に関心を持つのは、食料不足を防ぐためとか戦争で食料輸入ができなくなる懸念に対処するためとされてきた。しかし、ここへ来て反対の問題、つまり過剰生産が注目されるようになり、それが補助金給付や他の政府介入を行うための十分に強力な理由とされるようになってきた」

「だから触れておいたでしょう」とケートが言った。「支配者が大昔から農業に関心を寄せるようになったのは、それが領地への関心と一体になっていたからよ。伝統がこの執着を維持させてきた。伝統を維持する表面上の理由さえあればそれでいいっていうわけなのよ」

「でも、しっかり認識してもらわなければ困るのは、いったん統治者の施しと支配が入り込んでしまうと、それを除こうとすれば混乱が起きることだ」とジャスパーが言った。

「なるほど」とアームブラスターが言った。「だが、施しや支配それ自体が混乱のタネだという現実を見落としてもらっても困る。例を挙げよう。それは貿易紛争をかき立てる。それは飲料、食料の馬鹿げた備蓄を積み上げさせる。ヨーロッパ共同体のワインの池、バターの山がいい例だ。おかげで、ますます増税しなければならなくなる。国によっては、アメリカもそうだが、補助金が圧倒的に巨大農場に流れるので家族規模の農家は立ち行かなくなり、追い出される。カナダのようにチーズ生産、卵生産の準独占が生み出された国もある。統治者委任による混乱が手に負えなくなると、さらに施しと統制をいじくり回し一層精緻なものにするのがオチだ。おかげで農民にとっては危機また危機、危機に次ぐ危機だ」

「いまでは」とケートが言った。「農業がもう一度完全に、また真に商業倫理の作用に任されたらどんな姿になるか誰にも分からなくなってしまった。どんな姿になるか誰も見たくないのよ」

倫理の埒外にある芸術

「芸術も型通りではないのではないかね」とアームブラスターが言った。「芸術は統治者倫理の『余暇を豊かに使え』に含まれる。統治者倫理の元は占取生活、つまり他の動物がやっているのと基本的には同様に、領域内にあるものを許可なく取得し、そして、その後にはその領地自体や領民の提供する貢ぎ物や賦役をわが物にするやり方にあるのだったね。この経済生活のやり方は、もう一つの生活の立て方である商業に比べて創造性では劣る。それなのに統治者の生活ぶりに、君は創造性の極地ともいえる芸術を結びつけようとしている。これは変則的な型ではないかね。君の統治者倫理体系に欠点があるのではないか」

「芸術は狩猟・採取生活から起こったものよ」とケートが言った。「その点は疑いない。

それに歴史的にも芸術は統治者生活の雰囲気の中で栄えた。この点も疑いない。しかし私の仮説が正しければ、狩猟民には資源保存が必要で、その資源保存のためには狩りを休んで余暇を持たなければならなかった。芸術はこの余暇と結びついて起こったのよ。

だから、芸術は占取生活から起こったといっても、占取活動自体からではなくて狩りの合間の余暇から芸術は起こったの。食料獲得の中での非採取的側面から起きたわけ。取引から発生したのでもないのよ。たとえば、絵が描かれた岸壁や洞窟は取引される商品ではない。スポーツ、ゲーム、音楽、舞踊、物語、絵画、衣装、その他の装飾はそもそも生活を立てる方法として人間の生活や活動に入ってきたのではないわ。その面では芸術は経済的には独自のものね。

確かに現代あるいは過去の芸術家は、他の仕事や遺産からの所得を持たないのであれば、自らの芸術を支えるのにパトロンを持つか商業的支援を受けるか、あるいはその両方に依存するしかない。芸術家はできるだけうまくやろうとはする。極端な場合、詩人が家族の屋根裏部屋で幽霊のように暮らすとか、万策尽きた画家が自分の片耳をそぎ、精神病院に入って素晴らしい絵を描くとかいうこともある。後になってわれわれは、彼らが死後に得られた収入で生前に暮らせたらさぞかし裕福だったろうというので、不平を洩らしたり、首を横に振ったり、俗っぽい想像を囁いたりする。

ニューイングランドの詩人ルイス・ハイドは『ギフト』という本で、芸術家がパトロンを頼んだり、その作品を売り歩いたりしなければいけない状態に対して一冊を挙げて反対している。彼の主張は芸術家は特別の天分（ギフト）、才能に恵まれているということなの。芸術家はこれを贈り物（ギフト）として社会に授ける。だからその見返りに純粋な贈り物（ギフト）を社会から受け取るべきだ。芸術にまつわるすべてのことはギフトの交換であり、そのようなものとして認められるべきだというわけよ。

そこまではよくってよ。でもルイスは議論を発展させて、取引と占取とそれ以外の活動を一緒くたにしたまま、すべての商業活動を糞味噌に非難するの。彼の本の副題が彼の主張を明示しているわ。『想像力と財産のエロチックな生活』というのよ」

「その副題のどこが明示的なの」とホーテンスが訊いた。「むしろ分かりにくいわ。商業に従事する企業家は競争相手よりも少しでも低コストで絞り上げられないかを思案して想像力を働かせる。でも贈り物を要求はしないわ。契約は財産のエロチックな性質に基づくのではないわよ。分からないわね」

「ルイスは『芸術家の財産のエロチックな生活』と言えばよかったのでしょうね」とケートは言った。

「多分、企業家も仕事好きでしょうよ。企業家に向いていればきっと仕事を愛するようになる。でも、経済的現実を無視するところまで仕事に惚れ込むことはない。むしろ経済的現実に全力で取り組む。経済を全く無視する点では、ハイドの言うように、芸術家は特別のことが多い。芸術愛こそ芸術家の創造力をかき立てるエネルギーだわ。他の力、衝動、商業および統治のエネルギーは、芸術家がそれを無視できる以上問題の核心ではないわ」

「ああ、つまり第三の倫理体系があるというわけだね」とベンが言った。

「そうじゃないの。とても大事なことは、私たちの行動、存在のすべてが取引と占取に括られるわけではないということよ。こう言えばいいかしら。強姦、あるいは相手の承諾なしの結婚は性的奪取になる。売春、あるいはお金目当ての結婚は性的取引になる。しかし、相互の愛情に基づいたセックスは奪うことでも取引でもない。実際には、愛は商業倫理や統治者倫理を掘り崩すことが多い。愛に基づく性は統治にも商業にも関係がないの。恋愛と忠誠、その対立は大きな人間的テーマよ。ロミオとジュリエットはキャピュレット家やモンタギュー家に忠誠を尽くそうとはしなかった。恋愛とお金はもう一つのテーマね。恋愛が禁止されているときには、恋愛と正直も対立する。個人的愛情はそのあらゆる側面において、すなわち友情、家族愛、性愛、芸術家の芸術への、学者の研究課題への深い個人的愛着などにおいて、深いところで重要なものであり、商業や統治の見地からの非難など、愛は外面的なことによって支配されるようなことはないのよ」

「芸術が法律や農業と同じ意味で二つの倫理体系の型にはまっていないという前言を撤回するよ」とアームブラスターは言った。「芸術の起源は取引や占取から独立で、そのことが芸術を独自の存在たらしめている。芸術の創作に当たって克服しなければならない困難は商業や統治のそれとは別ものだ」彼は再び自分のノートに目をやった。「どこかで、誰が言ったかメモをしそこなったが、ジャスパーではないかと思うが、「心の性質」に触れた人がいる。どういう意味だい？　説明してくれないか」

「説明できるけど、したくないな」とジャスパーが言った。「重要な問題だが、いまはその時ではない。もう疲れたよ。君の思い込みに付き合う約束をしたときには夕食抜きだとは契約しなかったぜ」

アームブラスターはハッとしたようだった。「気が付かなかった。失敬、失敬。出前を注文しよう。ピザか中華料理か。みんな何がいい？」

「私も疲れたわ」とケートが言った。「心の性質は重要なテーマだと思うけど、次回に延ばさない？　みんな次もやる？」

アームブラスターは急いで言った。「次回は私自身がレポートしよう。道徳のシステム腐敗というテーマで。君たちがみんなで基礎工事をたくさんやってくれたから、私のレポート準備にはそんなに時間はかからない。今日から二週間後はどうだい？」

「二週間後だとぼくは来れない。でもそれでいいよ。ぼく抜きでやってくれ。本当の話、統治者倫理も商業倫理も卑劣で嫌いだね」

「ああ、ベンに来てもらわなくちゃ」とホーテンスが叫んだ。「あなたのおかげで話が充実したわよ、ベン、ベン」

「それじゃ、四週間後では？」とアームブラスターが訊いた。

ベンが出ていってドアが閉まったとき、ホーテンスは心配そうに言った。「ベンは次も来るかしら」

「どうかしら」とケートが言った。

第八章　第四回会合

統治者気質・商人気質——物事は視点によって見方が変わる

人類の生態学的な特徴は？

アームブラスターを驚かせ喜ばせたことには、ベンは次の会合に一番に到着し、席に着きながらニューズレターを振りかざした。「ケートが聞くまで待とう」とベンが言った。

「興奮するよ」

「彼女を論駁するのかい？」アームブラスターはコーヒーを用意し、マフィンと果物を並べながら尋ねた。

「いや。実はその反対だ。意外な情報源だよ。確かな筋で、ぼくも重きを置いている」

他の人が到着するとすぐ、アームブラスターはベンに発言を促した。「これはイギリスに本拠を置く国際生態学研究機構が出しているニューズレターなんだ」とベンは始めた。

「そのスタッフの研究員、スティーブン・カズンズ博士による重要な洞察と解明について報じている。聞き終わるまで待ってくれよ！　生態学的に言うと、われわれは地質や気候と同じく生物圏域に属している。

このことを理解するには、少し背景を知っていなければならない。生態系の定義は「それはある空間的・時間的な大きさをもって営まれる物理的・化学的・生物学的過程よりなる」と書いてある。生態学を学ぶ真面目な研究者はみんな、この定義を基本的なものと考えている。だが、このニューズレターは、生態学は基礎のしっかりした科学研究というよりもまだ思いつきにとどまっていると指摘している。そのため多くの研究がいたずらに袋小路へと入ってしまう。カズンズは「ある大きさ」というのがあまりにも漠然としており、その定義の曖昧さがよくないと考えている。

具体的な生態系単位（ecosystem units）をはっきりと描き、それらの境界を設定する客観的な方法が見つかっていない。カズンズは、生態系の単位の認定は食物網（ときには食物連鎖とも呼ばれる）に基づいてなされるべきだと提案している。しかしながら、そう認定したり、境界を明確にする技術がなければ、この提案もただの思いつきに終わる。そこで彼はその地域の頂点にいる捕食者集団、すなわち、その地域の食物網の頂点にいる動物の生息区域を用いて認定することを提案している。たとえば、北極グマの存在はいくつかの生態系を認定し、境界を示すことになる。アラスカヒグマの生息区域は北極グマとは別の生態系を識別し、境界を示す。森林オオカミの生息区域は別の生態系を、という具合だ」

「よく分からないな」とジャスパーが言った。「ぼくは人類がどこででも頂点捕食者の種だと思っていた。北極グマをとって見よう。イヌイットはそれを殺して食べる。この認定方法でいけばどういう結論になると思う？　どこでもトップには人間がいるのだから北極地域から熱帯地域まですべてが一つの単一生態系になってしまうよ」

「待ってくれよ。まだ言うことがあるのだから」とベンは言った。「カズンズと同僚が鍵として食物網を思いつく前だが、生態系の単位の定義で可能なものをあれこれどれがよいか考えていたときに、彼らは気候や地質といった非生物学的要因が最良の目じるしになるのではないかと考えあぐねていた。降水量、日照時間、気温、風力、高度などがね。しかし彼らは、非生物学的要因は食物網にすでに反映されているとして、そうした要因が決定的だという考えはとらないことにした。そこで、非生物学的要因は別扱いされることになったんだよ。それは、生物学的生態系単位が属する生物圏域の環境ということになった。

この推論で、カズンズはもう一つ大きな前進の切り口をつかんだ。彼は原始的な武器を使って狩りをする孤立したヒトの集団が、頂点捕食者となる資格があることを一応承認した。しかし、その一方で、彼は人類を捕食者集団のトップに含めることは適当でなく、昔でさえこれは適当でなかったに違いないと指摘した。たとえば古代の人々は、森林生態系に入り、森林を生け垣で区画した畑など農耕地に変えたといわれる。しかし重要なことは、気候の急激な変化がなければ高木林地が牧草地と低木に変わることはありえないということだ。したがって、人類の影響は生物圏域の影響と一緒に扱われなければならないわけだ。要するに、われわれは生態学的存在としては他の動物とは本質的に違うというのが彼の認識なんだ。それはなぜか？　彼は懸命に考えてこの問題の答えを見つけた。取引だ！　取引は生態系単位の区分を気にしない。余ったエネルギーをあちこちの生態系単位から別の生態系単位へと移しながら、好きなように生態系単位の境界を飛び越えている。これがわれわれ人類が特異な理由だ、とカズンズは言っている。ケート、君が興奮すると思ったよ。君が言っていたこととぴったり合うよ」

「いやはや」とアームブラスターは言った。「生態学者が経済を再発見したということか。皮肉だな。私の理解では、初期の生態学者は動物学、植物学、あるいは単なる流行遅れな博物学と区別するために、自分たちのもっぱら関心を寄せる対象を「自然の経済」だと説明していたのだから」

官僚的視点では袋小路に入る

「ベン、私も同じニューズレターを受け取ったわ」とケートが言った。「でも、私には違った点が印象的だったの。基本的な定義の「ある空間的・時間的な大きさをもって営まれる物理的・化学的・生物学的な過程」をもう一度見て。定義は二つの部分に分けられるわ。科学者は定義の核心は「物理的・化学的・生物学的過程」であり、その知識をこそ追求すべきだと考える。これはたとえばレイチェル・カーソンが『沈黙の春』で行ったことよ。この方法は、これまで私たちが生態学について持ちうる正しく、確かなすべての情報を提供してくれているわ。事実、食物網という概念さえそこから生まれたのよ。そして食物網は信じられないほど複雑で脆弱なものだと分かったわけ。

でも、もし人が科学的気質の代わりに統治者気質を持っていれば、定義で目につくのは、従属節の「ある空間的・時間的大きさ」でしょう。領土よ！　縄張りよ！　統治者気質の人が、頂点捕食者の生息地によって領土の大きさを認定するのは筋が通っているわ。しかし実世界の現実の生態系では、目立たない生物の方が食物連鎖の頂点にいる動物よりももっと効果的に生態学単位の識別に役立つことがあるのよ」

「なぜなんだい？」とジャスパーが尋ねた。「説明してくれないか」

ケートは額にしわを寄せ、独り言を言った。「さあ、どのように説明しようかしら？　そう、フランスショウロ（松露）だわ！」

「例を挙げましょう」と彼女は続けた。「太平洋の北西部の古くできあがった森林では、有機物で活発なのは菌根と呼ばれるある種類の菌類よ。そのあるものは地下で生きている。よく知られている名前はフランスショウロよ。これは木の根に侵入するの。というのは、木から滋養物を受けているからね。侵入された木は林床を這って小さな毛茸の根を伸ばし、深い根では手に入れられない燐や窒素を吸収する。太平洋の北西部森林のすべての針葉樹にはフランスショウロの侵入が欠かせない。さもなくば木は枯れるのよ。ダグラスモミについての実験では、菌根――フランスショウロが侵入しない場合、苗木は植林から二年で枯れるという結果だった。この話、つまらない?」

「いや、いや」とアームブラスターは言った。「続けて」

「フランスショウロ自身にとって生存し続けるには侵入が必要なので、その胞子は繰り返し木の根に直接付着する。胞子はネズミ、リス、シマリス、ハタネズミの糞で散らばる。そうした動物はフランスショウロを食べる。これらの小動物は北部のアメリカニシフクロウの食物供給源になっているわ。そうした森でフクロウの個体群が減るなら、それはフランスショウロの発生がとても少なくなっていて、フクロウの餌食であるネズミなどの小動物を支えきれなくなっていることを示すものかもしれない。つまり、これは森の健全な部分が委縮しつつある――生態系単位がその境界を縮ませている――ことを示すものかもしれない。その結果、フクロウに十分な生存領域を与えることが不可能になるわけ。その意味で、フクロウは敏感で役に立つ指標なの――」

「炭鉱のカナリアのようにかい、空気が悪くなるとそいつが最初にバッタリ倒れるというように?」とジャスパーが尋ねた。

「それと同種類ね」とケートが言った。「だからフクロウは、森林学者に「示標種」と呼ばれているのよ。フクロウは、この場合、おそらくツキノワグマやアカオオヤマネコなど頂点にいる捕食者よりも、より効果的にこの種の生態系単位をはっきり示しているわ。頂点にいるこうした動物はフクロウより順応性があり、広範囲に生息している。だから、領土の王たるこれら動物はこのタイプの生態系単位を識別できないだけでなく、カズンズが求めているようにその境界を正確に示すことはできないわ。

頂点にいる捕食者の生息区域を地図で精密に描くことによって生態学をより科学的にしようという彼の提案は、新たな袋小路に入る。科学的どころか、複雑な現実に人為的な分類を押し付けようとするのは、機械的で恣意的で官僚的な方法ね。「ある空間的・時間的大きさの」というのがあまりにも漠然としているために科学の発展が遅れたと考えたのは、彼の間違いよ。この定義はそれほど漠然となどしていない。大きさは、物理的、化学的、生物学的な過程に取り組んで初めて明らかにできるものだわ。これはごく分かりやすい意見よ――私の説明したケースでいえば菌類と木との化学的反応、木の根の成長の物理的結果、そして地面を敏捷に動き回る小生物の生物学的介在が必要なことなどを明らかにして、初めて大きさが分かってくる。実際に必要な調査は、カズンズの官僚的な捕食者地図ではないわ。彼の地図があるからといって本当に必要な別の調査をしないわけにはいかない。かえって混乱させるだけ。本末転倒しているのよ」

心のありようがものの見え方を変える

「まあまあ、ケート」とアームブラスターは言った。「君は科学に執着するあまり、この研究所にはしかるべき存在理由があることを見失っている。どうして研究所の目的は科学的好奇心の満足だという結論に飛躍するんだい？　現実にそうでないのに、そうであるべきだと決めつけるのかい？」

「研究機構と名乗っているのはそこ自身よ。私は、頂点捕食者の地図作成に無駄な努力が払われるのを見たくない——大変なフィールドワークになるわ——その労力やお金は物理的・化学的・生物学的な過程についての解明に利用できるというのに。私たちはいま以上にそうしたことをもっと知る必要があるのよ」

「カズンズが属している団体は自然環境を心配し、保護するつもりで組織化されたことは事実だ」とアームブラスターは言った。「実際にも大変な危険から自然環境を救う手助けをしている。情報は統治者の目標にとって有効な武器だ。ゆえに調査を熱望する。領土の保護こそは統治者の掲げる大義名分の核心だ。第一目的だ。だから、領土単位を早く見分けることは望ましいのだ——たとえその方法がケートが最も重要な仕事だと考える課題に合致していなくても、ね」

「さらに」と彼は続けた。「ここに、統治者倫理と商業倫理の共生の興味深い事例がある。君は、物理的、化学的、生物学的な過程に主要な関心が払われないのなら、科学として生態学はどのようになるのかと問うている。だが、第一の関心が領土やその保護に払われないなら、活動としての生態学はどうなるのかも問うべきだ。人間には領土保全への衝動があり、領土に迫る危険を知らせる警報を必要としているからこそ、君たち科学者は物理的、化学的、生物学的な過程について学ぼうとする。もし君が科学的知識を建設的に使いたいなら――君はそうしたいのだろうが――そのときは統治者気質の生態学者も必要になる。彼らが統治者の習性を持つことを認めなければならない――領土と領土の王に関心を持ち、現実に分類体系を持ち込む官僚的方法その他を身につけなければいけない。君は無駄な努力と言ったけれど、それは早まっているよ。私はカズンズと彼の研究機構、そして彼らの統治者の使命への理解と統治者の使命を迅速に促進しようとするその調査方法を賞賛するよ」

ベンからニューズレターを借りていたホーテンスが突然、大きな声を上げた。「アームブラスター、この組織の見解が徹底的に統治者的なのは疑いないわ！　ねえ、これを聞いて。カズンズの人間のユニークさへの適切な洞察を。「この認識でわれわれをがっかりさせるのは、人類は〝取引〟することで特徴づけられるという点だ……ありがたいことに、われわれ人間は別のもの、生物圏域の一部なのだ」」

「自然崇拝は古くて、魅力的で、いつまでも残る」とジャスパーが言った。「大宇宙の仕組みの中で人間はいかなる地位を占めているかは、同様に古く、魅力的な、そしていつまでも残る刺激的な哲学的課題だね。これは神学生態学、もしくは生態神学かな――」

「君たちはふざけているよ」とベンは憤然として言った。傷つき、がっかりして見えた。

「何か大きな重要な真実に至るには、たくさんの別々の道があるに違いないわ」とホーテンスは思慮深げに言った。「ケートは相対立する二つの道徳律と価値の体系で話を始めた。カズンズは大草原と低木で始めた。そして、見て、彼らは同じ結論に行き着いたのよ。取引は動物の中でわれわれ人間を唯一の存在にする。私たちはその意義を確認させてくれたベンに感謝しなくてはいけないわ」ベンはホーテンスに感謝の意を込めて微笑んだ。

「心の性質」とジャスパーが言った。「このテーマを前回から持ち越してきたよ、覚えているかい？　われわれはその問題にすでに入っている。ぼくが気がついたのは、カズンズやその同僚は自分たちの統治者的心性を当然と思っているように見えることだ。彼らは、それがケートが持っているような科学者的見地とは違うと気付いているようには見受けられない」

「でも、彼らはおそらくきちんとした科学的教育を受け、資格を持っているよ」とベンは抗議した。

「多分カズンズも。彼の肩書きはドクター・カズンズだ」

「そうかい？　カストロも経済学者の資格を持っているけど」とジャスパーが言った。「教育を受けたからといって、その訓練にふさわしい心の性質を持つことまでは保証できないよ。この研究機構では、カズンズをはじめ疑いもなく自分たちは自由な知的探求に従事していると本心から考えていた。でも、彼らの統治者的仮定、統治者気質は彼らの基本問題設定を決定づけた」

「あなたは、心の性質を足枷のように言っているわ」とホーテンスは言った。「それが心の性質なのかもしれない。足枷であればあるほど、自分の心の性質がますます自覚できなくなる。ケート、ゲームをしようよ。ぼくがミスター統治者で君がミズ商人だ。いくよ。「お金への愛着は諸悪の根源である」」

「権力への愛着が諸悪の根源よ」ケートは答えた。

「歴史は歴代君主と国や帝国の運命を語る」

「歴史は物質的、社会的状態の変化を説明する」ケートは言った。

「最も価値ある考古学的発見は、芸術品、王族や首領の墓、そして宮殿や宗教の痕跡だ」ジャスパーが言った。

「最も価値ある考古学的発見は、人々が生活を立てた方法、彼らが使った道具や物、取引の有無、そしてその中身、範囲などの痕跡だわ」とケートが言った。

「戦争と戦争の準備は人間生活では普通であり、平和は幸運な切れ目である」

「いいえ、平和が普通よ。戦争は異常であり中断よ」

「ヒトは武器を使う動物なり。これは統治者の心を持った行動学者の一人であるアードレイからの拝借だが」

「人類は道具を使う動物よ。これはリーキイその他の科学的心性を持った人体化石研究者たちからの引用よ」ケートが言った。

「ヒトは縄張り行動する動物だ」

「人々は都市を建設する動物よ」

「知識は武器であり、飾りでもある」とジャスパー。

「知識は道具よ」ケートが言った。

「知性は敵を知りその計画を知ることを意味する」

「知性は技術と理論をうまく吸収する手際よさよ。敵だなんて、とんでもないわ。友だちや一緒に働いている人の中から知性を探しましょう」

「自然資源は基本的な富だ」ジャスパーが言った。

「いいえ、基本的な富は人々に所有されている知識と技術よ。ジャスパー、私たちは掛け合い漫才師ね。でも、あまりに軽薄のようよ」ケートは擦り切れたフォルダーの中を探した。「ここにフランシス・ベーコンの言葉があるわ。「どんな国でも大きくなるのは外国人に因っているに違いない（というのは、どこかで獲得したものは何でもどこかで失われるから)」。ゼロサム思考よ。それは領土の占領や喪失、勝敗の賭けについては意味をなすけれど、他のことではだめよ。統治者気質の人は、あらゆる種類の損得をゼロサム思考で理解しようとする傾向がある。カズンズがニューズレターで取引について説明しようとしたとき、取引をある生態系から他への「余剰エネルギー」の移転と呼んだ。ゼロサム思考よ。統治者カズンズの心の性質を表すさらなる証拠だわ。マルクスは、ある人々の商業的富の獲得は、ほとんど不可避的に他人を犠牲にしてもたらされたものだと分析した」

「ぼくは全体のパイの中で自分の分がほしい。分配の公正は社会的正義だ」ジャスパーが言った。

「私はパイを作りたいの。機会の公正が社会的正義よ」ケートが言った。

「税と公債は、公的需要(パブリックニーズ)により決定されるべきだ。なぜなら、すべての福祉と成功は公益に依存しているから」

「税と公債は、企業が無理なく負担できるかどうかで決定されるべきだわ。金の卵を産むガチョウを殺さないで」とケートが言った。

「旧ソ連邦の経済崩壊は制御される必要がある」ジャスパーが言った。

「旧ソ連邦の経済崩壊は統制から解かれる必要があるわ」ケートが言った。

「日本はわれわれの犠牲の上に繁栄している」

「日本の繁栄は世界全体の繁栄を拡大している。その利益は拡散可能でゼロサムではないのよ」ケートが言った。

「自分のために国が何をしてくれるかを問うのではなく、自分は国のために何ができるかを問え。これはケネディ大統領の就任演説だ」

「国は人民のためにある。これは社会契約説だわ」ケートが言った。

「さあ、アームブラスター、うまくいったかい?」とジャスパーが尋ねた。「統治者気質と商人気質の二つが存在していることが分かったかい?」

「そうとも」とアームブラスターは言った。「そして、二つのものの考え方が実際上も違った結果をもたらすことがわかった。ゾクゾクしないかい? 同じ主題が心のありようの違いで何と違って見えることか? では、統治者倫理体系においても商業倫理体系においても、その体系に似合わない役割を負わされたときには必ず異常な事態が発生するわけについて、私から報告しよう」

第九章
アームブラスター、道徳のシステム的腐敗を論ず——何が失われたのか

銀行家クインシーのその後

アームブラスターはコーヒーカップを押しやってノートを広げる場所を作った。そして尋ねた。

「クインシーのことを覚えているかい。最初の会合の夜やってきて外国融資の債務不履行が勤め先の銀行を困った状態に置いた話をしたよね。前回のこの会合の後で、彼と昼食をともにする機会があったよ」

「私の記憶では彼はまるで元気がなく」とホーテンスが言った。「道徳について掘り下げても、自分の問題はとても解決できないと言っていたわ。今日ここへ呼べばよかったのに」

「彼が辞退したのさ。彼は心配で心配で、心ここにあらずだった。そうとしか思えない。

ホーテンスお見通しの通りさ。クインシーはすっかり悲観的になり、落ち込んでいた。でも、やっと何とか話をするように仕向けたから、私からの伝聞の報告で我慢してくれたまえ。

私は、外国融資は生産的な投資でなかったのだろうと言ってやった。もし生産的な投資だったら定義により利子と元本の支払いができたはずだ。彼は同意した。それゆえに、それは何か別のものであるわけだ」

「投資判断の間違いということもありうるのじゃないか」とベンが訊いた。「銀行家の愚鈍さを過小評価してはいけないぜ」

アームブラスターは微笑んだ。「君と彼の考えには似ているところがあるよ。クインシーは、不良融資は誠実に対処してもなおかつ起こる間違いだったという例の話をもう一度そっくり売り込んできた。「まあまあ」って言ってやった。「これだけの規模で、こんなに終始一貫して、こんなに多くの銀行が同時にやったことが、単なる間違いだって?」奴さんも、とうとう普通の判断ミスでは状況を十分に説明できないことを認めたよ。だから、私は言った。「別のもの」とは、気前よく施しをしたことだろうって。

少し考えて、私の予想していたよりは早くクインシーもこれに同意した。もっとも、その当時にあっては、後知恵で思うほど明白ではなかったと言い訳もしていたがね。彼の説明では、銀行が何をしたかといえば、要するに世界銀行に協力し、世銀が仕組んだ馬鹿でかい人気取りプロジェクトに融資した。世界銀行は銀行とは名ばかり、完全に政治的組織であって営利企業ではない。民間銀行は反共体制にテコ入れし、ソ連になびきかねない不確かな体制を支えるような融資の実行を自国の政府からも働きかけられていた。融資の中には民衆騒動を抑える狙いのものもあった。要するにクインシーは、不良債権は冷戦の落とし物だといいまでは見ている。借り入れ国側では借金の多くが支配者の力の誇示や取り巻きへの施しになったり、事態を平穏に保つのに用いられたりしたことはクインシーも認めている。もちろん、人気取り大規模プロジェクトをはじめ、こうしたことすべてが施しの使い道なんだ。

クインシーには言ってやったよ。銀行がちゃんと見ていたら、借金が非生産的用途に費やされていることくらいかなり早く分かったはずだって。「どうしてこんなに深みにはまったんだい」と訊いてみた。「なぜ、こんなお遊びをそんなに長く続けたんだい?」ってね。

要するに、彼は「競争だ」と答えるんだ。クインシーの銀行も同業他行と競争で発展途上国の首都に支店を設立し、やり手を送り込んで貧乏政府にもっともっと借金しろと迫ったものだ。そのことをクインシーも渋々認めたよ。

言い換えるとだね、さあ、ここのところに気をつけてくれよ。競争とか勤勉とか効率とかいった正規の商業的美徳が事態を悪化させた。状況によっては、本来美徳であるべきものが悪徳になってしまうのだ」

「統治組織で収賄が起こると忠誠が自動的に悪徳になるのと同じね」とケートが言った。

「そこでも同じ力が作用している」とアームブラスターが言った。

「会計を便宜的にごまかすという次の段階については、クインシー自身がここで君たちに話した。統治者仲間で便宜的に共謀してね。

これを最初の例として、私が発見した「救いがたいシステム腐敗の法則」を説明しよう。こういうわけだ。統治者倫理、商業倫理のどちらかの体系のまとまりを著しく破壊すれば、普通なら美徳であるもののいくつかは自動的に悪徳になり、しかもその他の美徳も便宜のためやむをえず歪められ破壊される。これこそ救いがたい腐敗が全身に回っていく過程だ」

アームブラスターはノートを見た。「サー・ルイス・ネイミアがこう言っている。ネイミアはイギリスの歴史家で、国会議員の行動を研究した。彼は言う。「集団に属しているとき、あるいは官職に就いているとき、人はしばしばあたかも外の力、状況の陰に隠れている力に突き動かされるかのように、性格からはずれた行動をする」ネイミアの言う性格とは道徳的性格のことだ。

もし私の言う、救いがたいシステム腐敗の法則が重大な道徳体系損壊の結果を正しく記述しているものだとすると、ネイミアの言う外の力や隠れた力はこの損壊に引き続いて自動的に生ずる事柄だ。たとえば、他の統治者との共謀があったにせよ、不適正会計処理というような不誠実なことはクインシーの性格にはないことだ。それにもかかわらず、クインシーやクインシーと同じような人たちは派手な施しという道徳的過ちの帰結として不誠実に追い込まれていったのだ。

ケートとジャスパーが説明したように、統治道徳の体系でも商道徳の体系でも、それぞれは自己組織系の範疇に属する。自己組織系は事件や活動がそれを必要とし、それをテストするのに応じて実存的に成長する。私が言いたいのは、自己組織系はそのまとまりが破壊されると自己解体的になる。この場合も実存的にね」

「君は深刻そうに話すが、実際は皮相浅薄だ」とベンが言った。「クインシーのトラブルは成長、成長、さらに成長という熱狂から来ている。われわれがより単純な、より正気の生活に戻れば、道徳的混乱は自動的に消滅するだろうよ」

壊滅に追いやられたイク族の生活

「単純だからって「救いがたいシステム腐敗の法則」から身を守れるとは限らないよ」とアームブラスターが言った。「イク族に起こった話を聞かせよう」

「なんだって?」

「ほら、イク族の話だよ。これぞベン好みの単純な生活だ。イクは褐色の肌をしたアフリカ人の一グループで、人種的にはナイル原語族に分類される。多分古代エジプト人の遠い支族の子孫なんだろう。彼ら自身もしくは他部族によって知られている限りでは、彼らは南スーダン、ケニア、ウガンダが交わる未開山岳地帯を放浪していた」

「部族についてのエキゾティックな情報は無視せよっておっしゃったのは、どなたでしたっけ?」ケートは悪戯っぽく訊いた。

「いかにも。でも、それはケートやジャスパーがその手の話がわれわれの問題につながりがあることを示す前のことだ。話を続けさせてもらうよ。イク族はレイヨウやヒョウを槍で突いたり、アリの巣を略奪して食用の幼虫を手に入れたり、谷に火を放って鳥を燻し出しておいて出てきたところを網に掛けたり、野生の根を掘り出したりして生活していた。彼らは誰にも迷惑をかけず、誰からも迷惑をかけられないで暮らしていたんだ。それだけ余暇に恵まれていたのでイク族は彫刻を造り、それを高くて危険な断崖の中腹に面したほとんど近づきようのない洞窟に隠した。狩猟民として彼らは詐術の大家だ。彼らの主な楽しみの一つはまことしやかな嘘の冗談を考案することで、これをとても面白がった。

これが一九五〇年代までのイクの生活だった。その頃ケニアが広大な猟獣保護区を設定し、イク族の領域の大部分がこれに含まれることになった。イク族はかり集められ、別の土地に移されたが、そこは狭くて採取生活を営むには足りなかった。彼らを自給農業に転換させようという腹だった。彼らは植物の植え方、草の取り方、収穫の仕方、穀倉の建て方を教えられた。種子と道具を与えられた。彼らは村落用地を提供され、農場監視台を贈与された。獣や鳥が農場を荒らしにきたら、この監視塔から子供たちがシッ、シッ、と声をかけて追い払うことができた。彼らは成長熱に憑かれたりはしていなかったよ、ベン。彼らは輸出用その他の目的のために余分の農産物を作る義務はなかった。税金のためにだってその必要がなかったのだ。

しかし、イク族はこれとは違う生活の立て方と、単純ではあるがその生活に適合した道徳体系をすでに身につけていた。彼らは、当面の必要に迫られたときだけ働くという狩猟・採取・保存の慣行を持っていた。前に言ったが、狩猟民として彼らは詐術の名人だった。彼らは集権組織や上下組織や服従を必要としていなかった。というのは、彼らは攻撃にせよ防御にせよ戦争には無縁だったからだ。

新しい生活の立て方がイク族に課せられるやいなや、それは、彼らの旧道徳に著しく背くことになるどころか、旧道徳を完全に破壊してしまうことが明らかになった。彼らのかつての美徳がそのままそっくり悪徳になった。雨季にせっせと汗水たらして働いて当面は必要がないものを乾季に備えて蓄えるかわりに、彼らは当座やっていくのに必要最小限なだけしか働かなかった。次の植え付けのために種子を保蔵する代わりにそれを食ってしまった。狩猟民の詐術にふける風習は、なんでも有り合わせのものを採取することと結びついて、醜悪な相貌を帯びた。食料不足に陥った部族民は近隣の農場や貯蔵庫を襲った。襲われていない者も他人を襲った。誰もが略奪者になった。

コーリン・ターンブルは新生活に移って約一〇年後のイク族を最初に研究した人類学者だが、「イク部族民は誰でも何かを貯蔵するのは時間の無駄だと思っている」と言っている。貯蔵したって誰かに取られてしまうだけなのだ。腹を空かしてぶらぶらしている大の大人たちが、食料を求めてさまよい歩いてる連中の手から食料をもぎ取った。

ターンブルが初めてイク族と交わったときは、彼らは飢えに苦しんでいたが、それは旱魃のためであり、また女性、幼児、病人のために託された救援物資をいい体格の若者が独り占めするためでもあった。ターンブルは自らが目撃した強欲と残忍さを、餓死寸前の状態だったから仕方がないと言っている。しかし、時勢が好転しても社会的道徳的改善は何一つ生じなかった。ターンブルがイク族をまた訪ねたのは雨季で、手入れされていない農場にも食物があふれていた。ターンブルは言う。「イク族は以前は単にケチで強欲で利己的なだけだった。いまは桁外れに野獣的で、彼らを野獣的だといえば、当の動物をすら侮辱したことになるほどだ」負傷したりその他ハンディを負っている者はみな冷酷にも盗みにあい、さらにからかわれたり、もっとひどい目にあったりした。子供に対する残虐な仕打ちは身の毛のよだつものだったが、子供同士の虐待もそれに劣らずで、虐待できそうな子供は誰でも虐待された。

でも、イク族は愚鈍ではない。手に入る物を何でも拾い集める点ではおよそ頭がよい。若者は救助物資を貢がせ独り占めにするという不正をずっと続けるようになった。詐術に長じたある老人は、近隣にさまよいこんできたマサイ族遊牧民同士が家畜を襲撃し合うように仕向けた。彼は巧みに遊牧民を対立させ、二重スパイになって両方から報酬を稼いだ。警察は原因不明のマサイ族襲撃・闘争を抑えようとして頭を抱え込んでしまった。イク族はこの警察行動をも利用した。家畜襲撃の全当事者から報酬を得たお礼に、イク族は盗まれた家畜を警察の目から隠す仕事をうまく組織した。村から村へ響く角笛による警報システムができあがって完璧さ。イク族は自ら救いがたいほどに腐敗したが、いまや手に触れるあらゆるものを腐敗させせつつある。

家族生活も破綻した。人口は禁猟区設定当時は三〇〇〇人くらいはいたようだが、みるみる減った。お互いにひどい仕打ちをし合うのが主因だろう。力と狡猾は正義なりというジャングルの法律は草原における人間の生存に向いていない。二、三の例外は別として――」

「ああ、やっぱり例外もあったのね！」とホーテンスが言った。

「ターンブルの語る限りでは、不適合者が二人いた。一人は女性で、何とか工夫して素焼きの土器を作り、近所の人に売りさばこうとした。もう一人は若い男性で、良い父親になろうというので、ターンブルのために森で家を熱心に建てた。商売を習って仕事と引き換えに生活の糧を得るという意味で、彼は商人になったわけだ。二人とも気の毒に、不運と他の人々の残虐さの犠牲となってともにすぐ死んでしまった。若い女性が、それも実際はまだ子供だが、ちょっとした品物や食料を得ようとして、それらの配給を受けていた警察官に性を売るのも、商人といえばいえるけれどね。

ターンブルはショックを受け、深い絶望に陥った。文明に染まっていない狩猟採取民族を研究した大勢の人類学者と同様に、彼もその前にアフリカの別の地域でこうした部族を研究し、その社会の平等主義、自然との調和、ユーモア、もてなし、私有財産への執着のなさに感嘆していたのでね。ターンブルは上下階層秩序や利潤追求に陥る前の人間性は、悪を知らず善良だという誤った信念を抱いていたのだ。しかし、彼はいまや裸の人間性を見たと思って戦慄している。それは、人間の営み全体についての彼の信頼を覆したのだよ」

「彼が目にしたのが裸の人間性なのかしら」とホーテンスが言った。

「知るものか。われわれが出会うのはみな何らかの文化や価値をまとった人間たちだ。しかしケートが教えてくれたように、いま手にしている仕事にふさわしい倫理を持つのでなければならない。仕事と矛盾する倫理ではなくてね。イク族が農業に失敗したのは、彼らが肉体的にできなかったからでも物的設備を持たなかったからでもなく、設備の使い方が分からなかったからでも知能が低かったからでもない。彼らは農業をやるのにふさわしいモノも知恵も持っていたが、農業にふさわしい倫理体系を欠いていた。単純なる生活は腐敗を防止するというベンのおめでたい想定に話を戻すと、単純な社会ほど最も腐敗にさらされやすいのだよ。クッションがないのでね」

「この件でも悪いのは政府当局さ」とベンは言った。「奴らのなりふりかまわない利潤と成長の追求が原因だ。禁猟区を設定して金持ちの観光客を呼び込むつもりだったんだろう」

「賛成だね」とアームブラスターは言った。「ターンブルは、政府当局が国土計画をやり遂げようとして計画の邪魔になる人たちを追い出した後、しばしば起こる、救いがたい堕落の極端な形態について述べているのだ」

「多分イク族は禁猟保護区に残しておかれるべきだったのよ」とケートが言った。「イク族はシマウマやヒョウと同様に保護を必要としているし、環境システムの正常な構成要素だもの」

「でなければ、越境してくる密猟者や草を食い尽くすよその動物と戦うために人を雇うこともできたでしょうに」とホーテンスは言った。「その辺の土地のことは誰よりもよく知っていたにちがいない。彼らが作った落とし穴や茂みや警報システムのことを考えてもみて！」

「われわれがイク族に対してなされたことを元に戻してチャラにするわけにはいかない」

とアームブラスターが言った。「それは誰にもできない。ターンブルが提案した解決案はイク族の子供を全員連れ去り、要するに誘拐してだね、他の部族や文化の中にまき散らせというのだ。それが実行されたのかどうか彼は口をつぐんでいる。連れ去られた子供たちがどんなになったか、われわれにも見当がつかない。彼の解決策は多分もっともなんだろう。でも、イク族を農民にすることだってもっともらしく思われた。このような提案をしたことでターンブル自身の悩みは深まった。というのは、彼がイク族に交わりに来てイク族に我慢と協力を要請したとき、自分のせいでイク族が迷惑するようなことはないと約束していたからだ。彼の倫理、この場合は神聖な誓いを守るという倫理観が、便宜の圧力の前に崩れてしまった。このことも彼を絶望させた別の要因だ」

投資銀行システムの腐敗のはじまり

「それに比べればクインシーの問題は気が軽いと思うよね。銀行にはいかにもやさしくきれいな解決策が見つかることだろう」とジャスパーが言った。

「ある意味ではクインシーの問題もいま話していることと関係がある。イク族に関係があるわけではないが、何万という他の素朴な共同体が土地を追われ貧窮に陥る点で関係がある。その大半は農民で、クインシーの銀行が融資を手助けした世界銀行の狂気の沙汰のメガプロジェクトのおかげだ。最悪なのは何の役にも立たないダム建設だ。環境悪化、追放された犠牲者の悲運。それに世銀、商業銀行、腐敗し無関心な支配者、北米の製造業者、エンジニア会社、人気取りプロジェクトの契約でしこたま儲けるコンサルタントの同盟。それを前にした現地民の無力。これらはすべてパトリシア・アダムスの著書『汚名負債』と『進歩の名において』に記録され記述されている。アダムスは同じ結果を招くことが確実なのにまだ進行中のさらに巨大なプロジェクトについても述べている。さらにいえば、大規模な債務不履行が銀行を苦況に陥れたときには、世銀の姉妹機関の国際通貨基金（IMF）が追加融資の条件として破産した国に耐乏緊縮計画を押し付けたりもした」

「クインシーはそのことは言わなかったわね」とホーテンスが言った。

「そう、言わなかった。しかし私は、彼とはその話をした。これは債務が紙切れになってしまうことを避けるための第一防衛線だ。その戦略は、利払い資金獲得のために貧困国に輸出を強制すること、輸入を削減すること、食料その他必需品への補助金を削減または打ち切ることだ。低生活水準に甘んじてきた貧困国の国民は発展と良い時代を約束されていたのに、生活水準はさらに低下している有り様だ。いくつかの貧しい都市で暴動が起こり、さらにそれが広がりそうになって、IMFは退却を余儀なくされた。どこがやさしくきれいな解決なものか、ジャスパー」

「ぼくは、融資のお面をかぶって行われた大盤振る舞いの施しによる被害までも解決されるとは言わなかったよ。イク族について君が言ったように、犠牲者に加えられた損害はチャラにはできないさ。ぼくは、クインシーの銀行などについては、やさしくきれいな解決があると言ったまでだ。正当なやり方は政府が銀行の損失をかぶることだろうよ。施しは政府の仕事なんだから」

「違うわ、ジャスパー。何を言ってるのかよく考えて」とホーテンスが口を挟んだ。「ジャスパー、あなたは銀行が融資したのは自己責任に基づいてのことだと言っておきながら、事実が明らかになると、納税者の負担で破産の穴埋めをしようと提案しているのよ。それは、国民に選挙で選ばれた代表が公の資金を管理するやり方じゃないわ。それは民主主義政府自身のよって立つ基盤を砕いてしまうわ」

「でも、納税者は貯蓄貸付組合スキャンダルによる銀行破綻を救う羽目に陥っている」とジャスパーが言った。「施しは貯蓄貸付組合詐欺、銀行重役の取り巻き連中への不良貸付、資金流用、無能、マネーロンダリングよりは遥かに正当な納税者の責任だよ」

「納税者がそんな羽目に陥るのは当然さ」とアームブラスターが言った。「わが選良たちは、その理由が何であれ、邪悪な意図か善意であるかは知らず、政府に迫ってこれら銀行への預金に保険をつけさせた。彼らはまた地雷地帯のように危険な金融制度を延々と立法してきた。それがスキャンダルと経営破綻につながっている。確かに納税者はそれが何のための制度だったか、理解しないでいる。保険は商業上の工夫で保険料によって賄われる。

だが遅かれ早かれ、統治者の手の中では保険もまた施しに転化してしまう。ちょうどこの場合のようにね」

アームブラスターは立ち上がってメモの新しい一枚をひらひらさせて「よく聞いてほしい」と言った。「その上で、この語句が何のことを言っていると思うか、言ってみてくれないか」

「武器を揃える／大量流血迫る／禿げ鷹のような連中／突撃隊／文化の激突／頭皮が敵のベルトに吊るされる危険／激烈な抵抗／本丸を守る／守備にまわる息継ぎの時間／ヒステリア／戦具収納箱／焦土作戦／まさかの犠牲者／略奪を競う／守りに転じた攻勢／領土拡張／目標命中リスト／獲物を分ける／戦場での軍隊の散開／乱闘／必殺パンチお見舞い／叙事詩的戦闘／喉を絞める／征服者／血塗られた金／引き金を引く、さあどうだい？」

「テレビの暴力番組一週間分ってところよ」とケートが言った。

「レバノンでの戦争の話みたいね」とホーテンスは言う。

「素人作家の構想する歴史小説の筋書きだろう」とジャスパーは言った。

「新しいゲーム用のカードじゃないかい」とベンは言った。「モノポリー・ゲームに飽きた連中用のね」

「いい線行ってるよ、ベン」とアームブラスターは言った。「でも、ゲーム用ではなくて現実なんだ。以上の語句はウォール・ストリート・ジャーナルの通常の実際の報道記事からコピーしたものだ。一九八〇年代半ばの投資銀行家とその法人顧客のやり口を報道したものだ」

「グロテスクだねえ」とジャスパーが言った。「まだリストしてあるの?」

「リスト作りに飽きたよ。別の真面目な新聞の経済面に載った論説からの語句を紹介しよう。陰鬱な短詩に仕上がっている。

荒蕪の地へと引き立てられ
王座から転落し
野蛮にも斧で切り刻まれ
悪意の果たし状で始まった一騎打ちで打ち落とされ
決死の戦に敗れて以来チクタク言ってきた時限爆弾に吹き飛ばされ
権力の剣も肩章も剝奪された

これは職を最近追われた会社の社長、会長がどんな風か、経済欄読者の認識を新しくさせるための記事だ」

「新聞記者連中は任せておくといい気になると決まったものさ」とジャスパーが言った。

「分かっているよ。自分も新聞記者だったからね。ぼくの最初の職業だった。でも、編集はどうしてこれをそのまま載せたのかな」

「これは戦争報道なんだ」とアームブラスターが言った。「銃や斧は使われない。でも侵略、征服、戦傷、防衛などを報じる言葉を見つけるには戦争イメージに頼るしかない。商業のイメージは役に立たない。当事者自身が軍事用語で話したり考えたりしている。毒薬だの白馬の騎士だの、グリーンメールだのといった武器を考案し命名したのは当事者どもさ」

「グリーンは良い言葉だ」とベンが言った。「でも、グリーンメールと言えばブラックメール(脅迫)みたいに聞こえるぜ」

「そうとも。この場合のグリーンはお金のことだ。そして、この言葉はブラックメールの類語だよ。脅迫者が手持ちの株を高値で買い取るよう迫ること、もし支払い要求が満たされなければ会社乗っ取り合戦で敵方にまわってこの株を使うぞという脅しつきでね。変種にカモメールというのもあって、カモフラージュ(偽装)されたグリーンメールを言う」

「でも、それは八〇年代のことでしょう」とホーテンスが言った。「いまでは過ぎにし昔よ」

「イク族の話ほど昔のことじゃないよ。それにホーテンス、私は時事問題講座をやってるわけではない。救いがたいシステム腐敗の原則について報告しているのだ。八〇年代は実に教育的だよ。

この場合、腐敗したキー・システムは投資銀行業だった。ご承知のように、投資銀行とは法人企業の株式と社債、政府の公債の発行を組織し引き受けてこれを市場に売り出す銀行だ。この専門銀行は自らの銀行資本から企業融資を行うこともあるし、他の機関から企業への融資をアレンジすることもある。これらのサービスに論理的に当然追加されるものとしては、企業の合併・吸収やその際の交渉についての顧客への助言がある。たとえば製品に強く販売・流通に弱い会社はこれを補う力を持った企業と合併するかもしれない。仕事が極端な季節変動を示す企業はその変動をならすように別の企業と合併するかもしれない。自社の研究者が開発中の新製品の実地生産拠点としてさまざまな企業を買収する企業もあるだろう。破綻企業は起死回生を狙って合併を求めるかもしれない」

「どうして破綻企業は再建屋を雇わないのかね？」とベンが訊いた。

「雇うこともある。ただ破綻企業は他の経営資源も欠如している。たとえば信用貸し枠や投資を賄うだけの内部資金を持っていない」

投資銀行の危険な賭け

「こうしたことすべては商業倫理体系と完全に調和している。しかし、商業的基準に則って行われる合併・吸収と、単なる勢威拡張意欲に応えて行われる合併・吸収との区別は微妙であり、気づかれないままにその一線は越えられやすい。それは取引と奪取を区別する基本的な区別の線と少しも変わらない。

ちょっと歴史をご案内しよう。合併のうち商業倫理体系と衝突することが一番明白なタイプは競争をなくし、独占を生み出すために行われるものだ。約一世紀前のアメリカでは拡張主義者が自分たちのためにたいそうな勢いで地域的さらには全国的独占の創出を図っていた。これらの独占はトラストと呼ばれた。トラストという語は信用、信託を意味するのだから、およそ不適切な命名だがね。氷トラストさえあって東北部の大都市を食い物にしていた。人工冷凍・製氷ができる前の時代のことだったがね。あらゆる分野でトラストは競争者を締めつけて吸収し、消費者や納入業者を囚われの身にして搾取した。それが倫理的な商売のやり方をあまりにも派手に蹂躙していたので、二〇世紀の初めに統治者、この場合は議会が反トラスト法を成立させ、独占を狙った合併・吸収を違法とした。既存のトラストは司法省が訴追した。トラストは訴訟に負けると裁判所の命令によって解体・分割された」

「分割されても陰で独占と同じように動こうとはしなかったのかね?」とベンが訊いた。

「そういう戦略、つまり価格の共同決定や談合は取引制限行為に該当する」とホーテンスが引き取った。「それも違法だから訴追を受けるわよ」

「トラスト創出には投資銀行は関係しなかったのかい」とベンが訊いた。

「もちろんしたさ。中には自前で十分やってのけた企業もあるけれどもね。さて、ここで合併は別の段階に入る。合併に取引だけでなく奪取が混じり合うことになる。コングロマリット（複合企業）の建設だ。コングロマリットは特定の取引分野を独占するのでない限りは違法ではない。コングロマリットは、お互いに仕事の上での関連がほとんど、あるいは全くない多種多様な企業を拾い集めてつくり出される。コングロマリットという語は寄せ集めの結合体くらいの意味だから、この場合は名は体を表しているわけだ。寄せ集められた部品が共通にするものはといえば、持ち株会社ないし特定企業の下に所有権が統合されているくらいのことだよ。

取引するのと奪い取るのとの区別は、組織が手元にあって利用可能なものは何でも拾い集めるようになって混同されるようになった。それでも、少なくとも会社の売り手と買い手の間では自発的な相互の合意が必要だという点は、まだ尊重されていた。

しかし、そのうちにより大胆で向こう見ずの乗っ取り屋が登場した。連中は自発的な相互の合意など鼻も引っかけない。彼らの目的は欲しい物はどうやってでも手に入れることだ。経済紙の紙面が、野蛮時代の英雄説話か旧西部の果たし合いのパロディみたいになったのはその頃からだよ」

「具体的にはいつのことなの」とケートが訊いた。

「コングロマリット建設が盛んだったのは一九六〇年代だ。もっともそれは五〇年代を通じて急速に広まり、七〇年代以降も続いてはいたがね。敵対的乗っ取りは七〇年代に散発的に見られるようになった。一九八三年までに、そして八三年から八八年までの六年間には特に、敵対的乗っ取りはありきたりの日常茶飯事になった。乗っ取り規模は日増しに増大し、ついには巨大コングロマリットが他の巨大コングロマリットを敵対的に乗っ取り、時にはそれがさらに別の巨大コングロマリットに呑み込まれてしまう始末さ。

投資銀行はそのど真ん中にいた。投資銀行は合併・吸収のために引き抜くべき企業を探し、それをつけねらい、業容拡大を狙う顧客の注意をこれに向けさせた。彼らはある顧客のために奪い取りの筋書き作りを手伝うかと思えば、別の顧客には乗っ取り防止策作りを手伝った。両方のサービスからどえらい報酬を手にした。独創性に富んだ働き蜂だから、乗っ取り屋、企業拡大をねらう経営者への融資の方法、やはりいままで知られていなかった企業防衛の方法を発見した。いままで知られていないと言うより、いままで考える必要がなかったと言うべきだろうがね」

「イク族が遊牧民同士を争わせて儲けた話みたいだわ」とケートが言った。

「いいかい」とアームブラスターは続けた。「これらすべては合法だった。私は個々の商業不適応者の例を倫理的見地から述べようとしているのではない。組織全体、あるいは、そうした組織多数からなるシステム全体が次第次第に商業道徳体系の壁を越えて奪取の域に滑り込んでいってしまったのだ。投資銀行はそれを誇りとした」アームブラスターは新聞の切り抜きをひらひらさせた。「これがアメリカ最大の銀行持ち株会社が保有する投資銀行の全面広告だ。太字活字のメッセージは要するにこうだ。「投資銀行業務とは何か。それを決めるのは顧客ニーズと、顧客ニーズに応えるわれわれ投資銀行の想像力だけである」以前なら投資銀行業務はもっと別のこと、特に商業道徳によって決められていたものなんだが」

「どんなトリックを銀行家は考え出したんだい?」とベンが訊いた。

「結果的に一番影響が大きかったのはLBO（借り入れによる買い占め［leveraged buy-out］）だ」

「ちょっと待ってくれ」とベンが言った。「LBOのことは誰でもよく聞くが、何のことだか分からないな」

「それは所有と経営の変更の費用を当該企業に負担させる方法だ。乗っ取られる方が乗っ取り資金を負担するわけ。まず、投票権のある株式の多数を集めるために買い占め合戦が起こることが多い。勝ち手は自己資金も多少は出すが、株式や株式オプションを見返りに巨額の資金を借り入れて——」

「そんなことにお金を貸して危なくないの」とケートが訊いた。

「それが実際には危なくない。株式や株式オプションが融資の抵当に入っており、買い占め合戦で株式価格は引き上げられるからね。それだけではない。驚くべきはこの戦いで支配権を勝ち取った者は誰でも、彼が乗っ取った会社にその乗っ取りのために彼が集めた株式を買い取らせるように仕向けるために、この梃子（lever）を使うことができることだ。そのためだけでも会社は負債、それもきわめて大きな負債を負う。そのためのお金の融通を普通の銀行利子を払うだけでは十分に受けられない場合は、この問題専門の投資銀行と折衝して、いわゆるジャンクボンドを成り行きで発行し、普通以上（たとえば五〇パーセント高）の金利と見返りに普通以上のリスクを負担しようという投資家に売りさばく。要するに、その支配権が買い取られた当の会社が借金をしてその買い取り費用を負担するわけさ」

「会社を乗っ取った奴はタダで、一銭も使わずに、手に入れたことになるのかい？」とベンは訊いた。

「取り上げたものを使って取り上げに要した費用を支払わせるってわけ？　なんてインチキだ！」

「でも、それは統治者が領土を軍事的征服によって手に入れるときによくやってきたことよ」とケートが言った。「領土拡張のためにお金をかけて武威を整える。あるいは戦争費用を借款する。その後で被征服地が略奪、貢納、課税、あるいは自然資源の譲渡で占領費用を支払うわけ」

「でも、支配権の変更費用を負担させられた会社はその負債をどうやって返済するんだい？」とベンは訊いた。「もう一つ別の会社を乗っ取るのかね？」

「それもあるし、他の方法もある。返済期限はまちまちだ。一番差し迫って必要な資金については、新たに支配権を握った人たちは営業継続中の事業部や子会社を売ることもできよう。一番儲けの少ない事業を売り飛ばすのが普通だ。引き受け手がなければ、事業部や子会社は閉鎖され、その資産である在庫や設備や不動産が売り払われる。ということは、雇用者の中には職を失う者が出ることを意味する。しかし、どちらにしても失業が生ずる。というのは利子を支払い続け、最終的には元本を返済するためには、その他のコストが削減されなければならない。合理化と節約の苦しい過程が待っているわけだ」

「あらゆる種類の傍観者もこの刺に巻き込まれている」とアームブラスターは続けた。「無実の者も結局は無実とばかりはいえない者も。負債を多く背負った企業は貸し手に負債を処理できることを保証しなければならない。満足のいく保証としては公認会計士事務所が企業の帳簿を監査し、その実体的裏付けを検査して発行する「支払い能力証明」があろう。それが満足のいく保証であるのは、ひとえに会計士事務所が信頼できるからだ。普通は会計士事務所は商業倫理を厳密に守り、誠実を最優先する。それが商業生活におけるその役目だ。正直な会計を提出し証明することがね。しかしウォール・ストリート・ジャーナルによると、一九八七年時点で、不正な融資を必死に求めている企業は支払い能力証明に五〇万ドル出すのが通り相場だという。企業の破産事件に支払い能力がなかったのに支払い能力証明が出ていてこのことがニュース記事になった」

「一証明書に一〇〇万ドルの半分とは随分の金額ね」とホーテンスが言った。「でも、社会的地位のある会計士事務所がただそれだけの金額のために名声を危険にさらそうとするなんて、私にはそっちの方が驚きだわ。ましてや、だまされて安心していた債権者から訴えられることもあるのよ」

「会計士の新聞談話では、法人企業顧客は思ったような支払い能力証明を出さないなら監査人の首をすげ替え、監査事務をよそへ移すと脅すそうだ」

「競争が悪徳になる」とケートが言った。

「その通り。その他の美徳も圧力に屈する。同紙の報道では、合併が並の企業顧客を大幅に減らしたので会計士事務所は新たな収入源を探さなければならなくなった。ジャンクボンドを使ってのLBOの儲けについていうと、社会全体が多かれ少なかれ連座している。君だって多分そうだよ、ベン。保険に加入していたり、年金基金に積み立てていればね」

アームブラスターは円形図表を取り出して見た。「一九八七年末には保険会社がジャンクボンドの三〇パーセントを所有していた。投資信託と大学基金のような財団の資金運用者など各種基金運用者がさらに三〇パーセントを保有していた。年金基金がもう一五パーセント。貯蓄貸付組合八パーセント。ジャンクボンドはきわめてアメリカ的な産物だ。外国人投資家は全部合わせて五パーセントしか持っていなかった。

経済専門家は、アメリカは国民の低貯蓄率のゆえに、日本、スイス、デンマーク、ノルウェー、西ドイツに比べて不利だと言う。でも、貯蓄はどこへ流れているか? アメリカ国民がもっと貯蓄していたら、非生産的な資金の使用がもっと膨らむかもしれない」

敵対的買収は生産的な投資か

「実は、私のいままでの説明は少し偏ったものだった。コングロマリット建設、LBO、それに敵対的乗っ取りは無害であり有益でさえあるという理屈に触れてないからね。公平のためにそういう見方も考慮しなければならない。企業の売買と他の売買とに本質的な差はない。企業の資産と将来収益に基づいて借り入れをし、それでその企業の支配権を握ることは、資産と将来収益に基づいて借り入れをし、新しい機械を買うのと本質的な違いはない――」

「大違いだわよ!」とホーテンスが言った。「生産的投資は――」

アームブラスターは手を挙げてさえぎった。「話を続けさせてくれよ。敵対的乗っ取りだって成否は株が十分集められるかどうか次第で、それは自発的合意によって、株の買い手との売買取引の結果として、達成される。工場が閉鎖され解体されるのは、生産者としては収支が償っているとしても企業利潤追求の観点からは十分に一人前の働きをしていないからで、だからこそ鉄槌を下される羽目になるのだ。この議論によれば、もし設備やその他の資産がよりうまく利潤を上げる企業の手に落ちるなら、公共的利益が勝利を収め、利益を受けたことになるのだ。適者生存の増進のために弱者は淘汰されていく」

「哀れな優勝劣敗論者だこと」とケートが言った。「情け知らずな連中の知的逃げ口上よ。子供たちから食料を奪ったイク族だって、知っていれば同じ議論を片意地張って続けたでしょうよ」

「私が話したうちでスリム化と節約に関する部分は、効率と競争力の改善に必要な規律として広く賞賛されてきているものだよ」

「でも、アームブラスター、どこかつじつまが合わないところがあるわ」とホーテンスが言った。

「もし企業が支配権変更のために多くの負債を抱え込むとすれば、借金のコストが売り値に加算されなければならないわね。だって長期的に見れば他にコストを回収できるところはないはずよ。そうすると価格競争で損じゃない？」

「その通りだ」とアームブラスターは言った。「しかし、新しい経営陣は合理化と節約でお釣りが来ると思っている」

「でも、それは生産的投資と発明による効率改善とは違うわね」とケートが言った。

「この混乱と闘争と適者生存には商業的発明の才の出番はあまりない」とアームブラスタ

ーは言った。「敵対的乗っ取りと借金による買い占めが経営者の時間と注意を使い尽くしてしまう。それを打ち破ろうとして防衛措置も、成否はともかく積み重ねられる。それ以外の仕事は危機が何とか解決されるまでは脇に押しやられる。特定の企業について脅迫と闘争は一年以上も続きうる。それから、相性が悪くて合併が失敗することも稀ではない。いわゆる企業文化の衝突だ。それが生み出す内部摩擦、誤解、対立も何年も続く。こうしたゴタゴタによって従業員の士気は通常は低下し、緊張と不安が高まる。乗っ取りの脅しの噂に端を発して、もっと安定した泊まり場を求めて有能な人材が大量脱出することも考えられる。実際にもしばしば起こったことだがね。

しかし、もう一度悪魔の肩を持つとすれば、敵対的乗っ取りは古いくたびれた経営陣を精力的で積極的な新しい血に置き換えるものだという議論もある」

「そんな議論、信じてるの？」とホーテンスが訊いた。

「本当のこともあるさ。でも、古いくたびれた衰退企業は乗っ取りの名人が真に欲するものではない。乗っ取り名人が引き寄せられるのは当然ながらうまくいっている会社だ。だから事業のことといえば、会社の買い占めしか知らない敵対的買収者が有能で良心的な経営者に取って代わることも十分ありうる。その方が確率が高いかもしれない。でなければ、凡庸な経営が凡庸な経営に入れ替わるだけのことだろう」

「一つ情状酌量すべき結果を述べておこう」とアームブラスターは続けた。「この話はクインシーとの昼食で知ったことだ。彼は自分を元気づけようとしていたのだと思う。債務不履行となった買い占め資金貸し出しが不動産融資と並んで——不動産融資といっても実は売れないマンションや空っぽのオフィスビルや商店街が大半だが——海外貸出損失引当金の上にさらに積み重なったと彼が言っていたことは覚えているだろう。彼が言うには、いくつかの大規模倒産とそれが他に広がる恐れが出た直後から、ＬＢＯはとうとう下火になった。経済の自己修正の動きだと彼は言っていた。熱狂は燃え尽きた。ここ当分のことだろうがね。無駄騒ぎはいつかは必ずそうなる。

だが、ダムを決壊させた水は残骸を一緒に押し流すものだ。私は彼にそう言ってやった。一九六〇年以後、いや一九五五年以後かな、それ以後一九九〇年までの間に、アメリカ産業は経済専門家流にいえばリストラされた。多くの産業が、商業生活を支配するのに不適当なカストロみたいな征服者たち、すなわち取引するより取り上げることをつい考えてしまう心性の持ち主の支配するところとなった。莫大な不良債務が残っている。多分一番深刻なのは、多くの時間が空費される間に実際的問題が未解決のまま積み上がっていき、建設的機会がダムを越えた水とともに流れ去ったことだろう。それがすべて取るに足らない残骸というわけではない。このリストラの大実験でわれわれの経済生活が如何に深く傷つき、如何に長期間にわたって不利をこうむることになるか、まだ分かっていない。

商業倫理にせよ統治者倫理にせよ、いずれかのわれわれの道徳体系に含まれる道徳律が著しく侵害されると、その道徳体系全体が解体されがちになる。このことが分かってみると、仕事して生きていく上での倫理が一般に理解されていないことに驚かざるをえなかった。なんという混乱だ！　よく分かっているはずの人がそうではないのだ」

「確か」とジャスパーが言った。「そういう君の出版社だって君の在職中に、企業経営者たる者はマキャベリの君主への忠告を研究し、これを応用して仕事に生かせと勧める書物を出版した。してみると、君だって混乱に巻き込まれていたわけだね」

「そうなんだ。私たちの間違いだった。マキャベリは、不幸にもあの年の経営書で大流行した。でも、クラウゼヴィッツの戦争論に基づいたもう一冊の出版企画は却下したし、孫子に熱を上げた本の出版もお断りした」

「孫子って何だい。初耳だが」とベンが訊いた。

「二〇〇〇年前の中国の軍事書だ。アメリカのビジネスマンへの宣伝文には日本の経営者も孫子にぞっこん打ち込んでおり、この本は『市場を戦場とみなす経営者向き』だと書いてある。

経営指南書については別のリストも用意してきた。その中のこの本は、幸いわが社の出版物ではない。これはイギリスの著述家アントニー・ジェイの著作で、彼は自ら成功した経営者だと宣伝している。事実、イギリス放送協会ＢＢＣにおいて彼はマネジャーとして成功した。彼はそこでイギリスの官僚と政治家の陰謀についての面白い喜劇テレビシリーズを二本執筆し、その製作を助けた。それから彼自身の説明によると、企業向け経営コンサルタントに転向した。彼は経営者向け格言を戦犯収容所、スポーツ、少年学校、陰謀、部族狩猟団――狩猟団に彼はかぶれている――、男爵領、侯爵領、市、帝国、ローマ軍団、チンギス・ハンの軍隊、イギリス陸軍、アメリカ陸軍、狼の群れ、ヒヒの集団から引き出している。彼は我慢できないくらい悪ふざけしているが、実は真剣なのだ。本のカバーには人間を二等分して、半分は背広を着てアタッシェケースを持ち、他の半分には毛皮のふんどしをつけて石の穂先をつけた槍を手にした絵が載っている」

「その男、統治者気質のくせに商売に紛れ込んできたみたいじゃないか」とジャスパーが言った。

「まったくだ。帝国運営において地歩を占めるに足るだけの教育と関心を有するイギリス人というタイプだが、その中では普通以上に頭が切れる。だが帝国が消滅し、こういう手合いが身を屈して実業発展を助けようとしているわけだ。

でも、この種の取り違えが起きたのをイギリスの学校教育のせいにはできない。これはアメリカの新聞ウォール・ストリート・ジャーナルの切り抜きだが、誰かの引用ではなく記者執筆の記事だ。それが中間管理職のことを「アメリカ・ビジネス軍」の下級士官、上級軍曹だと言っている。ここで休憩にして昼食をとろう」

ホーテンスが昼食を整えた。香料五種類のヨーグルト、それにもやしとアルファルファ、生マッシュルーム、ひよこ豆のサラダだった。サラダが出てベンは喜んだ。デザートは生果物と乾し果物だった。アームブラスターはあっさりした食事にがっかりし、チーズの盛り合わせを追加して失望をなだめた。

倫理適用のミスマッチ

グリュイエール・チーズとリンゴを片づけると、アームブラスターはまた議論を始めた。「商業倫理も統治者倫理も、システム腐敗とシステムの自己解体の危険にさらされている。商業に統治者倫理を、統治に商業倫理を適用するというように、目的に合わない道徳の行動様式を採用するだけでシステムの腐敗・解体がもたらされてしまうこともある。たとえば、何年か前、地下鉄を担当する鉄道警察管理部が同警察を研究し改善策を提案するためにコンサルタントを雇った。コンサルタントは商人気質だったようだ。ともかく勤勉の重要性を強調し、統計的にそれを跡づけてその増進を図ろうとした。彼は警察活動を統治活動としてではなく商業活動である工場生産の一形態であるかのようにみなし、一人一時間働いてどれだけ産出があるかをモデル化した。それを実際に適用するのに必要な産出の量的測定値としては、いろいろ探したあげく一労働時間当たりの逮捕件数を用いることになった。最高の生産性記録を上げた警察官はご褒美として良い部署に配置替えされる。このコンサルタントの専門的技量は愚かな管理者を感心させ、この仕組みが採用になった」

「ああ、結果が目に見えるわ」とホーテンスが言った。

「そうだ。でっち上げ逮捕さ。もちろんでっち上げ逮捕といっても起訴できるだけのもっともらしさがなければならない。そこで無実の罪を着せられたのは大抵スペイン系か黒人だった。そういう人たちの言うことは、警察官の証言に比べ法廷では全然信用されないからね。彼らは罰金をまけてやると言われれば、たやすく有罪を認める気にさせられた」

「どうやってお巡りさんのインチキがばれたんだい?」とジャスパーが訊いた。

「ついてなかったのさ。鉄道警察は、勤務外で私服でいるニューヨーク市警の正規の黒人警察官をでっち上げ逮捕してしまった。逮捕された警察官は停職になり、無実を証明するために苦心惨憺することになった。しかし、彼は有罪を認めて刑を軽くする取引に応じることを拒んで争い続け、自らの捜査活動と頑張りでとうとう偽証者から自白を引き出した。それから地方検察局が捜査に乗り出し、でっち上げの横行を摘発した」

「不正警察官の心情だが」とベンが尋ねた。「商人気質に変わったというわけ?」

「いや違う。大抵の警察と同じく、彼らは狩猟民だ。その獲物が統計的記録ということになったとき、狩りの美徳が悪徳に転化したのだ。ベトナム戦争時の敵の死体勘定のようなものさ。ボディ・カウントの成績が良いとその将校は上官の覚えがめでたくなり、その上官はさらにその上の上官に覚えが良くなって、ついには大統領の叡慮にあずかるという次第さ。あれは生産モデルに則った戦争だった。商業的発想が現代の戦争に大いに浸透している。空襲の費用効果分析だの、抹殺率だの。

同時に、軍需産業はビジネスにあるまじき無駄を取り込んだ。手持ちぶさたを隠すインチキ時間表だの、特にコスト予想のごまかしだの。軍産複合体はシステム腐敗をつくり出す驚異の組織だよ。

アメリカ国防総省と戦車、飛行機、ミサイル、その他の精巧な武器など高度設計機器の生産者との間の契約を考えてみよう。ここで大事なのは「高度設計」というところだ。というのは、産業界が軍部との間で商業倫理の一貫性を損なうような契約を結べば、その結果として付随的な腐敗が起こるからだ。

そのような契約の一つはバイ・イン（buy-in：初めの入札を低めにして継続的契約を確保するやり方）契約と言われる。軍需品の一製造業者、あるいは多くの軍需品製造業者を組織する元請けは、設計と生産について偽りの入札値を提出する。その仕事を賄うには低すぎる値をわざと付けるわけだ。これは得意先のアメリカ国防総省とグルでなされる。もし本当にかかりそうなコストが明示されたら、議会はそのような金食い虫の計画を承認しないだろう。承認しても範囲や規模を削減するかもしれない。しかしいったん偽りの契約が結ばれると、メーカーや元請けは後で当初見積もりの何倍もの支払いを受けると期待してよい。増額予算は国防総省が議会から絞り取ってくれる。もし追加支出しなければいままでに承認され支出されたお金が無駄になるといってね」

「議会が事態の成り行きに気づかないほど馬鹿だとは思えないわ」とホーテンスが言った。

「確かに気づいている議員もいるさ。とくに自分の選挙区がこのバイ・イン契約で仕事にありついている議員はね。彼らには、これは施しだ。後でコストが増え、仕事も増えるのは願ってもないことだ。しかし、時々は後であまりにも法外なコストが追加され、議会が計画続行を拒否する。それでお金の蛇口が閉まり、会社の中には偽りのバイ・イン入札に自縄自縛になる者が出る。あるとき、ロッキード・エアクラフトはあまりに多くのバイ・イン入札の罠に落ち、支払い不能になってしまった。そうなると議会がこれを救援しなければならない。ついでながら、救援措置発動に際してロッキード社の収益処分の議会調査が行われ、会社から飛行機購入担当官や外国政府の大立者への贈賄が公になった。

バイ・イン契約によく代わるのはコスト・プラス契約だ。契約のプラス部分は定額であることもあるし、定率であることもある」

「でも、それは詐欺ではないわ。コストはカッチリ定まっていないことを認めているのは誠実だわ」とホーテンスが言った。

「そうだ。でも「高度設計」製品に意味があると思うのはここのところだ。バイ・イン契約もコスト・プラス契約も商業生活におけるコスト規律を発揮させせない。強いて言えばコスト・プラスの方がもっと規律違反だ。利潤、つまりプラス部分がコストの一定率だと、それはコスト増大の誘因となる。

設計技師は製造業における生産性の偉大な守護者であり、浪費と非効率の主要な敵対者、新しい優れた方法が工夫できるのに旧式のやり方を守ることへの反対者だ。その目的は効率を最大にし、コストを最小にすることだ。したがって通常は、商業的なコスト規律と競争ゆえに技師は抜け目なくなるものだ。

ところが、コロンビア大学産業工学名誉教授セイモア・メルマンの言い分を聞いてみよう。軍産複合体で働く技師たちは精巧な製品をデザインするのに長けているが、この才能を費用の節約と結びつけられないでいるとメルマンは言う。彼はこの状況を「訓練された無能」と呼び、それが四〇年にわたってこの国の最も優秀な技術者ほとんどの能力を腐敗させたという。さらにコスト規律、あるいは効率規律、生産性規律と言ってもいいが、その欠如は軍産複合体のほかにも副次効果を及ぼしている。なぜなら、コストが製造業者にとって全く、あるいはほとんど関心の対象でないならば、他社から購入する設計機器も含めて調達品のコストにもぞんざいになる。この注意不足は、工作機械の設計者・生産者のような人々にも広がっていく。メルマンはアメリカの工作機械産業の衰退が軍産複合体の興隆と時期を同じくして起きたのは偶然ではないという」

「アメリカは工作機械のリーダーだと思っていたわ」とホーテンスが言った。

「それは昔の話さ。一九八〇年から八八年までの間だけで、世界工作機械市場におけるアメリカのシェアは一八パーセントから七パーセントに落ち込んだ」

「それはあなたの言う大リストラの結果だったのじゃないの？」とホーテンスは粘った。

「みんな備品のことに構わなくなったというじゃない」

「それもある。でも、この場合は特に生産技術の失敗だ。アメリカの工作機械産業は高級な工作機械をわれわれが支払える値段でわれわれが必要とするだけ供給することができない。それほど病状が進んでいる。メルマンは、同じような後進性が鉄道設備、造船、廃棄物処理技術のような分野についても見られると言う。ちっぽけなイタリアの会社が支払い可能な価格で高級な繊維製品製造設備を供給する点でも、生産方法を開発することでも、われわれより上を行っている。興味深いことに、アメリカの技師はその仕事を支えるだけの金が集まる分野では、実に驚くべき発明の才を発揮している。これもメルマンの主張を裏付けるものだ。しかし困ったことには、低コストで競争上の効率性を保持するような発明ができない。だから発明ではアメリカが先陣を切るが、その利益はイタリア、ドイツ、日本その他に取られてしまう。これがいつものことさ。


国防総省の発注は合計すれば大変な額だ。メルマンは一九四八年から一九八八年までの間の発注額は八八年の全国の軍事・非軍事の産業設備、装置、サービス総額以上になるという。この国防総省の発注には物資購入額のほかに人件費も含まれているが、この巨額のコストに多くの設計作業、および多くの技術者が含まれていて、彼らが設計技術者のパターンを決めることになったとメルマンは言うのだ。技術者は軍事関連の仕事から離れても軍需でコスト無視の悪経験を味わったために、今度は民需関連の仕事に「致命的効果」を持ち込むことになったとメルマンは考えている。

そこで、ここでも統治者的大盤振る舞いが商業倫理にこっそり忍び込むわけだ。この場合は、商業組織である製造業者が技術者ともども軍需の大盤振る舞いを享受する側に回る。確かにそれは仕事に対する支払いではある。でも、それは統治者によってなされる施しであり、統治者は買い物に支払うコストなど大して気にしない。その支払いは、その元になる契約と同様に、コスト規律を欠いている。こうした契約の結果として、正常な商業的美徳は衰える。節倹、効率、競争、そして費用節約のための生産的投資、こういった優れた技術の特徴が消え失せる。救いがたいシステム的腐敗がまた始まるのだ」

致命傷となる道徳体系の乱れ

「いまの話で、次の二点に注意してほしい。第一に、どの場合においても、適切な倫理体系の一貫性が失われた、ということだ。それぞれの場合、どのようにしてそれが失われ、どのような結果がもたらされたか、すでに説明した。だから繰り返さない。

第二点は、これまでに触れはしたが強調はしなかったことだ。その点にここで注意してもらおう。それは、この救いがたい混乱からまともに抜け出す途はない、ということだ。混乱をただす公正な解決は存在しないのだ。

クインシーの銀行その他がやった外国での大盤振る舞いの場合をみよう。国際通貨基金は一つの解決策を試みた。破綻した貧困国に耐乏を課したわけだ。貧しい国民に対して著しく不公正なやり方だ。考えられるもう一つの代替案、つまり先進国政府が損失を引き受けるのは先進国の納税者にとって不公正な解決だ。さらにそれは、ホーテンスが言ったように、民主主義政治の原則を掘り崩すものだ。では、どんな解決策が残っている? 銀行に全責任を取らせせようか。しかし負債を償還しないのは貸し手に対して、銀行の株主に対して、さらに多分、銀行がこれらの損失で業務に制約を受けていなければ融資を受けられたであろう多くの正当な借り手企業に対して、不公正だろう。

確かに、滅多に用いられたことがない国際的原則があるにはあって、それは今日では「汚名負債」(odious debt)として知られている。その原則によれば、腐敗した、または無責任な支配者に責任がある公債は支払いを拒絶しても正当とされる。かつてこの原則に訴えたのは、ほかならぬアメリカ政府で、二〇世紀はじめの米西戦争後キューバの植民地債の支払いを拒絶するためだった。だが、この原則は貸し手に負担を負わせることになる。「気の毒にね。こいつは汚名負債だ。そいつがお前の負担になるぜ」ってわけだ。

会計をごまかすという緊急便法が「成功」した場合でも、見かけ上困難を脱したにすぎない。それが政府銀行検査官の道徳的感覚を台無しにする役割を多分担ったであろうという点は別としてもね。銀行検査官ときたらその後すっかり骨抜きになって、貯蓄貸付組合のごまかしが検査を素通りするのを放置したというわけだ。

まともで公正な解決策なし、というこの問題点第二の根っこには、組織が自らの役割と従うべき道徳律を商業倫理体系と統治者倫理体系の両方からつまみ食い的に選び出し、一緒くたに混ぜ合わせるという問題点第一が控えている。混ぜ合わせることで自ら道徳的怪物を生み出しているのだ。

鉄道警察のでっち上げ逮捕のケースを取り上げよう。不当に告発されたニューヨーク市警の警察官が受けた試練についてお話ししたが、彼に対して偽りの証言をした者は違法行為を犯しており、偽証罪を科せられるべきだ。自白したからってそれだけでこれだけの不正は赦されない。それでも偽証者たちは鉄道警察に指示され圧力を受けていたからほかにどうしようもなかったか、そう感じていたか、そのどちらかに相違ない。

でっち上げ逮捕の犠牲になり、有罪を認めて刑を軽くしてもらう取引に応じた多くの無実の人々についてはどうか？　彼らが要求されるままに真実に反して有罪を申し立てたなら、彼らもまた偽証者だ。でも、だからといって彼らを訴追するのが正しいことだろうか。不当にも告発され、有罪を偽証することが唯一そこから逃れる道だと告げられていたのだぞ。彼らは深い意味で反道徳的な教訓、合法的に組織された当局は不正直で不公正だと人々が結論せざるをえなくなるような教訓を与えられたのだ。それにもかかわらず、一般論としていえば彼らが罪を認めたことはやはり不正だ。たとえ事情は分かるにしても。

でっち上げ逮捕を行い、買収して偽証をさせた悪徳警官を公表し処罰するのは、わずかばかりの正義を生み出す。結構なことだ。だが、例のコンサルタントや警察幹部はどうなる？　彼らは鉄道警察の統治者型道徳の伝統を無視し、商業道徳体系に属する勤勉を挿入することで鉄道の統治者道徳体系を改善できると思っていた。彼らの道徳的に鈍感な要求が邪悪な運動を起動した。当のコンサルタントは報酬を受け、経歴書に輝かしい一行を追加できたに違いない。それで幹部は？　「誠実に業務に当たった上での判断ミスで、結果が出た後でしか分からなかった」とクインシーなら言うところだ。これもお咎めなし。

道徳体系を混合すると、まともで公正な出口はない。不幸なイク族が犠牲になったのもそこだ。理論的にさえ存在しない。猟獣保護区を取り消し、以前の状態に戻すとしてもだ。そんなことをすればどんなに不公正なことだろう。いまでは禁猟区を見回ったり、そこを訪れる旅行客や学者を案内したりして禁猟区に頼って生計を立てている他の人々がいるのだから。ターンブルは良いことをしようとした善良な男だったが、その絶望も分からないではない。彼は子供たちを貧困と堕落の社会に放置するか、それとも誘拐して結果的にイク族を消滅させるかの二悪の中からの選択に思い悩んだのだ。そしてまた、道徳的に鈍感なくせにこの非道な計画を作った専門家はどうする？　どんな報酬を支払うのか。料金と経歴書の輝かしい一行をか。不正な報いだ。ケートが言うには、生存のための農業は牧畜から自然に起こるというのが当時学界を支配した説だったのだから、これら専門家に責任はない。論理的に言って、狩猟をやめさせる過程を早めるよう助けるしかないではないか。これらの学界人は、学問はあっても、道徳体系の混合がもたらす害悪について全く悟っていなかったのだ。

私は、いくつでも例を挙げて私の言いたいことを説明し補強できる。商業と統治の二つの道徳体系から気の向くままに道徳律をつまみ食いし一緒に混ぜ合わせると、限りない不正、大いなる害悪が生み出されるのだ。私の言葉を聞いて何を思い出すかね？」

一瞬沈黙が支配した。そして、ジャスパーとケートが同時に叫んだ。「プラトンだ！」

「プラトンよ！」

「まさにプラトンだ。われわれは二五〇〇年もの間解決されるのを待っていた問題への解答を得たのかもしれない。私がいま話したことこそ、プラトンが職種を混ぜたり他人の仕事に口を入れたりすることは「最大の悪」であり、社会に「最大の害」をなすものであり、まさに不正の化身だと述べたときに言おうとしていたことに違いない。

正義とは「自らの仕事を果たし、他人のそれに口出ししないこと」だというプラトンの説を聞いて何がなんだか分からなかったことを覚えているかね？　彼の言おうとしたことをどう解せばよいか。いや、解釈は必要ない。彼が多くの言葉を費やして述べたことこそ彼の真意であるに違いない。彼が言いたいのは、彼が示した二種類の大きな仕事（商業と統治）について、その道徳と機能の統一性を保持する必要があるということだ」

「もしそうなら、プラトンはどうしてもっと明確にそう説明しなかったのかしら」とホーテンスが尋ねた。

「プラトンは、ひとたび結論を述べればそれは自明になると考えたようだ。結論はいつでも君たちの鼻先にぶら下がっており、ソクラテスを通じて聴衆に語りかけ、聴衆はそれに異論を唱えたりはしなかった。

確かにプラトンは靴直しと大工とのまずい事例を持ち出して問題を紛糾させた。しかし、初めはきわめて単純なことから出発して複雑なことを議論するのは、ソクラテスのいつもの手だ。ただ、この場合は少し単純すぎた。でも完全無欠の人間なんていやしない。そして、この単純化された例からプラトンは直ちに統治者の仕事と商人の仕事という主題に移り、どちらの職に就く人も、他の職の仕事に口を出したり自分の仕事に他人の課題を混ぜてはいけないと特に警告した。

プラトンが強調しているのは、統治者倫理、商業倫理の体系としてのまとまりだったに違いない。そう気づいたとき、私も君と同じ気分だったよ、ケート。プラトンは人間の活動を統治と商業の二つに二大区分したが、これは君の区分けと同じだと私が言ったとき、君もがっかりしたろうが。プラトンがすでにそこに到達していた。その轍を私は救いがたいシステム腐敗として再発見したわけだ。しかし原因やプロセスを分析し、その動的な発展を跡づけることは、プラトンの機敏さと古代人らしい洞察力に対する付録としての値打ちがなくはあるまいと思うことにしているよ」

「あなたとあなたの法則――法則というよりは一歩下がって仮説と言っていただきたかったわ」とホーテンスが言った。「いまはプラトンもそれに賛成していたことにしたいらしいけど。あなたの言い方だと、まるでこれらの倫理体系やその機能にはどんな形でもさわっちゃいけないみたい。もしそうすれば落とし穴に落ちるという。でも、そんなのいやよ。そう思う気になれないわ。それでは意思や工夫を働かせる余地がない。うまくいけばこうなったかもしれないというビジョンの持ちようがないわ」

「いや、意思と工夫を働かせる余地はたっぷりある」とアームブラスターは言った。「もし統治なら統治の、あるいは商業なら商業の道徳や役割の範囲内で意思や工夫を働かせるというのならね。不正な商業活動の取り締まりに当たる統治者をどう思う？　初めは大変な新発明だったろう。でもそれは領域内の道徳を監督し、治安と正義を促進するという統治者の任務にピッタリの工夫だ。憲法、三権分立、不当な圧力からの司法の独立、代議政治、国民保健の増進、環境の保護、商事紛争裁判、みんな創意工夫のたまものだ。所得税だって巧妙な思いつきだよ。ただ、これらは統治者倫理体系を破壊するような知恵の出し方ではなく、それに適合した工夫なんだ」

「統治者に貿易や生産を管理させるのとは違ってね」とジャスパーが言った。

「その通り、そこが決定的な違いだ。商人についていえば」とアームブラスターは続けた。「契約し、保険をかけ、商品展示の見本市、大市を開催する。いや、その前身の市場の小さな屋台でもいい。さらに銀行小切手、受領書、株式、社債、商品開発、市場調査、広告、その他諸々の商業活動の補助手段の発明。これら一切をどう思う？　商業道徳に沿った工夫であり、創意であり、意思の発動だよ」

腐敗なき共生

「統治と商業の二つの倫理体系を活かし、役立てる方法はまだまだあると思う。だから勇気を湧かせて私の報告を終わるために、倫理にかなった試みの一例を紹介しよう。小さなことだが、私には重要な例だ。私が気にしている著作権つきの資料の盗用にピッタリの例だからね。

私がこの話を聞いたのはノルウェーの出版社を経営しているジョン・ウィリー・ルドルフからだ。自分の会社を経営する傍ら、彼はコピノール（ノルウェーコピー協会）の会長も務めた。コピノールというのはノルウェーの五つの出版社団体、その他一七の作家、写真家、翻訳家、劇作家、作曲家の協会で構成されている。これら団体・協会は一九八〇年にオスロにコピノールを設立し、これに彼らの作品の盗用と戦う任務を与えた。他のすべての人々は支払いを受けていた。コピー機の製造・販売業者、用紙供給業者、コピー機械の操作・管理者などすべての人々がね。だが、知的所有権が機械を用いて盗用された被害者には何も支払われていなかった。

最初は無許可複製の証拠を集め、警察にせがんで料金を課そうという考えだった。しかしこれは厄介な仕事で、実際にも効果が上がらなかった、とルドルフは言う。そこでコピノールは統治者気質を棄て、問題を商業的見地からとらえることにした。無許可でコピーをとる人を敵視する代わりに、彼らは熱心な歓迎すべきお客だが、便利な料金支払方法がまだ工夫されていないのだとみなすことにしたのだよ。

法律は無許可コピーを禁止していた。コピノールはノルウェー議会に働きかけて一九八四年に規定を緩和してもらった。この法改正によって、これまで大量の違反が行われていた各種団体・組織——大学、学校、図書館、博物館でのコピーが可能になった。その代わりこれらの機関は、コピー量合計を年二回コピノールに報告し、その分の料金を支払わなければならないとされた。

すべてのコピー機にはメーターが付いている。顧客にとって報告は簡単で不便はない。ただメーターを読んで用紙にメモるだけだもの。ガスや電気の検針と同じだからね。ただコピノールは検針係を必要としない。利用者が検針してくれる」

「報告をごまかされないようにするにはどうする？」とベンが尋ねた。

「お客の正直だけが頼りだ。でも、ノルウェー国民はこういうことにかけては自国の機関の誠実さを信用している。それにコピノールの正確度調査によると、信用しても大丈夫なのだ。他の諸調査からコピノールはメーターで測られた文書のうち著作権保護を受けた平均の割合を算定した。この比率は機関によって異なっていて、ときどき新しく調査される。コピノールはこの情報に基づいて請求書を作成する。今度はお客がコピノールの調査の誠実性と正確度を信用する番だ。政府は著作権付き文書を大量にコピーしている。その政府も調査情報に基づいてコピノールに年間一括払いを行い、そのコストと複写権を関係部局に配賦する。全顧客がコピノールに支払う料金総額はノルウェー国民一人当たりにして年二ドル見当だ。しかし、これは顧客が購入のために支払うのだから税金を課すのと違う」

「コピー機所有者が正直に支払うと思うかね」とベンが尋ねた。

「数年前、ある大学の先生から、学生が緊急に必要としているというので、品切れとなっているある本のコピーを六部作ったといって代金を送ってこられてびっくりした経験もある。先生は学生と話し合って、先生自身所有の本から六部のコピーを無許可でとり、代金を集め、直接のコピー代金を差し引いてわが社に送金してきたわけだ。立派な先生だと思う。ついでに学生にも商業道徳について良い教訓になった。コピノールと契約している機関はコピー機を利用する個人、すなわち一般大衆から料金をとってよいことになっている。

その収入をコピノール代金への共同積立金に積み立てる。

コピノールはその収入を会員である各協会に分配する。分配方式は会員が共同で考案したものだ。協会が自らのメンバーである企業や個人に収益をさらに分配するかは、各協会次第だ。協会はその会員が決定すれば、協会同士が組んで共通の目的のためにこれを使用してもよい。この仕組みは各個人・会社が自らの仕事で稼いだものを正確に受け取るようになっていないという意味では公正とは言えない。しかし実現可能な仕組みとしては公正で、収益は働き手の共同体に還元されている。

コピノールは効率的だ。その職員は初め四人だった。仕事がフル操業になっても調査担当を含め一〇人止まりでこなしている。事務費は収入の七パーセントだからいい成績だ」

「通常の役所仕事みたいだが」とベンが言った。

「ちゃんと聞いてほしいね。役所仕事なんかじゃない。民間営利企業で、顧客にサービスし、代金を受け取り、生産者に払う。政府の役割はこの仕組みを合法化し、腐敗、横領、詐欺その他が発生したときに通常の取り締まり責任を果たすことだ。コピノールは商業倫理を固く守っている。顧客の便宜、取引に際しての信義・誠実、効率、進取の精神、革新への開かれた態度、暴力の回避、――それに楽観主義という具合だ」

「この試みは広がっているの?」とホーテンスが尋ねた。

「ルドルフの話だと西ヨーロッパ諸国と日本、それに他のいくつかの国は、いまでは集団著作権システムと呼ばれる仕組みを初歩的な形であれ何らかの形で採用しているか採用計画中だという。コピノールの仕組みが適用されているのは印刷物だけだが、簡単に盗用される危険のある他の著作権対象にも採用できると思うが」

「アメリカでは何かこの種の作業は進んでいるの?」とケートが尋ねた。

「着手もされていない。近代的コピーマシーンを発明し発展させてきたアメリカ人がその道徳的、実際的結果に対応するのにかくも後れをとるとは皮肉なことだがね。多分出版業界は合併・吸収で忙しすぎるのだろう」

彼は溜息をついて時計を見た。「お説教していて時間が早くたつのを忘れていた。われわれが合意したこと、われわれの議論が次に目指すことを要約しよう。社会には商業活動と統治活動の両方が必要だということに合意したと思う。商業活動、統治活動のそれぞれがそれにふさわしい倫理体系を持っているが、それらが相互に矛盾することも承認されたよね? そして両方の活動とも自らの機能的・道徳的境界を越えて相手領域にさまよい込むと腐敗しやすくなることも分かった。

以上は「これはこれ、あれはあれ」という話だったが、これからは「だからどうする」という話になる。

だからこそ、仕事の組織は相互腐敗から守られ、または自らを守らなければならない。問題はそんな芸当がどうすればうまくいくかだ。腐敗なき共生だ。ここで、われわれは解決不能の難問に取り組んでいることになる。他の動物にはない人間生活の二重性に本質的につきまとう困難だ。しかし私は商業人種として楽観主義を奉じているから、希望はあると感じる。この問題に誰か取り組んでくれないか?」

「私が引き継ぎましょう」とホーテンスが言った。「四週間後でいいかしら?」

「結構。そして全員にお願いするが、各倫理体系にふさわしい工夫や試みにしっかり注意してくれないか。散会の前に、お別れのおみやげがある。新品ではない。紀元前六世紀の中国の帝室文書館長であった賢者老子からの引用だ。彼はその英知を煮詰めて短詩にした。良き統治者についての章はこうなっている」

その存在が僅かに知られるだけのとき
指導者は最善だ。
人々が従い称えるときはこれに劣る。
人民を尊ばなければ
人民が指導者を尊ばない。
しかし言葉を慎む良き指導者が、
その仕事をし、その目的が満たされると

大上《たいじょう》は下《しも》之《これ》有るを知るのみ。
其《そ》の次は親しんで而《しこ》うして之を誉《ほ》む。
(其の次は之を畏《おそ》る。
其の次は之を侮《あなど》る。)
信なること足らざれば、
信ぜられざること有り。
悠兮《ゆうけい》として其れ言《げん》を貴《おも》くすれば、
功は成り事は遂げて、

人々が口を揃えて「これは自分たちでやった」百姓《ひやくせい》皆我を自然なりと謂《い》わん。という。

「もっと読んで」とホーテンスが言った。

「いや。本を貸してあげよう。自分で読んでみなさい。本当に分別がある。これを読めばレポートを準備する気になるに違いないよ」

第一〇章　第五回会合

倫理体系に沿った発明・工夫——新たな発見と共生の可能性

新しい貸し付けシステム

「一つ見つけたよ！」ベンは得意になって言った。

「何をだい？」とアームブラスターは訊いた。彼らは、再び朝食に集合していた。

「忘れたのかい？　君は正しい世直しの試みにしっかり注意してほしいって言ったじゃないか。統治と商業の二つの倫理を活かし役立てる方法はまだあるとも言ったよ。われわれが慎重に振る舞い、そうした倫理を台無しにしなければね。ぼくは銀行の新しいやり方を見つけた。信じられないだろう。ぼくがこんなことを言うなんて。でも気に入っているのさ」

「私もよ」とケートが言った。「とても素晴らしい例を見つけたわ。商業倫理の体系に合った新しい商業機能よ。事業を進める新しい方法、そんなところかしら」

「ぼくもなんとか探してきたよ」とジャスパーが言った。

「結構、それはありがたい」とアームブラスターは言った。「君たちは、これらの二つの倫理体系は融通がきかなくて工夫や改良の余地がないなんてことはないと真面目に受け止めているようだ――工夫を働かせるのが道徳の境界内にとどまる限りでね。たくさん見つけたということなので、相互腐敗を引き起こさずに商業倫理と統治の倫理をどう共生させるかについてのホーテンスの報告の前に、それを聞こう。では、それぞれの倫理体系に沿った工夫について。君からだよ、ベン」

「二週間前にマサチューセッツの西部で偶然にこの考えに出会った。そこで講演することになっていたんだが、道路と機械で植林地を根こそぎにするのがいやな人々のために、伐採した木材を馬で引っ張る人の話を聞いたんだ。みんな彼に感謝しており、彼も精一杯のことをしている。自助組合SHAREから二〇〇〇ドルの貸し付けを受けて、仕事を始めたと彼は言うのだ。

地域経済自助組合（Self-Help Association for a Regional Economy）の略がSHAREだ。その人はぼくを創設者のスーザン・ウィットとボブ・スワンに紹介してくれた。銀行は二〇〇〇ドルや三〇〇〇ドルの貸し出しは行わないのを知っていたかい？　小口の仕事は大口貸し出しと同じようにたくさんの手間暇がかかるのに銀行の手に入る利子はそれを償うのに十分ではない」

ホーテンスは話をさえぎった。「私の銀行は光沢紙に印刷された小さくて新しいチラシを毎月配るわ。それは自動車ローンを組んだり、便利なクレジットカードで素敵な熱帯のバケーションに融資を受けることを勧めているわ」

「それは違うよ」とアームブラスターは言った。「自動車ローンは規格商品で、それに銀行はそれをいつも一括して引き受け会社に売り、お金が戻ってくるんだよ。それはフランチャイズのファーストフード店のような規格チェーン事業の融資の場合とほとんど同じだよ。すべて組み立てライン式銀行業務だ。クレジットカードの発行には、銀行は単にその人の信用格付けに汚点があるかどうかを確認するだけ。最近は、その仕事さえ手間がかからなくなっている。汚点があればコンピューターにかけ、君が問題を起こすタイプかそうでないタイプかを判別させる。ついでだが、ステレオタイプで判断するこんなやり方は随分不公平だ。でも型通りでない小事業の取り扱いについては、ベンの言う通りだよ。中型の事業もそうだ。一〇万ドルの貸し出しを受けるのは一億ドルの融資を利用できるよりも幸運だ」

ベンが再び話し始めた。「創設者のスーザン・ウィットとボブ・スワンは何年も前に田舎に引っ込んだニューヨーカーだ。彼らは農家の子供たちが学校を終えると普通否応なしにその地を離れなければならないのに気がついた。それくらい仕事がないのだ。彼らは近所の人が馬を使い丸太を運搬する人と同じように事業ができる技術を持っていることにも気がついた。しかし事業を興すお金がなかった」

「どうしてみんなクレジットカードを使わないの?」とホーテンスが尋ねた。「伐採者はクレジットカードで二〇〇〇ドルを工面できたでしょうに」

「倹約をしているのに、利子率が高すぎるのよ」とケートが口を挟んだ。「ある人は半ダースのカードをどうにかやりくりしている。でも、奮闘している小事業にとっては、それは破産と隣り合わせのやり方なのよ。ホーテンスはなぜクレジットカードを使わないのかと言ったけれど、それはパンがなければなぜケーキを食べないかを聞いているようなものよ」

「どうして急にこの問題に詳しくなったんだい?」とベンが尋ねた。

「あのね。私の発見も同じ問題についてなの。邪魔してごめんなさい」

「ボブとスーザンは貸し付けの新しい方法を考案した」とベンは続けた。「彼らはその方法を銀行を回って説明したが、どこも興味を示さなかった。というのは、銀行はすべてボストンにある銀行持ち株会社に併合されていたからなんだ。だが、ついにまだ独立を保っている銀行を見つけ、そこは実験してみることに同意した。このようにするんだ。銀行はSHARE預金者の特別貯蓄預金を預かる。銀行は正規の貯蓄利率を払う。預金者はお金を二年間口座に預けておくのに同意する。だれでも預金ができるのだ。積立金はほとんど一〇〇ドルから五〇〇ドルの間で、本当に大口のものはない。ある時点では預金総額約二万五〇〇〇ドル、預金者約七〇名だった。

預金者は自分たちの中から理事会の委員を選出する——ボランティアで無報酬。理事会は小口融資申し込みを受ける。理事会がその申し込みを承認すれば、銀行は翌日、融資を実行する。何も尋ねない。事業リスクは低く銀行は正規の金利しか取らない。その融資はSHARE口座の全預金で保証されているからだ。銀行は何も調査しないし、何の危険も冒さない。銀行は得られる利子とSHARE預金者に支払う利息の差を受け取る。それは粗収入の半分だ。取りすぎだと思ったが、スーザンは銀行の簿記と取り立ての業務に対する公平な手数料だと言っている。彼女はそれを銀行の仕事を二つの違った機能——貸し付けと会計に分けることだと言っている。これが新工夫だ。銀行は会計事務だけを担当し、SHAREが貸し付けを引き受けているわけだ」

「それでもSHAREにはリスクがある」とアームブラスターは言った。「債務不履行の記録はどうなっている?」

「まだない。SHAREは一九八二年から事業を興しており、多くの貸し出しを行っている」

「秘密は何だろう?」とアームブラスターが訊いた。「一〇〇パーセント回収される企業向け融資なんて聞いたことがないよ」

「SHAREは初めに立派な規則を立て、以後ずっとそれを守っている。規則1:融資は販売目的を持つ商品とサービスの生産に対するものに限られる。会員が目的を問わずどの目的にでも借りられる金融機関とは違う。借り手は預金者である必要もない。預金者であることはまれだ。規則２：地元の顧客からの確実な収益で利子と元本を支払えることについて、借り手は理事会に対して状況をよく説明しなければならない。規則３：仕事は生態学的にも社会的にも責任をもってなされなければいけない。つまり荒稼ぎはいけない。

ＳＨＡＲＥはかつて一度、もう少しで債務不履行を経験するところだった。避暑客のために家を掃除する用具と備品用に一〇〇〇ドルを借りた人がいた。秋がきて、避暑客がいなくなった後それに代わるお客さんが現れなかった。支払い期日に間に合わなかったので、理事の一人だった先生が私立学校で校務員が辞めたのを知っていた。その清掃業者は学校の契翌日銀行は当時の理事会議長だったスーザンに知らせた。理事会を招集したところ、理事約をとり、ローンを全額返済した。それ以来、彼は夏冬二種類の仕事をこなしている」

「極端に業務に季節変動のある会社が、逆の季節変動を持つ組織と合併したようなものだ」とジャスパーが言った。「でも清掃の取りかえっこをしても、地域経済は大して盛り上がらない。そんなものじゃないか」

「いや、そんなもんじゃないよ。ある女性に対して行われた七〇〇〇ドルの最大口の融資を取り上げよう。彼女はハーブ入りとハーブの入っていないおいしい山羊のチーズを作る。その女性には個人的なお客は少しはいたが、でも法律上レストランやお店には売れなかった。そうするにはステンレス鋼の設備が要るし、乳をしぼる営業室に新しいフロアを取り付けなければならなかった。だから融資が必要だったのだ。地元でうまくいったので、ちょっとした通信販売事業も広げようとしている。地元の印刷業者は彼女の店のパンフレットを作り、他の地元の人たちは出荷用の木箱を作っている。何年も前に、母親から編み機をもらった女性がいる。彼女はセーターや子供ウエアをデザインし、地方の店がこれを仕入れた。彼女は続けて三回SHARE融資を受け、製造業者の蔵払い品として市場に出回っている格安の編み糸をたくさん買い入れたり、編み機をもう数台増やした。そのおかげでニューヨークの店に売り始め、近所の人を雇い始めた。その人たちはその仕事に加えて農作業をし子供の世話をしている。銀行は彼女を融資の正規の顧客と認めている。SHAREはいまでは必要ではない。それにまた凧作りの人もいる。彼女も雇用を生み出し、凧を手広く販売している」

「ところで、なぜ規則では地元の需要に基づく融資を対象としているかが分からないよ」とジャスパーは言った。「輸出のための生産物も借り入れ申し込み可能とするという考えはないのかい?」

「理事会では、それは危なっかしすぎると考えているんだよ。彼らは地元の人や地元の店の需要については情報を持っているので妥当な判断ができる。さらに、人々がほしいとか、必要と思うようなものが地元で得られる可能性を高めるのに専念している。顧客が望むものがすぐに提供されるというのも、地域経済の改善になるという考えだ。規則で一番重要な利点は、事業が地域社会に役立つときは、地域社会も事業がうまくいくように望んでいることだとスーザンは言っている。こうした支援は融資自体と同じように価値があるんだ。ジャスパー、君が清掃の取りかえっこと呼んだ仕事にしても、それ以上なんだよ。人々はお金を節約でき、その結果としてより多くの可処分所得を得る。現に、新品のようにきれいに器具を修理し使い古された物を再生する人がいる。その人はそれを新品より安く転売している。その人も、補修のための部品を購入するには二〇〇〇ドル必要だった。

私がこれまで話した人たちは、みんな銀行融資に必要な十分な担保がなかったし、彼らが入用としたのは少額すぎた。けれども、借り手がSHAREを必要としたのには別の理由もある。卓上用印刷機で事業をしている一七歳の青年の場合はもっと大型の印刷機がほしかった。彼がすでに持っていた機器は担保物件になったかもしれない。しかし彼は、未成年だった。理事会は特に若い人たちに事業を興してほしいと思っている。農家の二人娘がウエイトレスとして働いていた。彼女たちは自分で服を作っていたが、彼女たちが働いている軽食堂のお客さんはその服をとても気に入った。そこでウエイトレスは内職として売り物の服を作り始めたのだ。シルクスクリーニング設備と生地のために二回のSHARE融資を受けた後、彼女たちはウエイトレスの仕事を辞め、小さな衣服会社を始めることができた。

銀行の支配人は、こうしたことは銀行がやってよい貸し出しの範囲だとスーザンに言った。ただ銀行にはそのコストが払えないというのだ。覚えているかい、SHAREの理事会は志願して、無料、無報酬で働いている。そんなことは銀行にはできないよ」

手作りの借り手サークル

「あなたは手作りのボランティアの融資サークルを見つけたのね」とケートが言った。

「私は手作りの借り手サークルに出会ったわ。彼らも同じギャップを克服したのよ。でも私の例はいまではとても大きくなり、世界的に有名だわ。バングラデシュのグラミーン銀行よ。そこは小企業への少額融資だけを行うの。SHAREとほぼ同じころに始まり、いまでは約七〇〇の支店を持ち、七〇万人の借り手がいるわ。SHAREほど成績はよくないけれど——債務不履行は二パーセントよ」

「でも、企業向け融資で九八パーセントの返済率なんて、これも聞いたことがないよ」とアームブラスターは言った。「クインシーがそれを聞いたら、天にも昇る気持ちだろうに」

「そう。この銀行の創設者のドクター・マホメッド・ユナスによると、貧しいビジネス関係者の信用リスクが一番安全だということよ。これは、以前のすべての前提や慣習的な前提に反しているけれども、確かなことなの。どのようにしてこの機関が始まったか知りたい?」

「どうやってそれを知ったんだい?」とアームブラスターは尋ねた。「新聞の切り抜きからかい?」

「多少はね。実は先週、学校時代の友人のおかげで——彼はいま財団で働いているけれど——ユナス氏の話を聞く機会があった。後でいろいろ質問する時間もあったわ。彼は私の友人と同じような人々に銀行のやり方について講演をしている。

ユナスはエコノミストで、ここアメリカで教育を受けた。その後チッタゴン大学で教職に就くためにバングラデシュに戻った。授業の終わったある午後、キャンパスの隣にある村をぶらぶら歩いていて、とても貧しい人々が他の貧しい人々に売っているその様を見た。彼はハノーバーでのあなたのようだったわけ、アームブラスター。突然、ありふれたことが途方もないような印象を与えたの。自分の国の基本的な主要な経済生活を見ているって彼は気がついた。自分が大学院で学んだこと、そしていま教えていることはここの経済には何の役にも立っていないことにショックを受けたのよ。彼の専門知識は的外れだった。

そんな気持ちで、彼はマーケットの小物雑貨の行商人と話をしてみると、仕入れのために高利貸しに借りた資金の返済と利払いをすると行商人に仕事での収益はほとんど残らないのが分かった。金利は商業銀行の事業貸出レートの七倍だった。なぜ代わりに銀行融資を受けないのかとユナスは訊いた。行商人は融資を拒否されたと言った。そこでユナスは自分も銀行に一緒に行くので、もう一度やってみようと言った。

彼らは丁重に迎えられ、ユナスが融資を保証するなら行商人にお貸しすると銀行家は言った。ユナスはよく考え、融資を保証するんだったら自分が銀行と同じ金利で融資をする方がいいと決めた。彼は行商人に二〇〇ドル相当額を前貸しすることにした。これはSHAREが二〇〇〇ドルの融資をしたのと同じくらいのものよ。だってバングラデシュはマサチューセッツよりずっと貧しいもの。期日には返済され、行商人は所得を二倍にしただけでなく、夢も実現したわ――商品を運び市場を拡大するための自転車を買ったのよ。

ユナスは職人や行商人に少額の融資をさらにいくつかしてみたが、それらはきちんと返済された。噂は広まった。まもなく、彼は自分の貯蓄の大部分を回転資金に充当することになった。少額融資への需要は飽くことがないと分かり、彼は自分で銀行を始めることを決意した。でもここで、彼は多くの少額融資の申請を受け入れるのは実行不可能ではないかという問題に直面した。申請を調査し、決定を下し、さらに銀行の自立を保ちながら運営しなければいけないわけ。そんなことはできっこないじゃない。

そこで、以前に貸した人の推薦ですべての融資を行ってはどうかと彼は考えた。そして、借り手同士お互いの知識に任せるのが一番だと決めた。銀行は帳簿をつけ、決定は借り手同士に任せよう。これが発明よ。

このシステムでは、借り手は五～一〇名のサークルのメンバーでなければいけない。彼らは自分たちでサークルを作り、その中で最初に融資を受ける二名を決める。その返済が済んだら、次の二名が信用貸しを受け、そして次にというようにして、ついにはサークルの全員が自分たちが必要に応じて信用貸しを引き出せるようになる。選ばれた一名がお金を集め、それを銀行に手渡す。もし債務不履行になったら、そのサークル全員が債務不履行になり、もう誰も信用を受けられない。そこで、彼らはお互いに責任をもって慎重に行動するようになる。ユナスが言うには、より重要なことは彼らはお互いにあらゆる方法で助け合い、緊急時には馳せ参じる。清掃業者を助けたSHARE理事会と同じよ、ベン。

銀行の支店は平均しておよそ一五〇の借り手サークルを受け持つ。銀行のスタッフはほとんどの時間を指導に当てている。普通、数サークルをひとまとめにして会計のグループレッスンをする。借り手は仕事のどの部分が儲けになるかならないかの見分け方や、利益と損失の理由を詳しく能率よく学ぶ。長時間労働のあとに授業を受けるのはきついけれど、一度彼らが借り手となりその立場を改善し始めると、学習に熱心になり、すぐれた会計の実践をするようになるとユナスは言っている。先生は節倹も強調する。ほとんどの借り手は自分の貯金を銀行への出資に使う。それは、それぞれ五ドルに相当する額よ。私たちには五〇ドルというところかしら。銀行が大きくなるにつれ、銀行の借り手から資金が注がれ、銀行は借り手に配当を支払う。当初ユナスは資本を慈善家、財団から募った。そして政府の助成金もね。その点は後でもっと話すわ」アームブラスターはメモを取った。

「欠点はたくさんあるけれども――欠点は債務不履行があるとさらにひどくなる――伝統的な金貸しは二つの適切な考えを持っており、ユナスはこれから学んだの。官僚的でないこと――借り手は書類に記入しなくてもいい――そして即答よ。サークルができたらすぐに、そのメンバーのうち二人が信用貸しを利用できる。

最も驚くべき進展は――そのことをユナスは想像もしていなかった。なぜならそこはイスラム教の国だから――女性の借用サークルだわ。彼が言うには、最初に借り手となった女性たちは信じられないほど勇気があったというわ。いまでは借り手の八五パーセントは女性だそうよ。銀行は何らかのやり方で男性を差別しているのではないかと彼に聞いてみた。そうではないの。彼自身そのアンバランスの理由がはっきりしないのですって。多分男性は一般的にいって現状により満足しているけれど、女性は、子供たちのために生活をもっとよくしようとすさまじいほど固く決意しているからだと彼は考えているわ」

「彼らはどんな種類の事業をしているの？」とホーテンスが尋ねた。

「あらゆる種類の事業よ。全体ではもの作りがかなりの部分を占めるけれど、自分たちの村の中と近くの村との流通だけでなく、村からの輸出の仕事もいくつかあるわ。織物の染色、衣服の縫製、ワックス、漁網、陶器生産、コメの脱穀――いままでのところこうした仕事が最も重要よ。多額の融資で一つのサークルでは処理できない場合は、いくつかの女性のサークルが合同してやっている。新しい井戸を掘るとか水道管を買うとか。男たちは普通、大工仕事や金属細工、靴製造、建設作業、輸送などをする」
「科学では」とケートは続けた。「同時発見の現象はよく知られている。発見はほぼ同じときに別の実験室で起こる。あるいは、幾人かの人が同じ理論を独立に思いつく。それゆえに、最初に発表するのは誰かという競争が起きる。同時発明は科学技術でも起こる。これらは人知れず機が熟した着想だと私たちは言うけれど、この着想を考え抜いている当人たちには同時発明がそんなに不可避的だとは思えないようよ。それでも、ともかく同時発明は起こる。

少額融資の方法の発見も完全に同時に起こったわけではなかったけれども、互いにすぐ続いて現れたものよ。ユナスよりおよそ二〇年前に、小さなグループが、いまではアクシオン・インターナショナルと呼ばれているけれど、ラテン・アメリカで貧しい小企業家に貸し出しを始めた。創設者は数人の若いアメリカ人で、彼らは平和部隊の先駆者としてラテン・アメリカに派遣され、学校設立、下水道の改善、道路建設の開始などを手伝うことになっていた。もし人々が自分たちの経済を発展させられないなら、この施しは無益だと彼らは考えた。ユナスと同様に貧しい人々の間で行われている経済生活を見て、その生活改善に役立ちたいと決心した。彼らもまた、だんだんと借り手サークルの仕組みを作り上げた。サークルは普通はもっと小さくて三~七人のメンバーだけれどね。小企業が規模を拡大して家族以外の従業員を雇うことができるようになると、その企業はサークルから抜けて独立の借り手になる。アクシオンはグラミーン銀行と同じような成績よ――返済率九八パーセント。借り手の半分ちょっとは女性よ。アクシオンの銀行員もまたグラミーンの銀行員と同じように、節倹、相互責任、能率的な手法、商業的成功の副産物として生産的投資への新資本の創造に重点を置いた指導をしているわ。

ユナスと同じように、アクシオンは慈善と財団の基金で銀行を始め、そして引き続きこれらの資金によって事業を新しい地域、さらに別の国へと広げた。でもここで、事態は多分最も目覚ましい前途有望な展開を遂げる。この貸し出しの仕事とそれがもたらすよい結果に強い使命感を抱く一方で、投資資金については計算高い、ボリビアのある少額貸し主は一九八九年のある日、資金需要は慈善資金でまかなうには大きすぎることにハッと気づいた。考えられる寄贈者を全部足しても融資サービスは追いつけっこなかった。そこで、この貸し主ともう一人のパートナーは利益を生み出す少額貸し付け銀行の経済学を編み出した。

少額貸し付けはすでに収支がとれていた。ただ、銀行資本に対して他企業並みの収益を上げることができなかった。借り手の支払金利を二パーセント・ポイント引き上げたら、この銀行資金は年に約二〇パーセントという魅力的な収益率を生み出すと彼らは考えた。そこで一九九二年一月、完全に商業的な収益企業、バンコ・ソリダリオを始めた。競争、それも多くの競争を期待すると彼らは言っているわ。「多ければ多いほどいい」というわけよ」

「再び同時発見よ。パナマの銀行家はアクシオンの手法と債務不履行の割合の驚くべき低さを聞いたとき信用しなかったけれど、研究し、それが言われている通りだと分かると、こう結論を下した。「貧しい人々向けの銀行は、財政的にも道徳的にも世界で最上の事業だ」。パナマでは一〇〇以上の銀行があったけれども、少額起業家が利用できる信用貸しはどこもしていなかった。しかし一九九一年以降、既存商業銀行であるマルチ・クレジットが借り手サークルをちゃんと組織したうえで少額貸し付けを主要事業として開始した」

ホーテンスが突然感動して大きな声で話し始めた。「こうした工夫・発明は民主主義を新たな段階へと導くわ。これは事業資金の入手方法の民主化よ。民主化は自動的には起こらない。工夫・発明が必要だわ。政治的民主主義にも工夫が必要だった。選挙、政治の敗者を保護し、相争う政党間で論争をすること。そうすれば反対党の主張が引き続き聞かれる。投票……。公共図書館を考え出したから文学に親しむことが民主化された。学校への公的支援により教育が民主化された。安いけれどきれいでファッショナブルな洋服、シャンプーと化粧品、手ごろな義歯、先天性の障害を持つ人への治療手術など、こうした工夫が個人的魅力を得る機会の民主化を促しているのよ」

「それはユナスが考えていたことと一致するわ」とケートが言った。「彼はビジネス・クレジットの利用を基本的人権と信じている。国連にそれを認めさせようとしているのよ。現状では、ビジネス・クレジットを得られないグループのすべての人たちは、貧困と最下層に閉じ込められているわ」

「ビジネス・クレジットの民主化への道は長く、ゆっくりとしか進んでいない」とアームブラスターは言った。「実際、その時がきたら――たとえどこでであろうと――それは商業生活の大きな発展となるだろう。おそらく、これまでに起きた中で最も重大な発展の一つだろうね。ケート、君とベンが話してくれたように、こうした工夫が官僚制やすでに確立された商業企業から現れたのではないことに感銘を受けたよ。異端者がこうしたことを考案したのだ。特に、ものごとがうまくいっていないのを見るのにうんざりした一匹狼がね」

地元密着型の仲買業者

「ぼくの発見とぴったりだ」とジャスパーが言った。「実際、数年前にオレゴン州のユージンで偶然そのことに出会った。オペラと芝居の舞台衣装デザインをしている友人を訪ねたんだ。アームブラスター、君に注意をするよう言われるまで、そのことは忘れていたよ。友人に電話をかけたところ、創意に富む異端者と連絡できるようにしてくれた。女性でアラナ・プロブストという。長電話を数回したのでいまでは親しいんだ」

「息子がいま、オレゴン大学ユージン校にいるわ」とホーテンスが言った。「大学がそれと何か関係があったの?」

「そうなんだ。大学は楽団の新しいユニフォームがほしかった。でも、話を最初から進めた方がいいな。アラナはユージンの貧困地域の小さな地元近隣開発公社の委員会議長をしていた。彼女は慈善の援助金申請についてのアドバイザーとしてそこに関わり始めた。そのグループは生活保護を受けている母親に仕事を見つけたり、住宅や栄養の改善などを助けたりしていた。アラナは若くて元気がよかった。彼女はユージンの経済がよくならなければ、いまやっていることは何にもならないと考えた。経済は長くゆっくりとした下降状態にあった。地域の主要産業である木材産業は次第に衰退しつつあった」

「いつのことだい?」とアームブラスターが尋ねた。

「一九八二年だ。彼女の考えは単純だった。地元企業数社に行き、次の年によその市や郡から何を買うつもりかを訊いた。そして、その仕事に入札できる地元企業があるかどうかをすぐ調べる。そうした調査が進められ、入札が準備されている間に、さらに多くの買い手を訪ね、彼らの希望する品物を供給できる人を探し始める。つまり、計画はそれが進むにつれて成り立つようになっていた。お金はかかるくせに、できあがる前に結論が陳腐化するような調査は一切やらない。彼女は市役所、郡役所、それに地元の銀行から合計で三万八〇〇〇ドルの助成金を集め、自分と二名のスタッフでこの仕事をやってみた。最初の年は、以前はよそで行われていた仕事が新しく直接地元で契約される形で、助成金の価値の五〇倍以上の成果があった。アラナが地元供給者の発掘と呼んでいる縁結びのうちの一つは、特に大規模だった。それは地元の機内食提供業者に地元で鶏肉を下準備する仕事だった。でも、最初の年はまぐれ当たりではない。この計画はその後もとてもうまくいっていて、州全体に広まった」

「楽団のユニフォームはどうなっているの?」とホーテンスは尋ねた。「内部情報で息子を驚かせたいわ」

「アラナが可能な組み合わせを見つけたときはいつでも、自分なりアシスタントなりが供給者の当てずっぽうの入札準備を手伝った。というのは、その時点では買い手も入札者も相手の身元が分からないからだ。でも経験を積むようになると、アラナは時には買い手の仕様書の改善を提案した。オレゴンは楽隊で有名なところだ。でも、みんなが着ている標準的なユニフォームは、ニューイングランドか他の東部の州から持ち込まれたもので、厚手のウールでできていて、ユージンの温暖多雨の気候では快適なものではなかった。アラナはバンドマスターを説得して新しい型を採用させた。まだ、どこにもないものを。彼女は私の友人の衣装デザイナーを連れてきた。そして小売店用の衣服製造を自前で小規模に営業している女性、釣り用の服装に軽量・防水性生地を供給している小会社の人と一緒に仕事させた。彼らはジョイント・ベンチャーを作り、共同入札をした。バンドマスターの提案で数カ所を変更し、契約がまとまった。ぼくはそのユニフォームをお披露目式で見たよ。友人がイベントに引っ張り出したからだが、途中、ぼくに式服のデザインがどうやって生まれたかを話してくれたんだよ」

「これは仲買いの仕事だ」とアームブラスターは言った。「どうも理解できない、これまでなぜ地元企業は地元の顧客に売り込もうとしてこなかったのかな」

「商業的な仲買いだけやっているわけじゃない。けれども、ほとんどは採算に乗っている。この取引を行うのはオレゴン・マーケットプレース社と呼ばれて、そこが仲立ちした最初の契約には手数料として五パーセントを取る。その料金は売り手の入札価格に含まれる。その後は、買い手と売り手はお互い同士で取引する。この計画が完全に採算がとれていないのは、大きな契約を成立させるのと同じくらい小さな契約を最初に成立させるのに努力しているからだ」

「では、小さな契約では損をしてるのね。銀行の企業向け少額融資と同じように」とケートが言った。

「確かに。でも経済にとっては価値がある。なぜなら、最初は小さな契約でも、後でそれが大きな契約に結びつくことがしばしばあるからね。また小さな契約でもそれが繰り返されるなら、つじつまが合う」

「そもそもこの計画が必要とされている理由は、アームブラスター、あまりにも多くの経営者と購買エージェントが地元に供給力がないと思い込んでいるからだ。アラナが最初に訪ねたところは、テレビ局だった。そこの経営者は、遠くから買っているもので地元で供給できるものは何もないと言った――もしあったとしても高くつくだろうというわけだ。アラナは印刷業者を見つけた――その店はその経営者のオフィスの窓から見えるところにあった。その業者は、局がニュース番組を作る際に大量に使用する書式を提供できた。そして、業者のおかげで局は最初の注文だけで一五〇〇ドル節約できた。その印刷業者はいま、その地域一帯のテレビ局にその書式を供給している。それ以前はテレビ局はロサンゼルスに注文して書式を購入していたものだ。

このやり方が成功したのは、買い手にお金を節約させるからだ。時間の節約にもなる。買い手は希望により近いものを手に入れることが多い。そこで消費者の便宜が加わる。価格についての直接の節約は平均するとほぼ二〇パーセントであり、四〇、五〇パーセントとさらに大きくなることもある。自転車組立工は四〇パーセント節約して車輪を手に入れた。彼は発注先を台湾の業者からユージンの小会社に切り替えたのだ。そこは、身体障害者用特注自転車を作っていた。アラナは購買者の費用の節約を最初から考えていた。というのは、はじめから買い手の競争力向上の支援をねらっていたからだ。五〇パーセントという驚くべき節約の事例は運動用具バッグの場合だった。もとは韓国から供給されていたものだ。価格節約の理由の多くは輸送費の低下で説明される」

「すばらしい！　エネルギーの抜本的節約だ」とベンが言った。

「アラナはこうした仕事を手がけていくうちに、かつてはユージンとポートランドの経済は可能でさえあれば当然のこととして輸入代替を進めていたことに気がついた。だが、その習慣はほとんどすたれ、ほとんど消滅していた。事情を知った上で一押しすることが必要だった。アラナがスーパーマーケットの経営者に、オレゴン州にすばらしい湧き水があるのにコロラド州からミネラルウォーターをトラックで運ぶのはなぜかと尋ねた。そのとき、経営者は誰もその水をびん詰めにしていないと答えた。そこでアラナは、びん詰め設備があったエコー・スプリングズ乳製品販売所に、ミネラルウォーターを新商品にしてはどうかと提案した。エコー・スプリングズ社はスーパーマーケットとの契約を獲得し、この水はいまでは広く販売されている」

抵抗勢力に抵抗する

「さて、憂鬱なことがある。大学の違った顔を披露しよう、ホーテンス。そこの経済学者たちから、アラナは反対ばかり受け、いやがらせにさえあった。君の息子さんは経済学部じゃないだろうね」

「違うわ。医学部進学課程の学生よ。でも、アラナのやり方は経済学者には気に入るはずじゃない？」

「彼らはテレビ局の経営者と同じように考えていた。ひょっとすると、彼らがテレビ局経営者にそう教え込んでいたのかもしれない。彼らは地域の比較優位を信じていた。つまり、ある所はあるものを作るのに他よりも優れている。たとえば、チーズはスイス、ワインはフランスというように。これはアダム・スミスから学んだんだと思うけれど。でも、比較優位は自転車の車輪や楽団のユニフォームを作るのには関係ないよ。経済学者は偶然でたらめにできあがっている多様性を本質的に非効率的だと思っている。彼らは自分のまわりで現実になされている仕事ぶりを見る前のユナスと同じで、教えられた学識で頭が曇らされているんだ。

学者先生方は、このやり方は保護貿易論者の考えに違いないと推論した。だから自由貿易を徐々に衰えさせるに違いないし、それゆえ消費者を不利にするに違いないとね。節約が明らかになったとき、その議論は崩れた。そこで経済学者は態度を変え、その計画を、ペーターから奪ってポールに支払う利己的な行為だと呼んだ。どこか他のところで輸出業者が職と所得を減らされ、そこで他の地域の経済が痛めつけられ、マクロ経済に悪い影響を与えるというわけだ。アラナはユージン向けの元輸出業者の誰かが損をしても、それに対応して他に得をする者がいるに違いないと指摘した。いくつかの縁結びで、仕事の種類が広がり、量が増大したので、新しい生産設備が輸入されるようになった。より大量あるいは多種類の原料、中間材料も輸入された。より多くの人が生活保護を受けずに輸入消費財をより多く買えた。でも、アラナは、それでも経済学者を納得させられなかったという。ちなみにぼくも、ケートの大学の経済学の先生にこれを試してみたんだ。ケートが親切にもその人を紹介してくれた。同じ順序で同じ反応が返ってきた。その先生は最後には、ぼくの話を「逸話」にすぎないと片づけた。

州の開発専門家はアラナの事務所を閉鎖しようとさえした。彼らは、問題解決には補助金を与えて他の場所から工場を誘致するのがいいと主張していた。アラナの事業をいやな競争相手とみなしていたようだ。ところが、州の反感はすぐになくなった。有権者がオレゴン・マーケットプレース社を気に入っていたので、ユージン選出の州議会議員がそれを気に入った。一九八五年に州議会は近隣開発公社に補助金を出した。アラナがマーケットプレース事業をどこで開始したか覚えているかい？——その補助金でオレゴン州のユージン以外の地域で協力者を見つけ、彼らを訓練して一二以上も事務所を開き、これをコンピューター・ネットワークで結んだ」

「小さな町や田舎で、やりがいがあるほどの縁結びが見つかるとは思えないがなあ」とアームブラスターが言った。

「だからネットワークだよ。奥地の遠く離れた事務所が、その管轄地域で買い手になりそうな人から情報をもらったら、可能な縁組みを掘り起こすべく努力する。組み合わせができない品物を――しばしばすべての品物を――他の事務所に向けコンピューターに入力発信する。他の事務所が縁結びをやることが多い。組み合わせを結ぶ事務所は、買い手を見つけた事務所と料金を分ける。だが、この全州的計画は良くもあり悪くもある。計画は州外からの輸入の代替を助ける。しかし、州内では輸入代替を妨げる」

「なぜだい？」とアームブラスターは尋ねた。

「州は一地域だけで製品を作るのは好まない――特に貧しい地域ではね――州の他の地域の市場が失われるからだ。州は大部分の奥地の活動に補助金を提供している。それで、価格競争や他の生産優位といった商業規範とは相容れない統治者的態度と目的とが、その過程に忍び込む」

「その奥地で仲介をするのはどんな人だい？」とアームブラスターは尋ねた。

「あらゆる職種の人々だよ。学校の先生、退職した消防士。用心しなければいけないのは、とても熱心で楽観的な人だよ――超セールスマンと言っていいだろう。彼らは熱中するあまり、できもしない縁組みを無理やり推進する」

「これが国の計画になるのを想像できるわ。ワシントンから資金を得て、奨励されるのよ」とホーテンスが言った。「国中の地元経済を生き生きとよみがえらせ、再建させる計画、それゆえ全体として、国民経済を復活させるはずよ。それが、なぜ駄目なの？」

ジャスパーはまゆをひそめた。「いや駄目だよ、ホーテンス。コロラド州のミネラルウォーターの会社は北西部の多くの顧客を突然に失い、それが連邦プログラムのせいだと気づくと、地元の下院議員に怒りをぶっつけるだろう。そして君の言う連邦輸入代替局あるいは連邦地元振興局、あるいは名前はどうあれ、そういう役所は議会の支持を失う。その局はニュージャージー州の政治家にいじめられるだろう。というのは、ニュージャージー州の大手銀行小切手印刷会社の顧客銀行に対する市場シェアが国のあちこちで減り始めるからね。そんなことがあちこちで起こる。公正、公平な競争は商業行動様式での道徳だ。統治者道徳には含まれていない。統治者の行動様式では気前よさと忠誠が優先する。

ホーテンス、君が考えている役所はすぐに気がつくよ。唯一促進しても政治的に大丈夫なのは海外からの輸入品の代替だけということに。そうなると、このプログラムは本当に保護貿易措置になる。大きな費用をかけるにもかかわらず、ほんの少しの改善があるかなしかという政府主導の経済的無駄の事例がもう一つ付け加わるだけのことさ。君の主張は倫理体系の混合になる。どんなに容易に倫理体系が混合されるのか分かるかい？　他の西部諸州の多くは、州の後ろ盾と立法を利用しながらオレゴン州で行ったことを真似し始めている。予想していた通り、自分たちの州の最も貧しい地域、経済生活の最も乏しい地域に――輸入代替の成功、拡大、多様化のためにはちょうど一番適していない領域に奨励措置が集中してとられている。それは、経済活動をバラマキという視点からとらえるものだ。

仲介活動の商業的成功のおかげで補助金のバラマキが全く要らなくなれば、最善だろう。だが、アラナが指摘したが、これら望ましい小さな縁結びに執着することが大事なんだ。小さな縁結びの仕事は、ブローカーや縁結びの担当者の所得に見合わないほどの多大の努力を必要とする。それでも彼女は経験から経済全体でみれば引き合うことを知っている」

「そうした行き詰まりは、さらに工夫せよとのシグナルだと私には思える」とアームブラスターは言った。「仲介手数料の取り決めを調整すれば——たとえば、最初の注文が定められた額以下だった場合は再注文に手数料を取るということにすれば——少なくとも問題の一部はたぶん解決する。あるいは、比較的わずかの助成を地元の商工会議所や銀行といった事業団体が行えばよい。商工会議所や銀行が、地元経済再建の受益者なのは明らかだ。記憶が正しければ、アラナが当初受けた少額の助成には銀行からのものも含まれていたはずだ。それが革新的な生産的商業投資になったわけだ。これは革新の受け入れという典型的な商業道徳律だよ」

「そこで、思いついたんだが」と彼は続けた。「君たち三人が話してくれた倫理体系に沿った発明と工夫は、コングロマリットの建設者、乗っ取り屋、銀行家、法律家が商業道徳体系を崩すのに奔走していたのとちょうど同じ時期に行われていたんだよ。アメリカ経済は大部分が、まさに崩壊過程にあった——建設的な目的には何ら役立たない借金でいっぱいになり、ケートが言ったイク族が遊牧民同士を戦わせて儲ける話と同じように無意味な対立をあおり〔第九章二六三頁〕、時間と努力の大変な無駄をもたらしながら見当違いの創意工夫に専念していたのだ。何と対照的なことか！」

「この前アラナと電話で話したときに、彼女は自分のプログラムをまとめてくれた」とジャスパーは言った。「基本的な考え方は、地方がすでに持っている商業的強みと資源は何でも使うことだ。しかしそれはずっと無視され、無駄にされ、見落とされてきた。重要な強みは、輸入がすでに行われていることであり、他方であらゆる種類の生産とサービスを供給する能力があるということだ」

「自己再生の偉大なる原則だ」とアームブラスターは物思いにふけりながらつぶやいた。

「それは君たちが挙げてくれた倫理体系に沿う工夫・発明の実例すべてに一貫している――ケートのものにも、ベンのものにも、君のにも同様に、ジャスパー。私はすべて意義のある堅実な再生は自己再生だと考えたいと思う」

台湾の工業化の例

「ところで、君たちの誰も、統治活動のための倫理体系に沿った発明と工夫を取り上げなかった」とアームブラスターが言った。「ここにも大いに工夫の余地がある。統治者が統治の倫理のまとまりを維持しつつその体系をどう用いるべきかについて、もう工夫の限界に到達したとする理由はない。いくつかの例を思いついたよ。それらは、たまたますべて統治の工夫を深めるに当たっての同じ原則を具体化している。その原則はこう言えばよかろう。「あなたがたは、これこれをしなければならないとわれわれ統治者は命ずる。しかし、それにどう応じるかその手段方法はあなた方が自分たちで考案しなければならない」

この原則は、台湾の工業化を成功させるために特段の創意工夫をこらして用いられた。それは農地改革政策で始まった。この政策は、台湾人地主の所有地を買い上げ、それをかつて借地人や雇われ労働者だった小農民家族に配分するというものだ。元の土地所有者にはもちろん代価が支払われた。

ここからが独創的な部分だ。台湾の統治者は工業化政策を促進するために、農地補償金が工業化投資へと向かうことを望んだ。統治者は元の農業地主を工業資本家に変えたかったのだ。大地主というようなものはかねて存在しなかったので、工業資本家といっても小資本家だがね。そこで、元地主たちはあらかじめ他の方途にお金を使えないようにされた。国外への送金は許されなかった。不動産取引には桁外れに高いキャピタルゲイン課税がかかるので、補償金は不動産投機には使えなかった。農地改革により農地を買い入れることはできない。今度は都市で不労所得生活者に戻ることもできない。というのは税金がとても高く、多くても三軒以上の都市住宅を持つことは経済的に非現実的だった。オフィス・スペースについても同じだ。では、農地補償金をいかに投資したのか？　他に投資先がないので工業にしか投資できなかったのだよ」

「銀行にお金を預けさえすれば利子がもらえるじゃないか？」とベンが尋ねた。

「そう。その場合は、銀行がそれを工業に投資することになるだろう。でも、自分で投資するならば銀行の利率より高く稼ぐよう努力を迫られる。元地主たちはそれにはどうすべきかを自分で考えなければならなかった。でも、それはできるだけ容易にされた。うんざりするような認可取得の必要もなければ他に妨げる規制もなく税は低率だった——要するに、自分の思い通りやっていけ、自分のお金で機会を最大限に活用せよ、というわけだ。それこそが彼らの大部分が行ったことだ。生産に精通しているパートナーを自分たちで見つけた。パートナーになったのは香港・アメリカ向けに輸出を行っている外資系の軽工業企業で商業の基本を身につけた人たちだった。彼らは非常な勢いで新規企業を設立し始めたのだよ」

「どんなことをしているんだい？」とジャスパーが尋ねた。

「すでに輸出している軽工業に商品、サービスを提供するのさ。競争相手として自らも輸出を始める。国内の消費者相手に商品、サービスを供給する。その過程で、生産財と消費財の両方で大変な量の輸入代替を行った。アラナはそうした輸入代替を気に入ると思うよ、ジャスパー。もし私の記憶に間違いがなければ、彼女は「事情を知った上での一押し」と言ったが、台湾の人々はその仕組みさえなくて成し遂げた。彼らはまた生産的目的のために多くの資本も蓄積した。勢いづいた大衆は、商品とサービスに加えて資本を生み出した。発展はまだ小規模で若い段階だが、首都台北の経済は香港経済に似ている。自力開発だ」

「それは初耳だわ」とケートは言った。「新聞や雑誌はたくさん読んでいたけれど。もちろん、台湾が非常な勢いで有力な経済に成長していたのは知っていたわ。でも、私が読んだのはどれも役人がよくやったからだとしているわ」

「開発専門家や経済学者の多くは統治者気質だからだよ」とアームブラスターは言った。「彼らは台湾で、政府が始めた企業に感銘を受けた。彼らは経済計画官庁の組織や活動を長々と書いている。どうやって重工業のために財源を確保したか、どうやって台湾で真似てほしい海外製品を認定し、企業にそれを真似るように奨励したかといったようなことを。だが、途方もなく多角化し、繁栄している台北経済の下支えがなければ、台湾経済は他の中央計画経済と同様に失敗していたに相違ない——台北経済の繁栄はより小さな都市にも波及している。そこでは台北からの輸入品が代替されている。おかしなことだ。開発専門家はいやしくも台北経済を認めるときには、身震いしてみせ、「カオス（混沌）」という非難めいた名前でそれを呼ぶ。ちょうど台湾についてのある開発専門家の本を読んだところだが——大判で分厚い本で四〇〇頁ほどもある——著者が、台湾で統治者および工業化促進のために選ばれたその庇護者以外の人の誰かと話したという手がかりは何もなかった。カオスとか土地利用計画に対する配慮不足といういつもの話に触れているほかは、この著者が台北経済について伝えたかったことは、それが「自由奔放」で、深刻な公害問題を抱えており、そして労働力確保の競争以外には労働者の搾取に何の制約もないということだけだ。しかし企業はもっと安い労働力を求めてより貧しい国に仕事を移動させており、不法入国者が本国より高い賃金と機会を求めて密入国してきている。台湾はわずか一世代足らずでこうした段階に達した。

私は認めるよ。統治者の倫理体系にふさわしい原則を紹介するのに異国の独特の例を挙げていいってことを――」

「その原則をもう一度言ってくれないか」とベンが言った。「何だったかよくは覚えられなかった」

「統治者が言うのは、結局「これがあなたがた商人がしなければならないことで、われわれはそれを強制する。しかし、どのようにしてそれを達成するかはあなたがたの責任だ。自分で商業的なやり方を探しなさい」ということだよ」

アメリカの例

「アメリカでの例には、自動車製造業者に出された政府の指令がある。これはガソリン一ガロン当たり平均走行距離をこれこれにせよ、その数値目標は毎年引き上げる、というものだった。どのように対応するかは——エンジン効率化、車体軽量化、代替燃料装置の採用など、いろいろな手段のどれを使うかは——製造業者に任せられた。

新聞を詳しく見直してみると、その種の命令に伴う一つのモチーフ、パターンがあるのが分かった。提案されると、産業界は事業費が高騰すると騒ぎ立てる。その主張は多くの専門家やビジネス・ジャーナリズムに支持された。たとえばほら、ウォール・ストリート・ジャーナルは、「清浄な空気には費用がかかる」と言っている。大気汚染防止法案を産業に垂れ込める「暗雲」だとし、「失業をもたらし、利益を減らし、経済成長を減速させる」と予言している。費用は数十億ドルと予測し、他の投資や拡大計画が犠牲になるとみていた」

「ゼロサム思考ね」とケートが言った。「ここに入ってきたものは、あっちから取り去られるというわけね」

「そうだ」とアームブラスターは言った。「企業の側が、統治者の考える対応手段に頼り切るとすれば、ゼロサム思考はもっともかもしれない——統治者の考えることは費用のかかる掃討作戦だ。だけど驚くなかれ、すぐに良いニュースが出た。ウォール・ストリート・ジャーナルは前言を撤回したんだ。引用するよ。「世間一般の通念によれば、画期的な大気汚染防止法により汚染抑止費用としてアメリカ産業は数十億ドルの負担を強いられ、日用品や完成品の多くは価格が吊り上がるとされている。しかし、必ずしもそうならないと言う製造業者が増えている。驚いたことに、彼らは新しい汚染削減技術を導入することによって実際にはコストを引き下げている。だが、利益がもたらされるのは新製造技術によってであって、環境立法の多くが奨励する廃棄物と放出物の処理によってではない」利益は巨額にのぼると報道は続く。汚染を生み出し、それを吸い取るのではなく、まず第一に汚染を出さないように、新しい工程や素材が山ほど用いられるようになる。別の手段、よりよい手段だ」

「覚えているかい?」とアームブラスターは続けた。「オゾン層を破壊するフロンガス(CFCs:chlorofluorocarbons)を一定期限内に段階的に除去しなければならないと政府が指示したのを?」

「そうしたスケジュールは腹が立つほど遅くて、ゆるやかにしか進まない」とベンが言った。「オゾン・ホールは緊急事態だというのに」

「またしても」とアームブラスターは言った。「コストだ、失業だと大騒ぎだ。どちらが緊急事態なのか分からなかった。――オゾン層が破壊されるとの警報かオゾン層保護方法のコストが大変だという警報か。さてこの場合、統治者はとるべき手段を指示しようともしなかった」

「彼らはどういう手段をとればよいか、さっぱり分からなかったんだよ」とジャスパーは言った。

「すぐ、いいニュースが伝わり始めた。電機業界はフロンガスをよく使う。フロンガスは回路板の洗浄用標準溶剤だった。主要各社は敏速に、テルペンと呼ばれる自然に存在する無公害溶剤に切り替えた。テルペンはフードプロセッサーからの廃棄物、オレンジの皮から取り出されたのだ。知らなかった？　コストを増やす代わりに、テルペンへの代替によってお金を節約できたのだ。いままでに、多数のフロンガス代替品が採用されたり、採用されようとしていて、さらに多くの代替品が実験されている。これらについてもまた多くの場合、代替はコストを削減する」

「君は本当はとても楽観的なんだね、アームブラスター」とジャスパーは言った。「すべては、ありうべき世界の中での最善の世界において、さらに一番いい結果になると、あなたは固く信じている。しかし、必ずしもそうはいかないよ」

「同じように、万事がありうべき世界の中で最悪の世界における最悪の結果になるとは必ずしも言えないさ」と、新聞の切り抜きを拾い上げながらアームブラスターは言った。

「この記事によると一九九〇年において、アメリカの企業が販売額一ドル当たりに出す廃棄物は日本企業の五倍、ドイツ企業の二倍だそうだ。このことは、統治者が政策を立ててそれに本気で取り組み、そしてその手段については口を出さないようにするなら、改善の余地は大いにあることだと私には思える」

統治と商業のよい共生とは

「ぼくには」とベンは言った。「商人の頭脳を始動させるためには、適切な、厳しいお仕置きが必要と思えるがね」

「確かに、しばしば必要だ」とアームブラスターは言った。「それも経済は政府の責任だという考えがまかり通っているからだと思う。商業に問題が起きたら政府がその解決を引き受けることが長い間ずっと続いていた。すでに触れたけれど、貯蓄貸付組合の破綻、保険会社の経営破綻を考えてもごらんよ。私が説明した原則に従うなら、統治者は次のように命じていただろう。「あなたがたは銀行倒産の損害リスクに対し、これこれの額まで預金に保険をかけるべきだ。われわれはそれを強制しよう。だが、保険収支をどうバランスさせるかはあなたがたに任せる」そうしておけば銀行は、ピンチのときにはバラマキ資金で救ってもらえるというとんでもない無規律の代わりに、リスクを抑えて保険料を抑えるというコスト規律を保つことになったはずだ。

統治の起源は略取にある。統治者は商業的財源をただ無性に手に入れたがる。愚かな行為だ。統制だよ。連邦政府保証つきのどれもこれも同じような郊外地住宅——家を建て部屋割りをレイアウトする方法について連邦の五〇〇頁ものルーズリーフ式規制があるなんて信じられないだろう。

統治者による誇大な商業プロジェクトで最も恐ろしいのは、おそらく発電のために原子力利用を推進していることだろう」アームブラスターは小さな山の紙束の底から新聞の切り抜きを引っ張り、一番上に置いた。「これはロンドンのオブザーバー紙の社説だ。引用しよう。「原子力はどうしようもなく不経済だということが民営化で明らかになった――」」

「そんなことは分かっていたよ」とベンが言った。「原子力発電の危険な廃棄物は、サイエンス・フィクションの夢物語によるほかには除去方法が全く分からない。だけど、どうやって民営化で明らかになったんだい?」

「イギリス政府は国有発電施設を民間企業や投資家に安く売り払ったが、原子力施設はだれも選ばなかった。たとえ無料でもそうだろう。発電に費用がかかるだけでなく、――オブザーバー紙が言っているように、「どうしようもなく不経済だ」――廃炉にも費用がかかる。君の言う通りだ、ベン。「政府が莫大な保証をしてくれないなら、どの民間企業も受け入れない……もし真実がずっと前に告げられていれば、イギリスのエネルギー政策は今日のように破綻していなかっただろう。数十年の間、あふれんばかりのお金が原子力のブラックホールに吸い込まれたので、エネルギー保存の増進とクリーンなエネルギー資源の調査は無視され続けた」財源は間違った人の手に握られ、間違った倫理体系に委ねられた。

統治者には重要で正当な仕事がとてもたくさんある。統治者以外には、誰もきちんと責任を負えない仕事だ。われわれはその責任のほとんどに触れた。だが、新しいタイプの領土問題が起きてくるにつれ、それをどう処理するかという問題が残っている。解決が商業行動に依存するならば（そういう場合が多いのだが）、私が話した建設的な工夫の実例はその倫理体系にふさわしくかつ重要だ。問題がもっとたくさん起こるにつれて、おそらくますます重要になるだろう。よい共生とは次のようなものだ。統治者は政策を法制化し、実施する政治的責任を負い、商業は革新的手段でこれに対応する責任を負う。

これであなたのお約束の報告の出番になる、ホーテンス。統治と商業の二つの倫理体系とそこから生じた二種類の組織集団の間の共生はどうすれば維持できるか？——しかも同時に相互腐敗を避けつつ。これが最も重要な問題かもしれない。発言をどうぞ、ホーテンス」

メモでいっぱいの線入り規定用紙のきれいな紙を広げて、ホーテンスがジャスパーに言った。「ところで、地元の輸入代替について連邦の局をスタートさせるように言ったのは冗談よ。私は政治が引き起こす混乱に気づいたの。あなたもそうだと安心だわ。多くの人は違うでしょうけど。政治家がちょっとした人気取りの選挙公約に取り上げたいと思うテーマよ」

「じゃあ以前に君が言った、征服された領土に住む人々が統治権を要求して領土を受け戻すために資金集めのチャリティをするというのも冗談かい?」[第六章二一五頁]とジャスパーは尋ねた。

ホーテンスはもの思いにふけるように見えた。「あれは半分だけ冗談よ」彼女は黙り込み、メモを整えた。

第一一章

ホーテンス、身分固定と倫理選択を対比
――二つの道徳体系を区別し、自覚的に選択する

二つの倫理体系の共生1

「統治と商業の二つの倫理体系それぞれの一貫性を守りながら、しかもこの二つの倫理体系を共生させるには、経験が示すところでは二つの方法がある」とホーテンスは始めた。「どちらの方法も長持ちしない。しかしそれ以外の方法はない。一方の極には、厳格なカーストないし階級制がある。他方の極には、自覚に基づいた倫理選択という方法がある。両極端の間には多くのバリエーションがあるけれども、ある時代のある社会は身分固定か倫理選択かのいずれかを基礎として用い、それを実際に適合させていく。現代社会は倫理選択に基づいている。以下、両方法を別々に取り上げてみる。

プラトンは硬直的カースト・階級制度について、想像上ではあるけれども単純なパラダイムを示している。彼の提案では統治者身分は職業はもとより、出生、養育、結婚、住居、

余暇利用、固く守り続けるべき理想など、生活方法万般にわたって常人と区別される。統治者は財産と交易によって汚されてはならず、個人として何も所有してはならない。統治者階級はその内部では卓越ぶりによって区分される。支配者、管理者は計画の熟慮、推理、策定を司る。警察と兵士は支配者、管理者の命令を執行する。頂点には非凡な英知、善良さ、非利己心を持つ哲学者の王が位に就く。統治者階級に属するには出生によるほかはなく、統治者階級から抜け出すには卑怯者として商業生活に追放されるほかない。

商業に従事する人民は、統治者階級の良き取り締まり、良き保護、良き支配のもとで交易と生産に専念する。彼らは統治者の要求に応じて納税と物資提供の義務を負うが、それ以外には政治に関与することは許されない」

「寓意だ。アームブラスターがプラトンを初めに持ち出したとき、君もそう言ったよ、ホーテンス」とジャスパーが言った。

「そのときはそう思ったけれど、調べてみると、それほど寓意的でもないわ。実際のカースト制はいまの話に出てくる仕組みそっくりよ。実際のカースト制がプラトンの話からつくり出されたわけでもないけれどもね。たとえば昔の日本の制度では、古代貴族の血を引く数家系の公家が祖先崇拝と政策や礼儀作法の道徳的指導の監督を世襲的に担当していた。その下に武士階級があった。武士階級の中での上下は領地保有からの税収（秩禄、石高）で決まっていた。わずかな秩禄にしかありつけない武士はプラトンの言う統治補佐者、警察と軍人に類似している。公家と武士の両方が世襲的な統治者だった。彼らに商売は厳禁されていた。その身分規定はヨーロッパ騎士のそれに似ていたけれども、忠誠、名誉、商売厳禁の点ではもっと厳格だったわ。

統治者の下には農民階級がいた。彼らの大半は武士の領地で農業に従事した。その下に職人階級がいた。一番下には、商人が位置した。商人は社会的地位を奪われた小グループよりは優越していたけれどね。彼らは農民や職人のように自分の生産物を商うのでなく、他人の生産物を取引する人たちなの。プラトンも製造（モノづくり）の技能と貨殖（カネづくり）の技能とを区別し、生産者は両方の技能を発揮するが、商人はカネづくりの才だけしか用いないと述べている。

統治者以外の身分は政治に触れてはいけなかった。しかし農民の中には騒乱時に戦争に加わり、うまくすれば武士に成り上がった者もあった。したがって、武士階級は調整が行われる場合には農民階級から供給されたといえる。こうした成り上がり者もひとたび武士になると新しく得た武士の地位にふさわしい理想や価値を守り、以後その家族は出生によって武士にとどまったわけ。

各身分はその定められた職業によって区別されただけでなく養育、教育、習慣、どんな食器を使うか、どんな衣服を身にまとうか、住居の広さや屋根の格式、余暇の過ごし方でも区別された。公家や武士はみなが儀式祭礼に、また武芸競技の鑑賞と実習に多くの時間を割いたが、これが統治者に役立つことはプラトンも強調している。それ以外の身分の者でこうしたことに従事する者はいなかった。他方、日本においては統治者は美術を鑑賞するだけでなく、その実作も行う習慣があったけれども、プラトンはこれは強調していない。すべての上には神聖不可侵の天皇が位していた。多少の違いはいくつかあるけれども、実に実にプラトン的だわ。

封建時代のヨーロッパでは、軍事力のある大地主家族の階級がトップを占め、王もその中から選ばれた。その次が、社会的には同じ階層だけれど、中小貴族や騎士で、騎士の中には領地を持たない者もいた。これらの戦闘要員に並んで聖職者がおり、その頂点に立ったのは教会の大立者だった。これらはみんな統治者よ。

日本と同様、商人は封建ヨーロッパでは農民・職人より社会的地位が低いとされていた。商人は低い身分から成り上がってきた。逃亡農奴、放浪者、農地を失った小農、さまよえるユダヤ人などのね。

インドでは、僧侶階級のバラモンが支配者で、──」

単なる抑圧ではない身分固定制度

ベンはいらいらしていたが、ついに爆発した。「権力のたくらみだ！　カーストだの階級だの、勝ち犬を威張らせるインチキだ、抑圧だ」

「もしそれだけなら、おかしなことになるわ、ベン」とホーテンスが言った。「上流の階級が貧乏になるのはどういうわけ？　たとえばフランスでは地方小貴族は落ちぶれて貧乏になった。彼らの名誉を維持するのに必要な出費がその荘園からの乏しい収入を超えてしまったの。その衰運を食い止めようにも商売に手出しを禁じられているのでどうしようもなかった。小貴族の中には貧困と無為のうちにその身分から脱落してしまった者もいる。そうでないのは結局施し物で救われた。王様からのお恵みよ。

日本の貧乏武士の子息たちの状況はもっとひどかった。彼らは貧民中の貧民にさえなった。唯一許された商売は寺子屋をつくって授業料として贈り物を受け取ることだった。ある者は乞食僧になり、あるいは浪人に落ちぶれた。貧乏しながら仕官もできず、流浪しながら剣に頼ってその日を無法者として暮らすわけ。才能と幸運に恵まれた者は出家して学問・芸術に精進し、彼らやその家族を扶養することができたけれどもね。

商人の地位向上が目立たなかったわけではないのよ。フランスでは地方貴族が上位を占めている間に都市商人は興隆した。昔の日本でも、商人は身分制度の桎梏下にありながら繁栄した。彼らは百貨店、それに駅逓馬と旅館サービスをパッケージとして統合した旅行代理店を生み出した。彼らは倉庫業の拡張の上に先物取引を発展させた。彼らは為替手形、約束手形、支店やコレスポンデンス先を持った銀行、広告、商業的パブリシティの創始者となった。これらのものすべてが、外国貿易のためについに開国したときにはすでに日本に立派に存在していたのよ。確かに、封建日本では商人はその富を誇示することは許されなかった。着物は華美だったけれど、刺繡や毛皮を使えるのは裏地に限られていた。屋根に瓦や、さらに名誉のあるひだ葺きを使うこと、その他の方法で豪壮さを見せびらかすことは許されなかった。でも成功した商人がどこの国でもしたように、日本の商人もその富を主に仕事を広げ発展させるのに使ったので、運が良ければますます豊かになった。もし身分制度が単に権力を操るためのものなら、どうして統治者身分の者は自分で商業的富とその力を手に入れようとしないの？」

「ぼくの推測では」とジャスパーが言った。「統治者に交易禁忌が生じたのはお金で敵に寝返るのを防ぐことからだった」

「身分社会の職業差別は歴史的にはどう説明されているの？」とケートが訊いた。

「神々の意思が気まぐれのせいだというのよ。たとえばバイキングでは、リッグという名の神が三人の女と交わって三つのカーストを生み出したことになっている。それぞれの夫と寝ている女たちのベッドに、その神様が忍び込んだっていうの。神の最初のお相手は惨めな苦役に無気力に従事している女だった。それが生んだ子供がスレールという名で、その子孫が農奴や奴隷になった。リッグの二人目の愛人は平民だったが暮らし向きはよく、カールという名の子供を生み、それが小農、職人、ヒラの兵隊たちの祖先になった。リッグの三番目の女は繁栄する一家を有能に優雅に切り盛りしていた。彼女はジャールを生み、高貴な戦士たち、つまり王侯貴族の先祖になった。ジャールの一〇人の息子には、息子、子供、若者、貴族、後継ぎ、男児、血族、系譜、子孫、それに末っ子に国王という意味の名が付けられていて、家系へのこだわりを示している。カールの子供には自由民、戦士、勇敢、広量、鍛冶、植民者という意味の名が付けられており、娘には敏速、花嫁、妻、女性、機織り、飾り、謙譲を意味する名前が与えられていた」

「ジャール閣下には娘はいないの?」とケートが訊いた。

「多分いたと思うわ。でも私の見た伝説資料には名前が載っていなかったわ。貴婦人、女相続人、令嬢、宝石、女王といった名前だったのじゃないかしら。スレールの子供の名前ときたら凄いものよ。今日の午前の議論で、だれでも個人的魅力を持つことができるという考えが私に浮かんだ[第一〇章三二一頁]のはなぜだかお分かりだと思うわ。息子たちの名前は牛、馬鹿、不器用、むっつり、へま、醜悪、塊、――」

「七人のドゥワーフというところね」とケートが言った。

「そうよ。一九世紀のポーランド貴族の中には解放農奴に復讐心からキャベツ頭だのドロ顔だのという名前を付けて届け出たのがいたような具合よ。スレールの娘の名は塊、不器用、太脚、おしゃべり、カネくそ鼻、諍《いさか》い女、破れスカート、長脚というわけ。神話や伝説はあまり助けにはならない。なぜ空が青いか訊いて青に決められたからだと言われるようなものよ。

統治者階級は政治的・軍事的権力を手にしている。それはベンの言う通りよ。でも統治者階級が駄目になる前に、日本、インド、ヨーロッパの大カースト社会は――」

「ヨーロッパの階級制度をカーストと言っていいのかね？」とジャスパーが割って入った。

「カーストというと東洋のことだと思いがちよ」とホーテンスが答えた。「あなただけではなく私たちみんながね。でもヨーロッパ中ほとんどが、暗黒時代から目覚めようとしていた時代には、すっかりカーストに支配されていた。初期のヨーロッパにおける合議制、民主制への試行の芽生えさえもカーストに支配されていた。ある歴史家が言うように、「ポルトガルからイングランドに至るまで、アイルランドからハンガリーに至るまで」あらゆる西欧キリスト教諸国には身分に基づく集会、すなわち初期の議会があった。身分とは貴族、聖職者、商人、ブルジョアのような定められた職業グループを言う。アイルランドではいまでも上院は職業グループを代表しているわ。もちろん、イギリスにはいまでも貴族院が存在する。

途中まで話したことに戻ると、大カースト社会はだめになる前にその時代の立派な工芸を発展させた。また工芸品や材料の交易を繁栄させた。だから職人や商人には顧客を見つけ、効率を達成し、生産的投資を行い、技術革新を成し遂げ、新製品・新サービスの流れを交易に持ち込むだけの機会と自由があったのよ」

「まるでカースト結構って言ってるみたいね」とケートが言った。

「そうじゃないわ。でも、人類の大半がカースト制を採用した理由をさかのぼって探ってみたいの。厳格な職業別階級制度にはどこかに有用でうまくいくようにさせるところがあるのよ。私の仮説では、そのいいところは統治者活動と商業活動の分離ではないのかしら。理由はともかく、統治者カーストが自らに課す制約によってその分離が確保されるのよ」

「その仕組みに利点が大きかったからこそカースト社会が大勢力となったのでしょうね」とケートが言った。

「私が言いたいのは」とホーテンスは言った。「詐欺やゆすりその他の暴力を多少取り締まる以外には通商に介入しないことによって、すなわち単に行動しないことによって、統治者階級は商業に活動の機会と余裕を残した。統治者階級は商人が実行できることを全権力の罠にかけて締め付けるようなことはしなかった。農業は別だけれどね。アームブラスターが貸してくれた老子の本には、権力の自制とそれが許す機会について謳った詩があるわ」


三十の輻《ふく》、一つの轂《こく》を共にす。

其《そ》の無に当たって、車《くるま》の用有り。

埴《しょく》を埏《かた》めて以《もっ》て器《うつわ》を為《つく》る。

三〇本の金属棒が中枢の穴に差し込まれて、
それを繋ぐ隙間によって車の役目を果たす。
水差しを造る粘土が役立つのは

粘土が取り除かれたあとの穴によってである。

家の扉や窓は開けられて初めて役に立つ。

有るものが役に立つのは

無い物に助けられてのことだ。

其の無に当たって、器の用有り。

戸牖《こゆう》を鑿《うが》って以て室《いえ》を為る

其の無に当たって、室の用有り。

故《ゆえ》に有の以て利と為《な》すは、

無の以て用を為せばなり。

「職業的カーストは人類の社会的経済的発展の中間段階のように思えるな」とアームブラスターが言った。「かつては有用だった。でも老朽化してすでに久しい」

「では、現代香港を考えてみましょう」とホーテンスが言った。「香港は、現代世界がかつて見たことがないほどの速さで成長している経済の一つを宿しているわ。香港を統治してきたイギリスの民政官はこの経済については警察活動と公共工事監督以外にはノータッチよ。現代の香港経済を創造してきた中国人は支配から完全に切り離されていて投票権さえ持っていないわ」

「それでは、どうしてすべての大英帝国領が香港みたいに豊かにならないのかね?」とベンが訊ねた。

「香港は運がよかったのよ。イギリス人征服者は権力の限りを尽くして植民地領経済を管理した。彼らは経済寡占体とグルになった支配者たちだった。香港も第二次大戦以前にはそのように経営されていたのよ」

二つの倫理体系の共生2

「アームブラスターの進化論的推論のもう一つの問題点は」とホーテンスは続けた。「自覚的倫理選択の方法もカーストと同じくらい、あるいはカースト以上に古いということなの。その証拠は旧約聖書にあるわ。それは「申命記」には特に生き生きと描かれている。「申命記」の原典が成立したのはプラトンの『国家』とほぼ同時代だけど、その著作時期より遥か以前の事件を記述しているのよ」

アームブラスターは書棚から聖書を抜き出して「申命記」を開いた。そして「これが必要かい」と訊いた。

「いいえ。どうぞ、あなたが見て。私は自宅にある聖書からノートを取ってきたわ」

「あー、それで聖書に夢中だったんだ!」とベンは叫んだ。

ジャスパーとアームブラスターは頭をめぐらしてベンを見、ついでホーテンスを見た。ケートはホーテンスをじっと見、それからベンを見た。ベンは呟いた。「ご免、邪魔して済まない。ほっといて、先へ行こう、ホーテンス――」

「話した方がいいんじゃない、ベン」とホーテンスが言った。

「ホーテンスとぼくはいまでは恋人同士なんだ」とベンが言った。彼の混乱は収まって元気いっぱいになった。「ぼくは彼女を愛している。彼女はぼくを自分と一緒に歩ませてくれる。ぼくたちの計画は――」

「これは全く不意打ちだぞ」とアームブラスターが言った。「君らはほのめかしさえしなかった！ 待てよ、いま思うと、君たちが環境法を議論するために会う約束をしているのには気が付いていた。待て待て、一つ思い出すとまたもう一つ思い出す。お幸せに、ホーテンス。おめでとう、ベン。これはシャンパンで乾杯だ」彼は打ち解けて付け加えた。「たまたま、急なお祝い用に二、三本しまってある。氷で冷やしておこう」そう言って彼はキッチンに行き、残ったジャスパーとケートはお祝いの言葉を述べた。

アームブラスターが戻ってくると、「話を進めるために乾杯は後まわしにする方がいいかも知れないわ、ベン」とホーテンスが言った。彼女はノートの束を広げた。「『申命記』はエジプト幽閉脱出後のユダヤ人の運命についてモーゼによる要約で始まる。モーゼは、難民たちは約束の地に落ち着くが、彼自身がもはやこの世にいなくなり民を導いたり訓戒したりすることはできなくなるであろう日に備えさせようとしているの」

「この話のすべてを文字通りに受け入れることはできないよ」とジャスパーは言った。「これを書いたのはモーゼ自身ではない。歴史というよりは伝説かもしれない。偉大な伝説的立法者モーゼとは、多くの先駆者による立法を人格化したものだろう」

「多分そうでしょうね。でも、そういうお話があったことは事実よ。そして、そのお話が物語っている態度も事実よ。私はモーゼが自身で述べているかのように、この話の道筋を辿っていきたい。モーゼは植民者たちに、ヤハウェから下された命令の下——ここでもやっぱり神の意志または恣意が作用している——時には軍隊となって敵地を殺戮・略奪しながら前進したことを想起させる。それとともに、同じく神意のままに、武器を収め、交渉によって平和に通行し、必要とする物を奪う代わりにお金を払って食糧や水を買った場合もあることを想起させる。そのような場合にふさわしいのは、公道を離れず、左右を侵略せず、行儀を正しくするよう注意することね。

ある場合には、移住民は商業交渉をしたがったけれども、その地域の王がこれを拒否し人民を動員して道を封鎖した。そこで移住民側は戦闘に訴えた。「我らの神ヱホバ彼をわれらに付《わた》し給《たま》ひたれば我らかれとその子等《こども》とその一切《すべて》の民を撃殺《うちころ》せり　その時に我らは彼の邑々《まちまち》を盡《ことごと》く取りその一切《すべて》の邑《まち》の男女および兒童《こども》を滅ぼして一人をも遺《のこ》さゞりき　只その家畜および邑々より取りたる掠取物《ぶんどりもの》は我らこれを獲《え》て自己《おのれ》の物となせり」

ここでは二つの異なった道徳体系、商業倫理と統治倫理を見ることができるわ。そして次の点が重要なの。この二つの道徳体系は二つの別々の職業グループによって拠りどころとされるのではなく、同じ一つのグループがこれを守っている。その一つのグループは、時によっては無慈悲で英雄的であり、また時によってはブルジョア的で自発的な相互合意達成に向けて交渉するというわけ」

「言うことを聞かなければ略奪・殺戮あるのみというのでは、自発的とはとても言えないわ」とケートが言った。

「その通りね。一八五三年にペリー提督が軍艦を率いて横浜近くに現れ、日本に開国開港を迫ったのと似ているわ。ただそれにもかかわらず、この聖書の話では同一の人々がそれぞれ適当な場合に応じてあるいは巧みに交渉して購入し、あるいは戦闘して略奪することが期待されているのよ」

「それは人々が必要に応じて一斉に戦争態勢から平和へ、平和から戦争態勢へと移る一例だ」とジャスパーが言った。

「その通りよ。だから私は前に自覚的倫理選択というやり方はカーストよりも古いかもしれないと言ったわけ。個々人が平和から戦争態勢へ、戦争態勢から平和へとまた移るのは偶然に襲撃者、戦士に変身した最初の狩猟民より古いことだったに違いないわ。その平和態勢が財と石貨の交換を含むものであったとすれば、そこには自覚的倫理選択のタネが存在していたことになる」

こうしたやりとりの間、アームブラスターは「申命記」の先の方を拾い読みしていた。彼は頭を上げて言った。「ここには、身分固定に対して倫理選択をよしとする話が多く載っている。たとえば奴隷男女を買い入れた者に対する規則だ。奴隷は六年後には解放され、独立生活を始められるように動物、穀物、葡萄酒をたっぷり与えられることになっていた。これはバイキングのスレールのような恒久的な最下層階級の形成を防止しようとする試みのようだ。また負債免除の規則もあるが、これも同じ狙いによるものだろう。モーゼはすべての債権者に七年ごとに一度、負債残高を免除する、帳簿から抹消することを命じている」

「そうなると債務者はお金にしがみついて免除期限の来るのを待つようにならないかい？」とジャスパーが訊いた。「いや、答えはいい。次の借金が難しくなるわけだ」

「債務者が正直だってことを前提としての規則なのよ」とホーテンスが言った。「でなければあなたの言うとおり、この規則は馬鹿げているわ。これは昔の破産法ってところね」

「これは、債務不履行者をどう処理するかについての統治者の伝統的な考え方に反しているわ」とケートが言った。「破産者は債務者監獄に放り込まれたものよ。身代金が目当てでね。債務者の身内や友人が負債を弁済する形で身代金を払うだろうというわけ。払わなければいつまでも哀れな暮らしをすることになるのよ」

「いとこのことを思い出すよ」とアームブラスターが言った。「もう亡くなったが、ずっと前の大恐慌のときに交通違反罰金未払い累積のかどでセント・ポール刑務所に収監された。息子がやってきて渋々罰金を払い、その受取証を求めた。「お母さんの身柄を引き渡すのが受取証だよ」と当番の警官に言われてしまった」

指で押さえた箇所に目をやりながら、アームブラスターは続けた。「債権者にとっての抜け穴がここに出てくる。外国人の債務者を放免する儀式をすませれば、債権者はすぐその債権を取り戻すことができた」ホーテンスがまた発言しかけたが、アームブラスターはページをくりながら突然叫んだ。

「ここに書いてある！　第二三章第一九、二〇節だ。不吉な差別だよ。「他國《よそぐに》の人よりは汝利息を取るも宜《よ》し惟《ただ》汝の兄弟よりは利息を取るべからず」」

「どうして不吉なんだい」とベンが訊ねた。

「ここに書いてあるのは、第一に、利子を取って貸してよいということだ。第二に、同族とそれ以外を差別することだ。この二つのことでユダヤ人は中世ヨーロッパで非難されることになる。ユダヤ人は金を貸してもクリスチャンからは利子を取り、同胞のユダヤ人からは利子を取らないでクリスチャンを不利な立場に置いた。そうクリスチャンの方では考えたのだ」

「理屈に合わないな」とジャスパーが言った。「クリスチャン同士で利子抜きで貸し借りすればいいではないか。そうすれば有利不利の差はなくなるし、聖職者の言いつけに背くこともないはずだ」

「これらの規則や価値は相互に繋がっていることを忘れてはだめよ」とケートが言った。

「すべし、すべからずの偶然の集合ではないの。教会自身は統治者機構よ。その見方では、余剰の資金は統治者的観念の命ずるままに慈善、顕彰、施しに用いられるべきで、当地で物産を購入しこれを他の場所に運ぶとか、材料を買い付けて職人に前貸しし、この材料で製造された工芸品を輸出するとか、効率向上のために炉や改良織機のような設備に融資するといった生産的目的の投資に振り向けられるべきではないのよ。いかにして余剰を活用するかという発想は、統治者型道徳ではなく商業型道徳に属する。信用、貸し付けで生産的投資は円滑に進むようになるのよ」

腐敗につながる道徳の領域侵犯

「私に一番興味があるのは」とホーテンスが言った。「モーゼあるいはモーゼになり代わって聖書を書いた人は、誰にでも理解できるように規則や区別を設定していることなの。誰にでもであって、この職業グループ、あの職業グループだけが理解できるようにではない。統治者のやり方も商人のやり方も一般的な情報として扱われている。すべての人に対する情報として提供されているわ」

「私もまさにそのことを考えていた」とアームブラスターが言った。「聖書には商業が卑しく腐敗しているとか、公共サービスに劣るとかいうことは書いてない。商人のやり方は英雄のやり方とは異なる。そのことは明らかだ。でも、異なるからといって社会的道徳的に劣っているわけではない」

「それが身分固定と倫理選択の重要な差なのね」とホーテンスが言った。「身分固定制の下では統治者は社会的に上位にあり、統治者の抱く価値は道徳的にもより優れたものとされてきたのよ」

「『申命記』には統治者の資格についての規則はないの？」とケートが尋ねた。

「王たる者は外国人ではなくユダヤ人であるべきだという以外には生まれについての規則はないわ。合衆国憲法が大統領たる者は出生によりアメリカ市民出でなければならないとしているのと同じよ。育ちについての資格制限はない。モーゼは自分が選んだ族長たちは「賢明で著名な人たち」だと言ったけれども、それは長所と評判が資格を決めるという意味だわ。それだけよ。

しかし、統治と商業との間の道徳的区別は厳然として存在しているわ。祭司は、私流に言えば裁判官であり法の守護者だけれども、富を創出したり富を相続したりすべきではないの。モーゼはプラトンと同じように、商人が統治者を支えることを明確に認識していた。プラトンよりも幾分さらに明確にとも言えるわ。なぜなら、モーゼは統治者が税収を必要とするのは施しのためだけではなく統治者自身の生活のためであることを認識していたからよ。モーゼは寡婦、婚外児、国内にいる自ら所有する土地を持たない異邦人のために租税を徴収すべきだと定めている。これはケートが古代農業について述べたところを補強するものだわ。ともかく、土地は統治者身分に付随するものではなく、生産のための商業的原材料だということが前提になっているわ。しかし、租税はきちんと管理されなければならない。王といえども彼自身の馬や妻妾をやたらに増やすべきでなく、「金銀を己《おのれ》のために多く蓄積《たくはふ》べからず」「多く」と形容されている点が私は気に入っているわ。現実的な対応だわ。

王はまた、祭司の保管する法律の写しを自ら書き出し、それに従わなければならないのよ」

「アリストテレスもその原則を強調しているよ」とアームブラスターは言った。「支配者は法律を遵守しなければならないと彼は言う。アリストテレスにはカースト制の思想というべき絶対王政や国王神権説を喜ばすような言葉はどこにもない」

「正直な取引が商業生活に不可欠であることは誰もが分かっているわ」とホーテンスが続けた。「略奪したり食い物にしたりしてはならない。度量衡は完璧で公正でなければならず、偽りがあってはならない。それは「神の目には忌まわしい」ことだからよ」

「彼らの元の主人であるエジプト人もそのことを信じていた。覚えている?」とケートが言葉を差し挟んだ。

「モーゼは標本採取と奪取とを巧みに区別しているわ」とホーテンスが言った。「隣のブドウ畑からブドウを採って味見するのはいい。でも、それを器に入れて持ち去るのはいけない。隣の作物の穂を指で取るのはいいが、鎌で刈り取るのはよくない。これとは別に公正妥当な賃金の支払いについての布告もあるわ」

「お説だと、アメリカ社会は身分固定ではなく倫理選択の方法によるということだが」とベンが言った。「そんな話は信じられないね。アフリカ系アメリカ市民の場合はどうなんだ。カーストそのものじゃないのか」

ホーテンスは頷いた。「ベンの言う通り、人種差別はカースト制をつくり出すわ。でも、それは私が述べてきたようなカースト制、つまり統治と商業を職業的に区別するためのカースト制では必ずしもない。人種差別には、性差別も同じことだけれども、職業区別にあるそれなりの長所すらないわ。人種差別や性差別はその犠牲となる人がどの職業にあるかにかかわらず罰を科すものなの。それには、職業混同の回避を通じて統治道徳、商業道徳の腐敗を防止しようという道徳的目的がないのよ。

道徳体系を区別し自覚的に選択するやり方だと、子供を一生、ある職業的運命に縛りつける必要はないわ。個人は生まれや育ちとは関係なく、統治活動にでも商業活動にでも従事できる。あるいは事業家が政治的ポストに立候補したり、元軍人が商業会計士や大工になるというように、統治から商業へ、商業から統治活動へと、両者間を移ることもできるわ。

だからこのやり方だと、個人個人が必要に応じて統治道徳、商業道徳のどちらかを選ぶことができるし、また両者の相違を自覚していなければならないわけ。それには、カースト制や厳格な階級制度の場合よりも個々人の道徳的理解力が高いことが必要になる。それには当然のこととして批判的理解の習慣と習練が不可欠だから、国民の知能を育てもする。カースト制が要求も奨励もしない風なやり方で、民衆の精神を鋭くするのよ」

アームブラスターが口を差し挟んだ。「F・スコット・フィッツジェラルドの言葉だが、「第一級の知性とは相反する二つの考えを同時に持ち、しかも仕事を進める能力を保持すること」なんだ」

ホーテンスは頷いた。「フィッツジェラルドは私も引用しようと思っていたところなの。けれども、スティーヴン・ジェイ・グールドにも同じ線に沿った考えがあるわ。グールドは、物質的文化的進化についてのケートの話に出てきた科学者よ。

グールドはプロ野球について書いているわ。一方でそれはビジネスね。でも、他方ではそれは英雄たちのゲームであり、叙事詩的偉業、神秘的失敗に満ちているものだわ。商売だというのも本当なら英雄の競技だというのも本当よ。でも、この二つの面は混じり合うことはないの。野球ファンなら誰でもその違いが分かるはずよ。グールドは、そこから科学と宗教についてこれと似た関係を導き出している。引用するわよ。「両者は衝突するものと仮定されている。だがより正確にいえば、本来衝突は存在すべきでなく、ただ一方が他方の領域を侵したときに擬似的な衝突が生じる……宗教と科学は完全な生活にとってはともに不可欠の要素だ。しかし両者がうまく統合されえないことは……水と油と同じだ。私たちは水と油を混ざらないように二層の瓶に入れて運ぶ必要がある。それでも世界で最も深刻な部類に属する知的トラブルやその他のトラブルが、一方の領域が他の領域に入り込むことで起きる」たとえば宗教が不当に科学を装って「愚かしい〝科学的天地創造説〟」をでっち上げて進化論に反対したり、科学が「われわれはテストの成績と測定によって人間的価値を判断できる」などと主張するような場合には領域侵犯が起きている。グールドは、一方が他方の領域を侵すことを「知的帝国主義」だと呼んでいるわ」

「まさにピッタリの表現だ。それにグールドは両者の相違を重んじないでいじり回すのはナンセンス、いやもっと悪いと言っている」とアームブラスターが言った。「さらに、彼は相違を尊重する責任を引き受けるのはわれわれ各人の決意次第だと注意してもいる。この相違の尊重こそ、カースト制によらず倫理選択による場合の重要な点だと、ホーテンス、君は言いたいのだろう。ただ、君は身分固定も倫理選択もどちらも長い時間は持ちこたえられないようだとも言っている。どうして持ちこたえられないんだい?」

第一二章
方法の落とし穴——システムを保持し続けることの限界

カースト制

「最初にカーストを取り上げるわ」とホーテンスが言った。「カースト制はスナップ写真みたいなもので、どんどん情景が変わっていく映画とは違う。スナップショットは現実を凍結する。しかし現実は変化するものよ。だから、カースト制がうまく機能して役に立つのはしばらくの間のことだけなの。道徳的に役立つのも同じく一時的ね」

「その批評に対して、プラトンなら手短に言い訳をしたことだろう」とアームブラスターは言った。

「プラトンの考えでは真理は永久のもので、静的抽象概念の中にのみ存在する。真理はけっして実際的現実的な現象の中には存在しない。これらは流転の過程にあるのだからね」

「でも、私たちの真理の概念は全く逆よね」とケートが言った。「私たちにとって真理は現実の多数のかけらから成り立っている。流転と自己変化はその本質よ。変化は重大な真実だから、私たちの考えでは過程こそ事物の本質なのよ」

「科学者らしい言い方だね」とアームブラスターが言った。「でも宗教的統治者の言い方は違うよ。ケートには興味があると思うが、プラトンより一世紀前に生まれた別のギリシャ哲学者ヘラクレイトスは自然における唯一の実在は変化だと言っている。彼によると、終焉の過程と生成の過程が同時に生起しているのでわれわれは安定しているかのような錯覚に陥るのだという。彼は主に火をたとえに用いた。火はいつまでも燃えつくし、しかもいつまでも燃え上がる。まさに過程だ。しかし、ヘラクレイトスはケートには同意できないようなことも考えていた。火こそ原初の実体であり、魂も火だと考えた」

「その考えに賛成できるわよ」とケートは言った。「活力はエネルギー変換の現れで、そのエネルギーの源は太陽の火だという意味ではね」

「過程と変化は幻影的なものにすぎないというプラトンの反対意見からすれば、彼が社会について固定的制度を理想としたのは当然だ」とアームブラスターは言った。「ホーテンスは、カーストは長持ちしない、と言いたいのだろう」

「その通りよ。これに対処する一つのやり方は調整することね。私が前に話した怠惰なフランス貴族のことを覚えていらっしゃる？　貴族が余計者になり無用の長物になるにつれて、体制は新人を高級貴族に登用し始めた。新貴族は、より尊大な「剣の貴族」と区別して「法衣の貴族」と呼ばれた。剣の貴族はどれだけ時間があっても行政技能を身につけられなかったけれども、統治には行政技能が現実に必要とされた。そこで、商業ブルジョアの上層部からかり集められた高級民政官が法衣の貴族ということになった。新しい貴族は渋々容認された。それは嫌々ながらのカーストの修正だったのよ。

インドのカーストも古代ローマのカーストも商人を容認していなかった。これはどこのカースト制でも典型的に見られたことで、商人は社会のはるか底辺に自らの地位とサービスを位置づけるほかなかった。でも、ローマやインドではちょっと違ったやり方がとられた。ローマでは手広く商う豊かな商人は最高身分の貴族のすぐ下の統治者身分、騎士階級から身を起こした。インドでも同じように商人は武人階級のメンバーで武人の役割を放棄した人々から興隆した。インドの教育ある専門家、たとえば法律家などもこの層の出身で、ガンジーもこうした家系の出よ。これもカーストの修正ね。

でも、普通にはカーストの調整は起きにくいし、起きても広がりにくい。フランスの旧体制の場合のように、修正はあまりにも少なく、あまりにも遅いことが多い。全然起きないこともある。中世の昔、サラセンがキリスト教十字軍を打ち破って中東から追い出した後で、そうでなければ十字軍に行ったはずのヨーロッパの世襲的戦士やその指揮官が余ってしまった。しかし彼らやその子孫は、ヒンドゥー戦士やローマ騎士のように、その自尊心をなだめて商業活動に従事することができなかった。彼らは生まれと育ちの両方で戦士になるようにすっかりプログラム化されていたわけ。そこで何世代にもわたって、彼らのある者はただ彼らの定められた使命を果たすためだけの目的で、プロシアやリトアニア——いまよりその領土はずっと広かった——でのむごたらしい戦争に従軍した。またある者は、トゥールーズのフランス宮廷とその住民に対して第一三次十字軍が行ったように、国内異端容疑者征伐に参加した。「どうやればカトリック教徒と異端者を見分けられるか？」指揮官がこう法王イノケンティウス三世に尋ねた。伝わっているところでは、その答えは「皆殺しにせよ。主は自らのものを知り給う」だったそうよ」

「ドン・キホーテは機能を失った世襲身分のシンボルとして有名だ」とアームブラスターが言った。

「その通りよ。攻撃対象に風車を見つけて大喜びしたものだわ。ドン・キホーテはカーストのもう一つの落とし穴、つまり極端な社会的無知のシンボルでもあるわね。もっとも、この点では王妃マリー・アントワネットも偉大なシンボルだけれどね。マキャベリは、この落とし穴とその税収との関係に気づいていた。マキャベリは、君主たる者は商人階級との接触を失うべきでないと力説した。「各都市はギルドその他の団体に分かれる」がゆえに、君主は時には彼らと接見し、「自らの親しみやすさと気前よさを示すとともに、君主たる地位の尊厳を常に銘記していなければならない、それが欠けることは決して許されない」というのがマキャベリの主張だった。君主は、市民が自らの業務を平和裡に追求するのを奨励しなければならない。誰も自らの所有物を奪い取られる——すなわち、泥棒その他の犯罪的略奪者に奪われる——ことを恐れて所有する財産運用を改善しようとしなくなることがないように、また市民が税金を恐れて「商売の新しい道」の開拓をためらうことがないようにすべきだというわけ。当時としては並外れて開明的な意見だったのよ。

何世紀も後になっても、征服者たる満州族の皇統を継いだ中国清帝国の宮廷には、これほどの開明は存在しなかった。一八八〇年代に急進的な地方総督が領土内の工業、運送業を好意的に取り扱い、その発展を奨励した。帝室官僚はその政策で税収が増加したのでびっくりした。ナイーブなものよ。しかし、官僚の訓練プログラムは交易統計その他の商業情報を一切含んでいなかった。これらの情報は、無知な支配者に奉仕すべく訓練された学者にとっても関心を持つべきものではなかったのよ」

「カーストや階級制度の打倒には革命しかないとは思わない？」とベンが訊いた。

「カーストにとって危険なものには反乱と革命が含まれている。国民は結局は古いスナップショットに、すなわちカーストの古さが押しつける抑圧、不正、無能、不条理に我慢し切れなくなる。アームブラスター、あなたは、われわれの時代の重要な歴史的課題でいまだ完了しておらず、さらに重大になりつつあるのは、領土の回復と新主権の創出だと言ったわね。でも、議会と立法権の拡充によって、その前にカーストを廃止しなければならない。それも未完の歴史的課題なのよ。

革命によるか議会の攻撃によるか、いかにしてそれがなされるかは別として、カースト統治者にとってはカーストの打倒、縮減のいずれもが本質的に受け入れにくいことだわ。彼らは伝統を尊重し、相互の忠誠を培い、深刻な異議申し立てに直面すると衝動的に勇敢に報復に頼ろうとする。言い換えると、彼らの普通の道徳的長所がカーストの微調整を妨げ、抜本的改革の可能性をゼロにしている。強制されない限りはね。

もっとも、カースト統治者が自ら職業的カーストを解体することも、ほとんどありえないことではあるけれども、全くないとはいえないのよ。一八五〇年代、日本はペリー提督の砲艦と要求に屈して開港したけれど、その後武士たちは日本が急速に近代化しなければ外国に征服されると考えた。いや正確には、武士の一派が近代化推進路線をとり、その派がより伝統的な考えの諸派と争ってこれに勝利した。近代化推進派の武士は商人と密接に協力して身分制を投げ捨てた。その政策が成功した鍵は、逆説的だけれど、消滅しかかっていた古代的伝統を復活させたことだった。彼らは天皇を事実上も国家元首として復帰させた。幾世紀もの間、日本は軍事独裁者である将軍によって支配されており、天皇はおぼろげな孤立した名目上の首長として政治の中心から疎外されていた。天皇は勅令を発して大変革を裁可した。同時に王政復古は、身分制度が廃止されても政府への尊敬が大切で、安定性と継続性が保持されることを知らせるものだった。オランダ、デンマーク、スウェーデンのような民主主義国家も、同じ目的で古代的伝統である王制を維持しているわ。

新しい路線が敷かれると、旧士族にとって商業や生産に従事することは恥ずかしいことでなくなった。この変化はやむをえない事実としてありのままに受け入れられたみたいね。たとえば、ある武士の息子は、自分が年老いた一九八〇年代になって生涯を回顧した際に、その家族の歴史について次のように語っている。「私の父は藩に仕える武士で、一時期は奉行だった。……しかし明治維新の後武士は秩禄を失ったので、生計を立てるために父とその旧主人は会社を興すことを決意し、一八七一年に三ツ輪商社を設立した。三ツ輪商社は当時は銀行であっただけでなく、コメ、豆、その他一般卸売を営んでいた」

まもなく、多くの士族では未婚の女子を工場の仕事に就かせることが流行にさえなった。町人の子孫、商人自身が公家や武士の子孫と同様の社会的地位を得た。いまの日本の皇后は古い商家の出なの。身分制の下ではとても考えられないことだけれど、倫理選択による場合には不思議でも何でもないわ」

イギリス流カースト制の落とし穴

「さて、革命とは対極に、もう一つカーストの落とし穴があるのよ。それがさっきオランダやスカンジナビアの話をした際、イギリスをこれと一緒にしなかったわけでもあるの。イギリスは多くの修正にもかかわらず、古いヨーロッパのカースト制から伝わる顕著に固定的な階級構造を保持している。イギリスの階級制度は近代ヨーロッパにあっては、いわば博物館収納品だわ。

それが示しているカーストの落とし穴は、私流にいえば商工業の内部破壊よ。すべてのカースト制ないし固定的階級制度にあっては、統治者は商業階級のメンバーに比べ社会的にはるかに高貴な存在とされているわ。統治者は社会的に羨望の的なのね。だから成功した商人たちは社会的に上位の統治者たちの教育、習慣、余暇、理想を高望みする。イギリスのように階級差がゆるんで修正が許されるなら、お金を払える限りそれを身につけようとする。

こうした望みを持つ成功した産業家、船荷主、銀行家が、私的な生活や引き受けた公的義務のみに限って統治者流儀を発揮するのなら、商業には何の損害も生じないですんだでしょうよ。でも新しく身につけた心の持ち方は、彼らの商業上の役目にも影響を及ぼした。その結果がイギリスではヨーロッパの観察者が指摘する、いわゆる「イギリス病」であり、アメリカの分析者の言う、いわゆる「産業精神の衰退」なの。かつての信条を失った商人たちは、商業活動に際しても革新や効率よりも伝統崇拝に取りつかれた。彼らは生産的投資に力を入れるよりも、装飾や施し、パトロンになることでいい気分になれた。彼らは統治者風の気晴らしのために、昔からのアマチュア貴族のやり方で馬術、狩猟、土地・屋敷の維持、芸術、鑑定、学問に打ち込むようになって、勤勉でなくなった。彼らには統治者との付き合いの方が業者、顧客、競争相手との密接な接触よりも気に入った。それでいながら彼らは企業を支配し続けた。そのことがひとしお有害だったわ。というのは、彼らが支配した企業は最も重要な事業で、いろいろな経路を通じて一国の商業の有りようを決めるものだったからよ。次第に商業の手が社会の上層に伸びるにつれて世襲的地主や貴族の中にも商業に引きつけられる者が出てきたけれど、そういう人たちは商業に従事するようになったからといって商業的価値観に自らを合わせる必要はなかった。商業自体がすでに変質して貴族に合うようになっていたのよ」

「そうした自己破壊はいつ始まったのかね?」とジャスパーが訊いた。「一世紀前にはイギリスは世界の産業をリードしていたというのにね」

「イギリス産業がビクトリア中期の傑出した地位から没落するに至る過程が始まった時期は、振り返れば一世紀よりも前のことだと分析されている。研究者の認めるところでは、衰退の最初の兆候は技術革新の無視だった。世紀の変わり目頃までには、たとえばドイツはその当時の新規分野の光学や化学製品で明らかにイギリスの先を行っていた。その後すぐに快適さや便利さへの関心不足が明らかになった。例をあげると、農業の労働節約機器、集中暖房、近代的冷蔵その他の厨房用品、近代的な水道やガス管、それに家庭常備の便益品としての電話がイギリスの生活に入ってくるのは、みな遅くなってからだった。その間、伝統的製品についてさえも生産的投資は行われてこなかったわ。だから、第二次世界大戦の時までにはイギリスの繊維工場、造船所、機械工場、石炭鉱山、製鋼所など、過去の偉大なイギリス産業革命から受け継いできた工場は、陳腐化して能率の悪い機械設備の重荷を背負わされていたのよ」

「社会的羨望がイギリスの衰退を招いたと言うのかい、ホーテンス！」とジャスパーが叫んだ。

「いいえ、それは一つの要因にすぎなくってよ。大帝国が滅びるのはほとんどいつも産業、商業の不振によるわ。でも多分一番重要だったのは、商業と工業の自己破壊が再生を妨げたことよ。イギリス人は商業的価値観を骨抜きにするのが好きだったようね。よそ者が「イギリス病」と呼ぶものを彼らは文化的優越のしるしだと思っているのよ。

でも、イギリスだけが変わっているわけではないのよ。ごく最近になって自由を得た植民地、それにはるか以前に解放された南アメリカの植民地の中には、大商業、大産業、それに政府がすっかり癒着して、これら三つの所有者が一緒になって統治者的価値観と心情をもった支配層を形成しているところがあるわ。この産商政複合体と零細商業の間には越えがたい溝が大きく開いている。社会的規制が両者を隔てているからよ。ケートが話をしたミクロ企業家の借り手集団は、この社会的な規制の下で暮らしている。でも民衆が事業資本を使用する道が開ければ、彼らがいずれギャップを埋めて再生力になることがあるかもしれないわ」

倫理選択眼は鈍化する

「私の理解が正しければ」とアームブラスターが言った。「お話では職業的カーストはしばらくは適切かつ有効に統治者と商業活動とを分離できる。でも、長期的にはこのやり方はあまりに固定的で制度化されており、必要な調整を容易に、機敏に、多様に、そして柔軟に取り込むことができない。また、この方法は社会的無知を生み出す。それは一方で反乱の危険、他方で商業的価値・能力の自己浸食の危険を伴っている。他にも不都合なことがあるかい？」

「分かり切ったことだけど、それは多くの個人に悲惨をもたらすわ。職業的運命があらかじめ定められているので、多くの人が無理やり合わない仕事につくようになるわ」

「すでに遠回しには自覚的な倫理選択の方が優れていると論じられたわけだけど」とケートが言った。

「なぜこの方法も長期間は持たないとおっしゃるの」

「自覚的に倫理を選択しようとすれば、個人にはより大きな道徳的判断力が要求される。そう言ったのは、それが、この方法の最大の落とし穴だという意味だったのよ。ケートは先に、もし主たる徳が一つあるとすれば、それは協力ではないかしら、人間は社会的動物なのだからって言ったわね［第二章六二頁］。私もそう思うわ。ただ協力もまた両刃の剣よ。不道徳や不適切な機能や価値に協力するようになると、協力も胡散臭くなるわ。

些細だけれど教訓的な例があるわ。数世代以前のことだけれども、フィラデルフィアの骨董品・中古品業者が宝石、家具、磁器など各種目別に談合入札カルテルを結んだ。この習慣がどうして始まったかは忘れられたようね。でも多分ひそかに相互に力になることで始まったと思うわ。「来週水曜日の競りには出られないが、手に入れたいのはこれこれだ。私の代わりにこれこれの金額まで競りに参加してくれないか？」という具合にね。

談合がどう始まったにせよ、それは入札カルテルになって制度化され、競りはノックアウトと呼ばれるようになった。カルテルの一メンバーがカルテルを代表して公共入札に参加する。入札参加の特権は利益が上がるのでカルテル・メンバーの持ち回りとされた。他のメンバーは出席しても代表に対抗して競りをかけることはない。公共競売のすぐ後でこのカルテルの私的な競売、すなわちノックアウトが開かれる。公共入札で一二三五ドルで落札の机がノックアウトでは五〇〇〇ドルで落札される。机の旧持ち主は三七六五ドル詐取されたわけだ。その儲けは不正入札によって契約を得たカルテル代表のところへ行くわけ」

「公共競売人も不正仲間なの？」ジャスパーが訊いた。

「いいえ、彼らはそれを嫌悪していた。顧客を騙すばかりでなく、売り上げ手数料を減らして競売人からも詐取したから。ついに、驚くべし、統治者が行動を起こした。この場合はアメリカ司法省が調査に入り、一二人の著名な業者を告発した。一一人は取引制限行為について有罪を認めた。一二番目の業者は裁判を受け、陪審によって有罪判決を受けた。私の注意を引いたのはこういうことなの。娘と一緒にこの事業を行っていた高齢の業者は、自分と自分の娘の評判が良いことを誇りとしていた。彼は言った。「このカルテルに入れてもらえた日は約四〇年前だが、最高の日だった。カルテル仲間にしてもらえなければ一人前の業者と見られなかった」

この男をどう思う? 彼は悪い仲間と付き合った。彼は非合法な行動を正常な行動と取り違えた。成功した業者はみんなそれに参加していたからね。この会合の最初の晩、アームブラスターが海賊版ソフトウエアを買うべきでない人々の話をしたときに、ほとんど同じ論点が提出された〔第一章二六頁〕。胡散臭い協力よ。

悪い仲間に入りそれと付き合ったとしても個人的な不正は犯していないこともある。それでも、それは道徳的判断力を曇らせる。アームブラスターの台詞を借りると、「見当違いもはなはだしい」〔第一章二六頁〕ことになる。一九七〇年代半ばのロッキード社の贈賄スキャンダルの後で、ニューヨーク・タイムズ紙はカリフォルニア州バーバンクの本社前で多くの会社職員に記者インタビューを行い、会社の不名誉に職員がどう反応しているかを知ろうとした。例外なく職員たちは贈賄行為を弁護した。中には積極的に弁護した人もいる。ある女性職員は「誰でもやってることよ。それが当たり前なんだわ。この頃ではそれが世界中での商売のやり方なのよ。なぜみんなはロッキードだけを取り上げるの」と語った。ついでだけれど、彼女の仮定は間違っている。ロッキードは胡散臭い協力を通じて自分が付き合うことになった外国の腐敗体制での確立された習慣を採用しただけではないの。ロッキードは外国政府を腐敗させるように進んで働きかけた。ロッキードがオランダ、日本で使った賄賂が露見したとき、アメリカで騒がれた以上の国民的憤慨、恥辱感、驚愕を両国で引き起こしたわ。

職員の中には悲しげに、あるいは痛ましげに贈賄を弁護した人もいるわ。ある婦人は一四歳になる息子が「真実の理想主義者」で、賄賂のことを母親に問いただしたと述べた。「私は言ってやりましたよ、会社のやったことは良くない。でも他にしようがなかったんだ、ってね。――そしたら子供ときたら、どうしてそんなことが言えるんだい、って言うじゃありませんか。おまえが四四歳になって自分で支払いをしなければならなくなったら、そんな質問はしなくなるだろうって、言ってやりましたよ」」

「前に言ったことを繰り返したい」とジャスパーが言った。「周囲が腐敗していれば、道義正しい良心的な人は不適応者になる」

「協力はどこででも尊敬される」とホーテンスが言った。「もし胡散臭い協力をするしか親切の示しようがないなら、大抵誰でも胡散臭い協力を実行する。協力は強力な衝動なのよ」

「内部告発者は別だがね」とアームブラスターが言った。

「そうよ。特別の道徳的勇気を持っているが、結果はひどい目に遭う人が稀にはいる。そういう人は村八分になる。仕事を失う。仕事を変わろうとしても、ろくな推薦はもらえないし、不適合者、厄介者となりがちだわ。

アームブラスターが救いがたいシステム的腐敗の法則を説明した際、言い残したところから始めようと思うわ。ある特定の組織がいったん倫理体系を破ったとする。そうするとその違反は制度化され、違反の結果、普通の美徳が悪徳に変換されていく。このことに経営者と従業員が協力するようになる。そこでの勤労体験は勤労者の道徳的判断を明晰にするよりは鈍感にするわ。

時間が経つにつれて腐敗した組織が社会で蓄積されていく。是正措置がとられなければ、腐敗組織に漂う胡散臭い協力が当の腐敗組織を超えて社会全体の道徳的判断力を鈍らせる。人々は汚され鈍った道徳を身につけてよその組織に移る。いわば腐敗物が毒素、悪臭を拡散し蓄積するのよ。自覚して倫理を選ぶ場合に必要な自覚が時間が経つにつれて失われていく。自覚的に倫理を選択するやり方は時間とともにますます堅固になるのではなく、ぐらつき、だらしなくなる。これが重大な落とし穴よ」

アームブラスターは例の要約口調で言った。「倫理選択によるやり方はカースト制の持つ構造的欠陥を免れている。だが、前者の弱点は人間が不完全な存在だという事実にある。偶然の逸脱が根づいてしまう。関係者が、さらに付け加えさせてもらうと当の組織には属さないがこれと交渉がある人々も、腐敗を当然のこととして受け取るようになるので、逸脱が拡大される。こういうわけだね」

「その点は私も触れるべきだったわ」とホーテンスは言った。「たとえば仕事を迅速に進め、建築設計家や工事業者を待たせないためのちょっとした贈り物を受け取ることに市の建築検査部が慣れてしまったとする。そうすると、周囲の設計者や工事業者も腐敗を当たり前のことのように思うという効果が生じる。関係する一般公衆もね。多少はぶつぶつ言うかもしれないけれど、協力し、曖昧なままにこの状況をノーマルのものとして受け入れるのよ」

「ホーテンスの主張では、要するに」とアームブラスターが言った。「倫理選択によるやり方は時間がたつにつれ弱まり、ついには多分失敗する。気の滅入るシナリオだなあ」

「人々が道徳違反をありのままの事実として平然と受け取るのは恐ろしいくらいよ」とホーテンスが付け加えた。「道徳体系を破ってもその都度それは理屈に合っていて、無害で、有益だとさえ思われるの。赤ランプはつかない。暴動も起きない。日々これ好日、少し腐敗の度が進んだだけ。初めの逸脱をつぼみのうちに摘み取るのは統治者の仕事でしょう。でも統治者も同じことをしている。彼らもあちこちの統治者組織で統治者倫理の体系を破り、美徳を悪徳に変え、道徳的に鈍感になっていく。

ハンナ・アーレントは、制度悪とそれへの機械的協力が恐ろしいまでに平然と行われることに深い興味を抱いていた。有名になった語句だけれど、彼女はそれを「悪の陳腐」と呼んだ。彼女が書こうとしていたのは、身の毛もよだつ戦争犯罪が平然と遂行されたことについてだった。でも彼女も気づいていたけれども、彼女のコメントは道徳体系のごくありふれた侵犯にも当てはまるわ。生前最後の著作で彼女は各人は一人ひとりが自分がせよと言われたことの道徳的含意を常に自覚しているべきであり、一人ひとりが道徳的であることができる権利のために立ち上がるべきだと主張した。彼女はそれが人間の基本的権利だと考えていたのよ」

「ロッキード社従業員の一四歳の息子のようにかい？　彼は母親と違ってアーレントの指示に従おうとした。立派だな」とベンが言った。

「その通りだわ。でも、アーレントの指示は万能薬ではなくってよ」とホーテンスが言った。「あのお母さんは自分の地位を守るためには何でもしたでしょうね。でも、決して雇い主を改心させようとだけはしなかった。新奇な武器の設計を命じられ、納税者が負担するからコストは気にしなくてもよいと思い込まされた技術者も同じじよ」

「それでもなお」とホーテンスは続けた。「統治と商業の二つの倫理体系のそれぞれに対する道徳的理解と尊敬が広がっていることが、硬直的なカーストに代わる倫理選択システムの唯一信頼できる支えであることはアーレントの言う通りだわ。また誰かインテリに頼んで私たちに代わって大事な判断をしてもらうことはできないという点についてもアーレントと同意見よ。実際、身分保障付き、証明付きのインテリには、私たちはそもそも道徳的判断を下すべきでないと言う人もいる。そういう人たちは極端な道徳的相対主義者なのよ」

落とし穴は回避できるか？

「私としては大幅な人類改造を前提としなければ成功がおぼつかないような案はあまり信用できないな」とアームブラスターが言った。「その目的に逆らう勢いが加わっているときはなおさらだ。ホーテンスのシナリオではまさにそうだが」

「ボストン・カレッジのキャロル経営大学院教授のリチャード・ニールセンは」とホーテンスが言った。「企業組織における腐敗の主たる原因は『経営者の孤立』にあると論じている。組織のあらゆるレベルの管理者が、その企業の正当な価値とその企業が実行中、またはは実行計画中の仕事の道徳性についていつも考えているべきだというわけ。これはニールセンも認めているとおり、アーレントの忠告なの。ただ、それに加えて、ニールセンは管理者はいつもお互いにこれらの問題を討議すべきだと考える。その目的は倫理的間違いを犯しそうなときに先手を取り、間違いが起こりつつあるならこれを早期に摘み取ることなの」

「管理者は怖がって、そんなことできなくはないかい」とベンが訊いた。「多分、免職されるかもね？」

「管理者はひとりぼっちだと思うから怖がる、とニールセンは言う。仲間がいると分かれば、あるいは仲間になるように説得できるならば、実践への道徳的勇気が湧いてくる。その結果、健全な協力を盛んにして腐敗への協力と戦おうと呼びかけることになる」

「空想的だな」とジャスパーが言った。

「ニールセンの提案それ自体は実行不可能ではないわ」とホーテンスは言った。彼女は切り抜きの綴じ込みをひらひらさせた。「この例では、ある大投資銀行が従業員に違反がないかどうか業務を徹底的に調べて開示するように指令したわ。もちろん、こうするには理由があった。その投資銀行の証券トレーダーが法律違反で犯罪を告発され、非合法取引と知りながら規則に反して政府監督官に報告せず、放置して非合法取引を続けさせていたことが文書上も明らかとなって最高幹部が何人か辞任したわ」

「経営は真剣な自己審査を行うべきだった。そうしていれば、こんなことは起こらなかった。そう言いたいんだろう」とジャスパーが言った。

「いえ、ジャスパーの言うことはもちろん本当だけれど、私の言いたいのはそういうことではないの。告発がなされ何人かの辞任が承認された後で、新社長が就任した。彼は報告と是正のために、各部に未報告の非合法事案をすべて明らかにせよと命じた」

「やつらは本当にそんなに当局が怖かったのかい？」とベンが訊いた。

「顧客を失うのがもっと怖かったようね」とホーテンスは答えた。「スキャンダルが露見して、企業は大事な顧客を失った。スキャンダルが次々と起これば、この企業の名声はすっかり地に墜ちて、それとともに企業自身も従業員も危なくなっていたでしょうよ。そのことは関係者全員に明白だったわ。

それにこの報道記事によると、株式、債券、国債など証券を取り扱うすべての企業も検査官に先んじようとして法律違反がないかどうかすぐに精査し始めた。当局は他の一三〇社以上の役員・従業者にも召喚状を出していたので、召喚された者もまだ召喚されていない者も争って自分たちのやったことをきれいにしようとし始めたわけ。

私の言いたいことは、ジャスパー、この例で明らかなように恐怖を理由とする真剣な自己審査が実行可能な措置だとしたら、道徳的水準を維持するための自己審査もまた実行可能だということよ」

「そいつは石油が流出した後でオイルフェンスを設定しようというようなものだ」とジャスパーが言った。「そんなに簡単に恐怖動機の説明を省略してはいけないよ。当局が怖い、お客が怖い、失職が怖い。怖いから正しいことをする。それがいいと言いたいわけではないのだろう?」

「そうね、でもこんな話もあるわ」と、ホーテンスは次の切り抜きを見ながら言った。「ブリティッシュ・コロンビアの森林監督官協会がその倫理綱領を改定したの。これはベンにも多分PPOWW(天然分水嶺保存保護)にも朗報ね。改定綱領は協会メンバーにこう呼びかけている。引用すると「森林保護を損なう措置を確認し報告すること」このような改定綱領はひとりでにできるものではない。それには道徳的基準についての討議が必要よ。改定綱領を遵守しようとする協会員はひとりぼっちではないことが分かるはずよ。

同じクリップのこの記事では、林学部の学生が『森林に気づく学生の会』という組織を結成した。この「気づく」という言葉遣い、私は好きだわ。この組織は、慣行的に行われているけれども実は良くない木材の伐採措置と戦おうというのよ。学生としての道徳的勇気と健全な協力への肩入れが就職後の人生において彼らを胡散臭い協力に断固反対させるようにするかどうか、それは分からない。でも、これは一つの出発だわ」

「ここにも面白い記事があるわ」と彼女は続けた。「会社によっては求職者に質問・回答式の正直度を測る筆記テストを行う。時には従業員についてもテストが行われる。どうやら正直な行動と不正直な行動との差が分からないのは誰かを知るためらしいわ。私に興味があったのは、在庫盗難問題を抱える従業員数百人規模のあるコンビニ食品店チェーンがテスト用紙を採点のために回収しなかったことよ。その代わりに従業員は回答用紙を手元に置き、自分で採点することができるように正答が配布された。この実験の報告によると「テストと自己訂正の過程を経て、在庫盗難は即座に三分の二減少した」そうよ」

「しかしその事例では」とジャスパーが言った。「道徳教育と自己審査を進めるのは管理者の利益にかなっている。上から下まで、隅々まで不正直な会社を改良するために自己審査を用いるのとはまるで話が違う」

「そうよ。私もそのことで少し気が滅入るわ」とホーテンスは言った。「一九八六年にさかのぼるけれど、一連の不祥事の後でアメリカ国防総省は『防衛産業の企業倫理・行動イニシアティブ』なるプロジェクトを始めた。最大手を含む軍需受注会社四六社が内部倫理綱領の確立、全従業員への倫理教育実施、なかでも経営者にはより徹底した倫理訓練受講に合意した。従業員は不正やその疑いを通報するための直通電話を与えられた」

「それが何か役に立ったかね？」とジャスパーが訊いた。

「そうね。受注企業四六社は次の二年間に自発的に九六件の不正ないし浪費を申告した。そして四三〇〇万ドルを返納したわ」

「ふーん、待てよ」と、アームブラスターが目を細めて暗算しながら言った。「違反一件当たり平均四五万ドル以下だ。少額だなあ」

「氷山の一角よ」とホーテンスが言った。「四六社のうち三九社がすぐ後に申告漏れの不正を調査した。そうすると不正や浪費以上の、あるいはより重大な不祥事が続出した。国防総省の腐敗官僚と契約獲得努力中の業者の結託がね。その結果、ある議員は政府の言う自粛は冗談にすぎないと言い、ある下院軍事委員会補佐官は「自戒は本当は宣伝作戦にすぎない」と結論することになった」

「それは、もうみんなが知っていることを明示するだけのものだろう」とアームブラスターが言った。「軍産複合体の腐敗は度しがたい」

「次の記事については希望を持っていいのか棄てなければいけないのか分からない」とホーテンスが言った。「カナダの職員に対する職業生活の質についての調査だと、経営者が正直であることがきわめて重要だとする回答は八〇パーセントに上った。これは結構いいじゃない。でも悪い話もあるの。経営者の会社における行動が正直で倫理的であるのは明白と答えたのはたった三六パーセントよ。実際、全体の中で仕事についての最大の不満は倫理が守られていないことなの」

「先ほどのホーテンスの陰鬱なシナリオが当たりそうだが」とアームブラスターは言った。

「ただ、人々はそれを喜んではいない。諦めているかもしれないが、満足はしていない」

「傲慢な政府はまっぴらだが」とジャスパーが言った。「組織が道徳的自己審査を遂げるという幻想に頼るのは、法律と執行を強化するのに比べていささか非現実的ではないのかね?」

「商業生活の秩序を保つには統治者が必要であることはみんな同意していると思うわ」と

ホーテンスは言った。「しかし、アーレントとニールセンはそれだけでは不十分だというの。私も賛成よ。統治者を統治する人がいなければ、統治者組織も規律を保てない。統治者組織も商企業同様に自己審査と道徳的自覚を必要とする。官僚組織の管理者は、商業経営者同様に道徳的孤立感を抱くかもよ。

さらに、ジャスパーの言うような杓子定規の統治者には新手の違反逸脱を予想できない。たとえば、コンピューター犯罪がすでに存在し法律の理解するところとなる前に、どうやって統治者がそれを認識し、それと戦うことができたかしら。独占的トラストやそれに関連する取引制限行為は、これについての法律やその執行に先んじて存在した。一九八〇年代末になって初めて二、三の州が企業乗っ取り屋の新奇な手口を禁止しようと試みた。古代の商人の誰が最初に不正な秤を用いたか知らないけれど、法律や刑罰はこれに対する事後的な対応だったに違いないわ。法律がいつも独創的な不法行為の後手に回るのは事柄の性質からいって当然のことなのよ。

だから、統治なら統治倫理への、商業なら商業倫理への、それぞれの仕事に対応した倫理体系の遵守に基づいて行われる組織の自己審査だけが、抜け目ない新手の不法行為を予防し、法律が追いつくのを――もし追いつくとしてだけど――待つ間に不正行為がしっかり根づいてしまう前のつぼみのうちにこれを摘み取ることを可能にする。

ニールセンはアーレントと同様に、多くの人々、多分大多数の人々は、選択と機会が与えられたら、不正を好まず、自らの組織と社会が朽ち果てていくのを見たくないと思うだろうと考えている。そう信じなければ絶望あるのみよ。何を言えばいい？　私たちは内心絶望していても最善を尽くさなければならないわ。ほかに言いようがある？　諦めて屈従するの？　それとも私たちも腐敗するとでも言うの？」

「一息入れて手っ取り早く気楽な昼食にしよう」とアームブラスターが言った。「みんなの分を用意してあるよ。その後で、私たちからホーテンスの報告に質問をしよう」

「まだ終わっていないのよ」とホーテンスが言った。「カースト制が道徳体系のまとまりを守るのに優れていることはお話ししたわ。でも、倫理選択についてはスナップショットではなく映画だと言っただけで、その長所やそれをうまく機能させるために全力を尽くす価値がある理由をまだお話していないわ」

第一三章

ホーテンス、倫理選択を擁護——完全なる人間性に至る道

公益が私利に従属する危険

「デモクラシーが単に投票するということ以上の意味を持つところでは、多くの市民が公の仕事にパートタイムで携わる」とホーテンスは昼食の後で報告を再開した。「主張や運動を推進する人もいる。ベンの森林保全の戦士のようにね。準公共機関で理事会メンバーになる人もいる。市の審議会や何やかやに参加する人もいる。こうした仕事には統治者型道徳が必要よ。特に商取引してはいけないわ。でもパートタイムで公共の責務に就く多くの人は、商業活動で生計を立てているでしょう。だからこそ、こういう人々は統治と商業の区別を自覚し、どちらかの倫理を選択してこれを守る必要があるわ。

そうしないなら、公益は私利に従属することになる。この危険は至るところに潜んでいるわ。上品な、志の高い、公共心にあふれた美術館の理事会メンバーにもそういう危険は

あるのよ。ずいぶん以前のことだけど、美術館から処分された収蔵品が、保存価値がないと見せかけて、実は理事会メンバーかその友人かが自分のコレクションにその品を収めたいというので売られた、という驚くべき話を聞いたことがあるわ。そんなことは滅多に起こらないと思うけれど、それは大抵の美術館理事、蒐集担当者などが美術館などの目的に忠実だからだわ。

他方で、ある種の「公益」機関がしばしば腐敗するのには、うんざりさせられるわ。不動産利権がらみの話が多分最悪ね。名誉学位や「本年度最高栄誉市民」などの統治者称号が凡庸な人、時には悪漢にさえ授与されるのはご承知の通りよ。その機関にお金を出したか、出すように頼み込まれたからなのね」

「中世の教会の腐敗と同じだ。聖職者が寄付と引き換えに免罪符を売ったものだよ」とジャスパーが言った。「ちなみに、ぼくも州北部の公共図書館の諮問委員会のメンバーなんだ」

「どうしてまた」とアームブラスターが言った。

「ぼくの故郷なのさ。いまでも親戚に会いに行っている。司書は素晴らしい仕事をしているが、時にはわれわれを必要とする。町には町の規模に応じて少数ながら熱狂的な人がいて、焚書家になりかねないんだ。彼らが騒動を引き起こすので諮問委員会が必要になる。諮問委員会はこの本が人種的偏見に満ちているの、性差別的だの、ポルノ的だの、政治的破壊活動に与しているの、宗教的または反宗教的すぎるの、非愛国的だのという苦情を受け付けているのさ」

「熱狂的な人というのは自己任命の統治者で、自己任命の検閲官だろう」とアームブラスターがまた口を挟んだ。

「その通り。彼らもごくたまにはいいことを言う。そうした場合にはわれわれ諮問委員会では書物を一般閲覧から参考書に移すよう勧告する。予算決定に議論は付き物だ。国会図書館ではないのだから何でも手に入れるわけにはいかない。司書の判断は妥当で、大体われわれは不当な圧力に対し彼らを支持することになる」

「犯罪書について助言する場合には価値ある意見を言われるのでしょうね」とケートは言ってみた。

「そんなことは全くない。そんなことをすれば利益相反になるよ。諮問委員会委員としての役割を果たしている間は、ぼくは厳密な意味で一般の図書館統治者になる。ぼくは情報と芸術の自由に基礎をおく機構としての図書館に忠誠を誓っており、その他の考慮はすべて度外視している」

「どんな案を却下しているんだい?」とアームブラスターが訊いた。

「諮問委員会で反対意見を出した一番最近の案件は、実は職員からの提案だった。図書館の理事会は——諮問委員会はこの理事会に付設されているのだが——児童部に漫画課を付け加えるかどうかで意見が分かれていた。賛成論は統計に基づいていた。図書館入館者を増やし、年次報告の見栄えが良くなるってわけだ。諮問委員会は、資金の不適切流用だとしてその案に反対意見を出した。機構拡大や昇進狙いの資金流用だとでも言っておけば、もっと相手をやっつけられただろうがね」

「報酬は受けているの？」とベンが訊いた。

「報酬なしの任命さ。任命は理事会がする。その理事会のメンバーも無報酬だよ。理事の主たる仕事は予算と資金集め、寄付免税の陳情、その他の寄付集め、改築や拡張のための資金調達だった。ベンのＳＨＡＲＥの理事会と同じだ。こうしたボランティアなしでは、管理費が高くついて、本を買うことができなくなる」

「もし諮問委員会や理事会が報酬つきだとしても、それは依然ホーテンスの主張を裏付ける」とジャスパーは続けた。「同じ個人が統治と商業の両方の仕事をこなしながら、しかも両者の区別を守るのは、普通のことなのだ。ほとんどの理事は商売で飯を食っている。建材を販売しているのもいる。しかし私の知る限り、理事の役職を利用して自分や仲間の仕事を取ろうとする者はいないよ」

「労働組合についてみると」とホーテンスが言った。「労働組合が協約改定闘争に入り、ストライキを構える場合、労働組合は統治者モードに移り、程度はともかくベンの話した闘士たちのように行動しなければならない。しかしいったん協約が締結されると、組合労働者はまた商業モードに戻る。もし闘争時の気分が日常の生産・サービス活動に浸透すると、そういうことは労使関係の悪い会社では起こりうることなんだけれど、仕事の方は滅茶苦茶になるわ。

組合指導部はつねに統治者よ。彼らが労働者を裏切れば、それは汚職になるわ。同時に指導部は技術革新、競争、効率、生産的投資の必要性といった商業的諸価値を尊重しなければならないのよ。でなければ、指導部は隠れラッダイト（機械打ち壊し運動家）になって、組合員の仕事の場である産業を傷つけてしまう」

「君は、労働組合指導部は組合員へのパイ（成果）の公正な配分に目配りしなければならないと言いたいのだろう。これは統治者としての関心だ」とジャスパーは言った。「でも指導部は、組合員はパイの作り手でもあり、その立場から商業的関心を持っていることを認識しなければならない。ここには二つの心の持ち方がある。組合指導部も会社幹部も二つの型の道徳体系があることを理解し、それぞれの道徳体系のまとまりを尊重する必要があるわけだ」

「その通りよ。個々人は、二つある道徳体系の一方から他方に自覚的に切り替えることができる。仕事が替わってそれが必要になった場合にはね」とホーテンスが言った。「そうした切り替えは、たとえば工場労働や販売サービスに従事していた組合員が組合オルグになったときとか、工場の現場監督が会社の管理者に昇進したときなどに起こりうる。共産党支配体制下のユーゴスラビアでは、工場運営に当たる労働者評議会は、商業道徳を理解し尊敬することができなかった。その経営義務からいえばそうする必要があったのによ。よくある商業道徳違反の一つは、破滅的な例だけど、年末の企業余剰の使い道について、これを施しとして気前よく分配するように投票で決めることだった。生産的投資は棄てておいて、費用工場持ちで国中を宴会旅行して回ることが流行した。すぐ企業余剰が出なくなったわ」

「次に新聞・雑誌よ」ホーテンスは続けた。「真面目な調査報道をする人たちは統治者を統治する責任を引き受けようとしている。自由な報道に価値があるのは主にこのためよ。けれども、大抵の日刊紙・月刊誌は商業出版物よね。広告を売ることこそ、マスコミが統治者を統治するだけの自由を保ち続ける財源よ。テレビ局とそのドキュメンタリーやニュース番組の放送についても事情は同じよ。助成金と視聴者からの献金に期待している公共放送は別だけれどね。でも商業収入は、広告主から編集へ圧力がかかる可能性、いや多分その蓋然性を開く。困ったことよ。だって、それでは統治者が商業を監督するはずのところが妨げられたり、統治と商業の利害の実例暴露が抑えられたりするわ」

「ちゃんとした新聞・雑誌では、編集部門と広告部門の間に仕切りを置いているものだ」とアームブラスターが口を挟んだ。「編集部門と広告部門を切り離すには、必ずしも倫理選択に頼る必要はない。これがカースト制・身分固定制社会なら、編集者は統治者としての訓練を仕込まれてきたエリートから主として選抜され、広告部員は商業に従事する非エリートから求人されることだろう」

「それでもトップには出版主がいなければならないわ。出版主は右手と左手が何をしているかを知っていて両方を助けなければいけないのよ」とホーテンスが言った。「仕切りは出版主の頭の中に存在していなければならないわ

それに新聞・雑誌以外にもう一つ問題のケースがあるの。それは政府機関が商業活動に巻き込まれるってこと。社会が複雑になればなるほどそうなるわ。民営化すればそうした事態がすっかりなくなるなんて思うのは単純すぎるわ。確かに、政府が不当に商業機能に従事している場合なら、そうした事業の民営化は道徳的にも財政的にも意味がある。しかし政府は自分の必要を満たすため、あるいは他の公共の目的を果たすために契約を結んで財サービスを買わなければならない。前に国防総省がいかに商業道徳を破壊したか議論したわね。国防総省御用達の企業は国有企業ではなく、民間企業よ。さらに、統治者の度量が大きくて統治者倫理と同様に商業倫理を理解できているのでなければ、上手に商業を監督したり、これについての法律を作ったりすることはできない。たとえば、統治者が商業における競争の必要性を無視したり軽視したりしていて、統治者が独占の規制や規制立法をうまくやれるはずがあるかしら?

要するに、複雑な民主主義社会では数多くの実際的理由から自覚的倫理選択が必要なの。

それが大切だという私にとって一番重要な理由はこうよ。もし、生物の中で人間だけが統治と取引という二つの根本的に異なった方法で生活を営めるとしたら、完全な人間性に到達するためには人間は、誰でもこの二つの道徳を立派に使いこなせなければいけない。二つの道徳はわれわれが人間である以上われわれのものなのよ。ミツバチやアリのように、特定のグループに特定の役割、特定の道徳が割り当てられているのとはわけが違うの。

私の報告はこれでおしまいよ。けれどもアームブラスター、私としてはまだ発言を許されている間にお腹に溜まったことを二、三吐き出しておきたいわ」

社会が家族のかたちを決定する

「家庭は社会の基盤だという空念仏には私はうんざりしているの。逆こそ真よ」ホーテンスは記事の綴じ込みを振って見せた。「これは奥さんの鼻を嫉妬に駆られて切り落としたパシュトゥン人についての記事よ。この男の世界では、それは彼の権利なの。でも思い直して、彼は奥さんを医者に連れていった。鼻の復元手術に三〇ルピーかかると言われて彼は手術を拒否した。八〇ルピー出せば新しい妻を買うことができるのに、古い妻に三〇ルピーは出せないというわけ」

「不愉快な話だなあ。でも、それと本題との間にはどんな関係があるというんだい？」とジャスパーが訊いた。

「社会自体が社会の基盤だということよ。そして、社会は家族の基盤でもある。逆ではない、ということよ」とホーテンスが言った。「家族は社会の破片よ。基盤は人々がどうやって生活を立てているかであり、制度や組織も人間が生活を立てるという目的、つまり統治目的と商業目的とに合わせて形成される。社会は、家族を含めて、こうした基盤、制度、組織が維持しているのよ。物質的にも政治的にも道徳的にもね」

「議論が少し極端なようだね」とアームブラスターが言った。「家族だって、結局は制度の一種なのだろう」

「制度的にみて家族とは何かしら」とホーテンスが反問した。「その性格は社会次第よ。つまり、家族の事実と機能そのものよりも場所と時代に制約されているのよ。パシュトゥン人の例がそれを示しているわ。多妻であったり妻妾同居だったりする家族もある。女児を選んで間引きをする家族もある。男児と女児とでは育て方や期待が大きく違う家族もあるわ」

「長男と次男以下、あるいは長男と娘たちの間でも、育て方も期待も大きく違うという家族もあるわ」とケートが口を差し挟んだ。

「そうよ」とホーテンスが答えた。「末っ子、末娘が特別扱いされる場合もあるわ。昔の自営農民の相続法では、末っ子――長男でなく一番年下の男児が家屋や農場を相続する。

上の子供たちは独立できるようになれば家を出ていき、最後に末っ子が残る。これは年老いた親の面倒と財産の管理のためだけではなく、生まれによって、つまり最後に生まれたことによって、後継ぎになることに決まっていたからでもあるの。また末娘は両親の生存中は結婚せず、家に残ってその面倒をみる習慣がある時代や地方もあったわ」

「家族には核家族あり、大家族あり、見習いや召使いの同居する家族あり、持参金を出す家族、出さない家族があるわ」ホーテンスは続けた。「社会の生計の立て方が変わらなければ、家族形態も変わらない。その場合には、こうした安定した家族が社会の基礎だという結論を出しやすいわ。しかし、この結論は間違っているの。社会が経済変化に晒されるやいなや、それに応じて家族も変化する。良い方向に変わるのか悪い方向に変わるのかは別として、ね。

あらゆるところで、繁栄は出生率の低下をもたらす。手工業生産から工業生産への移行が家族にいかなる影響をもたらしたか考えてみて。失業は長期化し、父親の通勤時間は長くなり、両親ともに家庭外でのパンの稼ぎ手となり、就職のために男や若者が労働移動を選ぶようになった。

社会状況は容易に、また劇的に家族の形をつくり替える。扶養子女のいる母親に福祉援助を与えるが、それには身体強健な男子がその家計にはいない場合に限るとする。そうすると、父親のいない家族が急増するの。老人に年金をたっぷり与えることにするとするわ。

そうすると、三世代家庭が減っていくの。母親の早産死亡率を引き下げたとするわね。そうすると離婚率が上昇するわ。非摘出子をもうけることは不面目か否か？　家族経営農業は経済的に成功か失敗か？　子供たちは家族収入の頼りになるかならないか。

アメリカの移民家族は新しい環境に置かれて急速に変わるわ。子供たちは見合い結婚を承知せず、配偶者を自分で選ぶと言い張る。他の件についても彼らは父の決定に背く。妻もそうするかもしれない。

そのように変幻自在な、状況変化に弱い、簡単に操作される家族などというものが、どうして社会の基盤などでありうるの。見てよ。社会の統治組織、商業組織が腐敗していれば、社会も腐敗している。それを家族が好むかどうかは別問題だわ。反対に統治機構、商業機構がともに善良な道徳的基準を尊重し遵守するとすれば、それは家族に道徳的社会的意味を与えることになるわ」

「社会は家族を何度もつくり替え、善悪とは関係なく吹き飛ばしてきたわ」ホーテンスはいまは立ち上がり、陪審席に向かって訴えるかのように話した。「腐敗その他の社会的欠陥の責任を家族になすりつけるのは、倫理体系を混同し台無しにした制度やその管理者たちの裏切りよ」

「しかし、善良な個人道徳や善良な性格は家族内での育ち方に関係がある」とジャスパーは言った。

「アームブラスターは、個人的私的道徳には入り込まないことにしようと決めた。でも、個人道徳は仕事の場での道徳やその統合の維持と重なり合うものだ」

「喜んで認めたいことだが」とアームブラスターが言った。「いわゆる善良な個人的性格――責任感、有害な誘惑への抵抗力、同情心、勇気などの性質は、おっしゃる通り、職場での仕事の達成度に関係する。

ただ、個人的道徳は職場の仕事の出来映えをそれほどよく説明できない。それもホーテンスがいま短く指摘したように、個人道徳は大きな状況変化があればその意味が変化するという限界があるというためだけではない。たとえばクインシーのことを考えてみよう。私はクインシーとは長い付き合いで、彼が立派な人格者だってことをよく知っている。彼の銀行の同僚もみなそうだったと仮定しよう。それでも、彼らが大盤振る舞いの失敗を避けるには、そのことは何の役にも立たなかったのだよ」

「おかげで多くの罪のない第三者が損をし、特に貧困国の貧しい国民が被害を受けたのよ」とケートが口を挟んだ。

「その通り。よい性格、よい躾けを受けた人たちが、生産的融資の名の下に大盤振る舞いの施しをすることは、彼らの属する組織にとって非道徳なことだということを理解できなければ、どうにもならない」

「ああ、忘れるところだったわ」とホーテンスが言った。「お別れに贈り物があるの。これも老子からの引用よ」

人々が生き方を見失ったとき
愛と誠実の規則が生まれる。
学問が生まれ、慈善が生まれると
偽善が支配する。
紛争で家族の紐帯が弱まると
慈悲深い父と孝行者の息子が現れる。
国が混乱し支配がうまくいかないと、
忠節の名のある大臣が出現する。

大道廃《すた》れて、
仁義有り。
慧智《けいち》出でて、
大偽《たいぎ》有り。
六親和せずして
孝子《こうし》有り。
国家昏乱《こんらん》して
忠臣有り。

みんながこれを読み込んでいる数秒間の沈黙を破って、ジャスパーが言った。「ホーテンスの贈り物は全く気分を落ち着かせるよ。ぼくとしてはもう二行付け加えたいね」

社会の仕事をめぐる倫理が錯乱すれば
おしゃべり知識人が道徳秩序を論じ始める

「私たちも社会の病気の兆候というわけね」とケートが言った。「気が滅入るわ」

第一四章
計画とシャンパン――文明のために

「そのワインは冷やしておかなくっちゃ」

ホーテンスとベンへのお祝いの乾杯の後でグラスを下に置きながら、アームブラスターは言った。「君たち二人、今後どうするのか、知りたいね。何たってホーテンスは私の姪だからね。結婚するつもりかい?」

「はい」とベン。

「多分ね」とホーテンス。

「とにかく仕事の計画はある」とベンが言った。「ぼくは目下闘争案件を抱えている団体の支援に力を注ぎたい。闘争に勝利する方が議論するだけよりも影響力があるからね」

「ベンは環境法について私の興味を引き起こしてくれたわ」とホーテンスが言った。「環境法の知識は闘争勝利に役立つわ。私は家族法の仕事を打ち切ろうと思ってるの」

「少し急ぎすぎじゃないか?」とアームブラスターが訊いた。「君にはまだ在学中の息子が二人いる。君の弁護士業務は頼りになるよ」

「もう燃え尽きたわ、アームブラスター。けんか腰の離婚合意、どちらの親が子供を養育するかのつらくて悲劇的な紛争、別居、非行少年支援金、児童虐待、児童放置、青少年非行、配偶者への暴行、アルコール依存症、薬物中毒、不倫。毎朝私は歯を食いしばって河原の石積みに戻る。ああ、それはしなければならないことよ。分かってるの。でも、混乱した個人道徳でこれをやっていた。私は私のいままでの顧客を放り出して困らせるつもりはないけれど、新しい顧客は受け付けないようにするわ。段階的に仕事を減らす一方で、環境訴訟事件にかかりきりの昔の同級生二人が私に仕事を回して環境法に慣れさせてくれることになっているのよ。私のことはご心配なく、アームブラスター。私は混乱した商業道徳、統治者道徳から救われるんだから」

「二人で週末にもうんと仕事と旅行をしようと思っている」とベンが言った。「二人で十分話し合った。多分次回以降はこの会合にも出席できないと思う。この会合に参加できたことはあらゆる理由でよかった。でも、これ以上続けるのは無理だよ」

「ジャスパー、君はどうするつもりだね？」とアームブラスターが訊いた。「もう一回報告する気があるかい？　もし新メンバーを一人か二人呼び集められたらの話だが」

「いやもう結構だ。でも、ぼくもありがたく思っているよ。犯罪小説執筆にはうんざりしていてもう続けられないところだった。自伝執筆など不毛の計画を立てたのも、なぜ犯罪小説にうんざりしたかを知るためでもあったような気がするよ」

「本当?」

「実に単純さ。いままでの繰り返しはごめんだ。いまぼくは、改めて犯罪小説への復帰意欲を感じて、新作執筆に取りかかったところだ。われわれの議論してきた二つの倫理体系を使わせてもらうつもりだ」

「結果を見せてもらうよ。説教好きのおしゃべりインテリは願い下げだよ」

「おしゃべり知識人にはならないさ。背景の矛盾が興味深い。もっと深みのある新しい筋と人物を考えている」

「ケートはどうするの? お願いがあるのだが、それとももう一つ報告をやっていただけるのかな?」

「いいえ、結構よ。材料はいっぱいあるにはあるけれどもね。お願いって何?」

「原稿起こしを手伝ってほしいんだ。編集にはもう一人の目、別の見方が要るだろう。君の週末の仕事にしてくれないか」

「どの原稿を起こすの?」とケートが尋ねた。

「われわれの会話を原稿に起こすのさ。他にあるかい? 一冊の本にするんじゃないか」

「そういう話は困るよ」とベンが言った。「ぼくがここでオフレコで話したことをみんなに見せようということなら——」

「心配するなよ。名前を出したくなければ君の名前と、それに君だってことが分かるいくつかの事実は変えることにしよう。君は架空の存在になればよい。みんなもそうしてもいい。登場人物の誰も実在人物でないといういつもの責任逃れだが。ケートはこの仕事を引き受けてくれるかい？」

「いいわ。面白そうね。でも他人が興味を持ってくれるかしら？　私たちの間では発見や楽しみがあったけれど――」

「それはまだ分からない」アームブラスターは考えながら手を組んで人差し指をこつこつ言わせた。

「大抵の人は大人になると、世界がどう動くかについての自分の見方を変えたくなくなるものだね。われわれの多くは、何事も覚えず何事も忘れないブルボン王朝気質の片鱗を受け継いでいる。多分それにも良いところがあるのだろう。そうでなければ、われわれは知的流行を次々に追い求める蝶々みたいなものに成り下がる。それでも、私はこの会合を始めてから私の見解をいくつか修正したよ。

従来、私は政府、良い政府とは文明化の過程においてそれを推し進める主要な力だと思っていた。しかしいまでは政府は本質的に野蛮なものだという気がする。その起源において野蛮であり、いつも野蛮な行動と目的に走りやすい。といって誤解しないでもらいたい。政府は必要だ。ただ、政府は自力では自らをすら文明化する力はないと思うのだ。

だから、政府以外に文明化を推進する機関が必要だ。商業生活における暴力、詐欺、恥ずべき貪欲と戦い、一方で同時に私的計画、私有財産、人権の尊重を統治者に承認させる統治・商業の共生こそそれだ。道徳的には相反する取引と占取が相互に支え合うこと、そのことが両者の活動とその派生的な行動をコントロールする。そこで、文明についての有用な定義が得られる。すなわち、統治と商業との共生をなんとか達成できれば、それが文明というものだ」

「さあ、もう一本、シャンパンを抜こう」彼はコルクを抜いてシャンパンを注いだ。そして「文明のために」と言いながら、グラスを挙げた。

冷たい泡が光った。みんなが笑い声をあげた。ケートだけはためらい、無理に微笑んだ。ジャスパーはケートの肩を叩いた。「まるであてにならない」と彼は小声で言った。「綱渡りだ。もちろん、いつもそうではあったがね。だからこそ、ますますお祈りし、文明のために乾杯するべきだよ」

「なぜ君が私の最初の招待に応じたのか、帰る前に教えてくれるとケートと私には大助かりなんだが」とアームブラスターが言った。「君の言うことを原稿の最初に載せるからね。思い出してくれないか、正直に、ね」

原注

（凡例）

一、〔　〕内は訳者注。訳書のうち＊のあるものは今回の翻訳では直接参照できなかった。

二、章別注の略語は以下の通り。

G & M……*The Globe and Mail, Toronto*

NYRB……*The New York Review of Books*

NYT……*The New York Times*

WSJ……*The Wall Street Journal*

三、注の順序は本文に従う。

第一章　アームブラスターからの呼び出し

海賊版ソフトウエアのエピソードは実話に基づく。学会に出席した科学者の一人が私に行き届いた目撃談をしてくれた。アームブラスターが本文で述べている理由で大学の実名は明かさないことにする。

ホワイトカラー犯罪のリストは新聞に報道された捜査・起訴案件、またニューヨーク市消費者局による起訴・解決に持ち込まれた案件の新聞発表より纏められた。

衣服産業地域の盗難と略奪については *WSJ*, November 5, 1982, "Operation Furtrap――Police Uncloak Burglary Rings Stealing Apparel in New York's Garment Center" by Stanley Penn; およびニューヨーク・

タイムズ紙の同事件報道参照。

本文中にある外債不払い危機は一九八二年に起きた。一九八七年には不履行貸し付けの大量償却が始まった。米国銀行会計についてのコメントはドイツの銀行の財務担当副頭取（匿名）によるもので *WSJ*, June 18, 1987 "German Banks Avoid Worst of Debt Crisis", a dispatch from Frankfurt by Thomas F. O'Boyle に引用されている。

税金が投じられている世界銀行への融資のリサイクリングその他の金融操作が考案された。これについては *WSJ*, March 9, 1989, "Another Round——Bush Aides Are Likely to Offer a Plan Soon on Third World Debt——U.S. Fears Political Turmoil May Hit Latin America——Banks May Pay Big Price" by Walter S. Mossburg and Peter Truell 参照。概観としては、*Banks, Borrowers and the Establishment* by Karen Lissakers (New York: Basic Books, 1991) がある。

ＰＰＯＷＷの一件は架空のものである。しかし、そこには多くの事実材料が織り込まれている。ブリティッシュ・コロンビアのウエスト・クーティネイズ（West Kootenays）の峡谷が危機に瀕していること、製材会社のやり方や言い逃れ、樹にスパイクを打ち込むという、いつも不気味に思われているが滅多に実行されたことがない脅し、抗議行動の人々と伐採業者との衝突、製材会社の馬鹿げたコメントが嘘であることを示す遠くの現場からのテレビ実況画面、伐採地と未伐採地の息をのむ対照を映し出すテレビ映像などがそれだ。こうした情報は個人的な視察、インタビュー、カナダ放送協会によって放映されたテレビ・ニュースや記録番組から得た。

ベンは何も変わらないと暗い見通しを述べたが、実際には変化が生じたのかもしれない。一九九一年一〇月、過去四〇年中三年を除いてブリティッシュ・コロンビアを支配した政権は選挙で敗北した。新政権は森林政策・慣行の改善に着手したように見える。それより多分意義深いのは、一九九一年夏の林道反対行動が、初めて伐採業者（伐採業者の組合であるアメリカ国際森林労働者組合の二地方支部）によって支持されたことである。伐採業者もその産業の長期的将来は作業の改善にかかっていることを認めたのだ。抗議行動参加者の一人は私に「そのことを最後まで理解できないのは製材会社だろうが、結局は彼らも理解することになる」と語った。

「猟場管理人」としての大熊座の話は環境主義者の間のちょっとしたフォークロアである。

第二章　二組の矛盾する道徳律

道徳律は、私がこれまで約一五年の期間をかけて作ってきた「尊敬される行動」についてのノートを編集し、整理したものである。初め私は二つの道徳律群は「商人（trader）」道徳と「略奪者（raider）」道徳を体現しているものと考えていた。「略奪者」道徳律が商人道徳律同様に道徳として有効であり、正当な領土的関心に根ざしていることに気づいたのはずっと後になってだった。

Plato, *Republic* からの引用は G. M. A. Grube 訳（Indianapolis: Hackett, 1974）によった。［邦訳はプラトン著『国家』藤沢令夫訳、上下、岩波文庫、上巻二六、二六～二七、三六、二九八、三〇〇～三〇二頁参照］

正義についての議論は第四巻にある。引用した注釈は Nicholas P. White, *A Companion to Plato's Republic* (Indianapolis: Hackett, 1979)。

第三章　ケート、市場の道徳を論ず

イギリス海軍についての挿話は *Guilds and Companies of London* by George Unwin (London: Methuen, 1909) による。

Stuart Piggott, *Prehistoric India* (Harmondsworth: Penguin, 1950) には、古代インダス帝国のいたるところの村、多くの町、そして二つの都市において紀元前二五〇〇年頃用いられた細心に標準化された石の秤の記述がある。

エジプト人の神々への自己推薦状はエブリン・ロシター（Evelyn Rossiter）注釈による*The Book of the Dead: Papyri of Nai, Hunefer, Anhai* (Miller Graphics, distributed by Crown, New York) より引用。小アジアへの旅行者はジョン・G・ベネット（Jhon G. Bennett）で、彼の書物（その書名は Witness というのだと思う）の断片をたまたま私は入手した。ただし出版社や出版時期は不明。ベネットは測量技師で冒険企業家であったようだ。

マリアム・K・スレイター（Mariam K. Slater）はナイロビの社会生活、商業生活についての鋭いコメントを *African Odyssey: An Anthropological Adventure* (New York: Anchor/Doubleday, 1976) で述べている。ブルジョア的コスモポリタニズムと宮廷の島国根性の対照は Norbert Elias（Edmund Jephcott 訳）*The Court Society* (New York: Pantheon, 1983) による。[邦訳はノルベルト・エリアス著『宮廷社会』波田節夫・中埜芳之・吉田正勝訳、叢書ウニベルシタス、法政大学出版局、一七二頁参照]

商人の慣習法は jus mercatorum（商人法）として知られる。この言葉は Henri Pirenne, *Early Democracies in the Low Countries* (New York: Harper and Row, 1963) で用いられている。一〇世紀の全体および一一世紀の初期を通じて、保護を与える見返りとして商人には高い代価が課せられたが、それ以外では領主権力は商人や商人が定住することに構おうとしなかったとピレンヌは述べている。支配者は「商人に制度を作って与えはしなかった。同時に商人が自分たちで制度を作るのを妨げようともしなかった」。当時において、あるいはそれ以後も長期にわたって、ひとたび人が中世の都市の城門を通り抜けると、その者は「領土法の適用を免れ」政治的経済的に「別の管轄区域に入ることになっていた」。都市住民は社会的には平等ではなかったが法律的には平等で「同一の権利を付与されていた」。

商人慣習法の国法への取り込み方は地域によりさまざまで、それもゆっくりとしか進まなかった。Nathan Rosenberg and L.E. Birdzell, *How the West Grew Rich* (New York: Basic Books, 1985) は政府の

公式の法廷は「先例がないために、裁判で大いに裁量が許されるべきだという中世当時の考えのために、あるいは外国人に対して偏見がありうるために、その判決が予想できない場合には商事紛争を提起されることは先ずなかった。こうした行き詰まり状態は中世後期までにはあちこちの商業都市の法廷で打破された。それでもロンドンの王室裁判所が保険、為替手形、用船契約、販売契約、組合契約、特許、裁定、その他の商取引についての紛争を裁くに十分な経験を積み、イギリスの裁判所と法律が積極的な貢献要因らしく見えるようになるのは、一八世紀後半以後のことだった」。

外国人のローマ法はローマ法学者によって軽蔑されていたというのがSir Henry Sumner Maine, *Ancient Law* (London: John Murray, 1905; first published in 1861) の説で、彼は「社会の必要と世論が多かれ少なかれ法律に先行するのが常だ」と述べている。外国人の法はjus gentium(万民の法)の原則に基づいており、メイン(Maine)の言うところでは契約の本質を把握する上で創造的な働きをした。[邦訳はヘンリー・サムナー・メイン著『メイン古代法』安西文夫訳、信山社出版]

アメリカ合衆国憲法修正第一四条は、いかなる州もその区域内の誰に対しても平等な法の保護を拒むことはできないこと、合衆国議会は適切な立法によってこの規定を施行する権能を有することを特に定めている。この修正に先んじて、奴隷解放後の一八六六年市民権法は「合衆国のすべての市民は、すべての州と領土において、動産・不動産の相続、購入、賃貸、売却、所有、移転につき、白人市民の享受するのと平等の権利を有すべし」と規定している。議会は一八七〇年憲法修正第一四条を承認することによって市民権法を再立法化したのである。

ハクスレー(Huxley)の「科学とその方法」についての賛辞はチャールズ・キングズレイ師(Rev. Charles Kingsley)に対して一八六〇年に語られたものである。BBCの面白ニュース集、*With Great Pleasure*, ed. by Alec Reid (London: Arrow, 1989), Vol. 2より引用した。

連邦保健福祉省国立心臓・肺・血液研究所をスタンフォード大学が訴えるに至った事情は*Science News*,

November 16, 1991 に報じられている。

ケートの懸念と同じ心配は、たとえば、*WSJ*, July 12, 1985, "Competition in Science Seems to Be Spawning Cases of Shoddy Work――Plagiarism and Data Faking, Though Still Rare, Sting a Field That Needs Trust――Medicine Is The Hardest Hit" by David Stipp にも窺える。ここで述べられている競争とは、研究費（後援）と名誉をめぐるものだ。*Scientific American*, June 1985 はその「科学と市民」(Science and Citizen）の欄で一九七九年輸出管理法が結果的に科学協力への熱意を失わせたことを報じている。同誌はまた多くの政府の研究補助金にはいろいろな形で不適切な制約が付されていることも報道している。多分最も忌まわしいのは「変更」条項だろう。この条項によって連邦政府の資金供給部局は「予告なく調査契約の内容ないし範囲を研究者の同意なしで」変更できることになっている。

プロテスタント勤労倫理については私は主として *Protestantism and Capitalism: The Weber Thesis and Its Critics*, edited and with an introductory essay by Robert W. Green（Boston: D. C. Heath, 1959）に依拠した。

リチャード・バクスター（Richard Baxter, 1615–91）はイギリスの非国教会牧師で、ウェーバーは彼を傑出したピューリタン倫理著述家と見なした。私はバクスター（Baxter）の興ざめな言葉を前掲 *Protestantism and Capitalism* 所収のケンパー・フラートン（Kemper Fullerton）の論文から採用した。

オリバー・マクドナウ（Oliver MacDonagh）は *States of Mind*（London: Allen and Unwin, 1983）において、商業や職業に関して多くの制約がアイルランドのカトリックに課せられていたにもかかわらず、アイルランドでは一七五〇年までに大陸への輸出貿易や国内小売りに従事するカトリック中産階級が台頭し、そのメンバーたちはカトリックではあっても「プロテスタント非国教徒資本主義の古典的特徴、すなわち節倹、利潤の再投資、投資資本を供給するいとこたちのネットワーク、節度ある控えめな生活態度、を発揮した」ことを指摘している。

「工場のすぐそばのゴルフ・リンク」という言葉は、児童労働反対運動家によって人口に膾炙することになった。Bergen Evans, *Dictionary of Quotations* は、これを言い出したのはサラ・クレッグホーン(Sarah Cleghorn)だとしている。

第四章　なぜ二組の道徳律か?

イスラエル国民でキブツに住むのは五パーセント以下である。William McCord, *Voyages to Utopia: From Monastery to Commune* (New York: Norton, 1990) は過去および現在の共同体実験を展望している。

現代スウェーデンの経済問題については *G & M*, September 13, 1991, "Giant firms taking a one-way street", dispatch from Stockholm by Peter Cook より情報を得た。

森林保護についてのスウェーデン政府と民間所有者の見方の相違は、*WSJ*, August 25, 1989 "Save the Forests――Sell the Trees", by Lawrence Solomon に依る。「世界中の政府が最悪の記録を持っているので、the World Resources Institute としては国有地を土地所有者および地方公共団体に返却する方がよいと考えるようになった。土地所有者や地域団体の方が森林管理において遥かに優れている」(The World Resources Institute は国連の資金援助を受ける組織でワシントンD・Cに本部を置く)。

第五章　ジャスパーとケート、統治の道徳を論ず

本章および次章以下での騎士道についての情報については、*Chivalry* by Maurice Keen (New Haven: Yale University Press, 1984) に負うところが多い。

Meiji 1868 by Paul Akamatsu, translated from the French by Miriam Kochan (New York: Harper and Row, 1972) は旧日本における武士の商業への禁忌と刑罰を叙述している。*The Idea of Nationalism* by

Hans Kohn (New York: Collier, 1944) はポーランド貴族への商業禁忌に触れている。文化的イベントを促進したことで免税を得たフランス侯爵の話は現代貴族が相続した高価な邸宅をどうやって維持しているかについての報道実話から採った。ただし出所を失念した。

The Code of Hammurabi, introduction by Percy Handcock (New York: Macmillan, 1920) で議論の対象となったのは三四、三八、および三九節である。

反抗的警官の裁判と控訴についての情報は *G & M*, November 21, 1987, "Obedience is vital, police hearing told" by Deborah Wilson と *G & M*, December 12, 1988, "Officers don't have the right to disobey orders, hearing told" by Charles Shank より得た。

The Warriors (New York: Harper Torchbooks, 1970) の著者J・グレン・グレイ (J. Glenn Gray) は一九四四年から四五年にかけて捕虜となったナチスやファシストの警察やその手先を尋問しなければならなかった。「胸が悪くなるほど必ず」彼らは抗議して言ったという。「良心にやましいところはない」。グレイは初めは捕虜たちは凶悪犯罪に対するやましさを隠しているのだと考えた。しかしやがて彼らが本心を口にしているのだと確信するに至った。「やましさというのは空疎な言葉だ。彼らは命令通り行動しただけだ」。後に彼はアメリカの召集兵が兵士の誓いに重きをおいているのを認めた。彼は「自分は上官の命令を実行する。それがいけないと言える人はいない」という声を聞いた。責任と良心を放棄してせいせいしているのがよく分かった。初めは少し不自然に感じてもすぐ慣れっこになってしまう。[邦訳はJ・グレン・グレイ著『戦場の哲学者』吉田一彦監訳、谷さつき訳、PHP研究所]

アメリカ海軍長官ジョン・レーマン (Jhon Lehman) の反逆罪観は、NBCテレビ June 16, 1985 で放映のジョン・マクローリン (John McLaughlin) によるインタビューで語られ、*G & M*, June 17, 1985, "Entire U.S. catches espionage fever" by William Johnson で引用された。

中国の最後の王朝清における反逆罪は、*G & M*, July 25, 1987, "China rubs out crime with a vengeance", dispatch from Beijing by James M. Rusk に出ている。キーン（Keen）は *Chivalry* において反逆罪の刑を「神聖なサディズム」と呼んでいる。

Nicolo Machiavelli, *The Prince* で私が用いたのは Daniel Donne 訳編、解説（New York: Bantam, 1981）である。［邦訳は中公バックス『マキアヴェリ：世界の名著21』中央公論社、所収　池田廉訳「君主論」］

クン族及びゲブシ族の殺人率は *Science News*, February 6, 1988, "Murder in Good Company—Cooperation, camaraderie, and dizzying homicide rate distinguish a small New Guinea society" by Bruce Bowere より得た。イヌイットの伝統的殺人観は、Raymond de Coccolo, *The Incredible Eskimo: Life Among the Barren Land Eskimo*（Surrey, B.C.: Hancock House, 1987）に述べられている。狩猟者は狩猟者仲間を殺しても「他のイヌイットから処罰される心配はない。イヌイットはそれは狩猟者の勝手にしてよいことだと考えており、それがイヌイット社会全体を損なうとは考えない」。この本が一九五四年に最初に出版されたとき、著者は宗教上の師にあらかじめ敬意を表して主張の一部を削除し原稿を自己検閲した。それでも原稿は宗教上の師とオックスフォード大学出版局によりさらに修正削除された。The Hancock House 版の編者と著者は削除された材料を復元した。［Eskimo はイヌイットと訳した］

The U.S. National Center for Health, Washington によってなされた一九八六～八七年における二二工業国の殺人比率の比較は、アメリカの殺人比率が群を抜いて高く、この調査の対象となった他の二一カ国の率の二倍半から八倍に及んでいた。*G & M*, August 24, 1990, Reuters news dispatch.
「神の平和」は普通は特定の神聖な日を限って戦争と暴力を中止する「神の休戦」という形をとってきた。休戦違反に対する懲罰は破門だった。*A History of French Civilization* by Georges Duby and Robert Mandrou, translated by James Blakely Atkinson（New York: Random House, 1964）。［邦訳は＊G・デュビイ、R・マンドル著『フランス文化史』前川貞次郎他訳、人文書院］

G・N・クラーク（G.N. Clark）による社会契約説の軽蔑的論評は *The Seventeenth Century*（Oxford:

Oxford Paperbacks, 1960、初版は Clarendon Press of Oxford University, 1929）にある。

エリアス『宮廷社会』によれば、ルイ一四世の治下ではたとえば決闘は、フランス貴族に中央権力を及ぼしつつあった王とその宰相であるリシュリュー枢機卿を頭から無視してはばからない態度であった。それにもかかわらず貴族が決闘するのは、エリアスの表現を借りれば、貴族の「欲するならば相互に殺傷しあう」個人的自由を主張していたわけだ。これは貴族が戦士として復讐と武勇のために私闘を交えてよいという古代に持っていた権利の名残であったろう。Keen, *Chivalry* 参照。

ニューヨークにおける殺人証言者の殺害事件とその結果については *WSJ*, October 8, 1984, "Intimidation to Silence Witnesses of Crime Worries Law Enforcers" by Stanley Penn に報じられている。

フランシス・ベーコン（Francis Bacon）からの引用文は Clark, *The Seventeenth Century* より採録した。
［邦訳は中公バックス『ベーコン：世界の名著25』中央公論社、所収　成田成寿訳「随筆集」七四頁参照］

Head-Smashed-in Buffalo Jump はアルバータ州フォート・マクラウド近くのカルガリーから南へ一〇〇マイルのところにある。

卵の白身を使ってお金をくすねる少年の話は *NYT*, July 14, 1970, "Thieves and Vandals Still at Work on Pay Phones, But So is Company" by Richard Phalon が報じている。

偽りが許されている人々の間で偽りの正当性を守ることの困難の一面は *WSJ*, November 4, 1985, "Undercover Jobs Carry Big Psychological Risks After the Assignments——Agents' Personalities Change, They Botch Prosecutions and Even Commit Crimes——Resuming the False Identity" by Anthony M. DiStefano に記述されている。

クン族のあり余る余暇についての情報と狩猟採取にともなう余暇生活についての一般論は Patricia Draper, "Crowding among Hunter Gatherers: the !Kung Bushmen", *Science*, October 19, 1973による。

サン・クアのある狩猟採取グループ（今度はクン族ではないが）の余暇利用については Laurens van der

Post and Jane Taylor, *Testament to the Bushmen* (New York, Viking, 1984) が語っている〔Bushman はサン・クアと訳した〕。

フランクリンからの引用は、*The Autobiography of Benjamin Franklin*, edited and annotated by Leonard W. Labaree et al. (New Haven: Yale University Press, 1964) による。〔邦訳は『フランクリン自伝』松本慎一・西川正身訳、岩波文庫、同書二三五頁参照〕

スティーヴン・ジェイ・グールド（Stephen Jay Gould）は展望論文 "Cardboard Darwinism", *NYRB*, September 25, 1986 において付随現象の吸収（co-opted epiphenomena）を論じている。グールドは *Natural History*（American Museum of Natural History, New York）に月次連載された素晴らしいエッセーでもこの問題に繰り返し触れている。〔グールドの連載エッセイは選抜・編集されて出版され、邦訳されている。スティーヴン・ジェイ・グールド著『がんばれカミナリ竜』廣野喜幸・石橋百枝・松本文雄訳、早川書房。同書第9章など参照〕

芸術で用いられた技術を商業用にも用いることについては、"On Art, Invention and Technology" by Emeritus Professor Cyril Stanly Smith, *Technology Review* (Massachusetts Institute of Technology), June 1976 で探求されている。

キッシンジャーの施し削減の話は *G & M*, January 9, 1976, "U.S. cutting back aid to nations that vote against it at the UN" by Leslie Gelb, *NYT Service* に報じられている。一二年後、アメリカ議会の議員たちは国連資金の主たる受益者である小国は「その最大の恵み手であるアメリカの希望を無視している」といって、自らの国連分担金不払いが当然の措置だと言い張っている。これについては、*WSJ*, September 14, 1988, "Aid to Poor Nations Has Been Disrupted by U.S. Failure to Pay Over $500 Million" が報道している。支払い差し止めになっているのは国連食糧農業機関、世界保健機関、国際種子検査協会、米州機構への資金である。

日本のロビン・フッドと言うべき幡随院長兵衛のことは *WSJ*, October 19, 1984, "Japan's Yakuza Gangs Extend Their Reach, Worry U. S. Lawmen" by Steven P. Galante にも出てくる。

追従と反抗の両方を命ずる依存関係については、MacDonagh, *States of Mind* 参照。

寺男にチップを渡すことを知らなかった旅行者とは私のことで、牧師にどれだけ払えばよいか知らなかったのは私の新郎であった。

企業のフィランソロピーについての日本人経営者の談話は渡邊一雄［現在、川崎医療福祉大学教授、三菱電機株式会社営業本部顧問］によるものだ。*Corporate Philanthropy Report*（Seattle）の編集者で出版者でもあるクレイグ・スミス（Craig Smith）がアトランタで組織した会議の席上における発言だった。この渡邊の発言は *The Sun*（Baltimore）, September 23, 1991, "Japanese Business Begets Japanese Philanthropy" by Neal Peirce に報じられている。日本において芸術やその他の価値ある仕事への援助の伝統的なチャネルであったのは寺院か政府であった。

「私たちは正確に同じ習慣を持っています」は、*WSJ*, December 1, 1988, "Rich Poles Revert to an Old Manner: Living in Manors" by Barry Newman から引いた。

狩猟民の合理的選択を骨投げ占いになぞらえた科学者は Omar Khayyam Moore, "Divination——A New Perspective", *American Anthropologist* No.LIX, 1957 である。

第六章　取引、占取、その混合の怪物

アメリカの街頭や公営団地の大勢力のギャング連中が特に美徳と見なしているものには、勇敢、報復、上下関係、服従、忠誠、気前よい分配への誇りが含まれているが、これらはすべて領土支配に役に立つ。しかしマフィアの場合も同様だが、ギャングたちは取引を避けて通るわけではない。たとえば *WSJ*, September 30, 1988, "Chicago Street Gangs Treat Public Housing as Private Fortress——The Black Gangster

Disciples (name of gang) Menace Tenants, Use Units to Store Guns, Sell Drugs――Co-opting Kids and Old Folks" by Alex Kotlowitz 参照。

イギリスの若者ギャング文化の研究書 *We Hate Humans*（Harmondsworth: Penguin, 1984）によると、ギャングのメンバーは雇い主から盗む目的で職に就き、金庫からお金を、在庫から衣類を盗むのが大好きだという。手にしたお金は大抵はギャングの「制服」と言うべき派手な衣装、電車賃、それに犠牲者や敵を蹴りつけるための靴に使われる。イギリスのギャングは非合法の組織的な商売に手を出さない。そこがアメリカのギャングと違う。イギリスのギャングは忠誠、上下関係、見せびらかしに力を入れ、落書き等の芸術ぶりを誇りにしている。彼らの主要関心事は侵略と領土の防衛だ。

マフィアについての本はたくさんある。*The Honoured Society* by Norman Lewis（London: Collins, 1964, paperback edition, London: Eland, and New York: Hippocrene Books, 1984）はマフィア組織のシチリアでの歴史を跡づけている。*A Man of Honor: The Autobiography of Joseph Bonanno*（New York: Simon and Schuster, 1983）は成功した首領が自分や自分の組織をどう見られたいと思っているかが描かれていて興味深い。マリオ・プーゾ（Mario Puzo）の最初の（そして私の意見では最良の）小説 *The Fortunate Pilgrim* はマンハッタンのウエスト・サイドで貧乏な他のシチリア出身者をいじめていた初期の、まだ貧乏だった頃のマフィアを小説として描いている。

沈黙の掟（omerta）は、近年では告発されたり有罪判決を受けたマフィアの団員が減刑その他の利益を得るために警察と協力する場合に、破られることがある。最近の注目すべき例はかつては信頼され、位が高かった暗黒街の有力者サルバトーレ・グラバノ（Salvatore Gravano）が、親分のジョン・ゴッチ（John Gotti）のニューヨークでの裁判で行った証言だった。証言は一九九二年二月二日に始まり、その後に引き続いて行われ、その内容はニューヨーク・タイムズその他各紙に広く報道された。この裁判の興味ある特徴は判事が陪審員への脅迫や贈賄を防ぐために細心の配慮を払ったことだ。陪審員は番号でしか呼ばれず、その名前や住所は裁判所の金庫に封印してしまい込まれた。法廷外では、彼らは秘密の場所に留め置かれ、陪審員席以外の場所では常に連邦裁判所執行官が同席した。それでも殺人、報復、復讐についてのグラバノの第一日目の証言を聴いて、一陪審員が恐怖に耐えかね、法廷もその辞任を認めた。後にさらに二名の陪審員が辞任を許された。

マフィアの大会が一九七〇年の初め、オランダ領西インドのサン・マルタン島で開かれた。私はそれを目立たないように、でも胸を躍らせて明け方から夜中まで二日間見物した。集会は三日間続き、フィリップスバーグでの買い物騒ぎで幕となった。二人の首領の妻を別にすれば、集会に出ていた女性はただ一人、恐ろしく高級としか言いようのない衣装を纏った若い美人だけだった。彼女は人形のマネキンのように見えただけでなく、文字通りそう振る舞った。彼女は出席者中でも一番魅力のない男の世話をしていたが、その命令なしには動こうともせず、ある時は身じろぎもしないで長い間立ち続け、またあるときはじっと座り続け命令されればいつまでも歩き続けた。一言もしゃべらず、眉一つ動かさなかった。後にニューヨークで聞いた話では、彼女は多分何かに違反して、罰としてこのような屈辱的な試練に遭わされていたのだろうということだった。

脅された写真家の話は実話である。当人が事件の数カ月後にその経験を私に話してくれた。

マフィアの団員ではないが育ちからいって団員と個人的関係がある知人は、名を伏せるが、マフィアの血を引いていながらマフィアから脱落した人々の話を私に聞かせてくれた。このことは、アメリカで生まれ育ったマフィアの子孫の相当数が犯罪生活を拒否するためもあって、絶えずシチリアから人を補給しているというアメリカやカナダでの報道によって裏付けられる。

組織犯罪についての大統領委員会の推計によれば、犯罪組織は約五〇万人を雇い、四七〇億ドルにのぼる収入を上げている。これはアメリカの経済規模の一パーセントに当たる大きさだ。*G & M*, October 27, 1986, "Trial in Manhattan opens window into world of mob", by Martin Mittelstaedt 参照。訴追された八人のニューヨークの親分たち（実は九人が裁判を受けるはずだったが、一人は前年仲間の不平分子によってマンハッタンのステーキハウスの店頭で射殺された）は荷役、建設、労働組合、生ゴミ収集業、薬物密輸・販売、ゆすり、高利貸し、資金浄化、――さらには前述（第一章）の取り締まりの成功にもかかわらず衣服産業に食い込んでいた。

　ゴルバチョフからの引用は彼の January 27, 1987 の共産党中央委員会演説（ソビエト報道機関である Tass によって翻訳の上外国新聞社に配信された）から得た。*NYT*, January 28, 1978.

　フィデル・カストロの演説はリー・ロックウッド（Lee Lockwood）の解題つきで *NYRB*, September 24, 1970 に出ている。

Gitkasan and Wet' suwet' en Indian の交易情報は、*The Spirit of the Land: The Opening Statement of the Hereditary Chiefs in the Supreme Court of British Columbia* (Gabriola, B. C.; Reflections, 1989) から得た。[American Indian はネイティブ・アメリカンと訳した]

　先史学者で取引は農業以前の狩猟採取グループの多くに普通に見られる特徴であると信じるようになった人が増えている。人類学者もいまやこの観点から現代の食料採取集団を再評価しようとしており、交易が近時において行われていたことの証拠だけでなく、それが遥か過去にさかのぼる証拠（それらはこれまでは看過されるか無視されてきた）にも注目している。*Past and Present in Hunter-Gatherer Societies*, edited by Carmel Schrire (Orland, Fla.: Academic Press, 1984) 参照。

　古代ペルーの綿花栽培・製造都市のことはジェフリー・クィルター（Jeffrey Quilter）によって *Science*, January 19, 1991 に記述されている。

　スコットランド・イングランド境界における襲撃については、その道徳的、経済的、並びに政治的意味合いを含め、*The Steel Bonnets* by George MacDonald Fraser (London: Pan Books, 1974) で述べられている。

　ヨーロッパ諸国の国境については、これを線として描く上で、Clark, *The Seventeenth Century* を参考とした。

アイザイア・バーリン（Isiah Berlin）の被征服民族についての卓抜なコメントはネイサン・ガーデルズ（Nathan Gardels）によるインタビュー記事 *NYRB*, November 21, 1991 に与えられている。

近代ヨーロッパ諸国家の長く征服されていた区域が、程度の差こそあれ自治要求地域として再出現していることを興味深く側面から解明しているものに *The Independent*（London）、February 9, 1992 掲載のクリスティーナ・フェリス（Kristina Ferris）作成の地図と、ニール・アシャーソン（Neal Ascherson）の付属エッセーがある。アシャーソンは「通常の線と色分けで描かれたものではなく真のヨーロッパをありのままに示す」地図は「激変中だ」と結論している。

ジョン・ホルト（John Holt）の一〇歳児描写は *How Children Fail*（Pitman, 1964; paperback edition, New York: Dell, 1988）から得た。［邦訳はジョン・ホルト著『子ども達はどうつまずくか』吉田章宏監訳、評論社、一七八〜一七九頁参照］

第七章　型に収まらない場合

軍の治療優先順位についてのスチュアート・E・ペリー（Stewart E. Perry）のコメントは *Communities on the Way: Rebuilding Local Economies in the United States and Canada*（Albany: State University of New York, 1987）よりの引用である。

南北戦争の負傷兵の件は私の義父ロバート・H・ジェイコブズ・シニア（Robert H. Jacobs, Sr. 1870-1959）から聞いた。彼の父親フェリス・ジェイコブズ・ジュニア（Delhi, N. Y.）が当の負傷兵で、南軍騎兵将校だった。その医師はフェリス・ジェイコブズ・シニア（Ferris Jacobs, Sr.）だった。私の義父のロバートは、この話を父親の親友や戦友から聞き出した。義父の父で負傷兵だったフェリス・ジェイコブズ・ジュニア（Ferris Jacobs, Jr.）は子供たちに従軍体験を一切語ろうとはしなかった。

ＣＩＡに汚染された精神病院とは the Allan Memorial Institute in Montreal のことで、その所長は故ドクター・イーウェン・キャメロン（Dr. Ewen Cameron）だった。犠牲者とその家族のための連合訴訟がＣＩＡを相手に提起されていたが、引き延ばしにあって多くの犠牲者が解決前に死亡した。犠牲者の子息で精神医学者になった人が書いた説明が *Father, Son, and CIA* by Harvey Weinstein（Toronto: James Lorimer, 1988）である。

イギリスの法廷弁護士の報酬についての現在の慣行や法衣の黒い袋の歴史的意味は、*G & M*, November 1, 1986 掲載 "The Ins and Outs of Inns of the Court" by Penelope Johnston が記述している。

南部奴隷所有者の道徳律について、あるいはその経済的考慮を乗り越える文化的力について特に優れている歴史家に Eugene D. Genovese, *The Political Economy of Slavery*（New York: Pantheon, 1965）および Roll Jordan, *The World the Slaves Made*（New York: Random House, 1975; Vintage paperback, 1976）がある。南部文学に表れた南部道徳律は、*Patriotic Gore* by Edmund Wilson（New York: Oxford University Press, 1962）で見ることができる。私はさらに、*Yankee Saints and Southern Sinners* by Bertram Wyatt-Brown（Baton Rouge: Louisiana State University Press, 1985）の恩恵を被った。

アーノ・Ｊ・マイヤー（Arno J. Mayer）は *The Persistence of the Old Regime*（New York: Pantheon, 1980）において、ごく最近に至るまでヨーロッパに統治者農業があまねく存在し続けたことを特に論じている。マイヤーの著書の奇妙な書評（*NYRB*, April 2, 1981）でＡ・Ｊ・Ｐ・テイラー（A.J.P. Taylor）はこのような経済的不正や不平等を資本主義のせいにしたがっている。彼は私有の土地はヨーロッパでは二〇世紀に至るまで貴族が独占していたことを認めつつも、貴族の富の多くは農業用地利用によるものではなく、都市用地地代（前に例に出したウエストミンスター侯爵の大財産を想起せよ）、土地所有に基づいて鉱山から入ってくる石炭採取権料、「線路の引かれた土地の所有者に一財産をもたらす」といわれた鉄道用地料からなると言っている。このことは真実で、時代が下がるにつれてますますその通りとなる。しかしだからといって農地が長年にわたり王室、貴族、世襲的地主（イングランドではいまでもそうだが）の所有するところで、商業的価値によるよりは統治者的価値によって経営されてきたことまで否定できない。

芸術家に特有な経済問題に関するルイス・ハイド（Lewis Hyde）の著書は *The Gift: Imagination and the Erotic Life of Property* (New York: Random House, 1983) である。

第八章　統治者気質・商人気質

文中のニューズレターは *International Eco-technology Research Centre*, Issue 4, January, 1990 (Cranfield, Bedford, UK) による。

［レイチェル・カーソン著『沈黙の春』青樹簗一訳、新潮社］

菌と菌の存在に関連が深い動物の生態学的適地についての情報は "The Ancient Forest" by Catherine Caufield, *The New Yorker*, May 14, 1990 および *Seeing the Forest Among the Trees* by Herb Hammond (Vancouver: Polestar, 1991) から得た。後者は情報豊富な挿し絵が美しい森林問題の素晴らしいテキストだ。

フランシス・ベーコン（Francis Bacon）からの引用文は Clark, *The Seventeenth Century* より採録した。［邦訳は中公バックス『ベーコン：世界の名著25』中央公論社、所収　成田成寿訳「随筆集」、一〇七頁参照］

第九章　アームブラスター、道徳のシステム的腐敗を論ず

政権の座にある人間についてのサー・ルイス・ネイミア（Sir Lewis Namier）の鋭い指摘は、その論説集 *Crossroads of Power* (New York: Macmillan, 1962) による。

イク族についての情報はコーリン・M・ターンブル（Colin M. Turnbull）の名著 *The Mountain People*

(New York: Simon and Schuster, 1972) より引用。［邦訳は＊『ブリンジ・ヌガク』幾野広訳、筑摩書房］

世界銀行の大規模プロジェクトの犠牲として生じた共同体の破壊、住民の窮乏化については Patricia Adams and Lawrence Solomon による *In the Name of Progress: The Underside of Foreign Aid* (Toronto: Energy Probe Research Foundation, 1985) および *Odious Debts: Loose Lending, Corruption and the Third World's Environmental Legacy* by Patricia Adams (London and Toronto: Earthscan, 1991) に記述されている。

国際通貨基金が企てた破産貧困国の経済改革の不幸な結果は新聞にしばしば報道された。一例として *WSJ*, March 23, 1989, "Brazil's Poor Get Hungrier on Bare Bones IMF Menu" by Alexander Cockburn 参照。

貯蓄貸付組合の破綻で納税者が負担を迫られるに至った経緯の説明は、*High Rollers: Inside the Savings and Loan Debacle* by Martin Lowy (New York: Praeger, 1991) にある。

便法として不正直な経理を用いるという悪しき先例をクインシーが憂慮していた（第一章）のは無根拠ではない。*WSJ*, November 2, 1990, "Hall of Shame――Besides S&L Owners, Host of Professionals Paved Way for Crisis――Auditors, Advisers, Officials Took Narrow View of Jobs or Were Led by Ideology" by Charles McCoy, Richard B. Schmitt, and Jeff Bailey 参照。

「陰鬱な短詩」は *G & M*, November 16, 1985 の企業欄の論文の語句から合成された。

投資銀行についての嘆かわしい「定義」は、Citicorp Investment Bank の広告だった。*WSJ*, April 28, 1987 参照。

支払い能力証明書についての資料は、*WSJ*, January 14, 1988, "Legal Time Bomb――Big Accounting Firms Risk Costly Lawsuits by Reassuring Lenders――Their 'Solvency Letters' Say Company Can Pay Debt; No Court Cases So Far" by Lee Berton に負う。*WSJ*, January 12, 1987, "Tricky Ledgers――To Hide Huge Losses, Financial Officials Use Accounting Gimmicks――Farm Credit Systems Plan Two Sets of Its

Books; Insolvent S&Ls Stay Open —— But Few Expect a Real Crisis" by Jeff Bailey and Charles F. McCoy も啓発的である。

ジャンクボンドの所有がパイ型であることを示す図は *WSJ*, December 22, 1988 に出ている。

借り入れによる企業買収や敵対的乗っ取りを弁護する人々の中で中心的なのは Harvey N. Segal, *Corporate Makeover: The Reshaping of the American Economy* (New York: Viking, 1989) やハーバード大学の経済学者マイケル・ジャンセン (Michael Jensen)、それにウォール・ストリート・ジャーナルのたいていの場合の匿名記者である。しかし、その他にもこのやり方の弁護者は実にたくさんいる。

Sun Tzu's *The Art of War*, translated and introduced by Samuel B. Griffith (Dorset) の過激な広告は Barnes and Noble (New York) 図書販売カタログ March 1991 に出ていたもの。

アントニー・ジェイ (Antony Jay) の経営者への助言本とは *Corporation Man* (New York: Random House, 1971) のことである。ジェイはまた、*Management and Machiavelli* (New York: Holt, Rinehart and Winston, 1968; New York: Bantam, 1969) の著者でもある。

ウォール・ストリート・ジャーナルが企業を軍隊に、企業経営者を将校になぞらえたのは、特別記事 "Medicine and Health", April 22, 1988 の書き出し部分においてだった。この比喩は、民間医療と軍事医療とでは深い道徳的な相違がある(第七章)ことからいって、間違いである。

交通警察による不正逮捕の話は、*NYT*, November 24, 1987, "New York Transit Police Officers Accused of Unlawful Arrests" by Richard Levine and Elizabeth Neuffer に基づく。

ロッキード社の財政困難とその救済は、*NYT*, October 17, 1976, "Lockheed Gets Off the Ground —— Problems Linger, but Defense Money Pours in for Biggest Military Contractor" by Robert Lindsey に述べられている。

セイモア・メルマン (Seymour Melman) のコスト規制の欠如による技術力の腐敗についての見解はロバ

ート・マータス（Robert Matas）の長時間インタビュー"Military spending: route to ruin", *G & M*, June 27, 1988 で述べられている。メルマンはこの問題について本も書いている。すなわち *The Demilitarized Society* (Montreal: Harvest House, 1988) がそれだ。

軍需契約企業が生産的投資をないがしろにしていることについては、*WSJ*, October 8, 1987 の "Antique Arsenals—Many Defense Firms Make High-Tech Gear in Low-Tech Factories—Pentagon's Flawed Ordering, Role of Congress Cited; Waste, High Costs Result" by Cynthia F. Mitchell and Tim Carrington が取り上げている。

工作機械その他の技術製品の世界市場でのアメリカのシェアが低下していることについては、*WSJ*, January 28, 1991 による。

プラトンの正義・不正義論については第二章注を参照。

コピノールについての情報はH・J・キルヒホフ（H.J. Kirchhoff）によるジョン・ウィリー・ラドルフ（John-Willy Rudolph）とのインタビュー記事、*G & M*, March 30, 1988 に基づく。

学生のために在庫切れの本のコピーを作った（企業経営学と地域社会開発論の）教師は、スチュワート・E・ペリー（Stewart E. Perry）である。彼自身も著作家であり（第七章注参照）、ノバスコシア州シドニーの地域社会開発センター所長である。彼は私の著作の一つをコピーしたので私に代金を送ってきた。私はそれを出版社に送った。

古代中国の詩は *The Way of Life According to Lao Tzu*, by Witter Bynner (New York: Capricorn, 1962) による。［邦訳は『老子』小川環樹訳、中公文庫、第一七章三八〜四〇頁］

第一〇章　倫理体系に沿った発明・工夫

SHAREプログラムについての情報は、スーザン・ウィット（Susan Witt）およびロバート・スワン

(Robert Swann) からの個人的な文通、SHAREおよびE・F・シューマッハ・ソサエティ (E.F. Schumacher Society、いずれもGreat Barrington, Mass.) の会報、および新聞報道に負っている。それらのプログラムに必要な法的文書等の指示や多くの地域経済発展（土地信託、地方通貨発行など）に関する情報はシューマッハ・ソサエティから入手できる。

多年にわたるグラミーン・バンク (Grameen Bank) についての情報、およびトロントでドクター・ユナス (Dr. Yunus) の講演を聴き、質問する機会を得たことについて、トロントのカルメドウ・ファウンデーション (Calmeadow Foundation of Toronto) に深謝する。

クライド・H・ファルンズワース (Clyde H. Farnsworth) による一覧表 “Principal Providers of Very Small Loans” と、論文 “Micro-loans to the World's Poorest” は *NYT*, February 21, 1988 に掲載された。

ボリビアとパナマに採算ベースで出資された少額貸付銀行 (micro-lending banks) についての情報は、ボリビアの銀行に技術的助言を与えているカルメドウ・ファウンデーション (Calmeadow Foundation) と、パナマで同様の業務を行っているアクシオン (Acción) に負っている。

An Operational Guide for Micro-Enterprise Projects (Acción International, Cambridge, Mass., and Calmeadow, Toronto, 1988) は両出版社のいずれからでも入手できる。Acción International も会報を発行している。

The Other Path: The Invisible Revolution in the Third World by Hernando de Soto (New York: Harper and Row, 1989) は micro-entrepreneurs がペルーにおいて（ひいては他の多くの地域で）政治的経済的にいかに束縛されているかを述べている。

The Marketplace Manual: A Practical Guide to Import Replacement, prepared for publication by Glen Gibbons (NEDCO, Eugene, Ore., 1987) はオレゴン・マーケットプレース (Oregon Marketplace) の経験を語り、短い事例研究を載せ、モデル契約その他の文書を含んでいる。アラナ・プロブストとの私信

“Oregon Marketplace” by Alana Probst and Glen Gibbons, *Economic Development Commentary*, Winter 1987 issue (Northwestern Council for Economic Development Institute, Evanston, Ill.) およびこのプログラムの進め方についてのプロブスト（Probst）の講演のスライドにも情報を負っている。

イタリアのボローニャを中心とするエミリア・ロマーニャ地方のフレキシブル・ネットワーキング・プログラム（flexible networking program）（本文では触れなかったが）は厳密に言えば新しい商業企画ではない。しかしそれは素晴らしい創意によって経済繁栄に不可欠な都市小企業競争・協力集団を復活させ、彼らが高度の技術、熟練、設備をわがものとするのを助けるのに役立ってきた。それは商業と統治の共生の建設的で非腐敗的な見事な例である。それは過去二〇年間にこの地域の一人当たり所得をイタリアの第一七位から第二位にまで押し上げた要因と見られている。それはいまやデンマークで模倣されオレゴン州で実行されようとしている。*Transatlantic Perspectives* (The German Marshall Fund of the United States, Washington, D.C.), Issue 22, Winter 1991, “The Power of Manufacturing Networks” by Richard Hatch および Issue 24, Autumn 1991, “European Economic Development Ideas Take Root in Oregon” by Wayne Fawbush and Joseph Cortright 参照。ビデオ “A New Idea from the Old World” もジャーマン・マーシャル・ファンド（German Marshall Fund）から入手できる。

台北経済についての情報はカナダ人現地訪問者や台湾からカナダへの移民の個人的報告、新聞特派員報道、特に *G & M*, June 20, 1979, “Taiwan feeling pains of industrial growth” by John Fraser, および *WSJ*, February 8, 1980, “Taiwan Still Thrives a Year After the Loss of U.S. Recognition” by Barry Kramer に負う。税法の役割については *Governing the Market* by Robert Wade (Princeton: Princeton University Press, 1990）による。

大気汚染防止法案（Clean Air Act）には途方もないコストがかかるだろうというウォール・ストリート・ジャーナル紙の論説は Rose Gutfeld and Barbara Rosewicz, October 29, 1990 である。しかし、同紙の論説でこれに続いたのはDecember 24, 1990に掲載の"Industrial Switch——Some Companies Cut Pollution by Altering Production Methods——Clean Manufacturing Avoids Many Problems at Source Rather Than Mopping Up——Change May Trim Costs Too" by Amal Kumar Nzだった。

電子企業におけるCFCのテルペン代用はジョン・R・ウィルケ(John R. Wilke)の*WSJ*, May 18, 1990の技術記事で述べられている。それ以外の山ほどあるCFC代替物質ないし代替方法については、*G & M*, February 22, 1992, "Phaseout of CFCs induces ingenuity" by Marcus Geeが報道している。ロンドン・オブザーバー紙(*The Observer*)の社説、"Nuclear Fantasy"はNovember 12, 1989に掲載された。

第一一章　ホーテンス、身分固定と倫理選択を対比

プラトンの身分制論は*Republic*(『国家』)に述べられている。

旧日本の身分制についての情報は、*Meiji, 1868*、および*Japan: An Attempt at Interpretation* by Lafcadio Hearn (New York: Macmillan, 1904). [邦訳は小泉八雲著『日本——一つの試論』平井呈一訳、小泉八雲作品集、恒文社]、並びにトロントのToshiko Adilmanの好意ある援助に基づく。

時代が下るにつれてフランス地方小貴族が貧窮化したことは*The Court Society*が記述し、分析している。

旧日本の寺院は荘園領地に似ており、この点では多くのヨーロッパ修道院と同列だった。

バイキング身分の伝説的起源は*The Vikings* by Johannes Brøndsted, translated by Kalle Skov (New York: Penguin, 1965)より得た。私は一つだけ小さな誤訳を訂正した(cattlemanとあるのをoxとした)。ヨーロッパの初期の議会が身分制(estates)を体現しているというコメントは*The Seventeenth Century*から来ている。

詩は*Lao Tzu*のWitter Bynnerより引用。[邦訳は『老子』小川環樹訳、中公文庫、第一一章二五~二六

頁〕

「申命記」からの引用は欽定訳による。〔邦訳は文語訳『舊新約聖書』日本聖書教会を利用した。「申命記」第二章三三〜三五節、第二三章一九節、二〇節、第一七章六〜一七節より引用。第一五章二〜四節、一〜三節、第一七章一五〜一六節、第一八章一節、第二六章一二節、第一七章一八〜一九節、第二五章一三〜一六節、第二三章二四〜二五節、第二四章一四〜一五節参照〕

「母親が受取証だ」という話は故ウィルバー・ストロング・ブロムズ（Wilbur Strong Broms of New York and St. Paul）から聞かされた。この人は交通違反金を支払った当の息子である。

スティーヴン・ジェイ・グールドの科学と宗教の分離についてのコメントは a review essay, "The H and Q of Baseball", *NYRB*, October 24, 1991 による。〔なおスティーヴン・ジェイ・グールド著『がんばれカミナリ竜』廣野喜幸・石橋百枝・松本文雄訳、早川書房、下巻、二一七頁参照〕

第一二章　方法の落とし穴

ヘラクレイトスの知識は *Encyclopaedia Britannica*, 1949 年版から得た。

エリアス『宮廷社会』によると、サン＝シモン（Saint-Simon、彼自身侯爵でルイ一四世とその息子の皇太子の相談相手だった）がその情報源であるが、剣の貴族と法衣の貴族の関係は友人関係や婚姻関係にもかかわらずブルジョア出身者への軽蔑の念が改まらなかったために緊張したものであった。

ローマの騎士は商業に深く関係したので、ついには富裕な、財産のある商人は誰でも宮廷称号エクウス（Equus）を与えられるか取得するかした。*Roman Imperialism in the Late Republic* by E. Badian (Ithaca, N. Y.: Cornell University Press, 1968) 参照。

キーン（Keen）*Chivalry* で騎士が余ってリトアニアやポーランドで戦争を引き起こしたことに触れている。後には、そうした多くの戦士がヨーロッパにあふれ、新世界の征服に、さらにはアジア、アフリカでの帝国主義的冒険事業に向かった。

法王イノケンティウス三世が（捕虜をどうすればよいか訊かれて）皆殺しを命じたことは *The Children's Crusade* by George Zabriskie Gray (1870; reissued New York: William Morrow, 1972) に基づく。［本章で言及されているマキャベリのコメントについては中公バックス『マキアヴェリ：世界の名著21』中央公論社、所収　池田廉訳「君主論」一三七〜一三八頁参照］

宮廷役人が税収増に驚いた話は *The Dragon Empress: Life and Times of Tz'u-hsi, 1835–1908, Empress Dowager of China* by Marina Warner (London: Hamish Hamilton, 1972) より採った。

サムライの息子の年老いての回想は *Memories of Silk and Straw: A Self-Portrait of Small-Town Japan* by Dr. Junichi Saga (New York: Kodansha International, 1990) による。この本は素晴らしい口承の歴史で、わけても精巧な昔の工芸が伝統に従って営まれてきた様を物語っている。［日本語版は佐賀純一著・佐賀進絵『田舎町の肖像』図書出版社、四三七頁参照］

何によらずイギリスに関することに触れるにはイギリス人の商業への態度に触れないわけにはいかない。それらは *English Culture and the Decline of the Industrial Spirit 1850–1980* by Martin J. Wiener (Cambridge University Press, 1981) に広範な文献を引いて分析されている。［邦訳はマーティン・J・ウィーナ著『英国産業精神の衰退』原剛訳、勁草書房］

フィラデルフィア骨董商の腐敗の話は *WSJ*, February 19, 1988, "At Many Auctions, Illegal Bidding Thrives As a Longtime Practice Among Dealers," by Meg Cox による。

ロッキード社従業員のインタビューからの引用は *NYT*, February 17, 1976, "In Burbank, Many Workers Defend Lockheed Payments," by Robert Lindsey に基づく。

ハンナ・アーレント（Hannah Arendt）の最後の著作 *The Life of the Mind* は未完だったが、死後 Mary McCarthy 編で出版された（New York: Harcourt Brace Jovanovich, 1978）。［邦訳はハンナ・アーレント著

『精神の生活』上下、思考、意志、佐藤和夫訳、岩波書店〕

経営倫理と自己吟味についてのリチャード・ニールセン（Richard Nielsen）の論文には以下を含む。*Journal of Business Ethics* 3, 1984, "Toward an Action Philosophy for Managers Based on Arendt and Tillich"; *California Management Review*, Spring, 1984, "Arendt's Action Philosophy and the Managers as Eichmann, Richard III, Faust or Institution Citizen"; *Journal of Business Ethics* 8, 1989, "Negotiating as an Ethics Action (Praxis) Strategy"; *The Academy of Management EXECUTIVE*, 1989, "Changing Unethical Organizational Behavior"; *Journal of Business Ethics* 9, 1990, "Dialogic Leadership as Ethics Action (Praxis) Method."

恐れからの自己吟味は *G & M*, September 12, 1991, "Honesty begins at home——with the number of scandals rising, firms are sniffing for any whiff of wrongdoing in their closets before the regulators find them", a dispatch from New York by Jacquie McNish で注目されている。一会社内での同じ現象が *New York magazine*, December 9, 1991, "Saving Salomon" by Bernice Kanner で述べられている。

ブリティッシュ・コロンビア州森林監督官倫理綱領の改定と林学部学生による、「気づく」（Awareness）組織については *Vancouver Sun*, October 16, 1991, "The Value of Ethics——Scandals force business on to new path" by Carrie Nishima が報道している。

自己修正式誠実テストは、*WSJ*, July 11, 1985, "More 'Honesty' Tests Used to Gauge Workers' Morale" by Thomas F. O'Boyle が報道している。

軍需受注者の倫理への反撃は *WSJ*, July 21, 1988, "Defence Contractors' Ethics Programs Get Scrutinized" by Eileen White Read によって報道された。その後表面化した産軍スキャンダルは数多く、身の毛もよだつもので、複雑怪奇だからそれだけで一冊の本ができよう。その例は *WSJ*, June 27, 1988; July 7, 1988; September 2, 1988; December 22, 1988——等々である。以下は *WSJ*, March 29, 1990 の報道だ。「ウィリア

ム・ガルビン（William Galvin）は最近まで最も羽振りがよく高報酬を得ている国防産業コンサルタントだったが、一九八〇年代後半に海軍の最高調達官ともう一人の国防総省管理職に贈賄した罪を認めた。――このスキャンダルで三〇人以上が有罪宣告を受けたが、検察官はガルビンがさらに告訴の範囲を拡大する鍵を握っていると見なしている」

ルイス・ハリス・グループによる事務職員世論調査は *Vancouver Sun*, October 16, 1991 が報道している。

第一三章　ホーテンス、倫理選択を擁護

本文中でジャスパーが参与しているとされている図書館は特定の一図書館を描いたものではない。いくつかの図書館の細かい特徴を拾い出し、合成した。

妻の鼻を切ったパシュトゥン人の話の出所は *WSJ*, July 16, 1974, "Visit to the Past――Waziristan Is a Land Where Change Comes Very Slowly――If at All――In Remote Pakistan Area, Every Man Has a Gun and Is Ready to Use It――How a Wife Lost Her Nose" by Peter R. Kann である。

詩は Witter Bynner 版『老子』（*Lao Tzu*）からまた別の作品を引用した。［邦訳は『老子』小川環樹訳、中公文庫、第一八章四〇頁］

謝辞

本書の登場人物は人格としては完全に架空の存在であるが、多くの実在の人々がその知識や物の見方で寄与してくれた。特定項目については注でそのことを認めている。

私の編集者であり出版者でもある Jason Epstein の寄与は不可欠のものであった。彼の建設的な懐疑主義と、論点を明確にし拡充せよという要求とは、名前を挙げていないが彼をして本書全体を通じての参加者たらしめている。

私が特に負うところが大きいのは Boston College の哲学部、神学部と Pulse Program に対してである。おかげで私はまだ準備段階にあった私の考えを Lonergan Workshop seminar で一九八七年に発表する機会を与えていただいた。その会議録は、*Ethics in Making a Living*, edited by Fred Lawrence (Atlanta: Scholars Press, 1989) として出版された。後に彼は対話の初期の原稿を私と一緒になって検討してくれた。以下の Boston College の方々の教えや示唆は大いに役立った。Professor Patrick Byrne, the Reverend Joseph F. X. Flanagan, S. J., Glenn Hughes, Richard Keeley, Professor Frederick Lawrence, Sue Lawrence, Professor Francis McLaughlin, Professor Richard Nielsen, Dr. James Rurak, Mary Donley, and students Peggy Bedevian, Cindy Kang, Sheila Lynch,

Sara Marcellino, and Nancy Soohoo。また私は一九八六年にクリーブランドのJohn Carroll Universityで第一〇章の素材の多くを批判と討議のために開陳する機会を与えて下さったthe Reverend T.P. O'Malley, S.J.にも感謝する。

非公式の報告・討論グループを組織し、数年の長きにわたって内々の報告とそれがもたらすギブ・アンド・テイクを味わわせて下さったことについて、私はPatrick Lawlorに特別の恩恵を被っている。

情報、着想、着想のタネを提供し、あるいは原稿を検討、批判、訂正して、知ってか知らずかはともかく私を助けて下さった方々には次のお名前が含まれる。Patricia Adams, Sid Adilman, Toshiko Adilman, Jeffrey Ashe, Virginia Avery, Charles Bergengrin, James I. Butzner, Dr. J. Decker Butzner, Judge John D. Butzner, Pete Butzner, Mary Ann Code, Martin Connell, Marcel Coté, Robert A. Crosby, Benjamin Dreyer, Robert Fichter, Mary Ann Glendon, Paul Golob, C. Richard Hatch, Linda Haynes, Mary Houghton, Burgin Jacobs, Edward D. Jacobs, Dr. James K. Jacobs, Dr. Lucia Ferris Jacobs, Leticia Kent, Alex Kisin, Professor Marvin Lunenfeld, S. H. MacCallum, Mel Manchester, Elizabeth R. Manson, Doris Mehegan, Maryam Mohit, Mary Perot Nichols, Dr. Alan Powell, Alana Probst, Mallory Rintoul, Norm Rubin, Lawrence Solomon, Henry Stern, Robert Swann, John Tulk, Barbara Weisl, Susan Witt, and Jane Zeidler。私は彼らのすべてに感謝する。

そして何よりも私は、私の夫であり、主たる激励者で最良の友であるRobert H. Jacobsにお礼を言いたい。

原著あとがき

本書は、仕事して生活していく（viable working life）上で支えとなる道徳と価値とを探求する。他の動物と同様に、人間は利用可能なものを見つけて採取し、縄張りを作る。しかし他の動物とは違って、人間は交換をし、交換のための生産活動に従事する。人間にはこの二つの根本的に異なった必要充足の方法があるため、人間の道徳や価値にも二つの根本的に異なる体系がある――その二つとも有効であり、必要である。

これは道徳の理解の仕方としては通常の方法とは異なっている。哲学者や宗教の教祖たちは、伝統的に個人の徳のある生活と徳による支配のための道徳律をしばしば結びつけて分析し強調してきた。今日、法律、企業活動、科学、立法府などにおいて仕事生活の倫理にかかわっている人々は、ときには個人的私的な徳をも一緒くたにしながら、たまたま出会った具体的な倫理問題に取り組む傾向がある。そのどちらも、仕事と生活における驚くべき道徳的矛盾とそれが生じる理由を体系的に解明しようとはしていない。

良くあろうとする個人として、われわれはたとえば忠実であり、また誠実であろうとする。しかし仕事の上で、この二つの徳はしばしば衝突する。忠実であろうとして誠実であることをやめるか、それとも逆に、誠実であろうとして組織や仕事仲間に忠実であることをやめる。このことはよく言われるように、われわれが善良でありうるのは個人生活においてのみであって、俗世間での仕事に携われば道徳的行為は曲げられるか破られるかするしかないことを意味するのだろうか。

否、そのような考えにとりつかれて意気阻喪するのはナンセンスである。明確なルールがあって、それに気づきさえすればの話だが、誠実と忠実の二つが対立するときには、誠実が優先されるべきなのはいつで、忠実が優先されるべきなのはいつかを教えてくれる。二つの道徳と価値の体系が存在し、それらが相互矛盾しているのはなぜかを知れば、多くの混乱に光が投じられる。たとえば、どんな政府であるかにかかわりなく、政府企業が無駄、非効率、そして失望に終わるのはなぜか、嘘をついたりごまかしたりするのが倫理的であるのはどんな場合か、勤勉が巨悪に転ずるのはどんなときか、階層意識は何を物語るか、神秘的とさえいえる男の仲間づきあいと忠誠心が有史以前の狩猟生活から現代に引き継がれてきたというのは本当か、なぜ政府は農業に介入せずにいられないのか、科学は商業が活発な社会でしか盛んにならないが、芸術は商業を欠く社会でも商業を活発にしようとする社会でも等しく盛んになりうるのはなぜか、階級差別のルーツは何か、犯罪組織は政府を真似ているのか企業を真似ているのか、その他多くのパズルが解ける。

私が説明するこの二つの道徳・価値体系は、私が発明したものではない。人類は一方で生産と交易の、他方で縄張りの組織と管理の数千年にわたる経験を通じてこれを達成してきた。私はその素材を分類し、その起源が何で、それがいまも機能しているのはなぜかを分析し、組織や制度が自らに妥当する道徳体系を別の道徳体系と混同した場合に、どのような機能的・道徳的な泥沼に陥ることになるかを示したにすぎない。

読者の多くは、私が取り扱う素材の多くをすでに直観的には理解しておられる。ただ、その理解が十分明晰でない場合がある。一つにはわれわれの多くは一方の道徳体系に偏向しているので別の道徳体系が理解できず、特にそれが体系をなしていることを理解できない。読者が教育、経験、関心、野心から来る偏向をお持ちであることにまだお気づきでないなら、本書でそれに気づかれよう。「汝自身を知れ」との格言には、自己の外にある大きな仕事世界での行為と態度をどう評価するかの物差しを知ることも含んでいる。

私は対話形式で説明を進めることを選んだが、これは登場人物の一人が言うように、この形式が主題によく適合しているからである。私の技能の及ぶ限り、読者が耳にする最高の表現を心がけた。普通は、対話による説明は全知の人間が未経験者、弟子、助手を教え導くという形をとる。しかし、本書の登場人物はみな平等な立場にあり、仕事して生活することの道徳的意義を明らかにしようと努力している。

この選択はお遊びではない。国民は政府、企業、あるいは草の根ボランティアの政策の間を縫って進まなければならず、また、あらゆる職業において招かずして生ずる道徳的対立や倫理的難問に苦しまなければならない。私たちはこれらについて形式張らない民主的な探求を続ける必要があると私は確信している。旧マルクス主義社会は、その再編成の過程で、企業と政治において何が正しく、何が正しくないかを明らかにすることが絶対に必要である。しかし、それはわれわれも同じなのだ。私の本の登場人物の対話が、役立つ指針を示唆できれば幸いである。

訳者あとがき

本書は、Jane Jacobs, *Systems of Survival, A Dialogue on the Moral Foundations of Commerce and Politics*, Random House, Inc., New York, 1992 (Vintage Books edition, 1994) を翻訳したものである。著者のジェイン・ジェイコブズ女史は翻訳に当たっての訳者の質問に答え、また訳者の要請に応じて本書のために一文をお寄せ下さった。そのことに先ずお礼を言いたい。

この本で著者は、人間の社会生活の倫理的基礎を解明しようとしている。そこに引かれた多数の文献や豊富な報道、これをめぐる活発な議論等は、読者を誘って新たな思索に向かわせる力がある。それは特に、近年多くの政治的・経済的スキャンダルにつきまとわれてきた日本の状況を考え直す上でも、一つの視点を提供するものと思われる。

本書の内容は、本書自体に即して読者自ら味わっていただくべきであるが、参考までに訳者の立場からの本書の受け取り方やその翻訳の方針などについて説明しておきたい。

本書で著者ジェイン・ジェイコブズは次のことを主張している。

(1) 人間がその必要とするものを入手するには、縄張りから取得する (take) か、また

は お互いに取引する (trade)。前者は他の動物と同じ生活だが、後者は人間だけが行う。
(2) 人間の生活にこの二つの様式があることに対応して、人間の社会的道徳にも統治の倫理 (たとえば忠実) と市場の倫理 (たとえば誠実) の二つがあり、両者はしばしば相互に矛盾し対立する。
(3) したがってこの二つの倫理を混同すると、「救いがたい腐敗」が生ずる。
(4) これを避けるには、統治者と商人を身分的に区別するカースト制を布くか、または課題に応じて統治の倫理、市場の倫理のいずれかを自覚的に選択するか、二つに一つである。
(5) 民主主義の下では身分制はとれず、自覚的倫理選択が必須となる。
これらの主張はすべてが新奇なものではない。たとえば前記 (1) については、私にはアダム・スミスが人間には「交換性向」があるが他の動物にはそれがないとしたことが想起される。彼はユーモラスに「犬同士が一本の骨をべつの骨と、公正にしかも熟慮の上で交換するのを見た人は誰もいない」と言っている (『アダム・スミス: 世界の名著』中公バックス、玉野井・大河内・田添訳「国富論」八一頁)。本書でいう二つの道徳については、昔から議論のあった「分配の正義」と「交換の正義」の対照と対比できよう。また (3) (4) に関しては、新渡戸稲造はその著『武士道』のなかで、武士については「帳場と算盤は嫌悪された」と記し、「その社会的取極めの知恵」をモンテスキューをも引きながら賞賛している（矢内原忠雄訳、岩波文庫、六七頁）。さらに（5）問題の領域によって適用すべき道徳が異なるとの主張については、やや突飛かもしれないが私は Michael Walzer, *Spheres of Justice: A Defense of Pluralism and Equality*, Basic Books, 1983 を連想した。ジェイコブズ自身も本書の主張がプラトンの対話『国家』の現代における復活であり拡張であることを強調している。

本書ではこうした古い知恵が改めて体系化されている。しかし私にとって本書が魅力的なのは、このことだけによるものではない。それが社会学、人類学、歴史学、法学、生態学など古今東西の知見によって裏打ちされ、その意義がわれわれ自身が体験した現代の諸事件の報道を通じて確認されていることによる。

本書はプラトンに倣って対話の形式をとっている。出版人、小説家、弁護士、環境運動家、自然科学者、銀行重役を登場人物とする対話は計五回開かれ、第一章、第二章〜第四章、第五章〜第七章、第八章〜第九章、第一〇章〜第一四章がそれぞれをカバーしている。本書のストーリー展開は、多種の材料と多様な視点を整理する上できわめて有効であり、スリリングなまでに劇的な効果をあげている。創作対話の形での議論の展開は最近の日本ではなじみが薄いが、古くは空海『三教指帰』や中江兆民『三酔人経綸問答』の伝統もある。本書の形式が本書を日本の読書人に受け入れにくくすることがないことを期待したい。

本書原著が私の注意を惹いたのは、著者がジェイン・ジェイコブズであったためである。私は三〇年ほど前に経済企画庁内国調査課に在勤していた。そこでの仕事の一つが『経済白書』の作成であったが、ある年たまたま都市問題を取り上げることになって関連文献をいくつか読んだ。その中でも断然面白かったのが黒川紀章氏の翻訳によるこの著者の『アメリカ大都市の死と生』（鹿島出版会、一九六九年、ＳＤ選書118、一九七七年。原書は *The Death and Life of Great American Cities*, Random House, 1961. なお翻訳は四部からなる原著の前半二部に相当）であった。私の心にはこのときの感動の記憶が棲みつき、それほど熱心にフォローしたわけではないにしても、その後も著者の労作が目に付けばついそれを手にすることになった。著者は同じ出版社から *The Economy of Cities*, 1969、*Cities and the Wealth of Nations*, 1984（中村達也訳『都市の経済学』一九八六年、ＴＢＳブリタニカ）を刊行されたが、いずれも私の期待を裏切らなかった。この他に *The Question of Separatism: Quebec and the Struggle over Sovereignty*, 1980 があるようだが、私には未見である。私には、本書はこの著者の労作であるからきっと価値があるに違いないという思い込みがあった。

もっとも私にはジェイコブズ女史との個人的な面識はない。インターネットを検索して得たところでは、ジェイン・ジェイコブズは一九一六年ペンシルベニア州スクラントンに生まれ、同地の高校を卒業した。大不況下のニューヨークに出ていくつかの職業に就き、失業も経験したという。業界紙の記者やフリーランスの寄稿家になり、戦時情報局に勤めた。そこで建築家ロバート・ジェイコブズと知り合って結婚し、建築フォーラムのスタッフの一人となった。そしていくつかの地域運動・市民運動の組織化に努めた。一九六八年にはニューヨークからトロントに移り、独立不羈の思索生活を続けている。

この経歴からも明らかなように、ジェイコブズが世に知られているのは都市問題についての発言によってである。彼女は都市の健康で自立的な発展にはその多様性が重要だとし、形式的なゾーニング、規模の大きさを誇る都市改造、あるいは機械的な成長管理には反対で、一見猥雑に見える草の根の生活エネルギーを重視する。論文に「下町こそ住民のものだ」("Downtown is for People," *Fortune*, 1958) があるわけだ。国民経済や農村の発展も都市の発展なしには考えられないとし、その鍵を都市における輸出の創出と輸入の置き換えに求めている。

こうした思想の跡は本書にもうかがわれる。ただ本書で著者は都市問題そのものでなく「仕事の倫理 (ethics of working life)」を論じている。著者にとっての新境地を拓いたものと言えよう。

原著を偶然書店で見かけた私は、ジェイコブズも変わったテーマで本を書くようになったものだと感じ、題名から環境問題についての本かもしれないと想像した。なつかしさで購入したが、私の専攻する経済問題からは離れているように思い、しばらくはそのまま放置していた。一年以上も経ってから再び偶然にこれを読み始め、第一章の不良債権処理や環境破壊反対運動のエピソードに触れてたちまちその魅力の虜になり、翻訳してみようかとの考えさえ起こした。リクルート事件、証券不祥事に引き続き、住専処理、官僚腐敗、大和銀行事件などが世間で大きく騒がれていた頃である。この原稿を執筆しているいまも、総会屋問題での大銀行、大証券の関与や官僚接待などが話題となっている。これら事件の関係者には私が個人的に知っている人もいないではなかった。私たちの世代が努力して築いてきたつもりの輝ける日本経済は、どうなってしまったのか。本書を読み進む私の念頭には、この疑問と憂鬱がつきまとっていた。

その一方で、私には哲学や道徳を論じることに強い抵抗があった。私は森鷗外の「一体道義のことなどを口にするのは聴苦しい」（「仮名遣意見」）、「義憤と言うことは気恥かしい」（「当流比較言語学」）という言葉に同感していた。このような感じは私の体質に根ざすと同時に時代体験から来ている面もあろう。私は敗戦で八紘一宇道徳が無惨にも崩壊するのを見た。戦災と不潔と空腹と栄養失調に脅かされると「衣食足って礼節を知る」ことの正しさを痛感しないではおられなかった。衣食が足らなくても知っていなければならないのが礼節だと気づいたのは後の話だ。

冷戦イデオロギー対立の重圧から私に息をつかせてくれたのは「現実的であることが進

歩的でないはずはない」というケナン（『アメリカ外交50年』近藤晋一・飯田藤次訳、岩波現代叢書）の言葉だった。若い頃の私には旧制高校の哲学好みは空疎に見えた。私は『善の研究』や『三太郎日記』は読まず、その頃読んで感銘を受けた倫理の本はミルの『功利主義』であり、フォイヤーの『精神分析と倫理』（鶴見和子訳、岩波現代叢書）だった。そうは言っても私の中にも他人への説教癖は牢固として残っていたが、私の受けたエコノミストとしての訓練がそれを多少とも抑制した。昭和三〇年代には日本銀行の市中貸出の増加がオーバーローン問題として論じられており、駆け出しの私もこれについて書いたことがある。それを読んだ先輩の金森久雄氏は、「オーバー」という言葉自体道徳判断だ、経済問題と道徳問題を混同してはいけないと私に注意された。私は及ばずながら以後その注意を守ろうとした。

私はいまでも安易な道徳論には従うべきでないと考えている。しかし若い頃の哲学嫌いは中年になって少しずつ氷解した。ヒューム『人性論』やヘーゲル『歴史哲学講義』が面白かったのがきっかけだったような気がする。それに上述の近年の事件やスキャンダルの連続だ。経済分析は価値判断から自由であるべきだが、哲学や倫理の問題はそれはそれとしてきちんと考えた方がよいと思うようになった。私は本書のアームブラスターの感慨に同情できるようになったのだ。そして倫理の問題を多くの文献を調べ実例に即して検討する本書のアプローチにも感動した。道義を口にするならこれくらいの準備をしてからにすべきだとも考えた。

次に本書の内容についての私自身の意見を述べよう。本書を訳出するのは原著の価値を認めてのことであり、私は本書の主張に同感することが多い。ただ、二〇世紀の経済の主役である大企業組織には上下関係が存在し、コーポレート・ガバナンス（統治）が問われる。その一方、民主主義政治では市場の道徳に属する合意や契約、人権の思想が影響力を持つ。こうして統治と市場は「相互浸透」の関係にあるだけに、本書の主張の実践はさらに重要で深刻な問題をはらむことに注意すべきであろう。なお本書では統治を権力関係を中心にとらえており、たとえば社会契約説に対する評価などは私の立場からいえばやや冷たいとの印象を持つ。

最近さかんに報道されている癒着や腐敗は、いわゆる日本的システムと深くかかわっているように見える。しかし本書の著者は、特に「日本の読者へのメッセージ」において、問題の根源が人間の生き方そのものにあることを強調している。問題の普遍的な側面と特殊的な側面を正しく評価する必要があろう。

本書には社会学、人類学、歴史学、法学、生態学など、訳者の不案内な話題が数多く含まれ、また多くの事件についての報道が引用されている。それらのいちいちについての議論の当否を正確に判断することは私にはできない。識者のご判断に待ちたい。私にも比較的に知識のあるはずの日本事情については、ジェイコブズの関心が深いことはよく知れるが、幾分ミスリーディングな表現もなくはない。著者は二つの倫理の混同を防ぐ仕組みとして、限定条件つきながらカースト制にもそれなりの評価を与えているが、私ならやはり身分固定のもたらす悲惨さをもっと強調したいところである。また世界銀行や原子力発電についての著者の評価には、私はいま直ちに全面的賛成はできない。とりあえず問題提起として受けとめておき、今後機会を得て考察を深めていきたい。

著者のジェイコブズは主流の経済学者にはかなり厳しい批評の眼を向けている。本書第一〇章でも地域の輸入代替運動について比較優位を楯に冷淡な態度をとる経済学者が登場する。ついでだが、この箇所で比較優位説に関連してアダム・スミスの名が出てくるが私ならリカードに言及しただろう。ジェイコブズの前著 *Cities and the Wealth of Nations* の第一章は「愚者の楽園」と題されているが、愚者とは主流の経済学者のことである。私自身は経済学の主流に沿ってものを考える立場をとっているので、ジェイコブズのこの見方には完全には同意しない。

しかしジェイコブズの経済学批判にも耳を傾けるべき所は少なくない。経済学者にはモデルにこだわり、モデル化しにくい実態を議論の外におく悪い癖がある。シュンペーターの偉大な仕事にもかかわらず、均衡を重視し発展を軽視するきらいがある。ただ単純化は着実で明晰な分析のために必要なことであり、主流の経済学の業績を全面否定することは誤っていると思う。

輸入代替についてはハーシュマン（『経済発展の戦略』麻田四郎訳、巌松堂）がその戦略を論じたときには、まず輸入を促進して国内市場を開発し、需要の存在を確かめてからこれを国内生産するはずだった。ところが現実に輸入代替政策の名のもとに行われたのは、国内市場を閉鎖し、はなはだしい場合には国内に需要がなく従って輸入もされていない段階で重化学工業育成を強行しようというものだった。輸入代替に批判的な経済学者は、輸入代替政策がジェイコブズも批判する保護政策に堕しがちなことを懸念しているのであって、保護政策の別名ではない草の根の輸入代替努力を否定するわけではなかろう。

ジェイコブズは主流の経済学者に冷たいが、優れた経済学者でジェイコブズを尊敬する人は数多い。ジェイコブズは *The Economy of Cities* が出版された年のアメリカ経済学会に招かれて報告した（Jane Jacobs, "Strategies for Helping Cities", *American Economic Review*, September 1969, pp. 652-656）。ノーベル経済学賞を受賞したロバート・ルーカスは、新しい成長理論の礎石の一つとなった論文（Robert Lucas, On the "Mechanics of Economic Development", *Journal of Monetary Ecomomics* 22, 1988, pp. 3-42）で敬意をもってジェイコブズに言及し、その都市経済学の著書二冊を参照している。私には前にも触れたジェイコブズの草の根の活力、その自発性と多様性重視の思想は、主流の経済学者のそれと深いところで共鳴するものがあるように思える。

本書は以上のような経緯から私の発意で始められた。私はこのプランを日本経済新聞社出版局の田口恒雄氏に話し、同氏のご尽力で翻訳権取得、日本経済新聞社からの出版が決まった。田口氏は自らこの本の出版事務を担当されただけでなく、細かく原稿に目を通し、数多くの改善修正を提案して下さった。同氏は事実上の監訳者の役割を演じて下さったわけだ。いつもながらの田口氏の友情に感謝する。

当時私は日本経済研究センターの理事長在任中で、時間的制約もあって作業が遅れがちであったので、同僚の植木直子氏（研究開発部部長）の協力を得ることにした。翻訳は両名の分担と協力でなされたので、植木氏を共訳者としてカバーに載せるのが本来の姿である。ただ、すでにある程度作業が進行していたこと、意見が合わなかったときには年長の香西の判断を優先させてもらったことなどから、私だけが訳者を名乗ることになった。多忙な業務の余暇を割いて下さった植木氏の献身的なご助力に衷心感謝したい。

翻訳にさらに言い訳をつけるのは訳が不出来なことの表れであるが、訳語の選択などについていくつかのコメントを記しておく。

翻訳については正確で読みやすい日本語版をつくることを心がけた。訳者の専門でない領域が多く、誤解などもあるかと懸念するが、ご叱正を待ちたい。

原題は *Systems of Survival* であるが邦訳の題名は「市場の倫理 統治の倫理」とした。本書で用いられる survival や viable working life には適当な日本語が見あたらず苦労し、結局上記の訳に落ち着いたわけである。

本文中には systems の他に moral syndromes という語も頻出するが、システム、シンドローム、体系、行動様式、型などの訳語を適当に当てた。また英語の moral と ethic、日本語の道徳と倫理を区別せず、交互に自由に用いた。

取引 trading に対照される taking の訳語として、奪取、略取、領取、占取、取得、取り上げなどを考えたが、決定打は思いつかず、いくつかの訳語が併存している。なお territory を場合に応じて縄張り、領域、領土、領地と訳した。

輸入代替と訳した言葉の原語は import replacing だ。経済学では import substitution を輸入代替と訳すのが通例で、import replacing にはあまりお目にかからない。経済学では輸入代替は国際貿易について言われるが、ジェイコブズはこの言葉を地域間の取引にも当てはめている。しかし内容はそれほど異ならないので、輸入代替の語を用いた。なおこの二つの表現のうち replacement を選ぶ理由についてのジェイコブズの説明は、*The Economy of Cities*, pp. 145-147 を参照されたい。

本書のキーワードである knowledgeable moral flexibility は自覚的倫理選択と訳した。flexibility は柔軟性と訳すのが普通だが、それでは原則を無視してその場その場で適当に語感になりかねない。課題を認識した上でそれに応じて統治の倫理、市場の倫理のいずれかを選択しこれを断固として守るのが本書の主張・主旨にかなうと考えて、この訳語を選んだ。

本文については対話らしくするため、発言者の性別、年齢、職業を考慮して語尾などに多少の差を付けた。ただし余り砕けた会話調は採用しなかった。文章の調子を決めるについては、プラトン『国家』（藤沢令夫訳、岩波文庫）を参考にさせていただいた。

参照文献はすべて原タイトルで掲げた。その上で邦訳の存在を知りえた場合はこれを訳注として示し、本文中の引用ページ数を掲げた。

本文中の引用は原則として本書原著から訳すことにし、邦訳があってもこれには従わなかった。ただし、できるだけ参考にさせていただいたことはもちろんである。例外の一つは老子からの引用で、英語からの訳の他に読み下し文を併記した。また聖書からの引用については、原著が欽定訳を利用しているので翻訳でも文語訳を用いさせていただいた。

本文で以前の会話に言及されている箇所には訳者として「」で参照頁を掲げた。

私はこの翻訳に従事している間に、一〇年余にわたる社団法人日本経済研究センター理事長の職を辞し、同会長に就任した。また東洋英和女学院大学の教壇に立つことになった。理事長在任中のご支援について多くの方にお礼を申し上げなければならない。この訳書がそのしるしとなること、また私にとっては新たな生活へのコメンスメントの記念となることを喜びとしたい。

一九九八年二月

香西　泰

本書は日本経済新聞社より一九九八年七月に刊行され、のち文庫版が二〇〇三年六月に刊行された。ちくま学芸文庫版刊行にあたり、訳者の著作権管理者の許可を得たうえで、植木直子氏の協力により訳語を改訂した個所がある。

比較歴史制度分析（上）
アブナー・グライフ
岡崎哲二／神取道宏監訳
中世後期は商業的統合と市場拡大が進展した時代と言われる。ゲーム理論に基づく制度分析を駆使して、政体や経済の動態的変化に迫った画期的名著。

比較歴史制度分析（下）
アブナー・グライフ
岡崎哲二／神取道宏監訳
中世政治経済史の理論的研究から浮き上がる制度の適用可能性とは。本書は、その後のヨーロッパの発展と内部に生じた差異について展望を与える。

企業・市場・法
ロナルド・H・コース
宮澤健一／後藤晃／藤垣芳文訳
「社会的費用の問題」「企業の本質」など、20世紀経済学に決定的な影響を与えた数々の名論文を収録。ノーベル賞経済学者による記念碑的著作。

貨幣と欲望
佐伯啓思
無限に増殖する人間の欲望と貨幣を動かすものは何か。経済史、思想史的観点から多角的に迫り、グローバル資本主義を根源から考察する。（三浦雅士）

意思決定と合理性
ハーバート・A・サイモン
佐々木恒男／吉原正彦訳
限られた合理性しかもたない人間が、いかに最良の選択をなしうるか。組織論から行動科学までを総合しノーベル経済学賞に輝いた意思決定論の精髄。

「きめ方」の論理
佐伯胖
ある集団のなかで何かを決定するとき、望ましい方法とはどんなものか。社会的決定をめぐる様々な理論・議論を明快に解きほぐすロングセラー入門書。

増補 複雑系経済学入門
塩沢由典
なぜ経済政策は間違えるのか。それは経済学の理論と現実認識に誤りがあるからだ。その誤りを正し複雑な世界と正しく向きあう21世紀の経済学を学ぶ。

発展する地域　衰退する地域
ジェイン・ジェイコブズ
中村達也訳
地方はなぜ衰退するのか？　日本をはじめ世界各地の地方都市を実例に真に有効な再生法を説く、地域経済論の先駆的名著！（片山善博／塩沢由典）

市場の倫理　統治の倫理
ジェイン・ジェイコブズ
香西泰訳
環境破壊、汚職、犯罪の増加――現代社会を蝕む病理にどう立ち向かうか？　二つの相対立するモラルを手がかりに、人間社会の腐敗の根に鋭く切り込む。

じゅうぶん豊かで、貧しい社会
ロバート・スキデルスキー／エドワード・スキデルスキー　村井章子訳
ケインズ研究の世界的権威による喜びのある労働と意味のある人生の実現に向けた経済政策の提言。目指すべきは、労働生産性の低下である。（諸富徹）

アマルティア・セン講義
経済学と倫理学
アマルティア・セン　徳永澄憲／松本保美／青山治城訳
経済学は人を幸福にできるか？　多大な学問的・社会的貢献で知られる当代随一の経済学者、セン。その根本をなす思想を平明に説いた記念碑的講義。

アマルティア・セン講義
グローバリゼーションと人間の安全保障
アマルティア・セン　加藤幹雄訳
貧困なき世界は可能か。ノーベル賞経済学者が今日のグローバル化の実像を見定め、個人の生や自由を確保し、公正で豊かな世界を築くための道を説く。

大企業の誕生
A・D・チャンドラー　丸山惠也訳
世界秩序の行方を握る多国籍企業は、いったいいつ、どのようにして生まれたのか？　アメリカ経営史のカリスマが、豊富な史料からその歴史に迫る。

日本資本主義の群像
栂井義雄
渋沢栄一、岩崎弥之助、団琢磨ら。明治維新から太平洋戦争終焉まで、日本資本主義を創建・牽引した10名の財界指導者達の活動を描く。（武田晴人）

日本の経済統制
中村隆英
戦時中から戦後にかけて経済への国家統制とはどのようなものであったのか。その歴史と内包する論理を実体験とともに明らかにした名著。（岡崎哲二）

交響する経済学
中村達也
それぞれの分野ですぐれた処方箋を出した経済学者にスポットライトをあて、経済学をどう理解し、どう使えば社会がうまく回るのかを、指し示す。

ポランニー・コレクション
経済と自由
カール・ポランニー　福田邦夫ほか訳
二度の大戦を引き起こした近代市場社会の問題点をえぐり出し、真の平和に寄与する社会科学の構築を目指す。ポランニー思想の全てが分かる論稿集。

経済思想入門
松原隆一郎
スミス、マルクス、ケインズら経済学の巨人たちは、どのような問題に対峙し思想を形成したのか。その今日的意義までを視野に説く、入門書の決定版。

ちくま学芸文庫

市場《しじょう》の倫理《りんり》 統治《とうち》の倫理《りんり》

二〇一六年二月十日 第一刷発行
二〇二四年六月十日 第三刷発行

著 者 ジェイン・ジェイコブズ
訳 者 香西泰（こうさい・ゆたか）
発行者 喜入冬子
発行所 株式会社 筑摩書房
東京都台東区蔵前二―五―三 〒一一一―八七五五
電話番号 〇三―五六八七―二六〇一（代表）
装幀者 安野光雅
印刷所 星野精版印刷株式会社
製本所 株式会社積信堂

ISBN978-4-480-09716-3 C0112